JEQUIÁ

CARLITO LIMA

aletria

Belo Horizonte, 2022
1ª edição

À Vânia, claro.

Editora responsável: Rosana de Mont'Alverne Neto
Editora Assistente: Poliana Moreira
Comunicação: Carlos Andrei Siquara
Revisão: Natália Vieira
Projeto gráfico: Romero Ronconi

L732 Lima, Carlito
Jequiá / Carlito Lima. – Belo Horizonte: Aletria, 2022.
400 p.; 14 X 21 cm
ISBN 978-65-86881-93-6

1. Romance. 2. Literatura brasileira. I. Lima, Carlito.
II. Título.

CDD 869.93

Elaborada pela bibliotecária Janaina Ramos – CRB-8/9166
Índice para catálogo sistemático: I. Romance : Literatura brasileira

aletria

Praça Comendador Negrão de Lima, 30 D – Floresta
CEP 31015 310 – Belo Horizonte – MG | Brasil
Tel: +55 31 3296 7903

aletria.com.br

"A vida é um sopro, um momento.
A gente vem aqui, conta uma história
e vai embora."
Oscar Niemeyer (1907–2012)

"Na Barra de São Miguel, diante do mar,
só agora aprendi: o dia mais longo de um homem
dura menos que um relâmpago..."
Lêdo Ivo (1924–2012)

"Ils ne savaient pas que c'était impossible,
alors ils l'ont fait."
Mark Twain (1835–1910)

"Cada qual cuide de seu enterro,
impossível não há."
Frase derradeira de *Quincas Berro d'Água*
Jorge Amado (1912–2001)

"Entender a História é se preparar para
entender o mundo."
Professora Carolina Wanderley,
personagem deste livro.

NOTA DO AUTOR

Carlito Lima

JEQUIÁ é o terceiro livro da TRILOGIA DAS LAGOAS. Os três romances contam a história de uma família nordestina de classe média desde a chegada do viúvo Pablo Márquez, fugitivo de Cartagena das Índias no distante ano de 1921. Perseguido pela polícia colombiana, Pablo embarcou num navio em Belém do Pará com destino ao Rio de Janeiro. O navio atracou na cidade de Maceió para apanhar passageiros. Pablo desceu, caminhou nos arredores. Isabel, sua filha de 2 anos, ficou fascinada pela Praia da Avenida da Paz, correu na areia branca e mergulhou no mar tranquilo azul-esverdeado. A felicidade estampada em sua fisionomia era tão notável que fez Pablo buscar as malas no navio e se fixar de vez em Maceió, onde constituiu família. A TRILOGIA DAS LAGOAS conta a história dessa família semelhante a qualquer família de classe média brasileira. Cada personagem é protagonista de sua própria narrativa, que se confunde com a história da família e com a história da terra. As diferentes gerações vão se adaptando à evolução dos costumes de cada época. Os três romances têm histórias independentes com algum vínculo à família de Dom Pablo. Este terceiro romance recebeu o título JEQUIÁ, uma das três maiores lagoas do estado de Alagoas, onde se passa parte das histórias, constituindo a TRILOGIA DAS LAGOAS:

> MANGUABA (1921 – 1964)
> MUNDAÚ (1965 – 1979)
> JEQUIÁ (1980 – 1993)

PREFÁCIO

Cacá Diegues

UMA REVOLUÇÃO PESSOAL

Não conheci propriamente Carlito Lima. Na verdade, explodimos juntos, na Avenida da Paz, nos anos 1940, acabados de nascer. E seguimos juntos por nossa infância afora, passando pela adolescência e chegando à juventude, mesmo se, a partir de certa idade, moramos em cidades tão distantes uma da outra. É, portanto, uma honra especial e um grave compromisso escrever este texto sobre ele e seu livro mais recente, "Jequiá".

A história que Carlito nos conta nesse livro começa quando o jovem Pablo Márquez, um colombiano nascido em Cartagena das Índias, a mais bela cidade histórica da América do Sul, passa de navio por Maceió com sua filha pequena, Isabel, de 2 anos de idade, e decide ali morar e se instalar pelo resto da vida.

Ao longo dos três pedaços da história, vamos conhecer a família que Pablo Márquez constrói em Alagoas, com virtuosa atenção a seus costumes e comportamento. Mais adiante, ficamos sabendo que Pablo fugiu da Colômbia para evitar a ação contra ele de bandidos, os responsáveis pela morte de sua esposa Rosa, aos 20 anos. Ele encontrou em seu caminho o grupo de arruaceiros assassinos e, na disputa com os criminosos, deixou para trás cinco deles mortos.

Pablo Márquez se tornou um homem perseguido em toda a região de Cartagena e Barranquilla. Então toma pela mão a filha que Rosa lhe deixara e parte por mar para o Rio de Janeiro. No meio do caminho, quando seu navio aporta em Maceió para cumprir compromisso, Pablo e Isabel, cada um de seu jeito, apaixonam-se pela cidade e ele decide descer do navio e ficar ali, com a filha. Em Maceió, constrói uma vida de muito sucesso, fica rico e acaba fundando numerosa família, da qual teve do que se orgulhar.

São esses filhos, netos e bisnetos, seus amores e seus ódios, suas lutas pela sobrevivência e a comunhão entre eles, os temas dos três volumes escritos por Carlito Lima, com títulos em homenagem às belas lagoas do estado, "Manguaba", "Mundaú" e "Jequiá". Não sou capaz de reconhecer todos os personagens inspirados em pessoas reais. Mas seus vacilos e sucessos são jeitos tão naturais de ser que, mesmo que nos decepcionem ou os julguemos equivocados, acreditamos neles, somos solidários a seus defeitos, reconhecemos neles seres humanos como nós.

Entre esses personagens, um dos mais intrigantes é o jovem tenente do Exército Mário Peixoto que, se não me engano, foi inspirado na vida, nos costumes e em acidentes ocorridos com o próprio autor. Personagem original e raro na literatura brasileira moderna, Mário Peixoto vive em plena ditadura militar. O tenente nos revela aspectos de sua vida privada que nos fazem compreender que ele não é muito diferente de outros jovens brasileiros que lutavam contra a ditadura militar. Sem bravatas ideológicas, assistimos, ao mesmo tempo, ao horror de um regime autoritário e à luta por integridade e sobrevivência de uma de suas mais inesperadas e injustiçadas vítimas.

Mais adiante, encontramos outro personagem, de dentro da família, que contesta o regime militar de maneira clara e supostamente mais eficiente. Vera, cujo marido foi misteriosamente assassinado, liga-se aos terroristas armados de bombas, dispostos a enfrentar a ditadura com as armas desta. Exilada na Itália, Vera só consegue voltar a Maceió, sua dolorosa obsessão, depois que se casa com um talentoso escritor italiano, cujo nome, Dante Alighieri, é uma homenagem à poesia. Dante é apaixonado pelo Brasil e, quando é promulgada a Lei da Anistia, vem com Vera morar em Alagoas.

Em "Jequiá", último volume da "Trilogia das Lagoas" de Carlito Lima, o autor parece ganhar um pouco mais de pressa em chegar ao fim da saga familiar. Ele torna mais variadas as ocupações dos membros da família, fá-los viajar e trocar de ambiente, mesmo quando estão em Maceió. Na ansiedade por um fim da narrativa, netos e bisnetos aderem a ou criam núcleos que não estão mais no centro de interesse da longa e poderosa trama familiar criada pelo autor.

Digamos que, nessa relativa distensão, a família é que sai perdendo. E seus membros terminam numa lista de meras identidades, antes do último capítulo. O pungente último capítulo, em que, aí sim, conta-se o fim da fundadora história de amor entre Pablo e Victória, que nos tonteia e orienta.

Esse terceiro volume da trilogia tem a mesma força telúrica, de racionalidade e de sentimentos dos outros dois. Ele mantém o saudável desejo de reinventar a "literatura nordestina", modernizar seus temas e seus hábitos, sua capacidade de abordar mundos antes proibidos, talvez até por um falso rigor moral. O que se destaca na ficção de Carlito Lima e em sua "cultura local", é justamente a liberdade narrativa que lhe permite fazer com que alguém, que faz um discurso político importante, por exemplo, possa se interessar súbita e simultaneamente pelo corpo da bela mulher que passa à sua frente.

Como Gabriel García Márquez ou Alejo Carpentier, o autor de "Jequiá" é, antes de tudo, um cronista da vida de seus conterrâneos, sem esquecer de onde eles vieram. Ele é capaz de fazer dessa qualidade um sólido apoio para se lançar no coração da origem de seus personagens. São eles que revelam, por sua ação, pelo que dizem ou pelas simples sombras que espalham por cada cenário, a grandeza de sua presença no mundo enquanto nordestinos e alagoanos. É com esses nordestinos e alagoanos, como ele, que Carlito Lima procura fazer sua gentil, mágica e vigorosa revolução cultural e literária.

Sinto-me orgulhoso de ser amigo de Carlito, de ter dividido com ele experiências e descobertas que só na infância e na adolescência podemos experimentar. Aprendi com ele, e ele comigo, muita coisa que só essa convivência podia inventar. Acompanhando sua carreira de escritor bem-sucedido, sinto-me homenageado; como ele deve se sentir, com qualquer de meus filmes que dê certo. Nós somos parte de extensa família cultivada na beira do cais, na Avenida da Paz.

CD
setembro de 2021

SUMÁRIO

O FUNERAL DA GRANDE MÃE

A morte de Isabel foi um choque inesperado para a família. Dom Pablo, seu pai, Doutor Bernardo, o marido, três filhos, duas noras, um genro e os netos não se conformavam com aquele triste momento. Morreu aos 60 anos. Isabel era o esteio, o pilar, a conselheira, a grande mãe da família. Sábia, sensitiva, intuitiva e severa quando preciso. A magia, seus presságios, fascinavam. Alguns fantasiavam que ela seria uma espécie de bruxa.

Isabel era o centro de gravidade da família. Pela tarde, sentava-se na cadeira de balanço na varanda em frente à praia para tomar a fresca, como dizia. Balançava-se elegantemente, sua figura imponente aparentava força, dama poderosa, ninguém da família pensava que ela era mortal. Apenas o marido, Dr. Bernardo, conhecia sua doença braba: o câncer no seio havia reaparecido, tinha sido extirpado há alguns anos, mas voltara com intensidade. Isabel combinou com o marido omitir para a família sua crítica condição de saúde. Os dois viajavam para o Rio de Janeiro, onde ela foi operada e submetida a tratamento de quimioterapia. Bernardo fez a vontade de sua amada, não partilhou com a família a situação de Isabel, sofriam os dois, solidários, ela assim queria. Apenas Andreza, a filha médica, desconfiava do estado da mãe. Já havia insinuado várias vezes, prometera acompanhar os pais na próxima viagem.

Durante um almoço no sítio da família na Lagoa Manguaba, Isabel sentiu-se cansada, deitou-se na rede, pediu para reunir os netos, conversou, abraçou, brincou com cada um, era uma despedida alegre, ela pressentiu a morte chegar. Como de fato aconteceu naquela mesma noite enquanto dormia. Dr. Bernardo levantou-se pela manhã, preparou os medicamentos, encheu um copo de leite morno na cozinha e levou-o para a esposa engolir o coquetel. Ao tentar acordá-la, percebeu que sua amada havia morrido. Dr. Bernardo deitou-se abraçado à companheira morta e chorando fazia declarações de amor puxadas do fundo de um coração doído.

— Eu te amo, Isabel, sempre te amei, sempre amarei. O que será de mim? Como vou viver sem você? E nossa família? Você é nosso sustentáculo, a mais forte de todos nós. Isabel querida.

Ainda abraçado à esposa e chorando, tinha de se recompor. Levantou-se, ainda às lágrimas, e iniciou a telefonar, primeiro para seu sogro. Dom Pablo foi o primeiro a chegar, junto com o neto Gabriel e sua esposa Cecília. Ao vê-la deitada na cama, abraçou o corpo da filha, chorando, falando em português e espanhol. Os outros filhos e netos logo apareceram. Os familiares se consolavam uns aos outros. Dr. Bernardo pediu a Mário e Gabriel para providenciarem o funeral. Por volta das 9 horas, os funcionários da Casa Funerária levaram o corpo para o Parque das Flores, onde haveria o velório. O enterro foi marcado para às 10 horas do dia seguinte.

Dom Pablo não se afastou da sala do velório, contemplando a filha no caixão, tão pálida e linda, vestida de branco com apenas uma rosa nas mãos encruzadas e um cheiro de santidade no ar. Ele sentou-se numa cadeira, não saiu de junto à filha. Virou a noite recordando sua vida desde que desembarcou com Isabel, por acaso, em Maceió. Ficou morando pelo resto da vida naquela cidade que escolheu e adotou como sua. Trabalhador, bom e honesto negociante, em poucos anos montou seu próprio negócio, teve boa acolhida na cidade, venceu com credibilidade. Isabel estudou em bons colégios, tornou-se uma moçona bonita, de chamar atenção, era parecida com a mãe. Aos 18 anos, casou-se com Dr. Bernardo, médico de família tradicional. Foram morar na Avenida da Paz, perto de Dom Pablo. O casal formou uma bela família: três filhos e doze netos, a paixão do vovô Pablo.

Nos anos 1930, a Praia da Avenida da Paz foi descoberta pela classe média e gente rica da cidade, estava na moda o banho salgado, que depois passou a ser conhecido como banho de mar. Dom Pablo comprou um terreno em frente à praia e construiu uma mansão de dois andares, sete quartos com varandas, banheiros, sala de estar, sala de jantar, gabinete de trabalho, biblioteca e uma vasta cozinha. No fundo do quintal ergueu a área de serviços com dois quartos de empregados. Ao redor da casa plantou um gramado e ajardinou-o com roseiras. No lado externo das paredes subiram heras e bougainvilles, dando um toque florido e colorido ao casarão.

Quando Gabriel, seu neto, casou-se com Cecília, Dom Pablo insistiu para o casal morar na mansão enquanto terminavam a construção de seu apartamento. No enorme casarão moravam apenas o avô e a companheira Carolina, sobravam quartos. O apartamento do jovem casal ficou pronto, vieram filhos, contudo, Gabriel e Cecília continuaram morando no casarão, em harmonia. Nunca houve alguma discussão, os netos deram alegria. Dom Pablo recordava e parecia sorrir.

O cemitério lotou durante o funeral. Isabel era uma mulher destemida e muito querida na comunidade, comoveu o povo de todas as classes que lidava com a doce criatura. O enterro se deu na hora prevista. Logo após a missa de corpo presente, a família junta, abraçada, levou o corpo ao local da sepultura. O neto Gabriel, em discurso, emocionou a família e a multidão que se encontrava embaixo e ao lado do toldo.

À noite, a família reuniu-se na casa de Dom Pablo. A matriarca, a mãezona, havia partido para sempre. Noite triste de recordações e dor: alguns tomaram calmante para dormir, outros tomaram uísque. Os filhos e os netos estavam inconsoláveis. Noite de sofrimento e muito choro, havia uma sensação de que tinha partido um pedaço da família.

Durante o Natal e o Ano Novo, a família enlutada se absteve de qualquer comemoração religiosa ou festiva, estavam com os corações dilacerados pela morte da sábia matriarca. Isabel era o maior elo agregador entre eles. Dom Pablo encontrava-se abatido, sua única filha era a maior preciosidade que possuía.

DOM PABLO

O colombiano Pablo Márquez — o Dom Pablo — passava dos 80 anos, disposto, saudável e alma jovial. Administrava seus negócios diariamente: dois armazéns e uma construtora. Mantinha acesas suas paixões, seus vícios: futebol, carteado e leitura. Dr. Bernardo, genro e amigo, agora viúvo, era companheiro assíduo no pôquer aos domingos e permaneceu morando em seu bangalô na Avenida da Paz, perto do sogro. Uma enorme tristeza envolveu a alma de Pablo; além do choque da morte da filha, sua companheira, Carolina, encontrava-se demente, num processo acelerado do mal de Alzheimer. Não reconhecia as pessoas, não sabia onde estava, nem se alimentava. Dom Pablo contratou duas enfermeiras revezando-se a seu lado constantemente.

Numa manhã de um bonito sábado de verão, Jesuíno, risonho motorista de Dom Pablo, entrou na cozinha e foi recebido com deboche pela negra Coló.

— Que veio fazer aqui, Jesuíno Caga-Praça? Ainda não é hora de comer, negro sem-vergonha. Saia da minha cozinha.

— Coló, o patrão mandou preparar um rango para levar. Nós vamos passar o fim de semana no sítio da lagoa.

Prepare coisa gostosa para seu neguinho e o patrão. Negona, você tá em forma, boa carne, como eu gosto, qualquer noite te chamo para nós dois vadiar na praia.

— Saia-te! Inferno! Tenho meu homem, preciso de você não. Venha buscar daqui a pouco, deixo tudo prontinho do jeito que o patrão gosta.

Jesuíno dirigiu o carro pela orla, atravessou a nova ponte sobre a lagoa, levou 40 minutos até o sítio, estacionou em frente à velha e conservada casa. Dom Pablo saltou e iniciou a caminhada costumeira pelos arredores, fiscalizando e apreciando o que tanto amava: coqueiros, mangueiras, bananeiras, árvores frutíferas cultivadas no agradável sítio à beira da Lagoa Manguaba. Passou pelo cais das lanchas e dirigiu-se às baias, conversou com os cavalos e alisou seus torsos. Saiu pelos fundos em direção ao galinheiro moderno e à horta de legumes e verduras, plantada e administrada pelo bisneto mais velho, Pablito, estudante de Agronomia, de onde tira seu sustento. Finalmente, Dom Pablo entrou em sua casa construída há anos. Naquele momento, deu-lhe uma pontada de saudade da filha Isabel. Subiu ao quarto, vestiu um calção frouxo. Descalço, desceu ao jardim gramado, arriscou uma pequena corrida, mergulhou na piscina e deu prazerosas braçadas. Perto do meio-dia, foi à casa de Sebastião, caseiro do sítio desde a construção. Sentados à mesa embaixo da mangueira, olhando a lagoa, tomaram algumas lapadas de cachaça e almoçaram sururu de capote ao pirão, cozinhado por Dona Conceição, esposa do caseiro. Após o almoço, como de costume, o colombiano deitou-se na rede do alpendre e cochilou. Ao entardecer, o compadre Sebastião apareceu, sentaram-se na varanda apreciando o espetáculo do sol se pondo, alaranjando e tremeluzindo a lagoa. Dom Pablo chamou Jesuíno para sentar-se com eles, encheram os copos de aguardente e iniciou a conversa.

— Meus amigos, desde a morte de minha filha Isabel, uma tristeza invadiu minha alma. Sou um homem forte, porém choro muito nas noites insones. Ela era minha vida, sua partida arrancou um pedaço de mim. Penso em sua imagem todos os dias. Ainda por cima, Carolina, companheira de tanto tempo, não reconhece as pessoas, não come, é uma morta-viva. Essa doença de Alzheimer acabou com a professora em pouco tempo. Eu tenho que reagir e aproveitar o final de vida enquanto me restam saúde e disposição. Afinal, a vida é bonita, viver é um privilégio. Estou pensando em viajar. Ontem me lembrei da nossa viagem à Petrolina em busca dos parentes do Gustavo há alguns anos. Foi divertida, sem pressa, sem horário. Tenho viajado com filhos e netos por várias cidades do Brasil e do exterior, mas nenhuma viagem foi tão boa e agradável como a nossa pelo interior do Nordeste. Para espairecer minha alma, minha dor, veio-me a ideia de realizar outra viagem parecida com aquela, um pouco mais longa, quinze a vinte dias pelas cidades do interior nordestino, conhecendo-as e nos divertindo. Dessa vez, Jesuíno irá dirigindo. Fiz até uma programação como sugestão: partindo de Maceió em direção às cidades do interior de Sergipe e da Bahia. Entrar pelo sertão até Petrolina, atravessar o Rio São Francisco em Paulo Afonso ou Canindé, passar em Piranhas, Água Branca, depois Garanhuns, Caruaru, Campina Grande, Natal, Mossoró e Fortaleza, sem pressa. Em Fortaleza retornaríamos de avião a Maceió e Jesuíno voltará no carro. Que tal a ideia, compadre?

— Oxente! Estou nessa, Dom Pablo. Já vou afinar o violão. Quando iniciamos a viagem?

— O mais rápido possível, é uma maneira de sair da rotina, combater a depressão. Precisamos convidar o Gustavo. Ele todo final de ano vem de Roraima passar férias com as filhas e os netos. Está em Maceió.

— Será outra aventura nas estradas dos três coroas alegres. Pode deixar, hoje faço o convite ao Gustavo, nós mantemos a amizade desde que fomos ao casamento de Mário e Yamary em Boa Vista. Tenho certeza de que ele vai topar.

Continuaram bebendo e fazendo planos, enquanto Jesuíno saiu em busca de aventuras pelas redondezas. Os dois amigos terminaram a farrinha noite alta. Levantaram-se, cada qual para sua casa. Dom Pablo, borracho, abriu a porta. Ao entrar na sala escura, o velho relógio bateu doze badaladas, meia-noite. O colombiano teve uma sensação da presença da filha e da mãe, olhou ao lado e avistou o vulto de Isabel, ainda jovem, abraçada à avó Carmen, dançando e cantando Habanera. Entorpecido de cachaça e sono, ele sorriu e acenou com a mão para seus espíritos. Trôpego, subiu a escada. No quarto, tirou a roupa, abriu a janela, dormiu de cueca. A brisa vinda da lagoa acariciou seu corpo seminu e sua alma adormecida. Dom Pablo sonhou com Isabel menina correndo com a mãe, Rosa, nas ruas de Cartagena.

A VIAGEM

Gustavo e Anary chegaram às vésperas do Natal, hospedaram-se no apartamento da filha. Na manhã da viagem, Mário levou os sogros e filhos à casa de seu avô na Avenida da Paz, de onde os três veteranos iniciariam a viagem. A família aguardou a partida saboreando um café regional delicioso, Coló caprichou. Andreza sugeriu que ainda dava para desistir dessa viagem maluca. Dr. Bernardo prometeu encontrar-se com os amigos em Fortaleza e retornariam juntos de avião. Enquanto o café rolava, Jesuíno arrumava malas, maletas e sacolas na carroceria da caminhonete, cabine dupla, ar-condicionado, comprada especialmente para a viagem, novinha, zero km — modelo 1980. Os quatro viajariam confortavelmente. Dom Pablo subiu ao quarto de Carolina, ela dormia serena, induzida por remédio. Ele deu um beijo em sua testa, recomendou cuidados à enfermeira e desceu.

Eram 9 horas da manhã quando Jesuíno deu a partida, a caminhonete tomou rumo em direção ao litoral sul, enquanto os familiares acenavam as mãos até desaparecerem de vista.

O percurso previsto para o primeiro dia terminaria na bela cidade histórica de Penedo. Dom Pablo, sentado no banco dianteiro, e os amigos, no banco traseiro, apreciavam o verde do canavial cobrindo o campo, do lado esquerdo apareciam trechos do mar azulado. Dom Pablo comentou que conhecia várias praias no mundo, a mais bonita era Varadero, em Havana, porém, de tão fria, não conseguiu mergulhar. Já em Alagoas as praias têm água morna, dentro d'água a pessoa esquece o mundo.

Ao passar pelo município de Coruripe, Jesuíno entrou na conversa.

— Os senhores conhecem a Praia do Miaí?

— Não — responderam uníssonos.

— Então, por favor, me deem licença.

Jesuíno diminuiu a velocidade da caminhonete, puxou a direção para a esquerda e entrou numa estrada de saibro no meio do coqueiral. Logo despontou uma praia com uma faixa de areia branca fofa e outra faixa dura de areia molhada. A caminhonete pegou a faixa dura à beira mar, foi à direita, convertendo a praia em estrada. Jesuíno falou aos viajantes encantados:

— Esse será nosso caminho até Piaçabuçu. Existe estrada mais bonita? Do lado direito o coqueiral e do lado esquerdo o mar tranquilo, azul-esverdeado.

Continuou acelerando a caminhonete pela praia. Gustavo pediu para tirar uma fotografia. Jesuíno falou que havia um local apropriado mais adiante. Passaram-se 10 minutos, ele desacelerou a caminhonete e apontou, à beira mar, para uma carcaça de um navio encravada na areia há mais de meio século. A popa enferrujada ostentava o tamanho do paquete. Os viajantes, eufóricos com a inusitada visão, saltaram e fotografaram à vontade o navio enferrujado, brincando como crianças. Continuaram a viagem.

— Dizem que foi nessa região de Coruripe que comeram o bispo Dom Pero Fernandes Sardinha. Ele retornava a Portugal saindo da Bahia quando a caravela naufragou por essas praias. Outros afirmam que foi na Praia da Barra de São Miguel, na verdade os índios caetés viviam no litoral alagoano — contou Jesuíno.

— Você conhece bem a região, onde aprendeu tanta história? — perguntou Gustavo.

— Meu pai adora pescar e sempre me trazia quando eu era menino. Vinha por essas bandas, aqui dá muito peixe. Ele gosta de História e me contava.

Jesuíno sugeriu continuar pela praia até a foz do Rio São Francisco. Ficaram encantados com o encontro do rio com o mar e as belas embarcações de velas coloridas navegando. Retomaram à estrada de Piaçabuçu e logo chegaram à cidade histórica de Penedo, à beira do Velho Chico. A caminhonete estacionou em frente ao Hotel São Francisco, onde estavam reservados quatro apartamentos. O hotel estava lotado em plena semana da Festa de Bom Jesus dos Navegantes. A cidade invadida de devotos romeiros e de turistas. Um garoto ofereceu seus préstimos para mostrar os pontos turísticos. Aceitaram. Jesuíno, orientado pelo menino-guia, entrou pelas ruas estreitas e enladeiradas conhecendo alguns pontos históricos. O guia mostrou a Catedral de Nossa Senhora do Rosário, a Igreja de São Gonçalo Garcia dos Homens Pardos, o Convento Nossa Senhora dos Anjos, o Museu do Paço Imperial, o Teatro Sete de Setembro, a Santa Casa de Misericórdia, a

Igreja Santa Luzia. Passaram pela margem do Rio São Francisco. Penedo estava apinhada de visitantes que aguardavam a procissão fluvial prevista para o início da tarde. A caminhonete subiu para o Restaurante Forte da Rocheira, de onde poderiam apreciar a procissão de um ótimo local. Sentaram-se à mesa. O guia ganhou uns trocados e o almoço. Brindaram o início da viagem. Foram servidos dois pratos: peixada com camarão e ensopado de jacaré. Apreciaram do alto a movimentação na cidade.

A imagem de Bom Jesus dos Navegantes deixou a Capela da Santa Cruz às duas e meia da tarde. O percurso foi feito até o porto das balsas sob os aplausos dos moradores e romeiros. Outro momento emocionante aconteceu quando o Bom Jesus dos Navegantes foi entronado na balsa da procissão fluvial. Em terra, o povo acenava para o cortejo com mais de cem embarcações de todos os tipos. Melhor local não haveria para apreciar aquela empolgante procissão fluvial, ato de fé da população. Ao escurecer, os viajantes estavam cansados, era prudente repousar no Hotel São Francisco.

No dia seguinte, às oito da manhã, os quatro ocuparam uma mesa na varanda do restaurante do hotel, de onde descortinava uma bela vista da cidade histórica. Tomaram um café reforçado, não sabiam a hora de almoçar, não tinham pressa. Jesuíno estava alegre, cantarolando, quando Sebastião caçoou.

— Jesuíno, eu entendo o motivo dessa alegria. Quando desci para caminhar às seis da manhã, a arrumadeira estava saindo de mansinho do seu quarto. Muito cedo para arrumação. O amor é lindo.

— O senhor viu? Seu Sebastião...

— Conte essa história para nós, Jesuíno.

— Seu Sebastião, o senhor é meu amigo ou amigo da onça? Vou contar, o chefe está mandando. Ontem à noite, enquanto os senhores descansavam, eu fiquei perambulando. Na portaria do hotel, notei que a arrumadeira estava me olhando. Eu me aproximei e perguntei à morena como pediria um sanduíche no quarto. Ela me orientou que fizesse o pedido pelo interfone direto para a copa, onde ela trabalhava. Eu me entusiasmei, subi ao apartamento, dei um tempo, liguei, ela quem atendeu ao telefone, eu pedi um sanduíche. Fiquei esperando mais de meia hora até que a campainha tocou. Com um sorriso, abri a porta, tomei um susto: maior decepção, um garçom levou o sanduíche numa bandeja. O jeito foi comer, estava bom. Mais tarde eu desci para ver se encontrava a morena pelo hotel, passei um tempão sentado no sofá, ela não apareceu. Até que tomei coragem, fui à portaria e perguntei por ela. O recepcionista informou que ela trabalhava na copa, Gedalva era seu nome. Subi novamente ao apartamento e telefonei para a copa. Gedalva atendeu, conversamos. Ela estava de plantão, iria virar a noite trabalhando. Porém, assim que pudesse, subiria, que eu esperasse. Caí no sono, eram 4 horas da manhã quando ouvi um toque rápido na campainha. Ao abrir a porta, era Gedalva, de avental, linda. Entrou apressada, tomou um banho e deitou-se comigo naquela enorme cama. Ficamos vadiando até às seis da manhã. Ela saiu do quarto no maior cuidado. Mas, vejam só, Seu Sebastião pegou o flagra.

Às 9 horas, Jesuíno deu partida no carro em direção à balsa da travessia do Rio São Francisco até a cidade de Neópolis, de onde rumariam a Aracaju. Esperaram uma hora por uma vaga na balsa. Ao atravessar o Rio São Francisco, os quatro desceram da caminhonete apreciando canoas de velas coloridas; ao longe, algumas ilhas cheias de coqueiros. Perto de onde eles estavam, havia um grupo ouvindo a guia da Agência de Turismo, logo a balsa atracou. Jesuíno desceu a caminhonete devagar e tomou a estrada rumo à Aracaju. A previsão de chegada era de cerca de duas horas. O ar condicionado dava o conforto de uma temperatura agradável. Jesuíno pediu licença, enfiou uma fita e a música de Lupicínio Rodrigues entrou no ar: *"Você sabe o que é ter um amor, meu senhor... Ter loucura por uma mulher... E depois encontrar esse amor, meu senhor... Nos braços de um tipo qualquer..."* Gustavo gostou do motorista de Dom Pablo, perguntou se ele e seus pais eram de Alagoas.

— Meu pai é carioca, veio para Maceió durante a Segunda Guerra Mundial com o 4º RAM, 4ª Regimento de Artilharia Montada, uma unidade do Exército. O Nordeste brasileiro foi importante na Guerra. Os americanos construíram algumas bases de avião e aconteceram vários casos de bombardeamento de navios brasileiros pelos submarinos alemães. Por conta disso, algumas tropas do Exército sediadas no Sul vieram para o Nordeste para reforçar a defesa do litoral. Meu pai, cabo Nascimento, carioca, veio incorporado ao Regimento. Quando a Segunda Guerra terminou, o 4º RAM retornou ao sul, porém muitos militares permaneceram em Maceió, pediram baixas do Exército.

Alguns deles, como meu pai, arrumaram emprego de estivador no cais do porto e ficaram morando na região de Jaraguá e do Poço. Meu pai apaixonou-se por minha mãe, uma morena bonita que morava na Praça Treze de Maio. Namorou, noivou e casou-se, ainda moram na mesma casa. Eu fui moleque da redondeza, batia todo bairro de Jaraguá, roubava manga e melancia dos sítios à beira do Riacho Salgadinho, adorava tomar banho de mar e jogar futebol na Praia da Avenida da Paz. Estudei num grupo escolar do município, mas deixei os estudos para trabalhar, o que meu pai ganhava não dava para sustentar a família de cinco filhos. Eu tinha 13 anos quando, por acaso, passei pelo Jaraguá Tênis Clube e um senhor que estava na entrada do clube me chamou e me convidou para ser apanhador de bola naquela tarde. Gostaram da minha ligeireza, fiquei sendo apanhador de bola por muito tempo, eu era querido pelos senhores elegantes, jogadores de tênis, e ganhava um bom trocado, foi meu primeiro emprego. Durante esse tempo aprendi a jogar tênis, sou bom de bola, o capitão Mário quando vai jogar sempre me leva. Ao completar 18 anos, fui servir ao Exército no 20º BC, passei um ano como soldado, aprendi muita coisa, até a dirigir. Quando dei baixa do Exército, procurei emprego nas empresas, não queria ser estivador. Disseram-me que estavam precisando de trabalhador no Armazém de Secos e Molhados. Fui depressa ao Armazém. Esperei sentado em uma cadeira, até que me fizeram entrar numa sala. Foi o próprio Dom Pablo que me recebeu, fez um bocado de perguntas sobre minha vida. Fui contratado, fazia de tudo no Armazém. Tempos depois me tornei motorista e jagunço do patrão.

— Eu tenho bom olho para trabalhador, gostei de Jesuíno, acertei. Por favor, conte para meus amigos por que te apelidaram de Jesuíno Caga-Praça. Depois esclareça se é verdade ou mentira um boato que corre na boca do povo, dizem as más línguas que você vive como marido da esposa e da cunhada.

— Eita, patrão! O senhor me bota em cada encrenca! Mas vou contar a história, todo mundo sabe. Primeiro o apelido. Eu gosto de jogar futebol, sou peladeiro viciado. Toda tarde na Praça Rayol a turma organiza uma pelada, divide quem estiver na hora em dois times de quatro ou cinco jogadores, a baliza são dois tocos enfiados no chão, o jogo só termina ao escurecer. Certa tarde, eu tive uma dor de barriga tão grande que não deu tempo de correr até minha casa. Não tive dúvida, na vista de todos, por trás de um banco, arriei o calção e me aliviei numa bela cagada. Limpei-me com duas folhas de amendoeira. Continuei a jogar a pelada. Quando errei uma bola, um companheiro gritou: — "Jesuíno, você só sabe cagar praça." — O apelido pegou, meus amigos, às vezes até minha mulher, me chamam de Caga-Praça, eu não ligo. Houve um torneio de futebol juvenil no campo do Exército, eu jogava pelo Atlântico Futebol Clube, time da Praia da Avenida, nossa equipe foi campeã. Saiu uma notícia no jornal sobre o torneio vencido pelos jovens da Avenida da Paz: "O jogo final foi uma bonita vitória sobre o Palmeiras por 3x0, com gols de Walter, Lelé e Caga-Praça." Tenho guardado o recorte do jornal.

Os viajantes se divertiam com as histórias de Jesuíno e a caminhonete engolia a estrada.

— A outra história é mais complicada. O povo inventa muita coisa, eu vou contar a verdade, o que realmente aconteceu. Quando conheci Nitinha fiquei apaixonado, ela era filha de um estivador do cais do porto, amigo de meu pai. Seu Béu tinha um ciúme danado das filhas. A irmã mais velha de Nitinha, Dalva, era também uma jovem bonita, porém nasceu com uma deficiência na perna direita, andava se arrastando. Pela vigilância do pai, as filhas nunca casariam. Até nas festas de Natal na Praça Treze de Maio, onde moravam, elas só apareciam acompanhadas de Dona Lindalva. Comecei a namorar Nitinha escondido do pai, era difícil. Quando podia, eu acompanhava a namorada na saída do colégio, no caminho parava, conseguia uns beijinhos. À noite, Seu Béu dormia cedo, cansado de carregar sacos de açúcar nas costas, e eu esperava Nitinha no fundo do quintal, ficávamos aos beijos e abraços. Final do xumbrego eu partia direto para minha cama, onde me aliviava. Até que certa noite, forramos o chão com palha de bananeira e transamos pela primeira vez. Não paramos mais. Vivia feliz da vida, cantando, assoviando, todo mundo percebia minha felicidade. Até que um dia, Nitinha me deu a notícia: estava grávida. Foi uma complicação danada. Seu Béu botou a boca no mundo, mandou me chamar, disse que na família dele não tinha esse negócio de mãe solteira, era casada ou viúva. Ainda bem que eu já trabalhava no Armazém. Seu Béu convidou meus pais para uma reunião, ficou acertado o casamento dentro de um mês, eu ficaria morando na casa com ele. Foi assim que me casei na Igreja de Nossa Senhora Mãe do Povo em

Jaraguá e fiquei morando na casa dos sogros. Ficou acertado que metade de meu salário seria entregue à Dona Lindalva para as despesas de casa. Meu filho nasceu, botei o nome de Rivelino, o melhor jogador do Brasil. O sogro ficou encantado com o neto e me tornei amigo de Seu Béu. Todo fim de semana nós tomávamos uma garrafa de Pitu e umas cervejinhas. Quando havia uma festa eu ia com Nitinha e sempre acompanhado de Dalva, que não arranjava namorado, talvez por arrastar a perna. Eu tinha uma pena danada, muitas vezes levava amigos para casa só para conhecer Dalva, mas não colava. Eu ficava puto da vida quando alguém se referia à minha cunhada como aleijadinha. Quando Rivelino completou 2 anos, Nitinha ficou grávida novamente, foi uma alegria dentro de casa. Seu Béu era o mais eufórico, dizia a todo mundo que iria ganhar outro neto. Certa manhã, eu estava trabalhando quando um amigo telefonou-me dando a triste notícia: meu sogro teve um infarto quando embarcava saco de açúcar na balsa. Morreu na hora. Eu corri para o cais do porto, encontrei o corpo no chão. Fizemos o enterro no cemitério de Jaraguá, muita gente, houve até discurso do presidente do Sindicato, Rubens Colaço, acusando a falta de condições de segurança e trabalho excessivo como causa da morte de Alberico Silva Santos, o querido Béu.

Fiquei morando com a sogra e as duas irmãs. Dona Lindalva recebeu uma indenização mixuruca e ficou com uma pequena pensão de estivador. Nitinha e Dalva foram convidadas a ensinar numa escola particular para criança do maternal, inaugurada perto de casa, elas aceitaram. Dalva ficou numa turma pela manhã e Nitinha com outra turma pela tarde, ajudavam bastante nas despesas da casa. Certa vez, eu notei que Dalva deixou meio aberta a porta do seu quarto, estava apenas de calcinha, mesmo com sua perna arrastada, é uma bonita mulher. Notei que esse fato acontecia quando estávamos apenas nós dois na casa. Até que numa noite, minha sogra havia saído com Nitinha, eu assistia à televisão, Dalva me acompanhou e sentou-se junto a mim, bem perto. Certo momento eu olhei para ela, ela olhou para mim, surgiu o primeiro beijo e algumas outras carícias no sofá. Para atrapalhar, chegaram Dona Lindalva e Nitinha da rua, toda quinta-feira elas faziam as compras no supermercado à noite. Dias depois, minha sogra e Nitinha foram a um aniversário levando Rivelino. Dalva aproximou-se, segurou minha mão e colocou-a no seio, nos beijamos, terminamos na cama fazendo amor. Rápido ela lavou o lençol melado de sangue. Quando nós dois ficávamos sozinhos, acontecia uma bela trepada, a cunhada era boa de cama. Até que um dia, feliz da vida, Dalva me mostrou um resultado de exame: estava grávida. Eu fiquei louco, pensava em Nitinha e minha sogra, que bolo! Dei-lhe um esbregue: — "Você não tomou o anticoncepcional, sua irresponsável?" — ela respondeu na maior alegria: — "Era isso que eu queria. Vou ser mãe, que coisa maravilhosa." — Eu perguntei como diríamos à minha mulher. Ela respondeu alegre que o problema era meu. Sentei-me no sofá esperando para enfrentar a sogra e a mulher. Quando as duas chegaram, falei para Nitinha que precisava de uma conversa urgente no quarto, só nós dois. Ao sentarmos na cama, como se tivesse decorado, contei dramatizando.

— Nitinha, tudo pode acontecer na vida, e aconteceu um caso muito grave, eu quero que você saiba por mim. Há alguns meses você e Dona Lindalva saíram para um aniversário, fiquei sozinho em casa tomando minha cachacinha, sua irmã também estava em casa, ficamos bebendo, meio de porre, terminamos transando. E o pior, hoje a Dalva me disse que estava grávida. Esse é um grande problema, quero resolver com você, minha mulher.

Nitinha olhou para mim e falou sem parar.

— Jesuíno, pensa que eu sou besta? Você disse que transou com minha irmã apenas uma vez e ela engravidou. Eu e mamãe sabíamos de tudo, desde a primeira vez que você transou com ela. Dalva me contou, ela estava tão feliz, queria engravidar. Eu amo minha irmã, sou capaz de dar a vida por ela. Sempre tive uma pena louca por ela puxar a perna, quando éramos meninas, muita gente mangava, chamava-a de aleijadinha. Quando ficamos mocinhas ninguém queria namorar a Dalva. Ela teve apenas um namorado, que acabou devido às brincadeiras de mau gosto de seus amigos. Quando te conheci, me apaixonei por ser um homem generoso e batalhador. Nasceu o Rivelino, minha irmã ficou encantada com o sobrinho. Confessou-me que o maior sonho de sua vida era ter um filho. Pensava até em ser mãe solteira. Eu tinha uma pena louca dela, depois que papai morreu, aumentou a dedicação de Dalva com Rivelino. Numa noite você chegou bêbado em casa, tirei sua roupa, dei-lhe um banho, fiquei com tanta raiva que não consegui dormir, foi quando eu tive a ideia. Se minha irmã quer um filho, por que não do sem-vergonha de meu marido? Pelo menos fica tudo aqui em casa. Amadureci a ideia e falei com Dalva. Ela me deu um abraço, chorou. — "Você seria capaz de fazer isso por mim, Nitinha? Emprestar seu marido?" — Resolvemos contar nosso plano à mamãe, ela aprovou. Deixamos o resto acontecer acreditando na sua sem-vergonhice. Você é o pai da criança, assuma a paternidade no cartório e como disse minha mãe: — "O povo que vá à puta que o pariu." — Vamos continuar uma família feliz.

— Eu fiquei com o queixo caído com o golpe arquitetado pelas irmãs e a mãe. Hoje tenho duas mulheres. Dois filhos com a Nitinha, Rivelino e Leila, e uma filha com a Dalva, a Janaína. Vivemos felizes em nossa casa. Todo mundo sabe da história e eu nem estou aí.

— E à noite, as duas entram no coro? — perguntou Sebastião.

— Claro, eu durmo com Nitinha, e faço algumas visitas à Dalvinha, que me ama muito.

— Jesuíno, você é um exemplo para todos os homens. Fiquei seu fã — disse Gustavo, sorrindo.

A caminhonete engolia a estrada rumo a Aracaju, Dom Pablo colocou uma fita de Nelson Gonçalves e cantarolava: "A Deusa da minha rua tem os olhos onde a lua costuma se embriagar..." Alcançaram a bonita capital de Sergipe por volta do meio-dia. Hospedaram-se no Hotel Palace. À tarde fizeram um passeio acompanhando um mapa e folheto do hotel. Conheceram as lindas e bem cuidadas praias e os pontos históricos da cidade. Ao entardecer retornaram ao hotel, os veteranos foram descansar, enquanto Jesuíno partiu em busca de aventuras. Não encontrou.

Pela manhã, picaram a mula rumo à cidade histórica de São Cristóvão, perto de Aracaju. Na entrada da cidade, quatro meninos se ofereciam como guias turísticos. A caminhonete penetrou na cidade enquanto o jovem contratado contava a história de São Cristóvão num linguajar decorado ininterrupto.

— São Cristóvão é a quarta cidade mais antiga do país e foi a primeira capital de Sergipe. Fundada por Cristóvão de Barros no dia 1° de janeiro de 1590. Durante a época das Capitanias Hereditárias foi a primeira capital da Capitania de Sergipe. Até dia 17 de março de 1855, quando a capital foi transferida para Aracaju. A cidade foi fundada para facilitar a ligação de Recife e Olinda com a capital do Brasil, Salvador. Em 1634 foi invadida pelos holandeses, que foram expulsos pelos portugueses em 1645, deixando a cidade destruída. No final do século XVII, Sergipe foi anexado à Bahia e São Cristóvão passa a ser sede de Ouvidoria. Nos meados do século XVIII, a cidade foi totalmente reconstruída. No dia 8 de julho de 1820, através de decreto de Dom João VI, Sergipe foi emancipado da Bahia e São Cristóvão tornou-se a capital.

O guia calou-se, respirou e orientou a caminhonete a percorrer as ruas da cidade colonial. Mostrou alguns prédios e igrejas antigas da cidade. Ao terminar a rápida visita, foram à Churrascaria Boi na Brasa à beira da estrada. Pediram churrasco de bode enquanto Jesuíno foi encher o tanque da caminhonete. Momentos depois, o motorista voltou acompanhado de uma mulher com saia curta, pintura exagerada, os experientes senhores notaram ser uma prostituta. Jesuíno apresentou-a como uma amiga, perguntou se podia convidá-la para o almoço. Ela sentou-se sorrindo, foi servida de carne de bode e comeu como se tivesse fome de alguns dias.

— Verifiquei no mapa: de São Cristóvão a Salvador são 314 quilômetros, ou seja, mais de quatro horas de viagem. Quero saber se vamos direto, parando em algum lugar para um lanche, ou pegaremos um hotel de beira de estrada ainda hoje? — perguntou Gustavo aos companheiros de viagem.

— Por mim iremos direto a Salvador, com uma parada no meio do caminho — disse o disposto Dom Pablo.

— Eu acompanho o chefe — levantou a mão Sebastião.

— Telefonei para meu irmão, Antônio, ele preparou uma boa programação em Salvador. Amanhã tem passeio na escuna na Bahia de Todos os Santos; jantar em seu apartamento. Dia seguinte vamos dar uma volta na cidade e outros passeios — informou Gustavo, entrando na caminhonete.

A prostituta agradeceu o almoço e perguntou se poderia pegar uma carona até um povoado perto. Tinha marcado um encontro com um caminhoneiro, cliente antigo, estava cedo, mas ficaria esperando à beira da estrada. A caminhonete partiu com a prostituta entre os dois senhores no banco traseiro. Dom Pablo, curioso da história do povo, virou-se para a jovem perguntando quantos anos tinha e como foi parar naquela vida.

— Eu pareço mais velha, mas tenho 26 anos, estou nessa vida de mulher dama desde meus 15 anos. Meu pai tinha um roçado. Minha mãe e mais três filhos ajudavam, eu era boa de enxada. Meu pai pegou uma doença braba nas tripas e morreu. Minha mãe ficou sem rumo, não sabia administrar o roçado, vendeu por pouco dinheiro, meus dois irmãos mais moços foram para a capital procurar emprego. Eu e minha mãe ficamos sem a casa para morar. Terminamos numa pensão de rapariga, minha mãe ficava com o dinheiro para beber, bebeu tanto que morreu. Fiquei sozinha no mundo, sem emprego, o jeito era continuar quenga, eu era nova, todo mundo me queria. Agora virei rapariga de beira de estrada, tenho alguns fregueses que me dão algum dinheirinho. Deus me deu esse destino, essa vida.

Os companheiros ficaram sensibilizados com a história da mulher, vida semelhante à maioria das putas nordestinas. A caminhonete continuou a uma boa velocidade, todos calados, até que a jovem pediu para parar, havia encontrado o ponto marcado. Jesuíno parou numa pracinha, a mulher agradeceu. Dom Pablo tirou uma nota do bolso, pediu mais dos companheiros e entregou à prostituta. Quando partiram, ela gritou.

— Obrigada, fica com Deus!

Sentou-se no banco da praça esperando o caminhoneiro que passaria entre cinco e seis da tarde.

Os amigos, sensibilizados com o conformismo e a resignação da prostituta, ouviram o comentário de Jesuíno.

— Foi muita bondade, essa mulher jamais esquecerá essa caridade. Eu senti a felicidade em seu rosto ao receber o dinheiro. São umas coitadas. Fui amigo de muitas raparigas na zona de Jaraguá, tinha até namorada. Os jornais chamam de "mulher da vida fácil"; vida fácil uma ova!

Dom Pablo tomou a palavra.

— Quando cheguei a Maceió, o bairro de Jaraguá era o mais movimentado da cidade. Durante o dia havia um efervescente comércio. Pela noite reinavam as casas de mulheres, muita animação. Os casarões bonitos de dois andares foram construídos para moradia na parte de cima e embaixo servia de escritórios e negócios. Pela proximidade do porto, desembarcando marinheiros de tudo que era país, foram aparecendo bares e restaurantes, as quengas foram se chegando e as famílias foram se mudando para outros bairros. Assim, Jaraguá se transformou em bairro boêmio com os casarões bonitos transformados em casa de mulheres.

A caminhonete prosseguia na estrada deslizando no asfalto, Dom Pablo escolheu alguma música, colocou no toca-fitas e provocou.

— Jesuíno, você tem outra história interessante. Conta aí como foi que uma alemã se apaixonou por você e trazia da Alemanha malas cheias de presente.

— Alemanha não, ela é da Noruega. Vou contar a história. Na temporada de verão, quando Maceió se enche de turistas, eu ajudo um amigo dono de uma barraca de praia nas minhas folgas. Alugo cadeiras de praias e trabalho de garçom. Faz mais de quatro anos que apareceu na barraca uma gringa da pele queimada do sol, galeguinha dos olhos azuis, de biquíni branco curto, devia ter uns 40 anos. Chegou na barraca e pediu cadeira de praia, sombrinha, cerveja e agulhinha frita. Com presteza, armei a cadeira e a sombrinha no local que ela apontou, levei cerveja e o prato de agulhinhas fritas. Depois da quarta cerveja, a galega me chamou e puxou conversa comigo. Eu tinha que dar atenção aos clientes e à conversa da Noruega. Anoiteceu e a galega continuava na cerveja. Pelas 20 horas, ela pagou a conta, levantou-se meio bêbada, segurou minha mão e pediu-me para levá-la ao hotel. Entramos no hotel de luxo, o pessoal da portaria olhou desconfiado para o neguinho junto com a gringa. Subimos o elevador, ao entrarmos no quarto, ela me agarrou, derrubou-me na cama, passamos a noite fazendo cada coisa que tenho vergonha de contar. Ingrid, o nome dela, é diretora de um banco internacional, adora Maceió. Eu esclareci que só trabalhava na barraca no fim de semana, mas poderia encontrá-la nos outros dias a partir de oito da noite. Assim aconteceu. Em casa falei que iria trabalhar à noite para o patrão, tomava banho caprichado, vestia uma camisa bonita e seguia para o hotel. A mulher me esperava de calcinha, pronta para a guerra. Eu pisava no quarto do hotel, ela me abraçava e não parava mais. Nunca pensei que houvesse tanto tipo de sacanagem, aprendi muita putaria com a gringa. Devassa como nunca vi, bom demais. Ela trabalha num banco estrangeiro. Todo ano ela traz uma mala de presentes, lotada de calças, camisas, tênis, bermudas, relógios, garrafas de uísque e outras bebidas. A Noruega me chama de "Meu Lindo". Ela deve chegar depois do carnaval, é o quinto ano seguido. Vocês não vão acreditar, a Noruega é casada, me mostrou a fotografia do marido e das duas filhas. Todo pessoal da barraca sabe da história. Até os poetas de rua, Jorge Calheiros e Dêmis Santana, publicaram um livreto de cordel com a história "A Noruega Apaixonada", está sendo vendido nas bancas de revistas e nas feiras do Nordeste. Eu trouxe um livreto, está no porta-luvas.

Dom Pablo tirou o folheto, folheou e leu uns versos para os amigos:

NORUEGA APAIXONADA
Apareceu uma galega, dessas da língua enrolada.
Veio lá das Oropas para nossa terra amada.
Gostou da peia do Nêgo, a Noruega apaixonada.
A gringa ficou louquinha, juro, não é brincadeira,
Por Jesuíno Caga-Praça, o alugador de cadeira,
E, no final da tarde, a bimbada era certeira.
A sacanagem era grande, isso posso garantir.
Jesuíno fazia coisa que nunca pensou existir,
A galega até cantava para fazer ele sorrir.
Dava a ele uísque e vinho, tudo em grande volume,
Calça, camisa de grife, além de caro perfume.
Os amigos, com inveja, lamentavam com ciúme.

Os amigos divertiam-se com as histórias de Jesuíno. E de história em história, de conversa em conversa, chegaram à cidade de Salvador, capital da Bahia.

VICTÓRIA

Em Salvador, hospedaram-se no Hotel Oxumaré. Durante o jantar, Gustavo informou a programação para o dia seguinte: um passeio na escuna de seu irmão.

Eram 9 horas da manhã quando Antônio apareceu, deu um forte e afetivo abraço em Gustavo, cumprimentou todos com alegria. Conversaram amenidades e rumaram para o cais na Cidade Baixa onde a escuna estava esperando. Os irmãos partiram na frente e Jesuíno acompanhou o carro. A surpresa ficou por conta da espaçosa e bela escuna. A família e alguns amigos aguardavam os convidados de Alagoas. Antônio apresentou-os a todos. Gustavo estava feliz junto ao irmão. Assim que se acomodaram, a escuna roncou os motores e iniciou a navegar mar adentro da Bahia de Todos os Santos. Dom Pablo, Sebastião e Jesuíno sentaram-se em cadeiras confortáveis na proa, apreciando a movimentação e a vista deslumbrante. A escuna deslizava na água deixando os convidados fascinados com o cenário. Inúmeras embarcações navegavam em todas as direções, pareciam fervilhar por cima do mar azul. Passaram ao largo do redondo Forte de São Marcelo dentro do mar. Ao longe, avistava-se o Elevador Lacerda se destacando na silhueta da cidade. A juventude, filhos, sobrinhos e amigos alegravam o barco. Antônio aproximou-se com a esposa Joana e a cunhada, Victória. Sentaram-se nas cadeiras protegidas por um toldo, na proa. Pablo reparou a bonita e elegante cunhada de Antônio, vestida de calça comprida de linho, blusa azul brilhante; usava pulseiras, colares, brincos argolados e fitinhas do Bonfim no pulso. A senhora sentou-se ao lado de Pablo. Conversaram, tiveram uma espontânea empatia, sentiram-se à vontade um com o outro. Pablo animou-se com a inteligente e bem-humorada senhora. Ele calculou a idade, devia estar na faixa de 60 a 65 anos, notou a pele morena bem tratada, olhos azuis claros e cabelos encaracolados. A beleza invulgar de Victória impressionou Dom Pablo. Durante o trajeto conversaram descontraídos enquanto a escuna navegava no mar azul. Dom Pablo, maravilhado com o passeio, bebericava uísque e degustava os petiscos na mesa dos convidados. Pouco mais de três horas depois navegando, a escuna retornou ao cais da Cidade Baixa. Dom Pablo já estava íntimo de Victória.

No Restaurante Berro D'água, havia uma mesa reservada para Antônio. A família sentou-se em alegre algazarra. A especialidade da casa era comida baiana: caruru, acarajé, abará, vatapá, xinxim de galinha. Dom Pablo experimentou os deliciosos pratos baianos, enquanto Victória explicava, dava aula de culinária de cada prato. Um conjunto tocava os sucessos do momento, no intervalo iniciaram um karaokê, alguns jovens cantaram. Victória, quando ouviu a música iniciando, disse: "Essa é minha". Levantou-se, pegou o microfone e cantou: "Eu sei que vou te amar... Por toda minha vida eu vou te amar." Foi aplaudida pelos amigos da mesa. Uma tarde divertida no Restaurante Berro D'água. Às sete da noite os convidados recolheram-se. Na hora da saída do restaurante, Dom Pablo agradeceu à Victória pela agradável companhia.

Na manhã seguinte, Antônio foi buscar os convidados para um passeio à Ilha de Itaparica. Dom Pablo e Sebastião optaram por ficar descansando, dariam uma volta em torno do hotel. Antônio levou o irmão Gustavo para a programação com a família. Entretanto, o jantar em seu apartamento eles não perderiam.

Cumpriram o prometido, por volta das oito da noite os quatro visitantes foram recebidos no amplo apartamento de Antônio. Duas salas conjugadas, de qualquer ponto se avistava a Praia da Barra. Dom Pablo, vestido com uma camisa de linho branca, debruçado à janela, encantava-se com o cenário fascinante do mar iluminado pela lua e os fachos das embarcações. Naquele momento sentiu uma mão segurar seu ombro. Alegrou-se ao ver a bonita baiana, vestida com um longo amarelo de renda, os cabelos bem penteados, brincos de argolas, colares, pulseiras douradas. O sorriso cativante completava o belo visual de Victória. Cumprimentaram-se beijando as faces. Ela puxou pela mão seu filho de 40 anos, apresentou-o.

— Francisco, venha conhecer um amigo de sua mãe, Pablo, é avô de seus primos de Alagoas.

— Esteja à vontade, Dom Pablo, ouvi muito sobre o senhor. Bem-vindo à Bahia. Boa terra para divertir-se.

Victória segurou a mão de Pablo, deu um giro pelo apartamento apresentando-o aos convidados. Finalmente sentaram-se na varanda servindo um uísque. Conversaram amenidades até quando o jantar foi servido. Antônio felicíssimo com a visita do irmão Gustavo e amigos. Victória preparou um prato de lagosta para os dois, deliciaram-se dividindo os garfos. Os alegres e divertidos coroas, sempre juntos, chamaram a atenção. Uma sobrinha brincou com Victória, cochichando: "Tia, gostei do seu namorado bonito, vá em frente". Ela sorriu com a brincadeira e contou a Pablo, que enrubesceu, delatando-se.

Eram pouco mais das 23 horas, o colombiano e a baiana continuavam a conversa na varanda apreciando o mar polvilhado de pontos de luz dos barcos. Inesperadamente, com o copo de uísque na mão, mostrando firmeza e vontade, Victória fez a proposta mais improvável e surpreendente.

— Pablo, sou uma setentona, fiz muita coisa nessa vida. Eu amo viver, sou independente, viúva. Não tenho motivo de segurar meus sentimentos e desejos. Preciso aproveitar enquanto me resta qualidade de vida. Só faço o que quero, a festa de minha irmã está ótima, contudo, me deu vontade, nesse momento, de dar um giro com você, dirigindo pela orla de Salvador. O que me diz?

— Claro que sim. Fiquei feliz com essa possibilidade. Quero apreciar a bonita orla dessa mágica cidade.

Os dois saíram à francesa. Avisaram a Joana, ela comentou sorrindo:

— Minha irmã, eu te admiro. Vá dar uma volta com seu amigo, tome cuidado.

Eles desceram ao estacionamento, Victória ligou o carro e partiram para as bandas da Praia de Itapuã.

Noite agradável, a brisa entrava acariciando o casal. Victória colocou uma fita iniciando sua música suave e romântica: "Eu sei que vou te amar... Por toda minha vida... Vou te amar..." Eles cantarolavam e conversaram alegres até a Praia de Piatã, onde havia vários carros estacionados lado a lado. Era um local exclusivo para encontros amorosos. Dois policiais rondavam a área, davam segurança e confiança aos namorados. Victória estacionou numa vaga. Olhou para Pablo, levou seus lábios à sua boca. Os dois se atracaram em beijos, abraços e carícias. Subitamente, Pablo, com franqueza e elegância, sugeriu o caminho do Hotel Oxumaré. Victória adorou a proposta.

Entraram no apartamento 801. Victória dirigiu-se ao banheiro, tomou uma ducha morna e apareceu sensual de toalha enrolada. Dom Pablo também foi à ducha quente. Os dois, enrolados em toalhas, estavam à vontade, sentaram-se na cama. Dom Pablo puxou-a, beijou-a. Deitaram-se, abriram as toalhas, uniram os corpos nus. Ele beijou os seios, desceu a boca ao ventre. Victória sentiu aquecer seu corpo. Abraçaram-se, conseguiram a penetração e gozaram como há tempos não acontecia com os dois. Permaneceram abraçados, deitados por um bom tempo, calados. Dom Pablo sentiu-se feliz, achou-se mais vivo, rejuvenescido. Faceiros, levantaram-se enrolados nas toalhas, sentaram-se em cadeiras confortáveis na varanda, encheram os copos de uísque, Pablo sorriu alegre, brindando:

— Vou tomar um porre esta noite. Ganhei um presente dos Deuses da Bahia.

Beberam, conversaram, cantaram, sorriram. Uma farrinha a dois. Estavam felizes, fizeram promessas de amor como dois adolescentes. Meio bêbados, deitaram-se na cama e adormeceram.

Dom Pablo acordou-se ressacado, olhou para Victória deitada dormindo, percebeu que, apesar dos anos, era uma mulher bonita, bem cuidada, ficou feliz lembrando a noitada, tinha de aproveitar o restinho de vida maravilhosa. Lembrou-se do momento do amor. Ainda sentia nas narinas o cheiro acre do corpo de Victória que estimulou sua energia. Interrompeu o devaneio, levantou-se com cuidado para não despertar a baiana, foi ao banheiro. Fez a barba, a higiene bucal, tomou um demorado banho, colocou uma bermuda comprida, uma camisa frouxa. Sentou-se numa poltrona apreciando a nova amiga dormindo. Quem seria aquela mulher que apareceu sem aviso em sua vida?

Victória acordou-se olhando para o teto tentando reconhecer onde estava. A amnésia alcoólica dificultou a lembrança do que havia acontecido: virou-se, ao lado estava Pablo sentado na poltrona sorrindo para ela. Naquele momento lembrou-se da noitada, aquele homem carinhoso, maravilhoso. Pablo aproximou-se e deu-lhe um beijo na testa. Os dois sorriram. Victória sentou-se na cama, segurou a mão do companheiro, perguntou:

— Fiz alguma bobagem ontem?

— Bobagem? Você foi maravilhosa.

— Meu querido, vou lhe confessar, gosto de beber de vez em quando. Bebo porque vejo a vida mais cor-de-rosa. Acontece que ontem eu estava feliz, alegre, fizemos amor, seu carinho, suas carícias, você foi surpreendente. Voltamos a beber, a partir daí não lembro nada, nem quando fui dormir.

— Sentamos na varanda conversando, bebendo, sorrindo, cantando, até altas horas quando adormecemos. Não se preocupe, amnésia alcoólica é normal. Eu amanheci com um pouco de ressaca, tomei alguns remédios, estou melhorando. Vou pedir o café no quarto, você deseja algo especial?

— Só me desperto totalmente depois de um banho, quero seus remédios de ressaca. Essa noitada vai ficar na história de minha vida.

Durante o café, resolveram não participar da programação de Antônio. Descansariam todo o dia no hotel, conversando.

O interfone tocou, Dom Pablo atendeu.

— Alô. Tudo bem, chefia? Precisa de alguma coisa?

— Desço já, Jesuíno. Faz favor, diga ao Gustavo e ao Sebastião que preciso uma rápida reunião com vocês.

Ao descer encontrou os amigos em volta de uma mesa no saguão, lendo os jornais. Pablo, feliz, comunicou:

— Estou acompanhado. Desci para combinar. Vocês façam o programa do Antônio. Vou ficar no hotel, à tarde talvez um passeio. Telefonei para Maceió, Gabriel disse que está tudo normal, mandou que eu aproveitasse bastante, é o que vou fazer. Não se preocupem comigo. Podem passear à vontade. Hoje vou tirar o dia de folga de vocês, levem a caminhonete.

— Patrão, o senhor não tem pareia nesse mundo.

Dom Pablo bateu nas costas de Jesuíno como que agradecendo o elogio, tomou o elevador e entrou no apartamento 801. Sentada no sofá, lendo o jornal A Tarde, Victória o esperava. Ao se aproximar ele sentiu o perfume místico exalado daquela mulher.

— Desmarquei os compromissos, prefiro ficar enclausurado nesse quarto, a seu lado. Quero saber de sua vida desde que nasceu.

Sentados nas cadeiras confortáveis da varanda, olhando a bonita vista do oitavo andar, degustaram um reforçado café. Victória principiou a contar sua história.

— Sou de Itabuna, terra de aventureiros. Na época áurea do cacau apareciam forasteiros audaciosos, temerários, bandidos em busca de sítios e fazendas para plantar cacau. Matavam, invadiam e roubavam terras alheias, não respeitavam as leis. Meu avô, Erasto dos Santos, filho de negra e pai desconhecido, durante a juventude pegou corpo, era trabalhador e bom de briga. Um coronel fazendeiro contratou-o como jagunço. Ele mostrou força e coragem. Com o tempo passou a ser capataz, fiscalizando os trabalhadores do campo. Naquela época os coronéis se apoderavam de terras vizinhas à bala e registravam nos cartórios corruptos e mancomunados. O cacau estava com ótimo preço no mercado internacional. Meu avô Erasto tornou-se o homem de confiança, administrando a fazenda com mãos pesadas e participando de roubos de terra. Numa dessas lutas, assassinaram o patrão. A família, mulher e filho que moravam em Salvador, não quiseram pisar em Itabuna, tinham medo das histórias de matanças e roubos. Depois da morte do marido, o medo aumentou, deixaram a administração da fazenda com meu avô, Erasto. A família ficava aguardando o dinheiro todos os meses em Salvador.

Após três anos, todas as terras do patrão pertenciam a meu avô Erasto, registradas em cartório. Roubou tudo da viúva, fez um acordo que a ele pareceu justo, estabeleceu uma mesada para a família. Rico, analfabeto e ainda moço, conheceu minha avó Joana na cidade, cabocla bonita, casaram-se e foram viver na casa da fazenda. Tiveram quatro filhos: Amaro, Augusto, João e Francisco. Vovô Erasto colocou os filhos para estudar em Salvador, queria todos com anel de doutor, seria seu maior orgulho. Amaro e Augusto, rapazes, gostaram da capital, se meteram em farra. Mentiam para o pai, não se interessavam pelos estudos, recebiam uma conta gorda todo mês e caíam na farra. Apenas Francisco levou os estudos a sério, estava cursando a Faculdade de Direito. Numa viagem de carro a Salvador houve um acidente de carro, Francisco morreu. Meus avós ficaram amargurados, tristes. O filho João permaneceu trabalhando na fazenda, era o braço direito do velho Erasto. João, meu pai, estudou pouco numa escola em Itabuna, era dedicado ao trabalho. Quando meu avô morreu, a fazenda ficou dividida entre minha avó e os três filhos. Meus tios Amaro e Augusto não quiseram sair de Salvador, venderam suas partes a meu pai, João, que tinha dinheiro guardado, sempre foi controlado. Meus tios continuaram em Salvador gastando dinheiro, morreram pobres, sempre com alguma ajuda da mãe e do irmão. Meu pai, moreno bonito e forte, conheceu minha mãe, Mary Clark, jovem filha de ingleses religiosos, missionários. Apaixonaram-se e casaram-se. Ficaram morando na fazenda de Itabuna com minha avó, e tiveram três filhos: Eduardo, Joana e eu. Compraram uma bela casa aqui na Barra, onde nos criamos com a disciplina inglesa de minha mãe, Mary. Ela nos matriculou em bons colégios e em aulas particulares de música e pintura em Salvador. Na juventude fui namoradeira, serelepe, alegre e festeira, tornei-me conhecida e querida na cidade. Até que um dia me casei com Volney, advogado, vivemos os primeiros anos maravilhosos e tivemos dois filhos: Francisco e Mary. Quando nossos pais morreram, a fazenda foi dividida entre os herdeiros. Volney insistiu em vender a nossa parte, dizia que o preço do cacau estava caindo, eu acreditei, deixei Volney administrar a herança. Ele fez péssimos negócios, um visionário patético sem os pés no chão, gastador, comprando dois, três carros importados, jogando, até que terminou o dinheiro de minha herança. Foi a pior fase de minha vida. Ainda bem que eu jovem cursei a Escola de Belas Artes e depois fiz concurso para professora, tinha meu dinheirinho garantido. Houve muito desentendimento com meu marido. Ele envolveu-se em tráfico de drogas, chegava em casa embriagado, chapado pela madrugada. Algumas noites, durante discussões, ele foi violento. Numa madrugada recebi um telefonema da polícia informando que encontraram o corpo de Volney crivado de balas jogado na Praia de Itapuã. Não chorei. Houve um boato de que eu havia mandado matar o marido por ele ter acabado a herança e ter me surrado. Sinceramente, em certos momentos eu pensei em mandar um jagunço apagar o Volney. Foi o pessoal da droga que o matou. Hoje, sou independente, aposentada da Escola de Belas Artes, dou aulas de pintura particular, faço o que quero. Amo viajar. Aos 71 anos, adoro tomar minhas biritas por prazer, para enxergar a vida mais alegre e com mais emoção. Meus filhos, meus irmãos, meus sobrinhos, meus amigos me adoram, e eu a eles. Antônio é como se fosse um irmão mais moço. Está rico, comprou dos cunhados as partes da fazenda. Vive da exportação de cacau e possui duas concessionárias de automóveis. Ele tem paixão pelo irmão Gustavo, que reapareceu depois de muitos anos, amigo de vocês.

— A filha do Gustavo, Yamary, é casada com meu neto, Mário. Conheceram-se na Amazônia, quando ele era tenente do Exército. Somos parentes por afinidade — observou Pablo.

Victória sorriu, alisou e beijou sua mão. Dom Pablo continuou.

— Amei sua história, você é uma mulher de fibra, teve uma vida intensa com adversidades, devia escrever um livro de memórias. Pense nisso.

— Agora é sua vez. Estou ansiosa para saber quem é você, conte logo a história de sua vida.

— Sou um homem simples, filho único de um comerciante, meu pai proprietário de um armazém de secos e molhados, casou-se com uma bela espanhola numa viagem que fez a Barcelona. Nasci na cidade de Cartagena das Índias, na Colômbia. Minha infância foi um sonho de menino livre, leve e solto pelas ruas estreitas da cidade dos bangalôs floreados nas fachadas coloridas. Eu amava o mar e montar os cavalos de meu pai, tinha muitos amigos. Na adolescência veio o desejo da carne, comecei a sair com mulheres de má fama. Dediquei-me às farras, tornei-me conhecido como jovem boêmio, eu trabalhava no armazém, ajudava meu pai. Minha mãe só pôde ter um filho, fui muito mimado, ser filho único tem suas desvantagens. Certo fim de semana, meus pais foram visitar uns primos numa fazenda em Barranquilla, me levaram. Viajamos em três cavalos. Ao chegar à fazenda Macondo fomos recebidos com muita comida e bebida. Tive uma surpresa ao rever minha prima Rosa descendo a escada. Na última vez que nos encontramos, era uma menina magra e desengonçada, tinha 13 anos. Aos dezoito transformou-se em uma linda mulher, diziam ser a mais bonita da Colômbia. Quando a vi, meu coração disparou e eu disse para mim: — "Essa é minha mulher." — Senti cumplicidade em seus olhares. Depois do jantar, sentados na varanda, conversei animado, em certo momento cochichei em seu ouvido: — "Quero você até o fim da vida, a mãe de meus filhos. Quando te vi, percebi que sempre te amei. Vamos fugir agora, vamos casar." — Ela respondeu que havia um acordo de casamento entre as famílias para ela se casar com Dom José, o vizinho. À noite não pude dormir, pensando em Rosa. Quando deu 1 hora da manhã, tomei a decisão, saí de meu quarto discretamente, fui bater em sua porta, ela abriu, sorriu e falou baixinho: — "Por que custou?" — Nos abraçamos, nos beijamos, fizemos amor até o dia amanhecer. Às 5 horas da manhã pegamos as malas, descemos a escada devagar, a casa estava dormindo, apenas alguns galos cantavam, andamos até as baias, montamos nos cavalos e fugimos. Quando deram por nossa falta, meus pais e os pais de Rosa dispararam para Cartagena. O casamento foi na bela Catedral de Santa Catalina de Alejandría. Meus pais deram uma festa de três dias. A mãe de Dom José exigiu duelo, sentia-se desmoralizada, eu aceitei, mas as famílias não deixaram. Nove meses depois nasceu Isabel. Ganhamos de meus pais uma casa de dois andares com bougainvilles vermelhos, roxos e brancos subindo as paredes. No quintal havia uma estrebaria onde Rosa guardava seu cavalo, Trovão. Vivíamos na maior felicidade, eu trabalhando, Rosa e Isabel em casa me esperando. Ela engravidou novamente, a felicidade dobrou esperando outra criança. Numa triste tarde, Rosa, com três meses de gravidez, caminhava pela calçada em direção ao Armazém, só para me ver, sempre fazia esse trajeto. Dom José e seus jagunços bebiam no botequim da esquina desde cedo. Quando ele notou Rosa caminhando do outro lado, montou a cavalo, cavalgou na direção dela, levantou-a pela cintura e colocou-a no colo. Ela se debateu e esperneou para soltar-se do covarde, mas só lhe restou avançar no pescoço do maldito e enfiar-lhe os dentes com força. A dor da mordida foi tão grande que o filho da puta a soltou. Rosa caiu de cabeça no chão, alguém correu me chamando, saí feito um louco. Ao ver Rosa caída tentei socorrê-la, não deu tempo, ela morreu em meus braços, sorrindo para mim. A maior dor e tristeza que tive na vida. Depois do enterro passei 36 dias sem sair de casa, a barba cresceu, meus pais e Isabel todos os dias me levavam comida. No amanhecer do 37º dia, levantei-me, olhei-me no espelho. Havia chegado o momento. Fiz a barba, tomei um café reforçado, vesti-me todo de preto, peguei uma espingarda, revólveres, ajeitei um talabarte cheio de balas no peito, desci ao quintal, montei no Trovão e parti a galope em direção à fazenda do assassino. Ao escurecer, entrei na fazenda por um buraco na cerca, aproximei-me da casa grande, fiquei observando escondido no mato. A família conversava na varanda, os pais, um irmão e Dom José. Dois jagunços faziam sentinela, um de cada lado. Ao vê-los, aumentou minha raiva. Aproximei-me mais um pouco, era matar ou morrer. De um local acobertado empunhei duas armas e disparei, descarreguei como se fossem metralhadoras por 2 a 3 minutos. Ouvi os gritos de dor, matei cinco, só escapou a mãe, que se encontrava na cozinha, recebi um tiro no ombro, doeu muito. Retornei correndo, ferido, montei com dificuldade no Trovão e parti para Cartagena. Em certo momento entrei no mato e adormeci. Acordei no dia seguinte com uma dor dilacerante, uma bala em meu corpo. Retomei o caminho me escondendo quando podia, cheguei à noite em Cartagena, fui direto à casa de um médico amigo. Ele já sabia da matança, tirou a bala encravada de meu ombro, adormeci. Despertei-me à noite do outro dia com meus pais avisando que a polícia estava à minha procura e a mãe de Dom José jurou matar Isabel. Havia um navio partindo de madrugada para Havana, meus pais me deram dólares e alguns barrotes de ouro. Embarquei levando Isabel, ela tinha apenas 2 anos. De Havana, continuei fugindo para Belém do Pará, Isabel não se deu com a umidade, tinha problema respiratório. Resolvi viajar num navio para o Rio de Janeiro e lá me estabelecer, mas, quando o paquete atracou em Maceió, eu desci para conhecer a cidade, encantei-me com as praias e o mar. Sentindo que Isabel estava feliz, correndo, tomei uma decisão. Comuniquei ao comandante do navio, peguei as malas, desci e fiquei morando pelo resto da vida em Maceió, onde constituí uma bela família.

— Meu Deus! Que lindo! Você matou cinco de uma vez por causa de amor? Que romântico! Uau!

— Quando Isabel completou 18 anos, apareceram pretendentes, ela preferiu o Dr. Bernardo, um jovem médico que havia se formado na Bahia, eles se apaixonaram e se casaram. Deram-me três netos e doze bisnetos. Todos moram em Maceió, a família é unida. Um dos netos, sua esposa, mais quatro filhos moram comigo. Isabel morreu recentemente, ainda estou abalado. Dá-me uma infinita tristeza quando penso em minha filha.

— Meu Deus, eu não sabia da morte recente de sua filha.

— Há muitos anos comprei um sítio de uma professora viúva que morava na cidade de Marechal Deodoro. Quando assinamos a escritura, a professora Carolina me convidou para almoçar, tinha preparado uma peixada para comemorar nosso negócio, foi um almoço divertido. Contou-me a história da cidade de Marechal, fiquei interessado, eu gosto de ler romances e livros de História. Depois do almoço tomei muita cachaça na casa dela até a hora da última lancha para Maceió. O diabo atentou e eu fui para cama com a viúva. Desde esse dia passamos a nos encontrar, até que ela foi morar comigo, tem mais de 40 anos, nunca casamos. Há pouco mais de dois anos, Carolina começou a esquecer das coisas, era o início da demência, com o tempo foi se agravando, hoje não reconhece ninguém, mal de Alzheimer, eu contratei duas enfermeiras para dar a melhor assistência possível. Ela vive deitada, não come, está sobrevivendo no soro em seu quarto. Vivemos toda vida em quartos separados.

— Você é casado e não me disse. E sua filha Isabel, foi acidente?

— Câncer no seio. Ela lutou bravamente, minha filha era uma sábia, foi embora e levou um pedaço de mim. Isabel foi minha vida. Deu-me amor, carinho, deu-me ainda netos e bisnetos. Só tenho lembranças boas de minha filha.

Às quatro da tarde Pablo tomou banho, colocou uma calça leve jovial e uma camisa floral esportiva, desceram. Passaram no apartamento de Victória. Pablo esperou na sala, olhando os livros, os discos e os quadros. A baiana reapareceu esbelta, elegante, charmosa, sensual, arrancou um sorriso de alegria em Pablo. Partiram para o centro de Salvador. Deram uma volta pelo Pelourinho e arredores. Às oito da noite, no Restaurante Bela Napoli, deliciaram-se com a massa italiana, ouvindo os garçons cantarem canções napolitanas. Estavam cansados, retornaram ao hotel, onde pegaram no sono, dormiram.

No dia seguinte, uma luminosa manhã de verão apareceu na janela. No café da manhã encontraram os amigos, a programação era um passeio à Igreja do Bonfim.

A Igreja Nosso Senhor do Bonfim estava cheia, na semana seguinte haveria a lavagem das escadarias pelas baianas vestidas a caráter, durante o dia atrai milhares de pessoas. Essa tradição existe há mais de duzentos anos. A lavagem é a melhor evidência do sincretismo religioso entre católicos e os devotos dos terreiros nas escadarias da Basílica do Bonfim. Antônio e Joana se fizeram de guias de turismo. Dom Pablo comprou camisas e fitinhas para os netos e bisnetos. Perto das quatro da tarde, o casal retornou ao hotel, tinha compromisso com as artes baianas à noite. Descansaram para aguentar as festas da Bahia.

Na entrada da exposição, Victória apresentou o artista plástico, seu querido amigo, Ângelo Roberto Mascarenhas. Dom Pablo ficou encantado com as obras em bico de pena. Leu um folheto sobre o pintor:

> "Ângelo Roberto Mascarenhas, graduado na Escola de Belas Artes da Universidade Federal da Bahia (UFBA), contemporâneo na arte baiana de Glauber Rocha, Calasans Neto e João Carlos Teixeira Gomes. Há às vezes a impressão de que o artista tem um poder incomum de criar um nobre sentimento entre suas figuras humanas e seus animais. Nos gestos mais sutis das figuras de Ângelo, o sentimento de amor infinito pela liberdade compreende o direito das criaturas de conquistá-la e deixá-la ir e vir, quando quiser. Como a tristeza feita em lágrimas nos olhos das meninas, diante de pássaros engaiolados; ou feita em alegria incontida e fluida no momento de ver outro pássaro alçar voo e sumir pela janela. Em todos os segmentos que extrai da vida, Ângelo é sublime e sua linguagem não é meramente emocional – é hipnótica."
>
> Escreveu o jornalista Gutemberg no folheto, definindo o trabalho de Ângelo Roberto.

A festa se estendeu até mais tarde, Victória estava feliz ao lado dos artistas baianos que lotaram a exposição.

Dom Pablo conversou e encantou-se com o artista, Ângelo Roberto. Comprou um quadro cujo tema era cavalo em fundo branco. Eles foram dos últimos a sair da exposição. No hotel, tomaram banho, Dom Pablo animou-se com aroma exalado do corpo da amada, mas o cansaço foi maior, adormeceram.

Eram duas horas da manhã quando tocou o telefone, Pablo atendeu, Victória ouviu o curto diálogo.

— Alô, Gabriel... Ai meu Deus! A que horas?

Victória perguntou o que havia acontecido.

— Carolina faleceu — respondeu Pablo, desligando o telefone.

CAROLINA

Passava um pouco da meia-noite quando a enfermeira constatou a morte de Carolina, imediatamente comunicou a Gabriel e Cecília. Os parentes estavam esperando essa notícia a qualquer momento, mesmo assim, foi um impacto para Cecília; ela e Carolina eram amigas íntimas. Desde que Cecília e o marido Gabriel passaram a morar no mesmo casarão onde ela vivia com Dom Pablo, nunca houve problema ou aborrecimentos na convivência entre eles. Carolina tinha paixão pelos quatro filhos do casal. Quando começou a demência, Cecília percebeu os primeiros sintomas, acompanhou o progresso avassalador da doença. Ela esquecia quem eram as pessoas, onde estava. Muito sofrimento para a família que a amava.

Carolina era uma mulher ativa, ensinava nos colégios. Toda manhã caminhava na praia. Ela e Dom Pablo viviam amancebados há muitos anos, como ela gostava de dizer. Fazia parte da família. Amava a profissão de professora de História, pesquisava muito preparando suas aulas heterodoxas. Gostava de ler romances, biografias e História. Quando viajava com Dom Pablo, preferia lugares antigos, tinha obsessão pelos locais históricos da humanidade. "Entender a História é se preparar para entender o mundo", era sua frase predileta. Seus alunos amavam-na e admiravam sua didática invulgar, comparando o contraditório histórico. Estimulava debates questionando a história oficial contada pelos vencedores. Incentivava a pesquisa nas bibliotecas, emprestava seus livros e lembrava que a História era para ser estudada. Tinha de conhecer os dois lados da história e tirar suas conclusões. Carolina ensinava seus alunos a pensar, a ter suas próprias opiniões. Quando havia algum acontecimento inquietante no Brasil ou no mundo, promovia discussão sobre o assunto durante a aula, levava recortes de jornais. Os alunos adoravam sua metodologia, embora ela fosse rígida nos horários, não tolerava faltas às aulas com justificativas descabidas. Ensinou o valor da disciplina, nunca dava notas por gentileza ou simpatia. "Só passa quem souber", repetia.

Gabriel telefonou imediatamente para Dom Pablo em Salvador; depois para seu pai, Dr. Bernardo, o primeiro a chegar ao casarão. Deixou por conta de uma agência funerária as providências necessárias do enterro. Cecília foi à redação dos jornais tentar um anúncio fúnebre na primeira página do Jornal de Alagoas e da Gazeta de Alagoas. Gabriel telefonou para seus irmãos comunicando o falecimento de Carolina e que o enterro seria no Parque das Flores. Pediu à Andreza para providenciar coroas de flores em nome de Dom Pablo, do Dr. Bernardo e dos netos e bisnetos. Pediu ao irmão Mário para apanhar no aeroporto o avô Dom Pablo, que chegaria de Salvador no avião das 7 horas. Quando o dia amanheceu, o corpo de Carolina estava a caminho do campo santo. Os jornais do dia já apareceram nas bancas com o anúncio fúnebre estampado na primeira página:

> NOTA DE FALECIMENTO
> Dom Pablo Márquez, Madalena Wanderley e família sentem o doloroso dever em informar aos amigos o falecimento da professora Carolina Wanderley, ocorrido nessa madrugada. Ao mesmo tempo, convidam ao sepultamento no Parque das Flores, hoje, às dezessete horas. Desde já ficam agradecidos por esse ato de piedade cristã.

Ainda pela manhã começaram a aparecer amigos no Parque das Flores; alguns conhecidos e muitos desconhecidos. Aproximavam-se do caixão, faziam reverência, oravam, alguns choravam. Gabriel percebeu que a maioria era de ex-alunos, tinham admiração pela professora e prestavam a última homenagem. Em torno das 8 horas, chegou Dom Pablo acompanhado dos amigos, Gustavo e Sebastião, interromperam a viagem, Jesuíno retornava a Maceió dirigindo a caminhonete. Dom Pablo aproximou-se, olhou para sua companheira de tantos anos inerte no caixão. Ele alisou a testa, abaixou-se, beijou-lhe o rosto, não conteve as lágrimas, chorou emocionado. Alguém o consolava ao lado, abraçando-o. Ele, enternecido, escondendo as lágrimas com a mão, disse: "Vai embora outro pedaço de minha vida."

A família ficou surpresa com a quantidade de alunos prestando a última homenagem à professora Carolina. Dom Pablo não arredou o pé do lado do caixão e o povo foi lotando o cemitério. Ao meio-dia, o neto Mário levou Dom Pablo para descansar e almoçar. Às 14 horas, ele retornou vestindo terno escuro e gravata cinza. Estava admirado com tanta gente, talvez nem ela soubesse que era tão popular e querida. Sua maneira humana de ensinar marcou os jovens alunos para o resto da vida. Mário foi buscar Madalena, filha de Carolina, no aeroporto, vinda do Rio de Janeiro, onde morava. Emocionada, chorou muito diante do corpo da mãe. Os "netos" de Carolina estavam inconsoláveis. Eram quatro e meia da tarde quando o padre rezou a missa de corpo presente. Após a missa, o caixão foi colocado em cima do carrinho e empurrado até a sepultura. Dom Pablo acompanhou o cortejo caminhando atrás do carrinho junto aos netos e bisnetos. De repente, o violino de Gabriela puxou a música que a professora adorava e o povo acompanhou o corpo no carrinho cantando:

> *Carolina... Nos seus olhos fundos.... Guarda tanta dor... A dor de todo esse mundo... Eu já lhe expliquei que não vai dar... Seu pranto não vai nada ajudar... Eu já convidei para dançar... É hora, já sei, de aproveitar... Lá fora, amor... Uma rosa nasceu... Todo mundo sambou... Uma estrela caiu... Eu bem que mostrei sorrindo... Pela janela, oh que lindo... Mas Carolina não viu...*

Um de seus antigos alunos discursou, emocionado, agradeceu à Carolina o que aprendeu, não só da história do mundo, mas, principalmente, a história da vida, do comportamento do ser humano. Ao terminar suas palavras, os amigos aplaudiram na descida do caixão ao fundo da cova.

À noite, a família reuniu-se na casa de Dom Pablo. Contavam histórias e lembranças de Carolina. O gratificante comentário foi o comparecimento dos inúmeros alunos prestando emocionante homenagem no cemitério. Uma surpresa, ninguém imaginava que Carolina fosse tão querida. Madalena pediu uma dose de uísque a Gabriel. Ele trouxe uma garrafa e gelo, colocou na mesa da varanda, estavam precisando. Por volta das nove da noite o telefone tocou, a bisneta Clarice atendeu e gritou da sala.

— Vovô Pablo, telefone para o senhor, vai atender?

Ele balançou a cabeça afirmando, levantou-se da cadeira, foi à sala, levou o fone ao ouvido. Alegrou-se ao ouvir:

— Pablo, sou eu, Victória. Quero saber como você está.

— Abalado, outro impacto emocional em pouco tempo. Passamos muitos anos juntos, boa companheira. Carolina tinha muitas virtudes, querida de seus alunos, o cemitério lotou de parentes e amigos.

— Telefonei para lhe dar apoio. Quero dizer que, apesar do pouquíssimo tempo de convivência, você se tornou uma figura marcante para mim. Estou preocupada, embora eu saiba que é um homem forte.

— Ter te conhecido foi o que de melhor aconteceu nos últimos tempos. Obrigado por telefonar.

— Sua casa deve estar cheia. Vá ficar com a família, depois lhe ligo. Um beijo.

— Outro.

Desligou o telefone, retornou à varanda, um contentamento invadiu seu íntimo, lembrando-se de Victória. Dom Pablo conversou com Madalena.

— Eu soube que você vai passar a semana por aqui, sinta-se à vontade, a perda de Carolina me foi dolorosa. Fui testemunha, nesses últimos anos, de seu sofrimento, ela descansou, dentro de pouco tempo estarei no mesmo caminho. Precisamos acertar algumas pendências. Sua mãe era muito chegada à Cecília. Gostaria de uma reunião entre nós três.

— Pode ser amanhã, depois do café? Nesse final da semana pretendo ficar em Marechal Deodoro, rever minhas amigas de infância e olhar o sobrado que mamãe deixou.

Dom Pablo pediu para Cecília ler a carta deixada por Carolina, escrita em momento de lucidez no início da doença. Cecília levantou-se, abriu o envelope branco endereçado: À Minha Querida Família. Colocou os óculos e leu pausadamente as letras já trêmulas da professora.

> Minha querida família,
> A vida é a arte do encontro embora haja tantos desencontros pela vida, dizia o poetinha Vinicius de Moraes. Durante nossa existência festejamos nascimentos e choramos as mortes. Dói em nossa alma quando um ente querido vai embora, a morte é inexorável, um dia chega para todos, agora foi minha vez. A certeza da morte valoriza a vida. Aos que ficam, resta se resignarem diante da infalibilidade da morte. É preciso transformar a saudade em um sentimento vivo de boas recordações e

não em um triste pesadelo. Viver em estado de dor não traz ninguém de volta à vida. Saibamos viver o luto, continuando a lutar pela verdade e pelas alegrias que a vida nos dá. Eu tive uma vida intensa, agradeço a meu querido Dom Pablo todo esse tempo feliz que passamos juntos. Eu tinha apenas minha querida filha Madalena, Dom Pablo me deu uma família inteira, pronta, de quem sempre recebi muito amor. Esse amor foi retribuído por mim a todos vocês. Com muito orgulho fui uma dedicada professora de História, ensinei o que acreditava. Os livros foram meus faróis e bússolas, se não existissem livros, não sei o que seria de mim. Agradeço a todos de minha querida família que comigo conviveram todos esses anos e me deram felicidade. Além da saudade deixo uma lembrança viva, um livro para cada um, são livros escolhidos que fizeram minha cabeça em várias épocas, leiam e guardem esse presente de quem tanto amou vocês.

Beijo, Carolina.

— Essa carta foi escrita nos primeiros sintomas de demência. Carolina informou-se sobre a doença de Alzheimer. Ela sabia o que aconteceria com o passar do tempo, conversamos sobre a doença, prometi ficar sempre ao seu lado quando acabasse a lucidez. Era uma mulher forte, culta, discreta, amava a vida e esta família. Infelizmente aconteceu o previsto. Carolina escolheu alguns de seus livros que achou mais adequado a cada um, escreveu uma dedicatória especial, aqui estão os livros, venho guardando há algum tempo. Prometi entregar depois de sua morte. Vou distribuir um por um. Leio apenas a dedicatória do livro de Dom Pablo:

> **Dom Quixote de La Mancha.**
> "Dom Pablo, amor de minha vida, você é um Dom Quixote que deu certo. Seus sonhos são realizados porque você acredita neles e tem perseverança no trabalho. Obrigado pelo afeto e carinho que me dedicou. Lembre-se que a vida não terminou e você ainda tem a capacidade de sonhar e realizar novos sonhos. Aproveite o resto de vida que é bela. Um beijo de quem te amou incondicionalmente. Sua Carolina."

— Vou distribuir os livros como ela me pediu. Chamo pelo nome e o título do livro, vocês vêm apanhá-lo nesse monte.

Cada qual pegou seu livro com carinhosa dedicatória e guardou a preciosa lembrança. No dia seguinte, logo após o café da manhã, Pablo, Madalena e Cecília encontraram-se no gabinete. Dom Pablo foi bem objetivo:

— Madalena, eu costumo resolver pendências de imediato, não gosto de adiar. Quero acertar os bens de Carolina que devem ser passados para você por herança. Convidei minha neta Cecília, por ser amiga de Carolina, as duas se entendiam, ela tem alguma revelação sobre o assunto. Sua mãe deixou o sobrado de Marechal Deodoro em bom estado, está alugado. Há alguns anos, em uma negociação, fiquei com dois apartamentos no bairro do

Farol, deixei-os com Carolina para administrar, alugar e usufruir o aluguel. Os apartamentos ainda estão em meu nome, mas sempre considerei Carolina como proprietária; agora eles são seus, eu passo a escritura direto para você como doação. Acerte com Cecília em qual cartório, ela tem procuração para assinar por mim. Carolina deixou esses três imóveis. Tem alguma observação? Alguma dúvida, Madalena?

— Esses dois apartamentos foram surpresa e bondade do senhor. Agora eu pergunto, posso vendê-los? Tenho vontade também de vender o pequeno apartamento do Rio de Janeiro que mamãe me deu, ela sabia que vida de artista tem seus altos e baixos, sempre me ajudava. Quero voltar, morar em Marechal Deodoro e abrir um restaurante na Praia do Francês.

— Claro que pode, os apartamentos são seus, faça o que bem entender. Cecília te ajudará, tenho certeza.

— Dom Pablo, eu agradeço sua generosidade. Minha mãe amava o senhor, ela me disse que o senhor um dia propôs casamento e ela preferiu viver amancebada, como dizia.

— Eu também amava Carolina de meu jeito. Agora, vou deixá-la com Cecília, ela sabe tudo sobre sua mãe, eram carne e unha, vocês vão se entender. Peço licença, vou caminhar na praia, prezo muito minha saúde.

— Madalena, sua mãe anotou algumas observações e recados para conversarmos. Como professora de dois grandes colégios particulares, tinha a principal fonte de renda, as outras rendas eram os aluguéis dos apartamentos, ela gastava pouco, Dom Pablo fazia questão de pagar todas as compras de seus vestidos, de viagens, ou o que fosse. Ela fez uma poupança durante anos. Quando adoeceu, suas contas e poupanças ficaram conjuntas comigo, para que eu pudesse movimentar seu salário e assinou uma procuração me dando plenos poderes. Eu administro essa conta depositando mensalmente sua aposentadoria e o aluguel dos apartamentos. Ela deixou um carro Chevette, está na garagem, funciona bem, às vezes ligo o motor e dou uma volta. Carolina passou o carro para meu nome, para facilitar a burocracia quando morresse. Tenho aqui um extrato recente da poupança na Caixa Econômica. Vamos transferir os valores para sua conta — disse Cecília, mostrando o papel do extrato.

Madalena, ao verificar o valor, surpreendeu-se com a quantia da poupança deixada por sua mãe.

— Não mereço tanto, mamãe sempre pensava em mim. Eu devia ter ficado mais junto, devia ter vindo mais a Maceió. Esse dinheiro será para o restaurante. Cecília, eu agradeço essa sua amizade, essa confiança depositada, dá para perceber que vocês eram muito amigas. Serei grata pelo resto da vida pelo tratamento que lhe deu durante a doença, contaram-me sobre seu carinho e paciência com mamãe. Vou passar mais alguns dias em Maceió para assistir à missa de sétimo dia, embora ela fosse mais chegada ao espiritismo. Durante a semana nós poderemos resolver as pendências. Hoje vou rever minhas amigas de infância em Marechal Deodoro. Almoço e durmo por lá. Posso levar o Chevette?

— Claro que sim. Antes deixe as cópias de todos seus documentos, sei apenas seu nome completo: Madalena Margarida Wanderley Amorim — respondeu Cecília.

***

Ao terminar a caminhada na praia e tomar um café da manhã com muita fruta, Pablo lia os jornais na varanda quando o telefone tocou, Sidney gritou, era para seu bisavô. Ele entrou no gabinete e atendeu.

— Alô.

— Que bom te ouvir, querido, quero saber de você.

— Ontem à noite a família reuniu-se em minha casa. Tenho pensado nos bons momentos que passamos juntos, suas histórias, sua alegria, o cheiro de seu corpo não saiu de minhas narinas.

— Eu também estou louca para te ver, te abraçar, te beijar, juntar nossos velhos corpos, ouvir histórias, eu amo suas histórias e sua maneira de contar. Você entrou na minha galeria de heróis.

— Depois da missa de sétimo dia vou inventar uma viagem a Salvador.

— Eu tive primeiro a ideia. Chego sexta-feira a Maceió, reservei hospedagem no Hotel Jatiúca no próximo fim de semana. Eu preciso de seu abraço, estou feito uma adolescente, meu velho bonito.

Dom Pablo não é de conversar muito, estava ao telefone há quase meia hora, coisa rara, Sidney percebeu aquela conversa ser especial.

SÍTIO MANGUABA

Ao entardecer da sexta-feira, Dom Pablo vestiu calça jeans, camisa de linho verde-claro, tênis branco e foi receber Victória no aeroporto. Jesuíno tomou a mala da baiana e buscou o carro no estacionamento. Desceram à cidade, eles se entendiam num olhar, felizes com a companhia um do outro, conversando, sorrindo, chegaram ao encantador Hotel Jatiúca.

Deitaram-se na cama abraçados. Pablo sentiu o cheiro excitante, próprio daquela mulher, aumentou-lhe o desejo. Tiraram as roupas. Ele beijou-lhe os pés, as pernas, sugou as profundezas. Entre carícias de lábios e mãos carinhosas, sentiram o prazer. Permaneceram deitados, abraçados. Dom Pablo comentou:

— Minha querida, você foi uma mestra, incrível como o cheiro de seu corpo me excita e me acende o desejo.

— Eu não sabia que meu corpo exalava aroma libidinoso. Você foi o único a ter esse assanhamento com meu cheiro. Senti-me rainha, abraçada. As carícias de suas mãos e boca me saciam de prazer. O que me encanta é essa magia acontecendo entre nós dois. Nunca pensei que acontecesse esse apego em minha idade. Eu estou fascinada, Dom Pablo. Não vou te largar nunca. Quero seu carinho até o final de nossas vidas.

Não saíram do quarto, conversaram muito e o que mais agradava-os era ouvir as histórias um do outro. Quando apertou a fome, dirigiram-se ao chique restaurante do hotel. Victória entrou deslumbrantemente simples, esbelta num vestido comprido branco, como a sexta-feira requer. Sandália de dedo e seus balangandãs nos braços, nas pernas, combinando com os brincos de argola. O garçom cumprimentou Dom Pablo pelo nome, entregando o cardápio e a carta de vinho. Escolheram salmão com alcaparras e vinho branco María Carmen Chardonnay. O salmão estava delicioso e o vinho branco divino.

— Argentinos não produzem apenas bons jogadores de futebol, eles fabricam também excelentes vinhos — observou Victória, pedindo outra garrafa.

Quando deu sono, Pablo despediu-se com um beijo discreto, preferiu dormir em sua casa. Tomou um táxi.

Dom Pablo acordou cedo, caminhou na praia, tirou o sal do corpo com uma ducha no jardim, subiu ao quarto, tomou um banho demorado. Vestiu uma bermuda moderna, camisa solta, tênis, perfumou-se com Azzaro. Desceu e sentou-se em sua cadeira da varanda; leu os jornais. Tomou café na cozinha, avisou Cecília que passaria o dia no sítio, talvez dormisse por lá com seu jagunço, Jesuíno.

Dom Pablo avistou Victória no café do hotel olhando para o mar. Deram beijinhos, ele sentou-se aspirando a brisa da praia. Olhou feliz para sua amada vestida em uma bermuda azul-claro e uma blusa branca esvoaçante, cheia de pulseiras e brincos, argolas na cor azul combinando com os olhos, que irradiavam alegria naquela manhã. Dom Pablo estava fascinado por aquela mulher.

— Qual o programa neste sábado azul, cheio de luz? — perguntou Victória.

— O amor precisa de espaço e luz. Às vezes me sinto ridículo namorando nessa idade, fico ansioso em estar ao seu lado feito um adolescente. Você faz bem à alma desse velho marinheiro que já navegou por tantas águas com muitas ainda a navegar. Tenho certeza de que sua sensibilidade de artista vai gostar da programação.

Jesuíno tomou o caminho da orla, à medida que passava pelos pontos interessantes da cidade, Dom Pablo servia de guia turístico. Praia da Jatiúca, Ponta Verde, Pajuçara, atravessaram o bairro histórico de Jaraguá, onde foi fundada a cidade e por muitos anos o centro da boemia. Ao descortinar a Praia da Avenida da Paz, Jesuíno diminuiu a velocidade; passando pelo casarão de Dom Pablo, ele apontou dois bisnetos brincando no jardim. Continuaram pela orla. No bairro do Trapiche da Barra, Victória ficou indignada por deixarem instalar uma enorme fábrica de produtos químicos naquele bairro bonito, entre o mar e a lagoa. Jesuíno dobrou à direita em direção ao Clube Motonáutica e ali estacionou. O casal desceu. Dom Pablo mostrou o clube à Victória, enquanto Jesuíno providenciou a descida da lancha à Lagoa Mundaú. Victória sentou-se confortavelmente junto a Pablo nos bancos acolchoados da lancha. Jesuíno deu a partida navegando velozmente por sobre as águas, entrecortando os canais e as ilhas cheias de coqueiros. Garças brancas em bando voavam baixo; de repente, alguma mergulhava na lagoa e arrematava subindo num voo triunfante com um peixe no bico.

Victória estava deslumbrada. Navegar é preciso e Jesuíno sabia dar balanço na lancha em alta velocidade. Victória colocou a mão dentro da lagoa, sentiu o gostoso massagear da água corrente, como se fosse um carinho da mãe lagoa, passou a amá-la desde aquele instante, como um milagre acontecendo. Jesuíno fez outra manobra dentro de um canal e a lancha entrou em outra lagoa, a Manguaba, tão bonita quanto a Mundaú, lagoas irmãs siamesas ligadas pelos canais naturais. De repente a lancha diminuiu a velocidade cada vez mais, parou e encostou o casco em um pequeno cais, duas canoas encontravam-se atracadas ao balanço da marola da lagoa.

Dom Pablo estendeu a mão à Victória, ela pisou nas tábuas compridas do cais. Ao terminar de desembarcar, viram o imenso jardim onde havia uma placa de madeira pregada em dois troncos de árvores enfiados na grama, com uma inscrição artesanal em alto relevo: "Sítio Manguaba". Continuaram andando pelo caminho de pedras no gramado bem cuidado; ao fundo, avistaram a bela e velha casa estilo anos 1930. Na entrada do sítio, duas imponentes mangueiras frondosas faziam sombra às duas mesas de madeiras fixas ao chão e, ao lado do sol, uma piscina convidativa com água límpida. Mais ao fundo, à esquerda, a outra casa, do caseiro, no mesmo estilo, avarandada e confortável, menor que a casa principal.

— Este é meu paraíso — disse o colombiano com orgulho e vaidade.

Victória caminhava, maravilhada, pelo sítio bem tratado. Os dois andaram até o fundo do sítio onde havia uma estrebaria com quatro cavalos nas baias, passaram pela horta do bisneto, Pablito. Afinal dirigiram-se à casa avarandada. Entraram pela sala de piso em tábuas largas; ela amou a cozinha com forno à lenha. Subiram aos quartos com varanda única com vista para a lagoa. Pablo abriu as janelas, a brisa entrou ventilando o quarto. Victória largou em cima da cama a bolsa com apetrechos, como se marcasse seu lugar. Por fim, ele levou-a à casa do caseiro e amigo, Sebastião, que os esperava junto à esposa Conceição. Havia outro casal, Gustavo e esposa, foi uma alegre surpresa rever Gustavo, o irmão de seu cunhado Antônio, e conhecer sua simpática companheira, a indígena Anary. Tomaram assento à mesa embaixo da mangueira, iniciaram a conversa animada por uma garrafa de cachaça Azuladinha e cerveja gelada. Conceição serviu tira-gosto de agulhinha, siri e caranguejo guaiamu. Victória pediu licença por alguns instantes e, de maiô, mostrando um corpo firme, mergulhou na piscina, deu algumas braçadas, deitou-se numa cadeira espreguiçadeira, tomou banho de sol e retornou à mesa onde os homens estavam programando outra viagem, pois a última havia sido interrompida pela morte de Carolina. Victória gostava dos modos de Dom Pablo e seus amigos. Depois da peixada de arabaiana no pirão, eles prepararam duas redes e cochilaram na varanda. Por volta das cinco da tarde, Jesuíno deu partida na lancha retornando ao Motonáutica; começava o entardecer na lagoa, o céu se alaranjava, a réstia do sol se escondendo por trás dos coqueiros tremeluzia a superfície da água, um espetáculo colorido da natureza. A lancha deslizava na água enquanto o céu alaranjado escurecia, as garças retornavam às suas ilhas, pousavam equilibrando-se em tocos enfiados ou raízes aéreas, davam o de comer aos filhotes, o casal de velhos enamorados de mãos dadas contemplava o céu escurecer. Jesuíno atracou a lancha no cais do Clube Motonáutica. Tomaram o carro para o hotel.

— Dia maravilhoso, eu gosto de gente simples, espontânea e bem-humorada, a cachacinha deu para alegrar nossos corações. Percebi que evitaram falar sobre Carolina. Sei que ela foi uma criatura especial e amada pela família. Tenho a impressão de que não será fácil sua família me aceitar, nesse momento. Nosso caso aconteceu por um acaso, e eu não tenho a menor intenção de substituir a Carolina. Porém, não abro mão desse amor. Vou enfrentar sua família, tenho coragem. Temos o direito de amar.

— Querida, você foi um presente que o destino me deu nessa fase de minha vida. Nada tem a ver com Carolina. Em nossa idade temos que pensar no presente, não dá para viver do passado, quero viver o hoje, uma nova vida despontou, eu e você, você e eu, até chegar nossa hora. Também não abro mão de estarmos juntos.

Dormiram abraçados, cansados. Domingo tomaram café olhando para o mar. O voo de Victória estava marcado para as 16 horas. Enquanto chegava a hora do embarque, passearam pela orla da Jatiúca. Antes de partirem para o aeroporto, almoçaram no Restaurante Fornace, o prato preferido de Pablo, lagosta à thermidor ao vinho branco. Nesse momento ele fez a proposta inesperada.

— Eu andei matutando sobre nós, veio-me uma ideia, vou submeter a proposta à sua apreciação, não precisa dar resposta agora. Vá para sua Bahia, pense e me responda. Todo casal, no início do relacionamento, precisa ficar junto algum tempo. Embora eu não tenha fé suficiente para entrar no Reino do Céu, gosto de ler a Bíblia, cheia de metáforas. Está na Bíblia: "Se um homem tiver se casado recentemente, não será enviado à guerra, nem assumirá compromisso público. Durante um ano, estará livre para ficar em casa e fazer feliz à mulher com quem casou." Já os sábios ingleses inventaram o termo "honeymoon", ou seja, "lua de mel", uma viagem após o casamento aproveitando a fase mais encantadora do casal. Não pretendemos nos casar, porém, passar alguns dias viajando juntos seria ótimo para nos conhecermos, e será divertido. Minha proposta é viajarmos por algumas cidades bonitas. Não quero sua resposta agora. Na próxima semana você me responde. O início de nossa viagem seria depois do carnaval, eu sou um planejador, detalhista nos negócios e nas viagens. Se você aceitar, relacione algumas cidades para incluir no roteiro. Duração da viagem entre 30 a 40 dias. Fica a proposta.

— Aceita! Sou independente de filhos, família e trabalho. Exijo uma condição: minha passagem eu pago. Será um sonho essa viagem. Vou pensar em cidades bonitas. De antemão, eu prefiro ficar cinco a oito dias em cada cidade, podendo passear por locais perto e retornar à base. Um mês está de bom tamanho, não somos jovens, toda viagem é cansativa.

— Também gosto de passar mais tempo em cada cidade, conhecemos melhor, sem correrias. Eu quero passear pelas ruas do mundo de mãos dadas com a mulher amada.

Ao terminar a saborosa lagosta, Jesuíno levou-a ao aeroporto. No casarão, Dom Pablo sentia-se feliz e foi jogar pôquer na casa do genro, Dr. Bernardo.

Na terça-feira à noite, o telefone tocou na mansão da Avenida da Paz, Cecília atendeu e chamou o avô de seu marido.

— Meu avô, telefone para o senhor, uma mulher.

Ele preferiu atender no gabinete.

— Alô! Diga, querida. Tudo bem por aí?

— Tudo bem. E você? Estou animadíssima com nossa viagem. Poderemos ficar entre cinco a sete dias em cada uma das principais capitais europeias e conhecer pequenas cidades por perto. Sugiro: Lisboa, Madrid, Paris, Londres, Berlim e Roma, como base. Os detalhes ficam com você, o planejador. Estou feliz, ontem reuni minha família, servi um café em meu apartamento. Quase de um fôlego contei tudo sobre nós e a viagem. Meu filho ficou um pouco cabreiro, ciúmes, o resto da família está empolgado com minha nova perspectiva. A Joana no início não acreditou, pensou ser uma brincadeira. Hoje pela manhã telefonei para o Francisco, ele sentiu a felicidade da mãe, aceitou a "inusitada união de dois velhos", como ele falou. Incrível como as pessoas têm preconceitos, não acreditam que velhos possam amar. Na reunião eu estava ansiosa. Se criassem dificuldade, eu os mandaria à merda. Houve comentários jocosos, brincadeiras.

Entenderam quando falei que todos vão ficar velhos, a não ser que morram cedo.

— Que bom isso ter acontecido, preciso reunir minha família, eu pensava em fazer quando retornasse de nossa viagem, porém, vou encará-los o mais cedo possível. O único problema é a recente morte de Carolina.

— Ela morreu desde que apareceu o Alzheimer. É bom que entendam e deixem você escolher seu caminho que é o meu também. Dois dias se passaram e já sinto falta de sua presença, de seu carinho, de sua inteligência, de sua fortaleza, também do amor meio mole meio duro — Victória caiu às gargalhadas.

Quando Dom Pablo saiu do gabinete, Cecília aproximou-se cochichando.

— Está de namorada, meu amado avô?

— Você será a primeira a saber. Encontrei uma mulher que me deixa feliz em sua companhia, vou adiantando que não é uma menina nova, bonita e carinhosa, é uma senhora de 71 anos. Os velhos têm o direito de amar, eu vou reunir a família para fazer o anúncio. Não fiz essa comunicação antes pelo pouco tempo da morte de Carolina. Mantenha segredo. Estou me sentindo vivo, alegre e feliz. Nunca pensei que depois de velho passaria por momentos afetuosos com alguém.

— Ai, que lindo, meu avô! Estou ansiosa para conhecê-la. Uma mulher que o faz feliz será minha amiga para o resto da vida. Tenho certeza de que Gabriel será um grande aliado. Vou repartir nosso segredo com ele. Está bem?

Dom Pablo explicou na Agência de Turismo como gostaria de realizar sua viagem, deixou o roteiro para que a agência fizesse o orçamento da parte aérea e terrestre. Recomendou a hospedagem em Roma no Hotel Surriento. Nas outras cidades bastava um hotel confortável e central, dispensava as cinco estrelas. As passagens aéreas em nome de Pablo Márquez e Victória Clark dos Santos. Saindo de Maceió depois do carnaval e que a viagem durasse entre 30 a 40 dias. No dia seguinte, com todos os detalhes da viagem à mão, telefonou para Victória de seu gabinete.

— Alô, meu amor, quais as novidades?

— Estou com o roteiro da viagem. Embarcaremos de São Paulo para Lisboa no dia 22 de fevereiro, logo depois do carnaval, a data de retorno está prevista para o dia 28 de março, serão 36 dias em seis capitais da Europa. Eu dei o número de seu telefone à agência de turismo para acertar o pagamento de sua passagem. A minha passagem e nossas hospedagens já estão pagas. Prepare seu coração, suas mãos e sua boca para amar bastante. No hotel de Madrid coincide um spa para senhores da terceira idade, quando estivermos por lá decidiremos. O hotel em Roma é da família do marido de Vera, amiga de infância de minha neta Andreza. Considero-a neta também. Veja se seu passaporte está no prazo de validade.

— Meu passaporte, minhas mãos, minha boca e meu corpo estão dentro do prazo de validade. E você conversou com a família? Eu estou ansiosa, gostaria tanto que me aceitassem como sou.

— Conversei com dois netos que moram em minha casa, Gabriel e a esposa Cecília. Os dois ficaram felizes, tinham percebido que algo estava acontecendo comigo, minha cara de felicidade não engana.

A FAMÍLIA

Dom Pablo pediu à Cecília para telefonar convidando seu genro Dr. Bernardo, seus netos, bisnetos e toda a família para uma reunião às oito da noite da sexta-feira no casarão, tinha uma comunicação à família.

Depois do jantar, foram se achegando, todos curiosos, não imaginavam o assunto da reunião, sentaram nas cadeiras da varanda. Os adolescentes se acomodaram, os menores brincavam no jardim. Alguns com copos de bebida na mão, afinal era sexta-feira. Dom Pablo preparou sua dose de uísque, entornou-a. Sentado em sua confortável cadeira, bateu uma faca no copo, pediu a atenção de todos, falou em bom som.

— Meu genro Bernardo, meus netos e bisnetos, meus queridos Sebastião e Conceição. A nossa família tem a tradição de discutir ou tomar conhecimento dos fatos em reuniões como essa. Estamos aqui para uma comunicação importante. Não a fiz antes devido à morte de minha querida Carolina, que descansou depois de mais de dois anos sofrendo. Excelente companheira, éramos felizes à nossa maneira.

Parou um pouco para um gole, continuou.

— Acontece que a vida continua, como Carolina escreveu em sua carta de despedida. Como vocês sabem, eu e meus amigos Gustavo e Sebastião iniciamos uma viagem pelo Nordeste que foi interrompida. Em Salvador, Antônio, irmão do Gustavo, organizou uma programação divertida. Passeamos de escuna, visitamos a parte histórica da cidade, restaurantes bem selecionados. Eu me tornei amigo de uma senhora, cerca de 70 anos, figura notável, irmã de Joana, a esposa de Antônio. Foi uma companheira que tornou os passeios mais agradáveis, houve uma empatia muito forte entre nós dois, os mais velhos da turma. Victória, seu nome, é uma senhora inteligente e bem-humorada. Ela está chegando a Maceió amanhã. Vou retribuir as atenções dadas com um jantar aqui em casa e quero que toda família conheça Victória.

— Eita, meu avô, Carolina morreu na semana passada e o senhor arranjando namorada. Meu querido Dom Pablo, você sabe que sou sincera em minhas opiniões e não sei ficar calada. O senhor não acha muito pouco tempo da morte de Carolina? Além do mais, namoro nessa sua idade eu acho ridículo, desculpe dizer o que penso. O senhor me conhece desde que nasci — falou abertamente a neta Andreza.

— Minha queridíssima neta, eu já estou com meu tempo de validade vencido. Durante toda vida cuidei de minha saúde, caminho seis quilômetros diariamente, conservo meu corpo e minha disposição de trabalho. Pretendo desfrutar boa qualidade de vida por alguns anos. Nesse restinho de tempo eu vou aproveitar o que posso. Essa vida é rápida demais, é um relâmpago. Nesse momento eu encontrei uma mulher que me deixa feliz com sua presença, com seu bom humor e inteligência.

Você disse que namoro de velho é ridículo, concordo, ficamos ridículos, mas para nós velhinhos faz um bem danado. Eu pergunto: o que há de errado em dois idosos trocarem afetos? É preconceito, o sentimento humano é mesquinho quando se foge ao padrão. Só os fortes são capazes de enfrentar paradigmas. Você, minha querida neta Andreza, enfrentou preconceito de amigos quando se casou com o filho do caseiro do sítio, seus pais te apoiaram. Eu tive o maior orgulho de sua força, por defender um amor que aconteceu desde meninos. Hoje você é uma mulher feliz ao lado de Antônio, homem trabalhador, inteligente, constituiu uma família, quatro filhos. Você enfrentou a ditadura e terroristas ao dar apoio e guarida à sua amiga Vera quando ela se meteu na Guerrilha do Araguaia. Agora vem você dizendo que seu avô é ridículo. Eu não abro mão do que está acontecendo comigo. Apareceu uma mulher que me faz feliz. Não sou bobo, nem trouxa; sempre fui ousado e me arrisquei nos negócios e na vida, nada tenho a perder. Ninguém escapa vivo desse mundo, tenho pouco tempo para o prazer, amanhã pode ser que esse tempo acabe. Victória apareceu, nos demos bem. É uma mulher forte, teve seus percalços na vida, independente, viúva, professora universitária aposentada da Escola de Belas Artes da Universidade Federal da Bahia, uma artista, ainda ensina numa escola de pintura. Gostei de alguns quadros em seu apartamento.

— O senhor foi ao apartamento dela? O negócio está mais quente do que eu pensava — Cecília comentou às gargalhadas.

— Fui ao apartamento, enquanto ela trocava de roupa para sairmos, fomos a uma exposição de pinturas de um amigo, linda exposição em um ambiente de artistas e intelectuais da Bahia. Ela encarou os filhos e a família e disse que viria me visitar em Maceió. É um fato consumado, essa mulher me faz bem. Quero aproveitar o restinho de minha existência nesse mundo. Gostaria de um favor de todos, recebam minha convidada amanhã, espero todos no jantar. Tudo pode acontecer sem aviso prévio, de repente, nunca imaginei, nem provoquei essa situação, simplesmente aconteceu. Não me resta tempo para esperar. Essa é a vida, às vezes incomoda nossos preconceitos, independe de nós. Quero esclarecer que não haverá casamento. Agora basta de explicações, vamos tomar um uisquinho, espero vocês todos aqui amanhã dando apoio ao ridículo Dom Pablo Márquez.

— Meu avô, o senhor não tem igual, quando quer uma coisa não há quem convença do contrário, teimoso que nem jumento. Conheço bem. Desisto, faça o que bem entender, o senhor já está grandinho e tem direito a toda felicidade do mundo. Nós o amamos e, claro, vamos apoiar esse namoro ridículo. Eu tenho que me preocupar com meus jovens filhos que só querem saber de correr vaquejada e mulher — comentou Andreza.

O avião pousou eram pouco mais de 15 horas, Jesuíno tomou a mala da mão de Victória e buscou o carro no estacionamento. Jesuíno perguntou o destino, Victória respondeu:

— Casa de Dom Pablo.

Os dois sentados no banco traseiro, ela agarrada em seu braço, conversaram discretamente.

— Não vou mais te largar, quero aproveitar sua companhia em todos os momentos, minha vida transformou-se. Ontem fui me confessar e perguntei ao padre por que só agora você tinha aparecido? Ele respondeu que são os planos de Deus. Eu reclamei ao padre e a Deus; você deveria ter aparecido antes, muito antes. Como foi a reunião?

— Melhor, impossível. Fui franco, contei a verdade. Sinto-me feliz com sua companhia, tenho reciprocidade de sua parte. Convidei todos para conhecê-la durante o jantar, hoje. Apenas uma neta, crítica por natureza, disse que namoro entre velhos é ridículo. Concordei que o amor é ridículo. E que nós dois enfrentaremos esse preconceito, caminhando de mãos dadas pelas ruas. Finalmente afirmei que não estava ligando para a opinião de meus queridos netos, bisnetos e de ninguém, estava anunciando uma nova fase de minha vida ao lado de uma pessoa maravilhosa. Todos beberam, comeram, conversaram. Nossa família é unida e alegre. Estão ansiosos para conhecê-la.

— Agora fiquei nervosa. Sei que nem todos vão gostar de mim. Quem quiser me aceite como sou. Você me aceitou, me basta. Tem outra coisa, não quero ficar no lugar da Carolina. Sou outra pessoa. Não aceito dormir em outro quarto, vou dormir juntinho a você.

Ao chegar em casa, Dom Pablo apresentou Victória ao Gabriel, à Cecília e aos bisnetos Sidney, Clarice, Gabriela e Vladimir, que moram com ele no casarão. Deram uma volta conhecendo a casa. Coló foi apresentada como a melhor cozinheira das Alagoas. Victória pediu para descansar esperando a hora do jantar. Dom Pablo levou-a a seu quarto, ela informou que já estava vestida e pronta para o jantar, tencionava apenas deitar um pouco, dar um cochilo. Tirou os sapatos, os brincos, deitou-se na cama de Dom Pablo, foi a primeira mulher que deitou naquela cama desde que construíram a casa em 1936. Dom Pablo desceu e foi para o gabinete, acomodou-se na sua poltrona, leu até às 19 horas, quando subiu para buscar Victória. Ela estava pronta, elegante, com o mesmo vestido, os brincos de argolas azuis combinavam com seus olhos. Feliz, um pouco nervosa, sorriu para o amado.

— Estou pronta.

Ao descer, encontraram Gustavo e Anary com a filha Yamary, esposa de Mário, neto mais velho de Pablo, e seus filhos: Marisol, Marimar, Gustavinho e Simone. À medida que chegavam, os familiares eram apresentados à Victória. Jesuíno, feito garçom, servia bebida e comida. A simpatia espontânea da baiana morena dos olhos azuis conquistou a todos no primeiro sorriso. Victória não parou de conversar, perguntava aos mais jovens, os bisnetos, o que eles fariam na vida. Deu orientação à gêmea Marimar para cursar a Escola de Belas Artes da Universidade Federal da Bahia, ela estudava pintura particular com uma velha senhora, moradora da Avenida da Paz, e havia pintado alguns quadros. Victória ficou interessada em conhecer seus quadros. Às 22 horas, os jovens mais velhos foram em busca dos embalos daquele sábado à noite. Dom Pablo pediu à Andreza para avisar sua amiga Vera de que ele e Victória iriam passar por Roma entre os dias 21 e 28 de março, ficariam hospedados no Hotel Surriento e que ele gostaria muito de vê-la na Itália. Andreza prometeu escrever dando detalhes e mandar, por ele, jornais e revistas do Brasil. Passava um pouco da meia-noite quando acabou o jantar. Eles subiram ao quarto, tomaram um banho, botaram a roupa de dormir e caíram no sono.

Dom Pablo acordou às 9 horas da manhã com um pouco de ressaca, continuou deitado olhando para seu amor dormindo a sono solto, chegou perto, notou algumas estrias no pescoço e no rosto bem tratado, amava aquela mulher. Sentiu o cheiro acre de suas entranhas, veio-lhe o desejo de abraçá-la, encostou o pau meio endurecido entre suas pernas, beijou-lhe o pescoço. Ela acordou, lembrou de onde estava e gostou do quente quase duro entre as pernas. Disse no ouvido do amado: "que maravilha", desceu a mão, segurou no membro e fê-lo endurecer mais até chegar ao orgasmo.

— Foi bom demais, meu amor. Nós dois estamos conseguindo milagres. Fiquei feliz com a noite de ontem. Um jantar maravilhoso. Conversei com todos, me saí bem, sua família me acolheu com carinho. Entrar numa família com 71 anos não é fácil. Você me proporcionou uma noitada feliz, estou me sentindo gloriosa.

— Sua simpatia conquistou a todos. A festa foi boa, mas a parte de hoje pela manhã foi melhor. Vou contar uma história incrível, pela primeira vez desde que construí essa casa, uma mulher dormiu nesse quarto e pela primeira vez nessa cama um casal deitou-se fazendo amor.

Tomaram o café na cozinha. Coló, cozinheira de mão cheia, trabalhava desde mocinha na casa de Dom Pablo, era filha da velha cozinheira de nome Coló. Morava em um quarto com banheiro especial construído no puxado do quintal. Solteira, tinha seus costumes: fumava cachimbo de fumo de rolo, tomava uma cachacinha, frequentava a Escola de Samba Unidos do Poço, no carnaval desfilava de baiana. Sempre tinha algum namorado, jogava no bicho diariamente e frequentava um terreiro de mãe de santo, era figura de destaque.

Victória, ao ouvir os costumes da cozinheira, confessou ser católica, porém, tinha seus santos protetores, era filha de Xangô e frequentava o terreiro de Menininha do Gantois, em Salvador. Coló ouviu atenta e emocionada a revelação de Victória, encantou-se com a nova mulher do patrão. Beijou-lhe a mão.

Ainda pela manhã do domingo visitaram o apartamento do neto Mário. Victória havia prometido olhar os quadros da gêmea Marimar. O neto recebeu-os na cobertura bem decorada com uma vista deslumbrante para a Praia de Ponta Verde. Marimar levou Victória ao seu ateliê improvisado. A professora analisou os detalhes dos quadros e deu seu parecer:

— Você tem talento, gostei de seus traços firmes, suas cores vivas e alegres, precisa conhecer mais técnicas primárias, pintar não é só inspiração, existe o básico para ser usado. Nas horas vagas quero ser também sua professora.

Mário convidou o avô para almoçar. Victória aceitou, queria conhecer um pouco mais a família. A baiana ficou por toda a semana passeando em Maceió. Os netos e bisnetos de Dom Pablo passaram a chamá-la de Tia Victória, ela adorou. Na sexta-feira, o casal viajou a Salvador.

NO TABULEIRO DA BAIANA

O apartamento simples de Victória tinha uma decoração de bom gosto. Na sala, três quadros bem coloridos, o maior era Xangô, seu pai que a amparava; o outro, ao lado, Iemanjá emergindo do mar com os braços abertos e as mãos para baixo como se estivesse protegendo os pescadores em seus pequenos barcos, escunas e outras embarcações. Em outra parede, um lindo quadro de seu amigo Ângelo Roberto, um cavalo cobrindo uma égua, iluminados por um sol amarelo alegre ao fundo. A sala tinha duas poltronas e um confortável sofá, um aparelho de televisão e potes cerâmicos usados pelas baianas nas lavagens. Usava um quarto como ateliê com equipamento de pintura, cavaletes, telas, onde ela ensinava pintura. Outro quarto de hóspede para os dois netos com duas camas simples e um armário. O terceiro quarto era o dela. Victória pegou a mala de Pablo, levou-a para seu quarto e pendurou as roupas nos cabides do guarda-roupa. Colocou escova de dente e material de higiene no armário de seu banheiro. Eram 10 horas da manhã. Victória sugeriu que dessem uma volta por perto para comprar frutas, verduras e o restante de comida para os três dias que passariam em Salvador. Desceram de bermudas, entraram no supermercado, pegaram o carrinho e Victória foi colocando as compras. No apartamento, Pablo perguntou se não havia comprado comida em excesso. Ele detestava incomodar e pretendia almoçar e jantar em restaurantes. Victória, depois de guardar as compras na geladeira, levou Pablo para o sofá e começou a explicar o que pretendia nesses três dias de Bahia.

— Meu querido, temos opiniões diferentes, o que é salutar para o casal. Ainda bem que somos diferentes, o melhor de tudo é os dois se completarem. Esses dias que passaremos em Salvador são meus. Quero lhe mostrar como eu vivo, como eu fui e como sou. Como lhe contei, fui uma mulher rica, mas um marido ganancioso, gastador, patético, acabou com todo o dinheiro que herdei. Felizmente eu tenho um talento e fui boa aluna, estudei e consegui passar no concurso de professora na Escola de Belas Artes da Universidade Federal da Bahia. Naquela época eu não dava importância, nem me preocupava em ser dona de casa, havia empregada para isso. Há poucos anos me tornei amiga de uma brasileira de origem japonesa, nissei, que passou um ano em Salvador contratada pelo Governo para implantar um projeto de meio ambiente. Ela gostava de pintura e ficou fascinada pela cultura popular baiana. Nós saíamos nas noites de Salvador, visitando terreiros, e eu mostrava locais do povo da Bahia. Mercado Modelo, Sete Portas, Baixa dos Sapateiros, a boemia de Salvador à noite, claro que de vez em quando um namorado. Fiquei encantada com a sabedoria, a maneira de viver da Kasue. Ela retornou a São Paulo, nós nos escrevemos, somos amigas. Modifiquei meu estilo de vida para melhor. Hoje minha escala de valores mudou, adoro ser dona de casa, não tenho empregada, faço minha comida; consumo apenas o necessário. Toda manhã dou uma caminhada pela orla. Três vezes por semana enfrento uma academia, tomo pouco remédio e de seis em seis meses consulta e exames na geriatra. Tornei-me uma mulher tranquila, durmo bem. Incrível é que gosto de limpar pratos bem limpinhos e guardá-los. Varrer a casa cantando é meu divertimento. Tenho poucos vestidos. Não me preocupo com modismos, novidades ou inutilidades que a televisão nos empurra; consegui me libertar do sistema consumista. Nem estava mais preocupada com sexo, até aparecer um senhor meio safado cutucando minhas partes íntimas, beijando todos os buracos de meu corpo, deixando-me assanhada. Tenho uma vida tranquila, assisto a filmes no cinema do bairro. Meu único pecado é gostar de uma cachacinha na companhia de velhos amigos. Era essa minha vida quando apareceu Dom Pablo. Um presente que caiu nos meus braços, nunca imaginaria o que está acontecendo agora em minha vida. Sua companhia me faz bem. Gosto de sua sabedoria, inteligência e cultura.

Pablo alisou a mão de Victória e avaliou:

— A nossa primeira noite bagunçou minha alma quieta que entrou num processo de alvoroço. Senti-me renovado. Passo o tempo esperando estar junto a você. Tornei-me um adolescente tardio, contudo, estou amando essa fase de velhinho apaixonado. Ninguém sabe o tamanho de sua vida, não é uma equação matemática. Não temo a morte, morrer é fácil, viver é um desafio.

Sempre fui ousado, sem medo de mudanças. O que mais me interessa é vivermos juntos, ainda temos muito carinho e carícias a oferecer um ao outro.

Victória aproximou-se, puxou-o pela mão, levando-o para a cozinha. Tirou verduras da geladeira, ensinou Pablo a cortar tomate, cebola e ajudá-la a fazer uma salada. Fritou um peixe, serviu o almoço na mesa da cozinha. Almoçaram salada de verduras e o peixe delicioso completou a refeição. Pablo ajudou Victória a lavar e guardar as louças e talheres. Ao terminar a arrumação, cochilaram na enorme cama de Victória. À noite, assistiram a um filme de Woody Allen. Do cinema partiram para o Bar de Brotas na esquina do prédio, onde estavam reunidos intelectuais e artistas. Victória cumprimentou amigos, apresentou Pablo. Sentaram-se à mesa, pediram chope, conversaram e comentaram sobre o filme. O colombiano fez sucesso com suas opiniões, inteligência e simplicidade; deu muitas risadas, junto àquela turma meio louca.

No sábado, visitaram o Mercado Modelo. À noite, jantaram na casa do filho Francisco. Dom Pablo conheceu Márcia, a nora, e os netos: Paulo e Rafael. Mary, a outra filha de Victória, estava cursando doutorado de Economia em Cambridge. Em Londres ela iria matar a saudade da filha.

Domingo, ao acordar, caminharam pelos arredores. Depois do café, Pablo sentou-se confortavelmente no sofá, Victória deitou-se com a cabeça em seu colo e relembrou partes de sua vida.

— De meu casamento restou-me esse apartamento. Dois anos depois da morte de Volney, namorei um engenheiro, divorciado, tinha um filho de 19 anos. Eu nunca trouxe namorado para dormir no meu apartamento, embora nas noites de sextas-feiras o ponto de encontro fosse o botequim lá embaixo. Eu amo a conversa de meus amigos, intelectuais, artistas, escritores, boêmios, gays. Polêmicas políticas, discussões de estremecer o quarteirão. Meu namorado, o engenheiro, bebericando no bar, me fez um pedido:

> "Tenho um grave problema, você poderá resolver; fique bem à vontade se não puder atender, entenderei. Meu filho, estudante de Engenharia, tornou-se um líder estudantil, entrou no Partido Comunista Brasileiro, o Partidão. Deram-lhe a tarefa de distribuir panfletos contra a ditadura, que exaltavam a revolução do proletariado. Um policial pegou-o em flagrante num ponto de ônibus entregando os folhetos às 6 horas da tarde. Adolfo, quando percebeu o policial se aproximar, correu no meio da multidão da Baixa dos Sapateiros, o policial não conseguiu pegá-lo, mas fotografou-o, fizeram uma montagem com a foto e estão à procura de meu filho, distribuíram e pregaram em postes e delegacias folhetos com a foto de Adolfo e o escrito em cima 'PROCURA-SE PERIGOSO TERRORISTA — Gratifica-se a quem der alguma pista do paradeiro'. Por enquanto ele está na casa de um amigo, porém, o pai do amigo soube da história, pediu para que Adolfo saísse de sua casa. Meu filho não tem um lugar seguro para se esconder. Será que eu poderia deixá-lo em seu apartamento, até conseguir levá-lo para São Paulo? Serão três a quatro dias."

Eu tive pena do rapaz, escondi-o no quarto de hóspede. Ele ficou cinco dias. Conversei com o jovem, era um convicto comunista, lutando pela implantação da Revolução Socialista no Brasil, como aconteceu na União Soviética, na China, em Cuba, quis me doutrinar. Escondi esse rapaz por sentimento humanitário, nada a ver com ideologia política. Sou uma democrata, contra qualquer tipo de ditadura. Eu deixava o rapaz trancado no quarto e descia para encontrar-me com a turma bebendo e discutindo até altas horas sobre o destino do mundo. Assim que o jovem Adolfo tomou rumo, me pediram para esconder outro estudante, depois outro. Acho que escondi nesse apartamento mais de dez comunistas na clandestinidade, alguns nem cheguei a vê-los. Até que um dia, uma prima convidou-me para uma festinha no seu apartamento. Ao chegar à festa animada, encontrei outro primo, Major Miguel dos Santos, do Exército, ele puxou-me para conversar no quarto e contou-me o que estava se passando, eu não imaginava, não percebi minha santa ingenuidade generosa.

"Minha prima querida, você não sabe o perigo que está passando, por acaso chegou-me um documento secreto pedindo informações sobre Victória Clark, professora da Escola de Belas Artes da Universidade Federal da Bahia, acusada de esconder comunistas em seu apartamento. Um dos que recebeu abrigo foi preso e delatou o esconderijo. Você tem o codinome de 'Burguesa Gostosa' entre o pessoal da esquerda. No documento há uma lista com nomes e datas das estadias dos comunistas que você escondeu. Em frente a seu prédio, policiais estão se revezando constantemente, observando seu apartamento para prender alguém importante. O documento tem muitos detalhes, inclusive fotografias suas, de seu prédio; tome cuidado com um porteiro, ele é informante da polícia. Sei que você não é do partido, nem sequer da esquerda, o pessoal está aproveitando e abusando de sua santa bondade. A polícia vai procurá-la e interrogá-la. Vou ver o que posso fazer em seu favor."

Eu fiquei gelada. Não tive ânimo de continuar na festa, agradeci ao Miguel com um abraço, sou-lhe eternamente grata. No meu apartamento tomei um calmante para dormir. No dia seguinte fui ao centro da cidade, de um orelhão telefonei para meu namorado que não via há dias, não o encontrei. Desapareceu. Os dias foram passando e nenhum contato me procurou para esconder mais alguém. Eu estava aliviada. Não quis telefonar para o Miguel de casa, o telefone provavelmente estava grampeado. Resolvi viajar a São Paulo para visitar minha amiga Kasue. Eu tive a impressão de que havia um policial dentro do avião me seguindo. Passei dez dias maravilhosos. Em um shopping, avistei um senhor que estava dentro do avião, fiquei nervosíssima. Resolvi retornar a Salvador. No outro dia fui convidada a comparecer à Delegacia, segui escoltada por dois grandalhões. Fiquei presa dois dias, contei tudo que sabia, mesmo assim me ameaçaram, me xingaram, perguntaram tantas coisas. Repeti várias vezes a versão verdadeira. No terceiro dia me soltaram, com má vontade, alegando que houve interferência do Exército em meu favor. Pensei no meu primo Miguel. Esse apartamento teve sua história nos velhos tempos.

— Quer dizer que estou de caso com a Burguesa Gostosa, será que corro algum risco de ser preso?

— As aventuras da Burguesa Gostosa aconteceram há alguns anos. Essa história ainda serve como tema de discussão etílica entre meus amigos boêmios. Entre eles existe gente da esquerda, moderados, ninguém de direita. Eu fui considerada heroína por ter escondido os comunistas e ter sido presa pela polícia. Não me gabo, na verdade se eu soubesse o que poderia ter acontecido comigo eu não dava guarida aos guerrilheiros. Disseram-me confidencialmente que hospedei o Lamarca por dois dias, eu não o reconheci. Quando me lembro da prisão, ainda me assusta. Nunca fui comunista e tenho uma visão cruel do fascismo e do nazismo, que desprezo. Mataram milhões de pessoas, a maioria gente humilde, em seus campos de extermínio. Sou pacifista e contrária a qualquer tipo de regime totalitário. Só peço aos orixás que não permitam que o ovo da serpente do nazismo ecloda futuramente no Brasil.

PINTANDO NO CARNAVAL

Durante o carnaval, Gabriel, Cecília e os filhos preferiram a Praia da Barra de São Miguel, onde ficaram entre as casas de Antônio e de Mário. Jesuíno estava dispensado, ocupadíssimo com o desfile da Escola de Samba Unidos do Poço, eram muitos os preparativos. Dom Pablo e Victória passaram sozinhos os quatro dias de carnaval no sítio. Ela acordava cedo, comia frutas, sucos e iogurte, vestia o avental, levava cavalete, telas, pincéis, lápis e tintas, armava sua parafernália embaixo da mangueira. Na imensidão da lagoa, as garças brancas voavam e mergulhavam em busca de pequenos peixes. Ouvia-se apenas a brisa batendo nas palhas dos coqueiros, Victória sentia a divindade da natureza, vinha-lhe inspiração e iniciava a pintura, passavam o tempo sem perceber a roda das horas. Pablo, deitado na rede lendo, contemplava ao longe sua amada, não a incomodava, sabia que a manhã iluminada era mágica para Victória. Depois de ler, Pablo descia as escadas em direção à casa de Sebastião e ficava a conversar. Conceição fez questão de preparar o almoço durante o carnaval. Por volta do meio-dia, Pablo achegava-se à Victória, dava um cheiro no cangote, um abraço pelas costas. Hora da caminhada ao sol, andavam de mãos dadas pelas trilhas nas imediações do sítio. Retornavam na hora do almoço, sentavam à mesa de madeira abaixo das mangueiras e saboreavam um peixinho frito bem passado. Victória não dispensava um mergulho na piscina. Tomava uma cachacinha, almoçava alegre, divertindo-se com histórias daquela gente sábia e simples. À tarde, um cochilo na rede embalada pela brisa. À noite, jogavam baralho. Numa noite, aventuraram-se a olhar o carnaval na cidade de Marechal Deodoro. Victória logo quis voltar, dormia cedo para acordar cedo com os galos cantando, empolgada com a pintura. Seu talento foi aguçado naqueles dias tranquilos.

Enquanto os netos divertiam-se com o animadíssimo carnaval na Praia da Barra de São Miguel, Dom Pablo torcia para que eles esquecessem o sítio. Conceição ensinou Victória a trabalhar a terra na horta de Pablito. Plantou cebola, tomate, alface, torcia para ver as plantas nascerem. Colheu verduras e preparou salada a seu gosto. Estava amando tanto aqueles dias, até esqueceu da viagem à Europa.

— Quando eu era jovem, ficava ansiosa pela chegada do carnaval. Eu era foliã de dançar nas ruas os quatros dias. Lembro os primeiros trios elétricos em Salvador, invenção dos baianos Dodô e Osmar, eu pulava, dançava, cantava. Durante a noite havia o baile do Clube Baiano de Tênis. Veja como a natureza é sábia, ainda tenho pique e saúde para pular no carnaval, mas a natureza me fez perder a vontade. Há anos perdi a vontade de desfilar, brincar o carnaval. Esse período aqui no sítio, nesse paraíso, foi o melhor que já passei em minha vida. Ontem, quando nós assistíamos à multidão pulando no carnaval de Marechal, eu só pensava em voltar para acordar cedo. A natureza nos apresenta uma maneira para ser feliz. Hoje, a maior felicidade é andar de tênis por essas trilhas entres os coqueiros, olhando a lagoa — dizia Victória, com a alma leve, de mãos dadas com Pablo, embevecida com a natureza ao seu redor.

HONEYMOON

Oito horas de voo sobre o oceano Atlântico e o avião aterrissou em Lisboa. O casal descansou no hotel, a temperatura estava amena, convidativa a uma caminhada. Passearam pela Avenida da Liberdade, olhando lojas, sentando nos bancos da larga avenida. Pablo gostava de um pequeno restaurante onde se servia perdiz ensopada. No Restaurante do João, satisfez sua gula, pediu um prato de perdiz acompanhado de pão e vinho sobre a mesa. À tarde, fizeram visitas a museus, à noite uma programação leve, importava estarem juntos. Nos dias seguintes, almoçaram bacalhau no Restaurante Laurentina, visitaram as cidades de Óbidos e Évora e divertiram-se com as intermináveis conversas entre os dois.

No hotel de Madrid havia um *spa* para idosos, o casal se inscreveu por dois dias. Exercícios, caminhadas, algumas palestras. Victória fez várias anotações durante duas palestras de uma geriatra sexóloga a que assistiram. À noite, passou a limpo e resumiu suas anotações e as leu para Pablo.

— "A velhice mantém a necessidade psicológica de atividade sexual e social. Devido aos preconceitos, os idosos enfrentam dificuldades, são intimidados a se afastarem do sexo. As iniciativas, muitas vezes, terminam em frustração. As mulheres aprenderam a ser submissas ao homem, tendo o sexo como obrigação do casamento ou somente para a maternidade. Já os homens não admitem a perda de vitalidade sexual e tentam esconder que não têm o vigor de antigamente. Envelhecimento significa um declínio. Contudo, é a continuação da vida com suas particularidades. Alguns idosos se fazem de vítima e se excluem das atividades sociais, se sentindo inúteis perante a sociedade. A sociedade, por sua vez, contribui para que os idosos, pelo fato de estarem aposentados do trabalho, também se aposentem na vida. Esse preconceito priva os idosos de várias oportunidades com a afetividade, com o amor, com a sexualidade e o lazer. O sexo deve levar em conta a cultura de cada indivíduo, a sexualidade não se reduz apenas à prática do ato sexual e à satisfação com o orgasmo, tem também como objetivo a integração do casal, enriquecendo-os com o amor e a afetividade. O sexo é importante para a saúde, é fonte de equilíbrio e harmonia do casal. Com a idade, a mulher tem alterações no aparelho genital, diminuindo a capacidade de lubrificação da vagina; enquanto no homem a ereção torna-se flácida. O importante é a afetividade e fazer sexo quando os dois se sentirem com vontade. Concluindo, amor, afetividade e sexo são saúde, são qualidade e longa vida."

Nessa noite, eles comemoraram o amor na cama do confortável hotel em Madrid. No dia seguinte, visitaram o Museu do Prado, apreciando as obras de gênios da pintura: Goya, Velázquez, El Greco, Picasso, Caravaggio.

Caminharam pelos parques e jardins da cidade, olharam as lojas, assistiram a um show de dança flamenca.

Em Paris, caminharam de mãos dadas pela Champs-Élysées. Todas as tardes, sentados à mesa de cafés nas calçadas, regalavam-se com delicadezas e contemplavam as elegantes parisienses desfilarem fazendo a calçada de passarela. Visitaram o Museu do Louvre. Victória admirou, embevecida, os detalhes da Gioconda por duas horas. Descansavam nos confortáveis apartamentos dos hotéis. Certa noite, deitados na cama, Victória pediu para Pablo contar como era sua vida com Carolina.

— Foram muitos anos de convivência, de amancebamento, como ela dizia. Conheci Carolina por acaso. Minha filha Isabel, quando adolescente, juntamente com minha mãe, Dona Carmen, me aperrearam para comprar um terreno na lagoa. Trouxeram informações sobre um sítio à venda. Fomos à cidade de Marechal Deodoro, onde a proprietária morava, comprei o Sítio Manguaba. Acontece que a vendedora, viúva Carolina, gostou do comprador, o viúvo Dom Pablo. Passamos a nos encontrar em Maceió e também na sua casa em Marechal. Ela, professora e estudiosa de História, contou-me a história da cidade de Marechal Deodoro, eu gostei da aula. Nos encontros, ela contava histórias das Alagoas e do Brasil, aprendi muito, eram aulas. O tempo foi passando, Isabel e minha mãe gostavam de Carolina, principalmente porque diminuí minhas farras. Certa vez, ela foi convidada a ensinar em dois colégios de Maceió, passou a morar em minha casa da Avenida da Paz. Escolheu um quarto, ficou com ele o resto da vida, morreu nesse quarto. Durante todos esses anos juntos, nunca dormimos no meu quarto, na minha cama. Quando Isabel se casou, eu já estava com Carolina, ela ajudou muito na criação de meus netos e bisnetos, era uma criatura voluntariosa, gostava de servir os outros. Era cerimoniosa comigo, me chamava de Dom Pablo, havia uma barreira criada por ela entre nós. Raramente conversávamos sobre nós. Nada me pedia. Seus poucos gastos, tirava do seu ordenado de professora. Dei-lhe um cartão de crédito, só usava na compra de livros. Pesquisava sobre sua família, Wanderley, descendente de holandeses. Sua avó era do interior de Alagoas, Poço das Trincheiras, município pequeno, onde os holandeses, fugitivos da Guerra dos Guararapes, se estabeleceram no sertão alagoano. Era estudiosa e profunda conhecedora do período dos holandeses em Pernambuco. Às vezes, passava mais de uma semana no Recife pesquisando nos arquivos e conversando com historiadores sobre o período holandês. Ela deixou vários cadernos com anotações, vou tentar transformar num livro. Quando conheci Carolina, eu andava numa fase de boemia com mulheres de todo tipo, ela aquietou minha vida. Era bonita, tinha um corpo bonito, conservado. Com o tempo, fazíamos amor num ato burocrático, eu a visitava em seu quarto. Bem diferente de nós dois.

Nessa noite, eles fizeram amor com a maestria das mãos e da boca de Victória, olhando pela janela, ao longe, a Torre Eiffel. No dia seguinte embarcaram para a Inglaterra.

Mary, filha de Victória, esperava-os no aeroporto de Londres. No hotel, enquanto mãe e filha matavam a saudade conversando no saguão, Dom Pablo aproveitou para dar uma descansada. Nos dias seguintes, visitaram o Imperial War Museum, o Museu Britânico e o Museu de História Natural. Andaram de mãos dadas pelas ruas da cidade. Viajaram de trem à Cambridge. Sentiram o frio de Londres no Hyde Park e no Palácio de Buckingham assistiram à troca da Guarda. Quase sempre acompanhados de Mary Clark e seu namorado britânico Robert Taylor.

Em Berlim, conheceram o Palácio de Reichstag, prédio do Parlamento Alemão. Dom Pablo explicou a importância histórica daquele prédio à Victória. Visitaram o Muro de Berlim, construído em 1961 pela Alemanha Oriental durante a Guerra Fria, para que os moradores da parte Oriental, comunista, não fugissem para a parte Ocidental. Passearam pelas ruas de Berlim de mãos dadas, à noite a fome bateu. Perto do hotel, Dom Pablo avistou um ambulante vendendo chucrute e linguiça de porco, comidas típicas alemãs. Sentaram a uma mesa na calçada, pediram e comeram a delícia alemã. Victória só beliscou um pouco do chucrute, beberam uma forte cerveja artesanal e retornaram ao hotel. Dom Pablo acordou com cólicas, ao sentar-se no aparelho sanitário, aliviou-se. Tomou banho, deitou-se, em pouco tempo novamente correu ao sanitário para aliviar a barriga doída. Victória ficou preocupada, o companheiro suava frio e estava meio febril. Ela desceu à portaria em busca de um médico. Em meia hora, chegou o doutor jovem com uma maleta. Fez alguns exames básicos, constatou 38° de febre. Deu o diagnóstico, infecção intestinal, e escreveu uma medicação; recomendou alimentação leve e chá com torradas. Victória pagou a consulta ao médico, comprou o remédio prescrito em uma farmácia perto do hotel e providenciou o chá. Eles não saíram do apartamento durante dois dias. Viajaram num voo noturno para a Itália.

Ao chegar, hospedaram-se no Hotel Surriento em Roma. No apartamento reservado, encontraram flores e um cartão de Vera avisando que passaria ao meio-dia, almoçariam juntos. No dia seguinte, Pablo teve imensa alegria ao rever Vera entrar no hotel juntamente com Dante e os filhos Alfredinho, Bernardo e Antonella. Almoçaram no Alfredo Ristorante, a melhor comida italiana de Roma. Dom Pablo contentou-se com uma leve salada, Victória cuidava do companheiro. Depois do saboroso almoço, deram um passeio pelos antigos e belos pontos turísticos. Ao retornar ao hotel, Vera recebeu a encomenda enviada por Andreza, eram jornais, revistas e dois pacotes de cocada e rapadura. Ela amou, prometeu voltar no dia seguinte, ávida para conversar sobre Maceió. Era domingo, dia do jogo Roma x Milan pelo campeonato italiano. Dom Pablo, Dante e Alfredinho foram ao Estádio Olímpico assistir ao grande clássico. Alfredinho, com 17 anos, jogava no juvenil do Roma, sonhava em um dia jogar no time principal, levava a sério a profissão de jogador de futebol. Vera e Victória preferiram passear com os menores, foram a um shopping, onde havia local para Bernardo, de 3 anos, e Antonella, 2 anos, brincarem. Circularam olhando as lojas, deixaram as crianças no parquinho, sentaram-se à mesa de um café, com vista às crianças. Pediram dois cappuccinos e biscoitos amanteigados. Victória contou como apareceu Dom Pablo em sua vida. Vera, fascinada com a nova amiga, contou seu vínculo com a família.

— Sou amiga de infância de Andreza, desde meninas andamos juntas, fizemos a Faculdade de Medicina. Eu casei cedo, menina ingênua. Fernando, o pai de Alfredinho, era um perdedor, nunca cresceu. Quando comecei a estudar Medicina, ele sentiu ciúme e inveja, começou a beber e a me bater, passei mais de um ano sofrendo calada, até que um dia encontraram Fernando morto dentro da Lagoa Mundaú. O assassino colocou um peso para o corpo afundar, porém, alguns meninos catadores de sururu encontraram o corpo no fundo da lagoa. O delegado do inquérito tornou-me suspeita por estar com o rosto e o corpo cheios de hematomas. Prestei depoimento na delegacia, Gabriel foi meu advogado. Nunca descobriram o assassino de Fernando. Quando terminei a faculdade de Medicina, fui para São Paulo fazer residência em um hospital. Tive um caso com um jovem médico idealista, inteligente, culto, carinhoso, nunca um homem havia me tratado daquela maneira, me apaixonei, moramos juntos certo tempo. O Alfredinho havia ficado em Maceió na casa de Andreza. Esse médico era do Partido Comunista do Brasil. Além do bom amor, me doutrinava politicamente, eu aceitava aquelas ideias, estava cega de paixão, tão cega que ele partiu para participar da Guerrilha do Araguaia e me levou. Ao chegar ao acampamento no meio da selva, percebi onde havia me metido. Depois que você entra na guerrilha, ela não a deixa sair. Enquanto eu aprendia a atirar, a guerrear na selva, ficava imaginando como fugir. Os casos de fuga terminavam com o guerrilheiro preso e morto. Fiquei grávida, meu companheiro obrigou-me a abortar. Uma estudante de Enfermagem fez o aborto. Foi um desastre, tive problemas de infecção, febre altíssima. O comando da guerrilha resolveu me enviar para um hospital em Anápolis, onde fizeram a curetagem correta. Ainda com febre, consegui enganar a guerrilheira que me acompanhava e me levaria de volta ao acampamento, troquei minha roupa, fui para a rodoviária, peguei o primeiro ônibus que partiria até o Maranhão. Eu tinha algum dinheiro escondido no fundo falso de minha maleta. Passei mais de dez dias rodando de rodoviária em rodoviária pelo Nordeste, até que fui bater em Maceió. Andreza conseguiu com o pai, Dr. Bernardo, minha fuga para o Chile, depois fui para Cartagena, onde conheci Dante, nos apaixonamos, hoje moro aqui em Roma, me sinto a mulher mais feliz do mundo. Devo minha vida ao Dr. Bernardo e, claro, à Andreza, me sinto como parte da família, que é muito unida. Dona Isabel era minha segunda mãe, mulher agregadora, criou os filhos e netos bem próximos, com amor, carinho, porém, severa nas cobranças. Dr. Bernardo é a figura da família por quem tenho mais admiração. Ele arquitetou e conseguiu minha fuga do Brasil. Os guerrilheiros e a repressão da ditadura queriam me pegar: viva ou morta. Eu era um arquivo vivo, morei na selva e sabia de detalhes sobre a Guerrilha do Araguaia. Dr. Bernardo viajou comigo de avião de Maceió a Brasília, me protegendo, e me deixou na Embaixada do Chile, ele é muito articulado politicamente. Um ser humano extraordinário, como o sogro. O filho mais velho, Mário, foi capitão do

Exército, deixou a farda, tornou-se sócio na construtora de Antônio. Mário casou-se em Boa Vista, com uma filha de indígena, a Yamary, gente finíssima. O segundo filho é Gabriel, mora com Dom Pablo. Sua mulher, Cecília, teve um primeiro casamento desastroso em Belo Horizonte, sua filha morreu num acidente de trânsito. Eu tive um ligeiro caso com Gabriel, quando era solteiro, claro, na fase dos depoimentos na delegacia, ele foi muito amigo, me deu toda assistência, eu devo esse grande favor a ele, um homem bonito, inteligente e sensual. Foi um caso rápido, quase um incesto, ainda gosto dele como irmão que sempre foi. Ele teve uma namorada negra, engravidou, ela deixou o filho em sua casa e fugiu, Dona Isabel criou o menino lindo, o Sidney. A última filha é minha irmã querida Andreza, médica casada com Antônio, filho do caseiro, foram criados juntos e os dois se davam bem desde que nasceram, terminaram se casando. Andreza é uma mulher forte, ela deve criticar seu namoro com o avô, depois será uma amiga, tenho certeza, vou lhe escrever dizendo que adorei a namorada de Dom Pablo.

— Obrigado pelas informações, fiquei contente. Mesmo que todos da família fossem contra, eu os enfrentaria. Esse xodó fez bem para nossa alma e para o corpo. Estamos nos sentindo mais jovens e temos muito cuidado com a saúde, reapareceram coisas da vida que eu havia esquecido que existiam. Eu sinto que ele está feliz comigo, nos queremos bem, é o que importa.

— Que bom você ter me contado, eu sou médica geriatra, cuido de idosos e existe muito preconceito. Os velhos desistem do amor e do sexo com facilidade. É muito salutar para um idoso ter alguém ao seu lado, ter o sexo à sua maneira, porém, o mais importante é se sentir amado. Eu trabalho com um grupo de idosos, fazendo passeios e palestras.

Dante levou o casal a Surriento, onde seus pais ofereceram um almoço aos brasileiros. Eles amaram e beberam muito limoncello. Dormiram na fazenda da família. Na noite do dia seguinte embarcaram de volta para o Brasil.

ACASALAMENTO

Netos e bisnetos resolveram organizar uma festa no final do ano celebrando o acasalamento de Dom Pablo Márquez e Victória Clark. Convidaram os amigos de três gerações. Amigos velhos de Dom Pablo, Dr. Bernardo e Seu Sebastião; amigos maduros dos netos e amigos jovens dos bisnetos. Um encontro de três gerações num sábado ensolarado no Sítio Manguaba. Todos bem à vontade de bermudas e camisas leves.

Sebastião e Conceição fizeram uma roda em sua casa com Gustavo, os parentes da Bahia e os convidados mais velhos. Os jovens se acercaram de uma mesa extensa perto do palco. Sidney, Pablito e Tião, os bisnetos mais velhos, paqueraram abertamente as lindas jovens baianas visitantes, sobrinhas de Victória. Elas estavam encantadas com o sítio. No palco, as atrações se revezavam. A criançada mergulhava na piscina.

Marisol estava feliz com a chegada de Élio Torres, um paquera das últimas férias, cadete da Academia Militar das Agulhas Negras, que veio junto com um colega. Sidney puxou a baiana Janaína para o tablado, dançaram, rebolaram ao som de uma música caribenha, dentro em pouco o tablado estava cheio, a juventude dançando aos acordes da Banda Filarmônica Carlos Gomes de Marechal Deodoro. Bebida e comida servidas em abundância.

Foi servido o almoço: peixe frito, moqueca de siri mole, camarãozada, sururu de capote, carne do sol, filé de carneiro, comida para todos os gostos. A animação não parou enquanto o pessoal comia. Clarice e o baiano Ubaldo se paqueraram, dançaram, beberam, Ubaldo estava fascinado pela beleza de Clarice.

Tião, o mais alegre, simpatia radiante, queria paquerar todas as convidadas, terminou ficando com Laurinha, um pouco mais velha, mas conseguiu dar uma volta de canoa com a baiana. Atracaram a canoa numa ilha por perto e "se atracaram". Retornaram como se nada tivesse acontecido.

Época de Natal, época dos folguedos, o show da festa iniciou com o Pastoril do Riacho Velho, no palco cantando: "Meu São José, dai-me licença para o pastoril dançar, viemos para adorar, Jesus nasceu para nos salvar." As pastoras do cordão azul disputavam em simpatia e beleza com as pastoras do cordão encarnado, jovens bonitas adolescentes com seus vestidos de chita dançavam e cantavam rodando a saia, mostrando o corpo bonito. Cantaram três jornadas, ao descerem do palco foram ovacionadas. Era a beleza e a autenticidade da cultura popular.

Os amigos dos netos de Dom Pablo, quarentões capitaneados por Alfredo Zagalo, organizaram uma dança improvisada de Guerreiro, o folguedo mais popular das Alagoas. Eles se fantasiaram na casa de Dona Conceição, com algumas peças e fitas coloridas, chapéus triangulares encravados de espelhos, saias e bermudas de pano brilhante de diversas cores, fantasias dos personagens do folguedo: Rei, Rainha, Índio Peri, Palhaço, Matheus, Lira, Mestre, entre outros. O locutor anunciou:

— Atenção, amigos. Diretamente da Viçosa, terra do folclore alagoano, teremos a apresentação nesse palco do folguedo mais autêntico do estado: Guerreiro do Mestre Zaga!

Nesse momento, os amigos quarentões fantasiados, coloridos, com chapéus espelhados, apareceram saindo da casa de Dona Conceição, subiram ao palco e um conjunto musical de pandeiros e flautas tocava acompanhando os brincantes. Formaram-se em semicírculo, dançando sem parar. Zagalo, ao violão, comandava e cada um puxou versos de pé-quebrado, cantando no centro do palco.

"No alto do Amazonas... Eu encontrei uma luz acesa... Ai, que beleza, cheguei agora... Nossa Senhora é nossa defesa."

"Eu esse ano vou pra Maceió... Vou pro Farol guerreiro campeão... Eu vou rever a minha terra amada... Vou dançar trajada na televisão."

"Ai, que saudade da terra tão boa... das Alagoas que me faz chorar... Da minha turma que bebe um pouquinho... no Bar do Miltinho até o sol raiar."

"Ô Lira, onde tu tava?... que eu te chamava e você não me ouvia?... Meu mestre, eu tava doente... Com dor de dente... Por isso não respondia..."

"A Lua é fria, o Sol é morno... a Lira é puta e o Mestre é corno..."

"Eu tava lá na Palmeira... no meio da feira quando o avião passou... Ele posô em Canafístula... Menina bonita eu quero seu amor."

Dançando, todos os guerreiros improvisados desceram do palco, foram aplaudidos delirantemente. A festa continuou. A orquestra tocou e os convidados dançaram lotando o tablado embaixo do palco. No intervalo, entrou um quarteto de clarinete acompanhado por Gabriela ao violino tocando a música do casal. Victória subiu ao palco, tomou o microfone e cantou apontando Dom Pablo:

Eu sei que vou te amar...
Por toda a minha vida eu vou te amar
Em cada despedida eu vou te amar...
Desesperadamente eu sei que vou te amar
E cada verso meu será pra te dizer...
Que eu sei que vou te amar por toda a minha vida
Eu sei que vou chorar...
A cada ausência tua eu vou chorar
Mas cada volta tua há de apagar...
O que essa ausência tua me causou
Eu sei que vou sofrer...
A eterna desventura de viver
À espera de viver ao lado teu...
Por toda a minha vida

Pablo subiu ao palco, abraçou Victória e dançaram de rostos colados sob os aplausos e assovios. Estavam casados.

A festa foi até mais tarde, com muita bebida e comida; discretamente, alguns jovens puxaram um cigarrinho de maconha. Dois ônibus trouxeram e levaram os convidados, outros dormiram no sítio. Pablo e Victória, felicíssimos, recolheram-se em seu quarto. Alguns jovens tiveram o privilégio de ver o sol nascer por trás dos coqueiros da lagoa, iluminando um novo dia. Houve casal que fez amor e dormiu no conforto do fundo de uma canoa atracada. O acasalamento dos nubentes durou ao final de suas vidas.

O SEQUESTRO

Todos os domingos pela manhã, três jovens irmãos, filhos de italianos, organizavam uma pelada de futebol na Praia da Avenida da Paz. A pelada dos Perrelli ficou famosa. Descia gente de todos os bairros tentando uma vaga em um dos times escolhidos na hora para jogar a pelada. Logo cedo, os irmãos afincavam as traves na areia e armavam a rede. Às 9 horas, os jogadores eram escolhidos. Os moradores do bairro, os donos da rede e da bola tinham prioridade na escolha, e completavam os times com jogadores de outros bairros. Iniciava-se o jogo sem juiz, não havia falta, nem impedimento. Um jovem de apelido Oião, por ter os olhos esbugalhados, que jogava bem, era sempre escolhido por um dos times. Oião, com apenas 16 anos, era alto e forte, tornou-se uma figura popular na pelada dos italianos. Certa vez, um dirigente do CSA levou-o para treinar no juvenil, ele jogou por algum tempo, tinha uma promissora carreira de atleta de futebol. Na época, jogava junto a Djavan, que deixou o futebol para se dedicar à música. Oião morava no bairro da Serraria, filho de Abdala Fakhry, um libanês, apelidado de Turco, dono de uma padaria junto à sua casa. Abdala foi mascate, prestamista, vendia pano e roupa no interior do Nordeste dirigindo seu carro carregado de mercadoria. Aos 30 anos, encontrou Cícera dos Santos na cidade de Olho d'Água das Flores, apaixonou-se, casou-se, comprou uma casa no bairro da Serraria em Maceió, com um bom terreno onde montou uma padaria, e deixou a vida de mascate. Criou os seus filhos, Paulo e Maria de Lourdes, estudantes de escola pública. A filha, aplicada, trazia o boletim com boas notas, enquanto o filho era um desastre na escola, não gostava de estudar, vivia jogando futebol e vadiando. Criava problemas roubando frutas dos sítios, brigando na rua e na escola. Ficava brabo quando o chamavam de Oião, o apelido pegou e ele teve que se acostumar. Não ouvia conselho das professoras, repetia o ano. O pai tirou-o da escola e colocou-o para trabalhar, vendendo pão e doces no balcão. Paulão trabalhou de má vontade, mas gostou de receber o salário. Comemorou o primeiro dinheiro com um porre entre os amigos da Serraria, pagou a conta naquele dia. Ele gostava mesmo era de descer no domingo e jogar futebol na praia, sentia-se prestigiado pelos jogadores mais velhos. Gabriel, morador da Avenida, contumaz peladeiro, várias vezes levou Paulão para a feijoada domingueira na casa de seus pais, Dr. Bernardo e Dona Isabel. Quando dividia os times, Gabriel colocava Oião para fazer dobradinha com ele, os dois se entendiam em campo. Tornaram-se amigos. Paulo Oião não perdia a feijoada na casa de Gabriel.

Certo dia, um amigo ofereceu um cigarro de maconha, Oião ficou doidão, adorou. Comprou mais, estava gastando todo o salário na droga, fazia pequenos desfalques no caixa da padaria. Seu pai percebeu, teve com ele uma longa conversa.

O fornecedor convidou Paulão a fazer pequenas entregas de pacotes a alguns clientes, sem muito risco. Ele alegrou-se com o dinheiro do tráfico, continuou fazendo o serviço, até que um dia um policial flagrou uma entrega e levou-o preso. Seguindo as instruções recebidas, ele confessou que a maconha era para consumo. Ficou preso na delegacia. A família estava preocupada com o desaparecimento do jovem de 17 anos. Pela manhã, o delegado telefonou para o pai, que apareceu para levar o filho. Oião deixou de jogar no juvenil do CSA por faltar aos treinos, mas nunca deixou a pelada da Praia da Avenida aos domingos.

Aos 18 anos, foi convocado para servir ao Exército Brasileiro. Apresentou-se no 20º Batalhão de Caçadores, fez exame físico e psicotécnico, em poucos dias estava fardado, aprendendo a marchar com os companheiros. Nos primeiros dias, o soldado Paulo Fakhry tentou adaptar-se à rígida disciplina militar. Os fins de semana passava em casa, onde a família recebia-o com alegria pela notória mudança de comportamento. Era um alívio ver o filho servindo ao Exército, a disciplina estava consertando o rapaz. No terceiro mês como soldado, Paulão reclamava de tudo, abusado, não suportava mais a disciplina, começou a relaxar e faltar ao quartel. Pegou detenção e cadeia por briga com colegas. Certo dia, na folga depois do almoço, tomou quase uma garrafa de cachaça. No início do segundo expediente, colocaram a 1ª Companhia em forma. O soldado Fakhry apareceu visivelmente embriagado e chapado; o sargento repreendeu-o. Paulão partiu para cima e deu um murro na cara do sargento. Os soldados imediatamente o seguraram e levaram para o xadrez. Como tinha ficha suja, foi expulso do Exército Brasileiro.

Ao chegar à sua casa, muito choro da mãe e do pai. Quando se acalmaram, ele informou que iria morar no Rio de Janeiro, ficaria na casa do tio Arthur, arranjaria um emprego, Maceió era uma cidade pequena sem opção de emprego. Escreveram para o Tio Arthur, este respondeu que tinha apenas uma filha e havia um quarto sobrando, teria prazer em hospedar o afilhado enquanto ele arranjasse um emprego e se estabelecesse.

O avião aterrissou no Aeroporto Santos Dumont do Rio de Janeiro. Arthur, a esposa Débora e a filha, Bibiana, foram receber Paulo, levaram o sobrinho para casa no bairro da Abolição. Paulão achou a casa do tio longe, no subúrbio, mas era confortável, seu quarto tinha banheiro, poderia morar o tempo que quisesse até achar um emprego. Com ajuda dos classificados dos jornais, Paulão empregou-se na Loja Mesbla, como vendedor no departamento de roupas masculinas. No primeiro salário, convidou os tios e a prima para almoçar comemorando o feito. Ser vendedor de roupa era o que menos queria na vida, foi aguentando o emprego por extrema necessidade. Fez alguns amigos na loja. Certa vez, convidaram-no para ir à Praia de Copacabana; era um sábado, trabalhava até meio-dia, ele lembrou que não tinha calção de banho. Na seção esportiva, escolheu um belo calção e discretamente, nos boxes de experimentar roupas, vestiu o calção e a calça por cima, saiu tranquilamente da Mesbla, passando facilmente pela fiscalização que olhava as sacolas dos funcionários. Em Copacabana, encantou-se com a organização do futebol de praia, vários campos, ele deixou os colegas no bar e ficou peruando o futebol de areia. Certo momento, um dos jogadores, cansado, pediu para sair, Paulão se prontificou a substituí-lo, recebeu uma camisa azul suada do coroa e jogou 20 minutos; arrasou em campo, era bom de bola, descalço, driblava bem e na defesa deu trabalho para os adversários. No final do jogo, o dirigente de um clube de futebol de areia convidou-o a treinar e jogar no time. Acertaram o contrato. Paulão jogou durante o campeonato, foi um dos craques do time. Passou a viver do salário da Mesbla e de mais uma ajuda do clube de futebol de praia, além da venda de calção em Copacabana que ele surrupiava da Mesbla. Toda semana, levava dois calções de banho por baixo da calça e vendia com facilidade na praia. Corpo de atleta, 20 anos, nem feio, nem bonito, passou a namorar cariocas da zona sul, algumas endinheiradas. Abriu-se a perspectiva de um mundo de conforto, de boas bebidas, boas comidas, de luxo e riqueza. Passou a se vestir na moda, só havia um problema, dinheiro para acompanhar aquela gente rica, agora seus novos amigos. Pensou em alugar um apartamento em Ipanema ou Leblon, mas o dinheiro era curto, não permitia. Mentia para sua turminha de chope e maconha que vivia com um tio rico numa casa na Tijuca e trabalhava com ele gerenciando uma loja, estava querendo mudar-se para a zona sul. Na Mesbla, muitas vezes se escondia quando entrava na grande loja um conhecido.

Certa noite, foi a uma festinha num belo apartamento em Ipanema, maconha, droga, bebida à vontade; foi apresentado ao dono da festa: José Ignácio. Ao saber que Paulão era de Maceió, alegrou-se, era conterrâneo de Palmeira dos Índios, ficaram amigos, apesar da diferença de idade. A partir daquela noite, Ignácio convidou-o a outras festas na zona sul. Paulão estava encantado com aqueles amigos maravilhosos de copo e de fumo.

Certo domingo, Ignácio foi ver Paulão jogar na praia e o convidou para almoçar no Restaurante Alkasar. Tomaram vários chopes, contaram histórias, até que Ignácio foi ao assunto.

— Meu amigo, desde que o conheci, venho observando-o. Você, além do bom porte físico, é simpático, sabe conversar... Enfim, eu estou precisando de um cara para trabalhar para mim. Tenho uma boa clientela aqui no Rio, forneço drogas discretamente, todos são ricos, alguns conhecidos, inclusive artistas famosos, globais. O trabalho é fácil: entregar um pacote e receber o dinheiro. Quanto você ganha no seu emprego merda na Mesbla?

— Como você sabe que trabalho na Mesbla?

— Eu sei de tudo sobre sua vida, até onde mora com seu tio e que você rouba calção da Mesbla. Diga quanto você ganha.

— Pouco mais de um salário mínimo.

— Comigo você vai ganhar muito mais. Eu o escolhi depois de vasculhar sua vida. Tenho certeza que vai dar certo. É só cumprir minhas determinações. Existe o perigo de ser apanhado, por isso é preciso muito cuidado. Se algum dia a polícia pegá-lo, diga que a droga é para consumo próprio, se o prender, telefone para o Dr. Djalma Azambuja. Está aqui o cartão do doutor, passe seu nome e onde se encontra, ele o socorrerá imediatamente, nosso sistema é seguro. Ninguém que trabalha para nosso grupo passou mais de um dia na cadeia. Tem até a próxima sexta-feira para dar a resposta. Agora vamos beber, daqui a pouco chegam duas amigas, continuaremos a farrinha.

Na sexta-feira, Paulão iniciou seu novo trabalho, foi à casa de Ignácio, apanhou cinco pacotes marcados com códigos, memorizou os cinco endereços e partiu. A entrega foi realizada com discrição, ainda não eram 18 horas quando ele tocou a campainha do apartamento de Ignácio, sorrindo.

— Estou sabendo, tudo correu bem, meus parabéns.

O chefe pegou os pacotes de dinheiro e levou para seu quarto, enquanto Paulão esperava na sala assistindo a um programa na televisão. Dentro de pouco tempo, Ignácio apareceu, com um pacote na mão, entregou-lhe, convidando-o:

— Hoje você paga a bebida. Tem um bom programa no Canecão com Maria Bethânia, convidei duas amigas. Eu te pego às 20 horas no Bar Copa 70, de lá partimos para a noitada.

Paulão desceu o elevador ansioso para saber quanto tinha dentro do envelope. Entrou no primeiro restaurante de Ipanema, tomou uma mesa, pediu uma cerveja ao garçom, foi ao banheiro, fechou a portinhola, sentou-se na tampa do sanitário, abriu o envelope e alegrou-se ao contar: havia pouco mais de dois salários mínimos; o dobro que ganhava em um mês na Mesbla. Jantou um filé à Chateaubriand com cerveja gelada. Depois do jantar, ficou bebericando e pensando. A partir daquele dia iria mudar sua vida. Perto das 20 horas foi ao encontro de Ignácio, partiram para o Canecão.

Nova vida, a primeira providência foi alugar um apartamento de quarto e sala no Leblon. Tornou-se um traficante leal ao amigo Ignácio. Os dois se deram bem. Paulão foi preso duas vezes, mas o esquema funcionou; dormiu na delegacia apenas uma noite. Quando a maré estava ruim, quando havia alguma repressão ao tráfico, Ignácio cancelava entregas. Paulão aproveitava e voava até Maceió, onde ficava com seus pais, dizia ser gerente de uma concessionária de automóveis, estava bem financeiramente, levava sempre presentes.

Paulão teve uma boa vida por mais de cinco anos no Rio traficando para atores globais, artistas e gente famosa, ficou íntimo desse pessoal, tirou fotos, tinha um álbum com as celebridades, gostava de mostrar às amigas em seu apartamento no Leblon, onde levava belas mulheres. Casamento, nem pensar. Numa noite, fez uma farra com alguns amigos. Ignácio, durante a farra, desmaiou de tanto cheirar, overdose. Levaram-no ao hospital, no dia seguinte o coração de Ignácio, com 46 anos, parou. Paulão sentiu bastante a morte do amigo, ficou desempregado, não conhecia o resto do esquema, só as mulheres cuja função era farrear com eles. Paulão passou mais de três meses sem trabalho, os clientes mudaram para outros fornecedores, ele não tinha estrutura, era apenas um repassador. Não conheceu as fontes de Ignácio durante o tempo que trabalhou para ele. O patrão era de uma discrição inglesa. Certo dia, Paulão recebeu um telefonema de um homem, dizia ser amigo de Ignácio, marcaram um jantar no Leblon.

Sentaram-se à mesa do restaurante, pediram uísque. O cidadão devia ter seus 50 anos, pelos cálculos de Paulão. O cara não perdeu tempo.

— Sou Jorge Alencar, fui amigo de Ignácio, senti muito a morte do companheiro. Ele falava bem de você, Paulão. Estou com um serviço que precisa de resistência física, energia. Apareceu uma boa entrega para realizar em Curitiba. Saindo de carro do Rio pela madrugada, chegando ao anoitecer, são doze a treze horas de viagem direta, dirigindo. O material vai bem escondido em alguns pontos do carro, trabalho profissional, quem fiscalizar o carro não perceberá o material escondido. Chegando a Curitiba, você se dirige a um endereço, onde o pessoal está esperando. Estacione o carro na garagem. Só o pessoal da organização sabe como retirar o material. Você espera que eles terminem e confiram, não recebe dinheiro. Quando eles liberarem o carro, você retorna imediatamente ao Rio. Serviço para quem tem disposição, você é jovem, tenho certeza que aguentará tranquilo as treze horas dirigindo sozinho. No retorno, se quiser, pode dormir em alguma cidade. Entregue o carro de volta em outro endereço, onde receberá o pagamento pelos serviços.

— E quanto receberei pelo trabalho? Lembre-se da inflação galopante no Brasil.

— Cr$ 200.000,00. Está bom?

— Ok. Vale a pena. Quando parto para Curitiba?

— Depois de amanhã pela madrugada, esteja nesse endereço às 4 horas da manhã, receberá o carro pronto para partir.

Tudo saiu como planejado. Paulão recebeu a gorda grana que colocou no banco. Ficou trabalhando para o Jorge Alencar durante quase dois anos. Até quando surgiu uma encomenda para entregar em Vitória, no Espírito Santo. Ele conhecia um bom receptador da cidade, resolveu por conta própria comprar mais cocaína, lucraria por fora. Tirou da poupança boa quantia, comprou cocaína com um conhecido no Rio. Não combinou, nem informou ao Jorge Alencar que estava operando paralelamente por conta própria.

Ao entrar na cidade de Vitória, seu carro foi parado e, por azar, revistado. A Polícia Rodoviária fez a fiscalização no carro e encontrou a sua cocaína, mal escondida. Foi levado preso à Polícia Federal, que apreendeu as drogas. O carro foi praticamente desmontado, a Polícia descobriu a grande carga de maconha e cocaína muito bem escondida. No dia seguinte, os jornais deram em manchete: "Traficante do Rio de Janeiro preso com uma carga milionária de drogas e entorpecentes." Paulão solicitou um advogado, a Polícia fez que não escutou o pedido. Colocaram o traficante em uma cela na delegacia. Foi chamado para um interrogatório, sob a ameaça de tortura, Paulão contou o que sabia. Quando perguntaram quem receberia os entorpecentes, ele confessou conhecer apenas o nome e o endereço. A Polícia arrombou a casa, encontrou-a vazia. O proprietário havia alugado a um senhor por três meses com pagamento adiantado, não precisou contrato, não lembrava o nome do inquilino. Paulão passou um bom tempo na cadeia pública de Vitória, até ser julgado. Pagou a um advogado para defendê-lo. A Justiça deu-lhe cinco anos de prisão. Recolhido de imediato na penitenciária de Vitória, foi o grande choque de sua vida. Oficialmente preso, deixou seus pertences no almoxarifado, levaram-no ao banho, cortaram o cabelo, entregaram a roupa de presidiário e foi encaminhado para a cela 209, um cubículo de seis por quatro metros com dois beliches. No fundo, um sanitário turco, com apenas um buraco para passagem dos dejetos defecados de cócoras, fechado por uma cortina. No cubículo havia um armário dividido em quatro partes, uma para cada preso guardar seus pertences e na parede uma pia com espelho para lavar o rosto ou escovar os dentes. Paulão teve que se adaptar à nova vida, com mais dois companheiros de cela, Zezinho, preso por assassinato, e Rodrigo, preso por assalto à mão armada, eram esses seus colegas na cela 209. Passaram-se dois meses, apareceu um novo preso, uma travesti, a jovem Micaela, chamada oficialmente na prisão de Miguel Arcanjo dos Santos, seu nome de registro. Com esse nome celestial, pegou 19 anos de cadeia por latrocínio, matou um velho para roubar, levou o que pôde da casa onde o velho morava sozinho, um rico sovina. Micaela Arcanjo entrou à noite na casa do idoso de 79 anos e deu-lhe dezessete facadas. Micaela procurou e achou muito dinheiro nos armários, por trás dos livros. A jovem e fria assassina, ao beber com amigos e amantes, soltou a língua, deram conhecimento à Polícia, prenderam Micaela. Com dois murros na cara, ela confessou.

A vida na cadeia começava às 6 horas da manhã, os presos eram obrigados a levantar-se no horário. Depois do café da manhã no vasto refeitório, eram conduzidos às salas de trabalho. A penitenciária tinha uma fábrica de bolas de futebol feitas à mão. Pagavam aos presos uma pequena percentagem sobre as vendas. Às onze e meia havia banho de sol e jogo de futebol no pátio, saíam direto para os chuveiros da sala de banho e, em seguida, o almoço. Na parte da tarde, mais duas horas de trabalho; mais tarde, tempo livre: geralmente, ocupavam-se no salão de jogos, onde podiam ler, jogar tênis de mesa, pebolim, dama e assistir à televisão. Às 18 horas, serviam a sopa e logo depois faziam a contagem de presos e o recolhimento à cela. Paulão ficou popular com seu futebol, despontou como líder.

Na cadeia havia gangues, seus líderes subjugavam os presos mais fracos, tratando-os como se fossem suas mulheres, para satisfazê-los sexualmente. Paulão, por seu porte físico, foi respeitado. Ele esperava sair com dois anos no máximo, não se aproximou de qualquer gangue, era independente. Como ele tinha dinheiro, corrompia os guardas para deixarem entrar maconha no presídio e dividia com os colegas, tornando-se popular entre os companheiros de cadeia.

Quando a travesti Micaela apareceu com cara de mocinha bonita, corpo delgado, cinturado, seios minúsculos despontando — mesmo assim ainda era considerada homem naquele ambiente, por possuir um pênis — os presos ficaram de olho nela. No dia seguinte à sua chegada, era um domingo, Micaela foi estuprada no banheiro por três presos e ainda levou uma surra sádica, o corpo encheu-se de hematomas, foi abandonada no chão. Um guarda, ao vê-la estirada, levou-a à enfermaria, onde passou uma semana se recuperando. Ao retornar para a cela 209, ela pediu para conversar com Paulão. Durante o banho de sol, antes da pelada, num local discreto, Micaela iniciou o assunto:

— Companheiro, como você sabe, eu fui estuprada e surrada por três homens, os murros e pontapés ainda estão doendo. Disseram-me na enfermaria que vão me matar de tanto estuprar, eu não vou aguentar. Só existe uma solução: eu ser mulher de um preso chefe de gangue, assim os outros me deixam em paz. Todos na cadeia têm admiração e respeito por você. Tenho um pedido, uma proposta para salvar minha vida, é o seguinte: eu espalho na cadeia que estou com você, que sou sua mulher, tenho certeza que esses monstros vão te respeitar e me deixar de lado. Eu farei tudo que você quiser, lavo sua roupa, arrumo sua cama, engraxo seus sapatos, preparo sua maconha. Salve minha vida, por Deus, tenha compaixão. Se quiser me comer, melhor ainda. Essa história vai encaixar porque somos da mesma cela. Pense nisso, Paulão, serei sua escrava para o resto da vida.

Paulão, sem responder, entrou correndo em campo para jogar e treinar o time da penitenciária que iria jogar dentro de alguns dias contra os presos de Cachoeiro do Itapemirim. Era jogador e técnico. Todos queriam jogar na equipe da cadeia, o jogo seria uma pequena viagem e um dia de lazer.

À noite, na cela, Micaela cochichou para o Paulão: — Pensou? — Ele respondeu com uma careta deixando dúvida se era sim ou não. Quando as luzes se apagavam, às 22 horas, era proibido conversar, hora de dormir. Paulão deitou-se na cama de cima do beliche. Micaela esperou que todos dormissem, levantou-se, ficou alisando o pau do companheiro, até que endureceu, então ela o abocanhou. Paulão acordou, surpreso, e deixou continuar até gozar. No dia seguinte, Micaela piscou o olho para Paulão, que sorriu, havia gostado daquela suave língua. Micaela não esperou a resposta, ela mesmo encarregou-se de espalhar que tinha se casado com Paulão, o que a deixou em tranquilidade. Todos acreditaram, começaram a respeitar a moça, foi um alívio. À noite, Micaela, ousadamente, subia à cama de Paulão, que passou a gostar de tê-la como parceira sexual. Com o tempo, Paulão assumiu ser o homem dela, fato normal na prisão.

A convivência e o sexo no meio da noite trouxeram afetividade entre Paulão e Micaela. Ele deixou de contratar prostitutas para fazer sexo nos dias de visitas íntimas. Com um ano dessa convivência, os presos se acostumaram com o casal. Respeitavam a mulher do traficante.

Certo dia, no final do mês de abril, na sala de recreação, Paulão lia sobre futebol, quando Micaela, aproveitando a sala quase deserta, sentou-se ao lado do "marido" e puxou conversa sobre o futuro.

— Paulão, você é muito bom comigo, eu te amo, devo-lhe minha vida, e estava pensando no futuro. Você, com mais um ou dois anos de bom comportamento, terá sua liberdade. Mas eu, bote tempo, nem tenho previsão. Eu estive pensando num plano para fugir da cadeia, me esconder por esse Brasil. Arranjaria um jeito de ganhar dinheiro para operar esse pinto horrível, é o sonho de minha vida. No Dia das Mães, alguns presos recebem o indulto para passar em sua casa com a mãe, poucos não retornam à prisão e desaparecem. Você é um líder aqui dentro, os policiais até precisam de sua intervenção para acalmar brigas. Se quiser, você será contemplado com o indulto. Esse ano, eu gostaria de entrar na lista dos indultados, meu comportamento é bom, mas minha pena de 19 anos tem avaliação negativa para indulto. Eu estava pensando em conseguir indulto soltando propina para o subdiretor da prisão, um tremendo corrupto. Se eu conseguir sair, não retorno. Ficarei bem longe, no Amazonas, depois vou para o Paraguai, onde fazem a operação por um preço bom, eu soube. Será que você consegue esse indulto para mim? Nós passaremos uma semana num hotel, você retorna à prisão e eu me mando no mundo. Sempre lhe darei notícia, não quero perder você nunca na vida. Quando você sair dessa merda e abrir um negócio, vamos viver juntos, serei sua mulher para o resto da vida.

Paulão ouviu calado. Na tarde seguinte, foram para o mesmo local discreto para conversar.

— Andei conversando com alguns policiais. Vai custar muito dinheiro para o agente e o diretor colocarem seu nome na relação dos indultados. Eu tenho um dinheiro para receber em Maceió, meu pai morreu, deixou uma padaria, que foi vendida por minha mãe. Recebo minha parte, vamos ao Recife, pago sua operação do bilau, depois você foge para o Paraguai. Eu retorno a Vitória, quando sair da prisão, irei a seu encontro.

Micaela ficou alegre; era o dia mais feliz de sua vida, a expectativa de fazer a cirurgia deixou-a exultante.

Numa sexta-feira, foram direto ao aeroporto de Vitória, compraram passagem até Maceió com conexão em Salvador. Pousaram no Aeroporto dos Palmares às 11 horas da manhã. Hospedaram-se na Pousada do Mar na Avenida da Paz. À tarde, sentaram-se juntos num banco do calçadão, observando a paisagem e as pessoas passeando. Contemplaram um belo pôr do sol, fizeram planos e sonhos. À noite, jantaram no Bar Gaivota e comemoraram o primeiro dia livre pelo indulto. No sábado, Paulão telefonou para sua mãe e acertou de almoçar com ela no domingo. Enquanto Micaela passava o dia sentada no banco da Avenida da Paz, encantada com a liberdade, sentia alegria em ver o movimento do povo caminhando de um lado para outro.

Paulão chegou à casa de sua mãe por volta das 11 horas do domingo, Dia das Mães. Ela, a irmã e o cunhado, Valdo, receberam-no com abraços e alegria. Paulão distribuiu presentes a todos, aceitou uma cachacinha e contou algumas novidades: sairia da prisão no ano seguinte, pretendia morar em Maceió e abrir uma loja de artigos de esportes. Almoçaram, todos contando pedaços de sua vida. Porém, Paulão percebeu que desviavam a conversa quando ele tocava na morte do pai. No final da tarde, ele puxou o assunto principal, gostaria de receber sua parte da venda da padaria no dia seguinte, logo pela manhã, assim que o banco abrisse. Ao escurecer, despediu-se da família e foi encontrar-se com Micaela, que estava sentada num banco da Avenida olhando o mar e o povo passar. Paulão sentou-se junto e, apontando para a praia com orgulho, contou de seu tempo de adolescente.

— Joguei muito futebol nessa praia, era um menino de 16 anos, já tinha esse corpo avantajado. Todo domingo havia uma pelada organizada. Eu jogava bem, meu apelido era Oião. Joguei também no juvenil do CSA, sabe quem jogava no mesmo time? O Djavan, hoje é cantor de sucesso no Brasil e no mundo.

Na segunda-feira, às 9 horas da manhã, Paulão bateu à porta da casa da mãe várias vezes, ninguém atendeu. Apareceu uma vizinha com um envelope na mão dirigido a ele. Paulão abriu o envelope com um pressentimento ruim em sua alma. Retirou a pequena carta e a leu:

Maceió, 9 de maio de 1982

Querido filho,

Sei que esta carta vai decepcioná-lo, peço para manter a calma. O problema é que o Valdo convenceu-nos a investir o dinheiro da venda da padaria em um negócio que parecia bom, rendendo um bom dinheiro por mês. Investimos todo dinheiro da padaria, inclusive o seu. Todo mês, recebíamos um extrato de nosso ganho, era uma alegria ler aqueles extratos do Banco Brasileiro de Investimentos. Estávamos encantados em ganhar tanto dinheiro com facilidade. Quando completaram cinco meses do nosso investimento, não recebemos o extrato, Valdo foi ao escritório do banco, estava fechado, e mais de vinte investidores reclamando. A empresa desapareceu de Maceió, passou calote em mais de cem pequenos investidores, inclusive nós. Desculpe por assim ter procedido com seu dinheiro. Viajamos para longe, não sei quando retornaremos, não adianta pressionar, não temos um tostão. Vou tirar metade de minha aposentadoria todos os meses para transferir para você, até quitar o que ficamos devendo.

Peço perdão pelo que fizemos. Um dia nos encontraremos.

Sua mãe, Cícera

Paulão ficou desnorteado, bateu e chutou tanto na porta que ela abriu. Ele entrou na casa e nada de valor encontrou. Nenhum vestido havia no guarda-roupa.

A raiva e a indignação tomaram conta de Paulão, passou algumas horas tentando se acalmar. Retornou à pousada e mostrou a carta à Micaela, que desabou em sua cama, chorando copiosamente.

Sem noção do que fazer, passaram a segunda-feira na praia bebendo cerveja. Micaela sentia no fundo de sua alma feminina o desmoronamento de um sonho.

À tarde, sentaram no mesmo banco para apreciar o pôr do sol. Certo momento, Micaela levantou-se. Deixou Paulão sentado, andou pelo calçadão olhando e acompanhando uma jovem do outro lado da rua, caminhando na calçada com uma caixa de violino a tiracolo. Ela entrou à esquerda na Rua do Uruguai, Micaela fez um gesto com a mão para Paulo esperar, atravessou a rua sem perder a jovem de vista, até ela entrar numa casa. Micaela se aproximou, ouviu música e percebeu que era uma aula de violino. Ao retornar, conversou com Paulão.

— Lembra na cadeia quando os amigos contavam os crimes que deram certo? O mais fácil, na opinião dos colegas, é o sequestro rápido. Agora, nesse momento, apareceu uma oportunidade e não podemos desperdiçá-la. Na sexta-feira e no sábado, eu estava nesse banco apreciando a liberdade do povo andando pela rua, notei uma jovem, com uma caixa de violino, saindo de uma bonita casa e entrando naquela rua onde tem aula de violino. Verifiquei agora. Podemos facilmente sequestrar essa jovem e pedir o dinheiro que quisermos à sua família rica, ela mora naquele casarão ali — Micaela apontou a casa, estirando o braço.

Paulão escutou a ideia, sem conseguir abrandar sua alma atormentada. Os dois caminharam até a casa, ouviram o violino, ficaram esperando. Às seis e meia, a jovem saiu da aula retornando pela Rua do Uruguai, dobrou à direita na Avenida da Paz e entrou na mansão, a maior casa à beira mar. Paulão, ainda com ódio na alma, topou o sequestro. Na terça-feira pela manhã, ele comprou um fusca bege em bom estado, comprou corda fina em um armazém, um pedaço de pano, um litro de éter numa farmácia e na famosa Feira do Passarinho, onde se vende tudo, adquiriu um revólver calibre 32 e uma caixa de balas, não pensava em usá-lo, o objetivo era só ameaçar. Micaela passeou pelas redondezas, conseguiu o nome do dono da casa, um rico comerciante, Pablo Márquez. Pelo catálogo de telefone conseguiu o número da casa, ligou para comprovar. À tarde, eles ensaiaram o sequestro: sentados no banco do fusca estacionado na Rua do Uruguai, esperaram a jovem, que saiu da sua casa cerca das cinco da tarde, tomou o mesmo caminho e passou pelo fusca bege em direção à casa da aula de violino. Por volta das seis e meia, a jovem retornou passando por eles sem perceber o fusca estacionado. Seria naquele momento o sequestro, pensou Paulão.

Na quarta-feira pela manhã, foram à casa da Serraria, estacionaram o fusca no puxado ao lado. Empurraram a porta, fizeram uma revista dentro da casa, escolheram o quarto onde colocar a moça. O telefone estava funcionando. Encheram a geladeira de sanduíches, refrigerante e água. Forraram a cama com novo lençol, travesseiro e fronha. Consertaram a tranca da porta. Limparam a casa para receber a jovem durante a noite.

Ao retornar à pousada, vestiram um calção de banho, deram um mergulho no mar, ficaram observando ao longe o movimento. Caminharam devagar pela calçada, olharam discretamente para o interior do casarão, havia um carro na garagem.

Pouco antes das 17 horas, estacionaram o fusca bege no oitão da Rua do Uruguai. Ficaram esperando, nervosos. A jovem apareceu na esquina, desceu a rua em direção à aula. Passou pelo fusca, andou mais um pouco e entrou na casa. Paulão e Micaela caminharam por perto, ouviram o som do violino, retornaram ao carro. Estavam ansiosos enquanto esperavam a jovem, fumaram maconha, refizeram os detalhes do sequestro. Eram seis e meia da noite quando a moça calmamente, com a caixa do violino à mão, tomou a calçada da Rua do Uruguai cantarolando. Mais alguns passos depois, subitamente teve um susto quando um homem forte a segurou por trás e sentiu um pedaço de pano encharcado em suas narinas. Ouviu uma voz, ao longe, pedindo calma, quando desmaiou. Rapidamente sentaram a jovem no banco traseiro, nenhum transeunte assistindo à cena; ninguém percebeu. Micaela segurava a jovem enquanto Paulão ligou o fusca, dobrou à direita, percorreu a Avenida da Paz e subiu a ladeira rumo à Serraria. Foi perfeito o sequestro, como previram. A jovem mexia-se, Micaela enfiava o lenço de éter nas narinas, ela apagava. Paulão estacionou o carro no puxado-garagem. Discretamente entraram na casa, levaram a sequestrada para o quarto e deitaram a jovem na cama. Os sequestradores encobriram-se com uma máscara de fronha com dois buracos abertos para os olhos. Ao acordar, a jovem se apavorou; suas mãos e seus pés estavam amarrados com corda fina na cama. Ao perceber os sequestradores encapuzados, perguntou:

— Onde estou? O que vocês querem comigo?

Paulão, sentado numa cadeira, explicou.

— Peço para se acalmar e colaborar, ninguém vai te machucar. Você foi sequestrada por nós dois, amanhã vamos entregá-la à sua família. É um sequestro rápido. Quero que fique boazinha, não temos intenção de tocar em você, coopere e nada lhe acontecerá. Vamos pedir muito pouco a seu pai, tenho certeza que ele atenderá. Como é seu nome?

— Gabriela.

— Muito bem, Gabriela. Vou telefonar para sua casa, o pessoal deve estar preocupado, Micaela fica te guardando. Não estranhe, ela é uma mulher em um corpo masculino, entendeu? Vamos pedir pouco dinheiro, apenas para operar o bilau dela. Não fale alto, não grite. Vou telefonar e retorno logo. Se quiser comer, tem pizza, sanduíches e coca-cola na geladeira, Micaela esquenta para você. Se você se comportar mal, minha companheira vai te amordaçar. Até logo, vou telefonar.

Paulão caminhou até pegar um táxi ao centro. De um orelhão na Praça Deodoro, telefonou para casa de Pablo. Eram oito e meia da noite, a família estava apreensiva, Gabriela não havia chegado. Cecília telefonou para o professor de violino, ele confirmou a aula e a saída da aluna por volta das seis e meia da noite.

O telefone tilintou. Victória atendeu.

— Alô! Posso falar com o senhor Pablo Márquez?

— Pois não. Quem deseja?

— Um amigo.

Victória entregou o telefone a Pablo.

— Alô, sou Pablo Márquez. Com quem estou falando?

— Senhor Pablo, vamos ao que interessa. Eu sequestrei Gabriela, ela está comigo e minha mulher, não faremos mal a ela. Queremos entregá-la o mais rápido possível por uma quantia pequena para o senhor, Cr$ 800.000,00, repetindo, oitocentos mil cruzeiros. Esse dinheiro é para operação de minha companheira. Amanhã o banco abre às 10 horas. Quero que o senhor tire a quantia, coloque numa mala preta, somente o senhor vai levar a mala para o local que eu vou determinar, a entrega será às 2 horas da tarde, quero notas não seriadas. Amanhã pela manhã, eu telefono informando o local de entrega. Quando eu tiver o dinheiro na mão, libero a Gabriela. Não ponha a polícia em nosso negócio, que pode acontecer algum fato que não seja bom para ninguém. Novamente, insisto, nada de polícia, se eu desconfiar haverá um choque que causará ao senhor arrependimento para o resto da vida. A quantia é pouca para o senhor.

— Pode deixar. Tenha calma, não comunicarei à polícia. E, por favor, trate bem da Gabriela. Espero seu telefonema amanhã, se quiser nós podemos resolver esse problema logo cedo.

— Antes das 10 horas o banco teria de ser aberto fora do horário, é um indício para o sistema de segurança. Se o senhor tiver essa quantia em casa, nós resolveremos agora. Amanhã te telefono por volta das 9 horas, antes de o senhor ir ao banco. Deixe esse telefone desocupado.

Dom Pablo, Victória, Gabriel e Cecília, apreensivos, reuniram-se no gabinete para trocar ideias, era preciso ter sangue frio para enfrentar a situação. Tomaram café e ficaram conversando e especulando até mais tarde. Acertaram que Dom Pablo iria ao banco acompanhado de Gabriel, sacariam a quantia e entregariam aos sequestradores.

Coló ouviu um pouco a conversa, sem entender a aflição. Era quarta-feira, noite de fazer amor com o Cabo Firmino. Avisou que ia sair e foi encontrar-se com o amante num quarto de pensão. Depois do amor, Coló, pensativa, perguntou ao Cabo.

— O que é sequestrada?

— Sequestrada é uma pessoa presa em algum lugar por um bandido que pede dinheiro à família para soltá-la. Por que, minha negrinha?

— Lá em casa a família está preocupada, parece que Gabriela foi sequestrada, não querem falar com a polícia. Amanhã Dom Pablo vai entregar o dinheiro. Foi o que entendi. É segredo, ouviu, Firmino?

O cabo levantou-se da cama, vestiu a farda rapidamente, estava de plantão na Delegacia de Jaraguá, tinha dado uma fugidinha. Despachou Coló, que reclamou, queria mais. Na Delegacia, Firmino contou a história do sequestro. O delegado, um advogado competente e vaidosíssimo, pensou logo em abortar o sequestro. Seria uma vitória, uma divulgação extraordinária. Começou a telefonar às delegacias dos bairros pedindo para investigarem algum movimento suspeito em casas isoladas ou qualquer outra situação fora do normal. Ficou à espera e nada de retorno. Todos dormiam, pensava ele. Cerca das 7 horas da manhã, recebeu um telefonema do Sargento Vargas, subdelegado da Serraria, informando que em uma casa onde uma família tinha viajado havia um fusca bege estacionado na garagem. Imediatamente, o delegado entrou em um jipe velho e partiu acompanhado de dois soldados bem armados e mais outro jipe com três soldados. Ao chegar perto da casa suspeita, estacionaram os jipes. O delegado fez um reconhecimento, o fusca bege estava estacionado no puxado, nenhuma movimentação. Não podia se precipitar. Com paciência, ficou esperando algum movimento suspeito.

Paulão foi ao quarto da sequestrada, ela permanecia amarrada, estava acordada, conversando com Micaela, que havia tirado a máscara. Paulão entrou, abriu a gaveta de uma cômoda, colocou dentro o velho revólver e mandou Micaela esquentar um sanduíche, enquanto desamarrava os pulsos de Gabriela. A prisioneira pediu para ir ao banheiro, passou cerca de 15 minutos lá dentro e retornou, sentou-se na cama, comeu o sanduíche com coca-cola, não transparecia medo, conversou com Paulão enquanto Micaela foi dormir um pouco, tinha virado a noite vigiando a sequestrada dormir. Paulão não tirou sua fronha-máscara. Contou à Gabriela todo seu drama de ter sido enganado pelo cunhado. Contou também de sua juventude em Maceió, inclusive que todos os domingos jogava futebol na Praia da Avenida da Paz, numa pelada organizada por três irmãos italianos. Nesse momento, Gabriela o interrompeu.

— Meu pai também jogava aos domingos, vai ver que jogou com o senhor.

— Dom Pablo jogava? Precisava ter fôlego e disposição, a pancada era forte.

— Dom Pablo não é meu pai, é meu bisavô. Eu moro com ele.

— Quem é seu pai?

— Gabriel. Hoje ele tem 43 anos.

— Ave Maria, você é filha do Gabriel? Ele era meu amigo, às vezes, depois do jogo, me levava para comer feijoada na casa dele — contou, botando as mãos no rosto. — Meu Deus do Céu! Sequestramos filha de um homem bom, meu amigo. Vou acabar com esse negócio agora.

Chamou Micaela no outro quarto, enquanto desamarrava Gabriela, e explicou à mulher:

— Acabamos de fazer a maior besteira do mundo. A moça não é filha do Pablo Márquez, é bisneta. Ela é filha do Gabriel, meu amigo das peladas na Avenida da Paz, me levou várias vezes para feijoada que a mãe oferecia aos domingos, uma festa. Vamos terminar esse sequestro agora. Deixe que sua operação do bilau eu pago, ainda tenho dinheiro na Caixa. Vou telefonar para casa do seu avô e vamos te deixar na rua. Micaela, pegue nossas coisas, coloque no carro e vamos fugir, deixaremos a jovem num local de táxi, ela se vira para chegar em sua casa. Apronte-se. Vamos para o Recife, você vai se operar por lá. Depressa!

Paulão dirigiu-se ao telefone na sala junto à Gabriela. Ao iniciar a discagem, ouviu uma forte batida na porta da casa, uma voz alta e estridente gritou:

— Correio. Encomenda.

Batia cada vez mais forte. Paulão gritou "um momento", mandou Micaela e Gabriela entrarem no quarto e foi atender. Quando ele abriu a porta, o delegado segurou-o pelo pescoço, perguntando pela moça sequestrada. Paulão foi imobilizado por outro policial. Nesse momento, Micaela ouviu o barulho, mandou Gabriela afastar-se e sentar na cadeira, foi até a cômoda, abriu a primeira gaveta, onde Paulão escondeu o revólver, segurou-o na mão direita, engatilhou-o e, com o braço estendido, abriu a porta do quarto. Dois policiais entravam na sala nesse momento, ao vê-la armada, metralharam Micaela. Ela recebeu onze tiros no corpo, ensanguentada, caiu e morreu naquele instante. Paulão gritou para polícia:

— Cuidado, a moça está sozinha no quarto!

Os dois policiais, com armas na mão, entraram no quarto. Gabriela, apavorada em pé junto à cadeira, institivamente levantou os braços. Um deles se aproximou da jovem, falou com calma:

— Calma, somos amigos, somos da polícia, viemos soltá-la.

Estendeu-lhe a mão, ela segurou, saíram do quarto. Gabriela teve um ataque de choro ao ver Micaela morta, estirada no chão, ensanguentada. O policial trouxe-lhe um copo de água. Depois de Paulão ter confessado o sequestro com detalhes, o delegado ligou para casa de Dom Pablo, resumiu os acontecimentos e entregou o telefone à Gabriela. Ela tranquilizou a família e informou o endereço. O delegado avisou às televisões, às rádios e aos jornais sobre o sequestro abortado. Dentro de pouco, apareceram Gabriel, Cecília e Victória, que de imediato levaram Gabriela para casa, aos beijos e abraços com sua mãe Cecília e Victória. Ela, ainda emocionada, contou pormenores do sequestro. Logo depois, houve uma invasão de jornalistas de televisões, rádios e jornais, filmando e fotografando a casa, Paulão e a morta. O delegado deu entrevista se fazendo herói. Depois, os jornalistas dirigiram-se à casa de Gabriela, ficaram de plantão até ela aparecer. Victória negociou meia hora de entrevista.

Gabriela, com maturidade e desenvoltura, respondeu às perguntas. Em todos os programas de televisão, a reportagem principal foi o sequestro. Apareceram cenas fortes, Micaela estirada no chão e a entrevista de Gabriela. Todas as rádios comentavam e davam detalhes do sequestro. No dia seguinte, os jornais, com manchete de primeira página, traziam fotos da morta estirada, da casa e da jovem sequestrada Gabriela. Um semanário sensacionalista trouxe na capa: "Travesti sequestrou jovem para operar o bilau."

Paulão pegou três anos de cadeia por tentativa de sequestro. Como havia mais dois anos a cumprir por tráfico no Espírito Santo, totalizaram cinco anos a cumprir na Penitenciária Baldomero Cavalcanti de Maceió.

Depois de um ano, Gabriela teve a Síndrome de Estocolmo, conversando com os pais, manifestou interesse em visitar o sequestrador, argumentou que ele, ao saber ser ela filha de Gabriel, cancelou o sequestro imediatamente. Gabriel procurou saber os dias de visita e numa tarde os dois visitaram Paulão junto à Cecília. Paulão ficou surpreso e feliz. Gabriel perguntou como estava sendo tratado.

— Dr. Gabriel, a cadeia do Espírito Santo era um paraíso em relação a essa. Respeitam-me por ser um homem forte. Mas vou levando, espero tirar o mínimo de tempo, tenho bom comportamento. Embora, às vezes, tenha vontade de dar um murro no guarda.

Gabriela saiu chocada com o presídio, pediu aos pais para tirar Paulão daquele lugar com um *habeas corpus*. Dr. Bernardo, que muito atendeu feridos naquela cadeia, conhecia diretores, entrou no circuito. Enfim conseguiram uma soltura condicional para Paulão.

Ele abriu logo depois uma loja de artigos esportivos em uma casa simples no final da Jatiúca. Fez sucesso entre os surfistas, abriu uma oficina de prancha, a loja patrocinava competições de surfe na Praia da Jatiúca. Os bisnetos de Dom Pablo eram frequentadores. Paulão sempre levava uma camisa florida para Gabriel, dizia ser escravo do amigo.

A COPA DO CHORO

O futebol sempre exerceu fascínio em Dom Pablo. Nos anos 1920, chegou a jogar algumas partidas pelo CRB, time do coração, era um medíocre "beque" direito, esforçado e batedor. Quando acontecia Copa do Mundo, o colombiano entrava em clima de festa, abria o casarão para os amigos assistirem aos jogos com muita comida e bebida.

Numa segunda-feira, dia 14 de junho de 1982, a mansão da Avenida da Paz foi decorada de verde e amarelo, quatro enormes bandeiras do Brasil hasteadas em locais estratégicos, duas televisões coloridas no terraço, mais uma na sala e outra no puxado de serviço para os empregados.

O Brasil estreou na Copa da Espanha contra a União Soviética, jogo marcado para nove da noite na cidade de Sevilha. A seleção brasileira era favorita, tinha os melhores craques do mundo: Zico, Júnior, Falcão, Sócrates, entre outros, porém, a seleção da URSS havia se preparado para a Copa, tinha um bom time.

No início da tarde, um caminhão do Bufê Pajuçara estacionou em frente ao casarão. Geraldinho Gonçalves, proprietário do bufê, comandava seus auxiliares. Espalharam mesas e cadeiras no gramado do jardim, os apetrechos do churrasco foram colocados no puxado de serviço no fundo do quintal.

Victória e Cecília supervisionaram a preparação da festa. A partir das 5 horas da tarde foram chegando os convidados e o resto da família. Lotaram as mesas e cadeiras do jardim, da varanda e da sala. Dr. Bernardo apareceu elegante, barba bem feita, cabelos cortados e levemente pintados, dando um toque mais jovem, vestia bermuda comprida azul e camisa polo amarela Lacoste, tênis branco, moderno. Brincou com todos os filhos e netos, organizou um bolo com o resultado do jogo, todos pagaram, ele escreveu seu palpite na folha de papel almaço: Brasil 3 x 0 URSS. A elegância e as roupas modernas do viúvo despertaram ciúme em sua filha Andreza, que o ameaçou:

— Meu pai, você sempre elegante e bonito, lembre-se que é um viúvo. Será que arranjou alguma sirigaita? Se eu descobrir alguma namorada, mando dar uma surra de bimba de boi nessa rapariga. O pau vai comer! — saiu às gargalhadas.

— Minha querida filha, você sabe que sempre gostei de me vestir bem e deixe de besteira. Eu ainda não morri.

O jogo começou às 9 horas da noite. Bebida e comida rolando, torcedores nervosos. A URSS iniciou jogando bem, para decepção brasileira fez o primeiro gol, 1 x 0 terminou o primeiro tempo, entristecendo o ambiente. O Brasil voltou do intervalo com vontade de ganhar. Sócrates empatou, e, no final, Éder virou o jogo com um chute forte de longe: Brasil 2 x 1. A festa continuou. Seu Sebastião acompanhou ao violão Dom Pablo, que fez uma roda de música até a meia-noite. Na terça-feira houve ponto facultativo nas repartições públicas, muitos escritórios particulares fizeram feriado na parte da manhã.

Durante os jogos da Copa do Mundo houve festa na mansão de Dom Pablo na Avenida da Paz, alguns turistas entraram na casa confundindo com um restaurante.

Dia 18 de junho, sexta-feira, o Brasil venceu facilmente a Escócia, dando um show de bola. A Escócia também fez o primeiro gol e o Brasil virou com gols de Zico, Oscar, Éder e Falcão, final: 4 x 1.

O jogo seguinte, contra a Nova Zelândia, caiu na véspera de São João. Dom Pablo encomendou uma enorme fogueira, a casa decorada com bandeirolas e balõezinhos e um conjunto de forró pé de serra tocando e o povo dançando no tablado em cima do gramado do jardim. A fogueira foi acesa às 18 horas, a meninada se assanhou soltando fogos. Havia toda espécie de comidas juninas: canjica, pamonha, milho assado, mungunzá. Bebida à vontade: do uísque ao quentão e bate-bate de maracujá. Os fogos pipocando. O Brasil arrasou a Nova Zelândia: 4 x 0. Os brasileiros jogaram o fino da bola.

Como o dia de São João, 24 de junho, é feriado no Nordeste, o povo dançou e cantou no tablado até altas horas. Só terminou a comemoração quando o dia amanheceu na Praia da Avenida da Paz.

A Copa entrou na segunda fase dividida em quatro grupos de três equipes. O Brasil pegou o grupo da morte com a Itália e a Argentina. Iniciou enfrentando a tradicional inimiga, a Argentina, jogo marcado para cinco da tarde do dia 2 de julho, sexta-feira. A mansão do colombiano estava lotada. Inesquecível e histórica vitória do Brasil de 3 x 1 sobre a Argentina. Gols de Zico, Serginho e Júnior. Festa em todo país, o Brasil passou a ser considerado o favorito e encarava a Itália, que havia vencido a Argentina por 2 x 1. Bastaria um empate contra os italianos para o time chegar às semifinais.

O país eufórico, o Brasil tinha uma equipe bem melhor que a da Itália. O grande jogo estava marcado para as 17 horas do dia 5 de julho, segunda-feira. Os convidados começaram a chegar à mansão por volta das 11 horas da manhã. A bebida, o churrasco e o otimismo tomavam conta das camisas amarelas. Dr. Bernardo organizou o bolo, mais de trinta torcedores arriscaram palpites, não havia sequer um empate, só lacraram vitória do Brasil, alguns com placar dilatado: 5 x 0, 4 x 0.

A casa do colombiano lotou de amigos e alguns penetras. Pouco antes de iniciar o jogo, apareceu uma senhora bonita, morena, bem-vestida, elegante, discreta, cerca de 40 anos, acompanhada de uma amiga. Entraram e sentaram-se a uma mesa em frente a uma televisão. Ninguém as conhecia, ninguém perguntou quem eram. O garçom ofereceu cerveja, churrasco, elas aceitaram.

Todas as previsões otimistas falharam. O nervosismo tomou conta do Brasil quando Paolo Rossi fez o primeiro gol da Itália, logo aos 5 minutos. A euforia retornou ao Sócrates empatar o jogo aos 12 minutos. Novamente, aos 25 minutos, Rossi colocou a Itália na frente e terminou o primeiro tempo com o placar: Itália 2 x 1 Brasil. O segundo tempo foi de ansiedade e de matar do coração, aos 23 minutos do segundo tempo, Falcão empatou a partida: 2 x 2, os fogos pipocaram, a alegria voltou, mas não era dia do Brasil. Paolo Rossi, aos 29 minutos, colocou a Itália na frente novamente. Foram os 16 minutos mais angustiantes do brasileiro, desespero total até terminar o jogo com a vitória da Itália: 3 x 2 e o Brasil eliminado.

Choro, frustração, abraços de tristeza entre os amigos, netos e bisnetos de Dom Pablo. Ninguém acreditava no que tinha acontecido. Sydney, sentado à mesa, segurava a mão da namorada. De repente, levantou-se, andou até um poste junto ao muro, encostou o braço e a cabeça, olhando para o chão, chutou o poste e chorou. A namorada preferiu deixá-lo só, desabafando.

A senhora bonita, penetra na festa, encontrava-se à mesa ao lado. Ela acompanhou o trajeto de Sidney, levantou-se, aproximou-se do rapaz, deu-lhe um abraço por trás, segurou levemente sua cabeça pelo queixo, olhou-o nos olhos, beijou-o na testa e falou com intimidade como se o conhecesse há anos.

— Chore, Sidney, lamente nosso Brasil ter perdido, embora nosso time seja melhor que o deles, aconteceu. São coisas do futebol. Essa derrota não dependeu de você. No esporte, como também na vida, um dia ganhamos, no outro perdemos. Você tem 18 anos, terá muitas vitórias pela frente. Tenho certeza de que será um vencedor. O mundo é dos jovens como você.

Sidney olhou para a senhora, bonita morena, traços afrodescendentes visíveis. Um sentimento estranho invadiu sua alma. Ele observou a mulher descendo as escadas com a amiga, virando à direita e caminhando pela calçada. De repente, a senhora olhou para trás, alegrou-se ao ver Sidney acompanhando-a com o olhar, ela acenou com a mão; ele respondeu com sorriso e a mão.

Sidney teve a impressão de que conhecia aquela senhora de algum lugar. Retornou à mesa onde estava a namorada, Maria das Graças, que havia percebido a cena e perguntou:

— Quem é aquela mulher? Beijou sua testa, conversou, antes de sair.

— Não sei. Parece-me familiar, estou tentando lembrar, eu a conheço de algum lugar.

Todos retornaram às suas casas, alguns chorando, uma inesperada tristeza. Sidney subiu ao seu quarto, tomou um banho demorado, vestiu um pijama, deitou-se pensando na senhora que perturbou agradavelmente sua mente. Conseguiu dormir depois de algum tempo.

BENEDITA

Eram duas e meia da tarde de uma terça-feira, Gabriel trabalhava em sua sala no Armazém de Secos e Molhados no bairro de Jaraguá, quando a secretária informou pelo interfone que uma senhora de nome Benedita desejava falar com ele ao telefone. Gabriel tentou puxar na memória, não se lembrou de alguma Benedita. Atendeu.

— Alô! Quem fala?

— Benedita. O senhor não me conhece. Eu preciso conversar em particular.

— Não estou lembrado. Pode adiantar o assunto?

— Gabriel, eu preciso conversar com você ainda hoje. Será que pode ser perto das cinco da tarde? O local você escolhe. Se quiser, pode ser aqui no hotel.

— Agora me deixou curioso. Afinal, quem é a senhora? E qual o assunto?

— Se estiver em pé, sente-se. Sou a mãe biológica de seu filho Sidney. Estou em Maceió e gostaria de uma rápida conversa, apenas nós dois. Adianto que não quero causar problema com a família, muito menos com o Sidney.

Gabriel perdeu a voz naquele momento. A revelação foi um choque. Deu um tempo para recuperar-se da surpresa e retornou.

— Onde a senhora está hospedada?

— No Hotel Ponta Verde.

— Tem um café no Ponta Verde. Pode me esperar. Às 17 horas está bom para a senhora?

— Está bom. Vou ficar esperando. Venha só, por favor.

Gabriel, entre surpreso e preocupado, respirou fundo para voltar à calma. Não conseguiu concentrar-se no trabalho. Ele avisou à esposa, Cecília, que iria encontrar-se com um fornecedor no Hotel Ponta Verde, chegaria mais tarde, que ela não o esperasse para o café.

Na hora marcada, Gabriel subiu os degraus do hotel, logo avistou uma senhora morena, cerca de 40 anos, bonita, bem-vestida. Ela levantou-se da poltrona no saguão, estendendo a mão para Gabriel.

— Como vai, Dona Benedita? Vamos pegar uma mesa na varanda?

— Sim, sim.

Entraram no restaurante, escolheram uma mesa onde havia bela vista para o mar. Entardecia. As nuvens se alaranjavam e o mar verde-esmeralda tornava-se dourado com o pôr do sol. Gabriel puxou a cadeira de palhinha forrada com almofada de pano florido, Benedita sentou-se agradecendo. Gabriel olhou-a nos olhos, sorriu meio constrangido e iniciou a conversa.

— Afinal conheci a mãe biológica de meu querido filho.

— Sou a mãe daquele rapaz, ontem fiquei surpresa ao vê-lo, alto, forte e bonito. Aproveitei aquela festa, entrei na casa de seu avô. Abracei meu filho pela primeira vez, a última tinha sido quando o deixei embrulhado num cesto no jardim de sua casa há 18 anos. Ainda me comove.

— Você entrou na minha casa ontem? Eu moro na casa do meu avô.

— Desde que parti para São Paulo retornei a Maceió algumas vezes, descobri meu filho e o vejo de longe, não existe amor tão forte como o de mãe. Mantive o compromisso, nunca falei com ele; levo dentro de mim essa frustração dolorosa. Quando venho a Maceió, frequento a Praia da Avenida da Paz apenas para vê-lo. Já o segui discretamente dentro de um táxi, só para olhar a entrada de Sidney no Colégio Marista.

Gabriel não perdia uma palavra. Benedita continuou.

— Cheguei ontem por volta das 2 horas da tarde. Telefonei para Marilda, amiga de infância, nos encontramos. Fomos passear pela Avenida da Paz. Ao passar em frente à casa de Dom Pablo, fiquei surpresa com a festa. Parecia um restaurante. Entramos e sentamos em duas cadeiras no jardim, a poucos minutos do início de jogo. Nossa presença passou despercebida. Um garçom nos serviu de churrasco e cerveja. Iniciou o jogo, quanta emoção, torci tanto, gritei, vibrei, chorei, sempre olhando os movimentos de meu filho; nunca eu havia ficado tão perto dele. Ao terminar o jogo, notei que Sidney dirigiu-se a um poste ao lado entre as plantas do jardim, em pé, de cabeça baixa apoiada no braço, dava pontapés e chorava. Aproximei-me por trás e pela primeira vez na vida o abracei, pelas costas. Quando ele se virou, surpreso, beijei sua testa e disse-lhe algumas palavras de consolo. Ele parou de chorar, ficou me olhando. Eu saí com minha amiga, descemos as escadas, caminhamos pela calçada, em dado momento olhei para trás, ele estava me acompanhando com o olhar. Hoje estou alegre, me sentindo a mulher mais feliz do mundo.

— Tudo bem, eu entendo. Talvez tenha chegado a hora de fazermos revelações. Aliás, eu prometi à minha mãe que revelaria a Sidney quem era sua mãe biológica no momento adequado. Quando ele tinha 6 ou 7 anos, eu e Cecília tivemos uma conversa, contamos a verdade, revelamos que a mãe biológica foi uma namorada minha que o deixou num cesto em minha casa e desapareceu. Que era negra, como ele. Sidney ficou pensativo, perguntou se a mãe biológica estava viva. Eu senti que ele gostou desses esclarecimentos. Ano passado, ele me perguntou pela mãe biológica, eu disse que não sabia.

— Gabriel, vamos ao ponto mais sensível da questão. Não quero machucar ninguém. Quem sabe a verdade, que Sidney não é seu filho, que ele é filho do Dr. Bernardo?

— Só eu, você e meu pai sabemos. Foi ótimo tocar nesse assunto. Por mim, devemos levar esse segredo para o túmulo. A história verdadeira vai machucar muito o Sidney e toda família. Minha irmã, Andreza, jamais perdoará o pai. Ela é madrinha de Sidney, que a adora. Não imagino a reação do resto da família. Quando você deixou o Sidney em minha casa, meu pai me confessou que o filho era dele, eu resolvi assumir a paternidade, inventei uma carta mal escrita me informando ser o pai daquela criança, todos acreditaram. Só quem conhece a verdade sou eu, meu pai e você.

— Concordo. Para que machucar tanta gente? Seus irmãos jamais iriam perdoar seu pai ter traído sua mãe.

A reação de Sidney seria imprevisível, nem imagino, ele sofreria muito. Vamos recordar como tudo aconteceu realmente. Vou contar a história livrando Dr. Bernardo da paternidade. Você é o pai de meu filho. Está bom assim? Sou boa contadora de história. Sei mentir com convicção.

— Ótimo. Mas, por favor, me conte a história verdadeira, você conhece os detalhes.

Ela ajeitou-se na cadeira, tomou um copo d'água e iniciou:

— Nasci e me criei no Pontal da Barra, o bairro das mulheres rendeiras. Estudei na Escola Silvestre Péricles, tive uma infância feliz, solta na praia e nadando e pescando na lagoa, brincava com as amigas. Fui uma menina sapeca naquele Pontal, batia toda região. Eu morava com meu pai, um negro alto e bonito, numa casa modesta. Minha mãe era branca, marisqueira, catadora de sururu. Ficou doente, frágil, meu pai a adorava, morreu quando eu tinha 10 anos. Eu sou filha única.

Terminei o segundo grau, meu pai queria que eu fizesse vestibular. Para ganhar alguns trocados, eu ajudava nas lojas ou vendia mangas aos turistas. Eu devia ter 18 anos quando meu pai adoeceu com dor no estômago. Sem dinheiro, me indicaram um médico que atendia aos pobres sem cobrar. Levei meu pai ao Dr. Bernardo. Ele nos atendeu com gentileza, fiquei encantada com o tratamento recebido. O Doutor escreveu um bilhete para um amigo pedindo uma radiografia do estômago. Retornamos com os exames, Dr. Bernardo olhou a chapa, mandou meu pai deitar-se numa maca, apalpou sua barriga em vários locais. Em sua cadeira, olhou para nós dizendo que não tinha gostado do resultado, havia um caroço no estômago, não sabia se era maligno ou benigno, o tumor estava grande. Telefonou para um médico, conseguiu uma biópsia, pediu para que eu levasse meu pai ao hospital e entregou-me remédio se ele sentisse dor. Agradecemos e fomos para casa. No dia seguinte, meu pai teve uma piora, gritava de dor, pediu para chamar o médico. Telefonei para o Dr. Bernardo, ele prometeu que depois de atender no consultório iria à nossa casa. Ao chegar, ele examinou a barriga. Abriu a maleta, tirou uma seringa e aplicou-lhe uma injeção, era morfina. Teve alívio imediato. Deixamos papai dormindo e sentamos nas poltronas da sala. Dr. Bernardo deu a notícia que devia ser um tumor maligno, e que papai teria pouco tempo de vida. Deu algumas ampolas de morfina para aplicar uma injeção quando a dor ficasse insuportável. Havia um posto de saúde bem perto de nossa casa. Uma semana depois meu pai morreu. Eu telefonei para o Dr. Bernardo agradecendo tudo que fez por nós. Surpresa minha quando ele compareceu na hora do enterro. Eu fiquei fascinada pela figura humana de seu pai, nunca tinha conhecido alguém tão bondoso. A assistência que ele deu a meu pai me tocou bastante, me senti devedora. Os dias passaram, semanas, até que numa tarde eu estava na Praça Palmares vendendo manga aos carros que desciam em direção à Avenida da Paz. O carro parava, eu entregava um saquinho cheio de manga e recebia o dinheiro que me sustentava. Numa tarde, parou um carro pedindo dois saquinhos de mangas; ao reconhecer Dr. Bernardo, saí correndo, alegre, entreguei dois sacos e não deixei que ele pagasse. A partir daquele dia, ele sempre passava lá e comprava manga, pagava, fazia questão. Até que numa tarde tomei um banho, coloquei um vestido bem colado e decotado e me dirigi à Praça Palmares. Quando o carro do Doutor parou, eu fui ousada, corri, abri a porta, entrei no carro. Com segurança, disse que eu lhe devia muito favor e queria pagar com carinho e amor. Ele olhou-me, balançou a cabeça, falava: "Que loucura! Que loucura!" Levou-me para uma casa sua no Vergel do Lago que ele alugava e estava desocupada. Estava feliz, eu me sentia apaixonada pelo seu pai, mesmo ele sendo mais velho. Tinha duas camas velhas na casa, fizemos amor pela primeira vez.

Naquele momento, o garçom interrompeu a conversa trazendo café, pão torrado, queijo do reino, salame e pão francês crocante. Cada qual serviu seu prato. Benedita continuou.

— Daquele dia em diante nós íamos discretamente à casa do Vergel do Lago uma ou duas vezes por semana. Com três meses de encontros, descobri que eu estava grávida. Muito acanhada, avisei ao Dr. Bernardo. Ele ficou aperreadíssimo. A partir daquele dia, nós não fizemos mais amor. Ele perguntou qual era minha ideia. Nasceria ou não a criança? No início, eu pensei em abortar, mas não tive coragem, achei que abortando estava matando meu filho. Continuei morando sozinha no Pontal e vendendo minhas mangas no centro da cidade. Certa tarde, Dr. Bernardo passou na Praça Palmares, queria conversar comigo. Deixei as mangas com uma amiga, e fomos para um restaurante lá para as bandas do Tabuleiro. Passamos a tarde conversando, tentando resolver o problema da melhor maneira possível, respeitando minha opinião. A partir daquele dia deixei de vender manga no centro da cidade e abri uma conta no Banco do Brasil. Toda semana, Dr. Bernardo depositava uma quantia para meu sustento. Tivemos vários encontros só para conversar, ele nunca me tocou depois de minha gravidez, queria dar a melhor solução possível, eu sentia tristeza e preocupação em sua fisionomia. Ele me confessou ser apaixonado por Dona Isabel, tinha verdadeira adoração pela esposa, não queria que ela soubesse, seria nosso segredo até a morte, revelou ter sido a primeira vez que traiu a mulher. Eu contei minha vontade de morar em São Paulo, arranjar um emprego, fazer algum curso, ter um futuro melhor em uma cidade grande e deixar o menino para adoção. Só não queria abortar. Dias depois dessa conversa, Dr. Bernardo viajou para São Paulo para um congresso. Ao retornar a Maceió, me procurou com a novidade: havia arranjado um emprego para mim num hospital e um curso gratuito de Enfermagem. Quanto à criança, sugeriu um plano: ele mesmo adotaria, para isso, quando a criança nascesse, eu a deixaria no jardim de sua casa na Avenida da Paz. No mesmo dia, eu viajaria para São Paulo, procuraria seu amigo e me instalaria por lá. Ficou acertado também que ele depositaria todos os meses uma quantia em minha conta para ajudar no meu sustento. Ele nunca falhou com esse compromisso, até hoje faz o depósito corrigido conforme a inflação, durante esses dezoito anos nunca faltou um mês. O menino nasceu e fiquei louca por ele, mas eu tinha convicção que o melhor para meu filho seria a adoção pelo pai. Eu não podia sustentar a mim mesma. Como ficou acertado na véspera da viagem, às 5 horas da manhã deixei meu filho bem protegido em uma cesta no jardim de sua casa. Saí correndo para o Pontal, passei o dia chorando. No dia seguinte, de madrugada, viajei para São Paulo de ônibus, economizei na diferença de preço do avião. Ao chegar em São Paulo, depois de mais de dois dias de viagem, me hospedei em um hotel barato. No dia seguinte, botei um vestido e me apresentei no Hospital das Clínicas. O médico chefe, amigo do Dr. Bernardo, me recebeu e pediu à secretária para me apresentar nos serviços gerais, meu serviço seria de limpeza na ala infantil. Com uma semana, eu já dominava os serviços dentro da ala, minhas colegas zombavam de meu forte sotaque nordestino. Eu soube que havia um alojamento para enfermeira, onde algumas moravam, com armário e um banheiro. Para economizar, fui morar no alojamento. No trabalho eu me distraía, mas à noite, antes de dormir, eu pensava no meu filho. Foi duro no início da nova vida. Procurei a Escola de Enfermagem; só haveria outra turma do curso no mês de julho. Deixei meu nome inscrito. Eu me adaptei à nova vida, foi um tempo de conhecer amigos, saía no fim de semana com as enfermeiras e o pessoal de serviço. Só não queria relacionamento com compromisso.

— Eu sou o único que sei da história da paternidade do Sidney. Aliás, fui eu que o achei no cesto ao retornar de minha corrida naquela manhã, abri a portinhola do jardim e ouvi um choro de neném, procurei e achei o cesto com aquela criança esperneando forte e chorando.

Dei um grito, peguei o cesto e levei a criança para dentro de casa. Minha mãe ficou encantada, tomou-o nos braços, disse que era fome, deu-me o menino para segurar e logo preparou um mingau, ele tomou numa colher de madeira. Logo, toda família soube, todos queriam ver e adotar o menino. Sebastião e Conceição, moradores do sítio, minha irmã Andreza, que deu o nome ao Sidney devido a um artista de cinema que estava fazendo sucesso e era negro, chamado Sidney Poitier. Minha mãe disse que o adotaria, meu pai também estava fascinado pela criança sorridente. Meu pai se abriu comigo, contou-me a mesma história que você contou agora. Eu propus assumir a paternidade da criança, três dias depois chegou uma carta anônima de uma mulher postada no correio de Rio Largo, na carta ela dizia que o filho era meu, que não podia criar, tinha quatro filhos, sem marido. Terminava pedindo para ninguém a procurar e sabia que a criança iria ser bem-criada por aquela família. Fui eu mesmo que escrevi a carta com a mão esquerda e cheia de erros de português, coloquei no correio de Rio Largo. Assim assumi a paternidade de Sidney, ele tem alguns traços meus e do papai. Prometi a meu pai guardar o segredo e levá-lo ao túmulo. Minha mãe ficou radiante, como eu era solteiro, eles preferiram adotar a criança. Aliás, não houve adoção, meu pai conseguiu no cartório de amigo registrá-lo como filho. Consta na certidão de nascimento de Sidney que ele é filho de Bernardo e Isabel. Minha mãe, sensível e sábia, fez-me prometer que antes de me casar contaria à minha futura esposa que eu era pai de Sidney e que o levaria para minha casa quando casasse.

Prometi ainda que, quando Sidney crescesse e tivesse discernimento, eu contaria a história verdadeira de sua mãe que o deixou num cesto no jardim. Quando me casei, Sidney tinha 4 anos e Cecília estava grávida, meu avô convidou-me a morar em sua mansão com ele, onde até hoje moramos, nunca houve um desentendimento, pelo contrário, ele adora meus filhos, seus bisnetos. Cecília e Sidney se amam, ele a chama de mãe naturalmente, ela não faz diferença entre os filhos, trata todos com carinho e amor. Finalizando, vamos deixar o caso da paternidade como está, senão vai endoidar a cabeça do próprio Sidney. Vou conversar com meu pai e com Cecília, minha mulher. Amanhã vou tentar trazê-la para continuar a conversa, pense no que vai contar tirando meu pai da história, pelo bem do nosso Sidney. Amanhã me telefone àquela mesma hora. Fico aguardando.

Abraçaram-se como amigos, como cúmplices.

Gabriel chegou em casa cansado, ainda ressacado da bebedeira da derrota do Brasil. Seus filhos menores estavam assistindo à televisão com o bisavô e Victória na sala e Sidney estudava em seu quarto. Ao entrar em seu quarto, Gabriel segurou na mão de Cecília, disse-lhe que precisava de uma conversa. Tirou a roupa, entrou no banheiro, tomou uma longa ducha, saiu enxugando-se, enquanto a esposa colocava as roupas sujas no cesto. Gabriel colocou um pijaminha e deitou-se na cama batendo com a mão no colchão para que a esposa o acompanhasse. Quando os dois estavam deitados, ele iniciou:

— Agora à tarde, tive a maior surpresa de minha vida, você nem imagina. Prepare-se para não cair da cama. Por volta das 15 horas, recebi um telefonema de uma senhora dizendo-se ser Benedita, a mãe biológica do Sidney.

Ao ouvir essa introdução de conversa, Cecília levantou-se, ficou sentada na cama e, olhando para Gabriel, perguntou incrédula:

— O quê? Benedita? Mãe de nosso filho Gabriel? Que história é essa?

— Tenha calma. Essa Benedita pediu para conversar comigo.

— E você foi? — perguntou Cecília irritadíssima.

— Fui enfrentar o problema. Ao entrar no hotel, uma mulher estava me esperando na entrada, reconheci Benedita. Fomos para uma mesa no café. Ao iniciarmos a conversa, ela esclareceu que não queria criar problemas, nem causar traumas ao Sidney. Sabia que ele é um rapaz muito bem-educado por nós dois. Falou que mora em São Paulo, já refez sua vida e que já viu o Sidney, ao longe, algumas vezes quando vem a Maceió. Mas desta vez gostaria de conversar com o filho, porém, só faria com nosso consentimento. Contou por alto parte de sua vida e pediu para conversar com nós dois. Ela acatará nossa decisão, se for negativa, ela retornará a São Paulo. Se nós quisermos, podemos marcar o encontro para amanhã. Eu prometi consultá-la. Que acha?

— Não dou ousadia a essa quenga dizer que é mãe de meu filho.

— Tenha calma, Cecília. Ela prometeu não criar problema, não quer prejudicar o Sidney. Durma direitinho, amanhã pensaremos com mais calma. Se você não quiser o encontro, claro que não haverá esse encontro. Você é uma mulher forte, vamos enfrentar esse problema agora, ele poderá se prolongar. O próprio Sidney nesses últimos anos me perguntou várias vezes se eu tenho alguma notícia da mãe biológica. Você é a mãe verdadeira, foi quem criou, educou, deu carinho e amor. Sidney tem adoração por você.

— Vou precisar tomar um remedinho para dormir, também estou ressacada do jogo de ontem. Ainda não me conformo com a derrota do Brasil. Em 10 partidas entre Itália x Brasil com aqueles times, o Brasil ganharia nove e perderia uma, foi a de ontem. Vou dormir, amanhã decido se vou ver essa rapariga.

No dia seguinte, ainda pela manhã, Gabriel procurou seu pai, Dr. Bernardo, contou sobre o aparecimento de Benedita, como foi o encontro e que ele está administrando o problema. "Um segredo que vai para o túmulo", assegurou. Se fosse descoberto, seria problemático para todos. "A Benedita quer apenas conversar e pedir perdão ao filho", disse Gabriel. Dr. Bernardo ficou apreensivo e agradecido, deu um longo abraço no filho.

No dia seguinte, às cinco da tarde, o casal subiu os degraus da entrada do Hotel Ponta Verde. Benedita, trajando um vestido amarelo de renda do Pontal da Barra, levantou-se ao vê-los, estendendo-lhes a mão. Sua elegância e bom gosto no vestir surpreendeu Cecília. Gabriel convidou-a com um gesto, dirigindo-se à mesa do dia anterior, com uma bela vista para a Praia de Ponta Verde. Ao sentarem-se, Gabriel chamou o garçom e pediu água mineral. As duas mulheres ficaram se olhando com ares defensivos. Benedita foi a primeira a falar.

— Quero agradecer a gentileza em vir conversar comigo. Viajei a Maceió desta vez com um objetivo: ter essa conversa com vocês e ver se chegamos a um acordo, sem criar problemas para o Sidney, ele é meu filho biológico, não me conhece, mas só desejo todo bem do mundo para ele. Cecília é seu nome? Não é?

— É sim, Cecília Peixoto. Continue sua história, por favor.

— Se tiverem paciência, gostaria de resumir a história desde o começo. Quando eu tinha 17 a 18 anos, morava com meu pai num sítio cheio de mangueira do Pontal da Barra, minha mãe morreu cedo. Eu estudava e vendia manga na feira para ajudar meu pai. Meu sonho era morar no Sul, onde tinha empregos. Foi quando meu pai adoeceu; câncer no estômago. Eu fiquei sozinha no mundo naquela casa. Na época, dei para beber e farrear. Saía quase todas as noites, tive vários casos, certo tempo fiquei com o Gabriel e aconteceu o inesperado, engravidei. Pensei em abortar. Fui me confessar com o padre da Igreja no Pontal, ele convenceu-me que o aborto é um assassinato. Fiquei em minha casa, a barriga crescendo, sobrevivendo da venda de mangas, Gabriel havia desaparecido. Certo dia, uma senhora amiga voltou para Maceió depois de três anos morando em São Paulo. Arranjou emprego, melhorou de vida. A história da amiga deu-me vontade de morar em São Paulo. Quando o menino nasceu em minha casa, com ajuda de uma parteira, fiquei louca por ele. Eu tinha resolvido morar em São Paulo. Eu não tinha noção das coisas, pedi às amigas para ficarem com a criança enquanto eu ia procurar emprego em São Paulo, logo voltaria para buscá-lo, nenhuma aceitou. Eu estava disposta a morar em São Paulo de qualquer maneira e tive a ideia de deixar a criança na casa do pai, que certamente não o abandonaria. Eu sabia onde Gabriel morava. Aluguei minha casa no Pontal, recebi um adiantamento, comprei uma passagem de ônibus para São Paulo. Dois dias antes da viagem, às 5 horas da manhã, dei um passeio até a casa de Gabriel, deixei a criança embrulhada num lençol dentro de um cesto, saí correndo e chorando. Pedi a uma amiga para escrever carta dizendo que Gabriel era o pai e que colocasse no Correio. No dia seguinte, passei pela porta da casa várias vezes, achei tudo calmo, disse para mim mesma: "Seja o que Deus quiser." Viajei de ônibus para São Paulo.

— Você abandonou irresponsavelmente seu filho e ainda se acha no direito de ser mãe? Você tinha certeza que o filho era de Gabriel, já que transava com todo mundo? — disse Cecília, destilando ódio, humilhando Benedita. Ela respondeu humildemente, tentando segurar as lágrimas que caíam.

— Tenho certeza que o filho é de Gabriel porque passei dois a três meses saindo apenas com ele, para me divertir, e não tomei pílula por uns dias. Não estou reivindicando direito ao filho, se fosse esse o caso entraria na Justiça. Eu apenas queria ter essa conversa com os pais do filho que abandonei. Eu viajei várias vezes a Maceió só para olhar Sidney ao longe. Porém, desta vez, eu vim disposta a conversar com ele, claro que com a permissão de vocês e a dele. Quero pedir perdão por um erro de uma jovem estabanada que fui. Na segunda-feira, dei uma volta na Avenida da Paz e me surpreendi com a festa da Copa do Mundo na casa de Dom Pablo, parecia um restaurante. Eu estava com uma amiga, tomei coragem, entramos na festa, assistimos ao jogo, sentadas à mesa. Fiquei feliz quando percebi o Sidney perto, segurando a mão da namorada.

— Você teve a ousadia de entrar em minha casa? Eu te proíbo! — falou Cecília, com o dedo em riste.

— Tenha calma, minha senhora, eu não quero brigar pelo meu filho que abandonei, ele talvez me deteste como a senhora me detesta. Eu não viajei para brigar, repito, quero apenas pedir perdão a meu filho que abandonei — respondeu Benedita humildemente.

Deu-se um silêncio à mesa, Gabriel segurou a mão de Cecília. Nesse momento, chegou o garçom servindo um café regional, esfriando os ânimos.

— Como chegou a São Paulo? Sozinha, sem conhecer ninguém. Como sobreviveu? Fazendo programa? — provocou, irritada, Cecília.

— Passei dois dias viajando num ônibus pinga-pinga, chorei o tempo inteiro. Não pensei que a viagem fosse tão longa. Meu consolo era rezar, sou católica, acredito em Deus. Uma senhora, cerca de 50 anos, viajava a meu lado, me via chorar. Ela puxou conversa, pediu que eu contasse minha história, por que tanto choro? Eu desabafei, contei-lhe o que se passava comigo: solteira, engravidei, havia largado a criança na casa do pai, seria bem melhor para o menino, e estava viajando para São Paulo em busca de um emprego, de uma vida melhor. Não conhecia a cidade e sequer alguma pessoa. Dona Zulmira, meu anjo da guarda, convidou-me a ficar em seu apartamento, pequeno, eu dormiria no chão da cozinha enquanto buscava emprego. A bondade daquela senhora, que eu nunca tinha visto no mundo, me deixou mais tranquila. Chegamos num sábado à noite na rodoviária de São Paulo. Pegamos um ônibus para o bairro de Tatuapé, onde ela ainda mora. Saltamos num ponto, andamos cerca de 5 minutos, chegamos num prédio de três andares, onde o térreo era tomado por uma loja. Dona Zulmira abriu a porta de ferro da entrada, que dava para uma escada, e subimos três andares, ela tocou a campainha duas vezes, sua filha atendeu. Dona Zulmira apresentou-me, entregou-me um colchonete, fui dormir na cozinha. No dia seguinte, acordei com o barulho, levantei-me, fui recebida com bondade pelas filhas, Rosa e Maria. Era domingo, conversamos. Dei sorte porque Rosa era enfermeira do Hospital das Clínicas e sabia que estavam precisando de faxineira na ala de pediatria. No domingo, demos uma volta por perto, almoçamos numa churrascaria, Dona Zulmira não deixou que eu pagasse. Na segunda-feira às 5 horas da manhã, acordei. Às seis estava dentro de um ônibus. Chegando ao Hospital das Clínicas, fiquei surpresa pelo tamanho. Fui com Rosa à ala da pediatria. A chefe de serviço olhou de meus pés à cabeça e perguntou:

"É boa de limpeza?"

"Sou, sim, senhora", respondi confiante.

Ela tomou-me pelo braço, levou-me para a sala de materiais de limpeza, deu-me uma bata, mandou que eu pegasse um balde, enchesse de água, mais um rodo e uma vassoura, levou-me à ala pediátrica e ordenou:

"Limpe esse corredor que há três dias não vê uma vassoura, quando terminar me procure, estarei aqui supervisionando os serviços."

Fiquei alegre, feliz da vida, me ajoelhei limpando, dei tudo de mim. A supervisora passava de vez em quando olhando o serviço, terminei eram 11 horas. Ela gostou do meu serviço e mandou que limpasse alguns apartamentos onde estavam internadas crianças. Ao meio-dia, a chefe veio me buscar para o almoço, levou-me para o refeitório dos funcionários, onde havia mais de 30 empregados sentados comendo em uma bandeja, me aproximei da fila, enchi a bandeja de comida e sentei-me numa longa mesa. Às 14 horas, retornei ao trabalho. No final do expediente, a chefe me chamou em sua sala. Disse que tinha interesse, havia gostado de meu serviço. Eu fiquei feliz no final da semana ao receber meu primeiro salário. Fiz questão de pagar o churrasco do domingo para Dona Zulmira e filhas. Na terceira semana de trabalho, descobri que havia um alojamento para enfermeiras, com camas, beliches, pequenos armários, banheiro e sanitário. Consegui com a chefe e passei a morar no alojamento das enfermeiras por mais de dois anos. De vez em quando eu visitava Dona Zulmira e as meninas. Fiz boa amizade com as jovens trabalhadoras do hospital. Eu me inscrevi num curso de enfermeira, as aulas práticas eram dadas no Hospital das Clínicas, que pertence à Universidade de São Paulo. Com o diploma na mão, comecei a trabalhar como enfermeira e deixei o setor de limpeza. Continuei morando no hospital com um salário melhorado, ganhava algum extra nos plantões. Juntei meu dinheirinho numa poupança.

Acontece que eu era jovem bonita, os homens davam em cima de mim, nunca quis ficar amarrada a ninguém, mas não era santa, gostava de sair com as amigas e tive namorados, sem muitos compromissos. Os médicos, então, me cantavam, casados e solteiros, com esses eu não queria nada. Gostava de visitar Dona Zulmira, às vezes dormia em seu apartamento. Ela sempre dizia que meu filho estava em boas mãos, que ele seria feliz com a família do pai. Aquilo me confortava bastante.

Fui me acostumando com a vida em São Paulo, aquela enorme cidade cheia de nordestinos. Certo dia, estava num bar com amigos, quando um senhor alto, meio gordo, cabelos grisalhos, simpático, entregou-me uma rosa e fez uma declaração:

"Eu estava observando-a da outra mesa, fiquei encantado com sua cor morena, seus gestos contidos, seu sorriso, e lhe trouxe essa rosa."

Ficamos a conversar, um cara inteligente e bem-humorado, me conquistou. Um pouco mais velho, nos demos bem, encontramos várias vezes, com mais algum tempo ficamos morando juntos, isso faz mais de doze anos. Raul Jiménez mudou minha vida, ele é engenheiro químico, professor da Universidade de São Paulo. Defensor do meio ambiente, é convidado para palestras e conferências em todo o Brasil e no estrangeiro, hoje está em Roma. Nós temos uma filha linda, Maria Inês, com 11 anos. Raul sabe de toda minha vida, foi incentivador da possibilidade desse encontro.

Nesse momento, Cecília pediu licença, levantou-se, foi ao banheiro, deu murros na parede e chorou. Gabriel comentou rápido com Benedita:

— Você foi fantástica tirando meu pai da história.

— Não tenho intenção de causar trauma na família. Eu quero apenas conversar e pedir perdão ao Sidney por tê-lo abandonado.

Nesse momento Cecília retornou. Sentou-se à mesa olhando, pensando, com cara de "poucos amigos" para Benedita. Esta continuou:

— Tenho orgulho de ter estudado, ter passado no vestibular e cursado Enfermagem na Universidade. Hoje sou uma mulher independente, tenho um bom salário no Hospital das Clínicas. Amo meu marido e meu emprego. Peço que me deem uma oportunidade. Quero conversar com o Sidney, se ele quiser. Se ele não quiser, ficarei frustrada e regresso de vez a São Paulo. Mas se ele quiser me escutar, serei a mulher mais feliz do mundo. Posso contar com ajuda de vocês?

— Preciso de um tempo, quero conversar mais com meu marido. Preciso pensar bastante nas consequências desse encontro com meu filho. Fui eu que o criei com muito amor e carinho. Vamos levar o problema para ele decidir se quer ou não ver a mulher que o abandonou. Está bom de conversa, estou com vontade de voltar para minha casa, Gabriel.

Pagaram a conta, levantaram-se. Cecília deu as costas para Benedita, segurou a mão do marido e deixaram o hotel. Passaram a noite conversando, discutindo. Pouco tempo para Cecília digerir aquela situação, cheia de ciúmes de Gabriel e de Sidney. Gabriel, paciente, aguentou insinuações maldosas da esposa, nem tentou alguma explicação, calado como um mafioso, satisfeito porque livrou o pai e a família de um grave problema. Sabia que Sidney ficaria feliz ao conhecer a mãe biológica.

No dia seguinte, depois do almoço, o casal reuniu-se com Sidney em seu quarto. Gabriel contou com naturalidade: Dona Benedita, a mãe biológica que o abandonou no jardim da casa, estava em Maceió, pediu para conversar, se ele quisesse. Se não quisesse, ela retornaria para São Paulo, onde mora. O filho olhou para os pais, estirou os braços, com a mão direita segurou a mão de Cecília e com sua mão esquerda segurou a mão do pai, abaixou e beijou cada mão, olhou para os dois, disse com carinho:

— Meus pais, eu amo vocês mais que tudo nesse mundo, nada mudará entre nós, porém, eu gostaria de fazer algumas perguntas a essa mulher que diz ser minha mãe biológica. Deve ser aquela senhora que no dia do jogo do Brasil me deu um abraço e um beijo na testa e me consolou com palavras bonitas. Quero sim, conversar com ela, a sós.

Gabriel e Cecília deixaram Sidney na porta do Hotel Ponta Verde às cinco da tarde. O rapaz tentou segurar a emoção, sempre desejou saber quem era sua mãe, nunca revelou aos pais, naquele momento conheceria a mulher que um dia o deixou no jardim da casa de seu pai, o que ela conversaria? Sua cabeça estava a mil. Encarou a escada da entrada do hotel, prontamente percebeu aquela bela mulher no saguão do hotel, era Benedita sorrindo-lhe. Emocionados, abraçaram-se. Benedita, ao ter o filho junto a ela, jovem, bonito, alto, não conseguiu segurar as lágrimas. Ao recuperar-se da emoção, encaminharam-se para a mesa da varanda. Sentaram-se, olhando um para o outro, distanciados.

Benedita quebrou o gelo, sorriu, perguntou se ele gostaria de ouvir um pouco de sua história e entender melhor o que aconteceu. Talvez perdoá-la por tê-lo abandonado. Sidney consentiu com um aceno de cabeça, sério, cruzou os braços sobre a mesa, pronto para ouvi-la.

Benedita resumiu o máximo possível. Seu namoro com Gabriel, era uma jovem estabanada, a gravidez inesperada, a recusa em abortar e a ideia de deixar a criança no jardim da casa do pai, a fuga para São Paulo, o trabalho duro que enfrentou para vencer na vida, o casamento com Raul Jiménez. No final da narrativa, não conteve as lágrimas ao pedir perdão por tê-lo abandonado na casa do pai. Sidney ouviu mais do que falou, ele quis ser forte e não transparecer sua alegria em conhecer a mãe biológica naquele momento. Há tempo sonhava com esse dia. Laços sanguíneos maternos são intensos, surreais, sobrenaturais; não existe ciência que explique a força da maternidade. Sidney tomou a mão de Benedita e beijou-a, o gesto do perdão. Havia certo desconforto entre os dois, conversaram amenidades das famílias. Como retornaria para São Paulo na segunda-feira, Benedita gostaria de aproveitar mais alguns momentos com ele. Marcaram no dia seguinte, uma sexta-feira, para dar uma volta na cidade durante a tarde. Sidney, sem mostrar sua alegria, ao chegar à sua casa contou os pormenores da conversa à família.

O encontro com o filho, um sonho de dezoito anos, fez de Benedita a mulher mais feliz do mundo. Do hotel, ela telefonou para o marido em Roma, depois para a amiga do Pontal da Barra. Ficaram celebrando em uma barraca da Praia da Ponta Verde.

Cecília, com ciúme, passou a chamar Benedita de "Intrusa". Porém, emprestou seu carro ao filho. Sidney estava emocionado em conhecer sua mãe biológica, a mulher que o gerou no ventre durante nove meses, abandonou-o na casa do pai e fugiu. Há alguns anos pensava em procurá-la, até colocar um detetive nessa busca ele considerou. Eram três da tarde quando Sidney estacionou na rampa do hotel. Benedita esperava-o na porta, pronta, elegante, vestido branco. Sidney saiu do carro, chegou-se junto à Benedita, cumprimentou-a com beijinhos na face, abriu a porta da frente do carro, ela entrou e sentou-se. Ao dar a partida, ele perguntou por onde ela desejava passear. Benedita preferiu que ele mostrasse os pontos da cidade que mais gostava. Sidney tomou a direção da Praia da Jatiúca, a certa altura estacionou o carro no acostamento da orla. Desceram e sentaram-se num banco de costas para o mar e de frente para o Edifício Santa Isabel, em retoques de acabamento.

— Meu bisavô, Dom Pablo, é um velho forte, em 1921 fugiu da Colômbia quando matou os assassinos da sua mulher, Rosa, minha bisavó. Durante a fuga, o navio atracou em Maceió, ele gostou, desceu de vez com sua filha de 3 anos, Isabel, e aqui se estabeleceu. Minha querida avó, Isabel, casou-se com Dr. Bernardo, teve três filhos, constituiu essa família que me orgulho de pertencer. A construtora de meus tios está entregando o edifício Santa Isabel, homenageando minha avó, que morreu há três anos. As duas coberturas do prédio foram compradas por meu pai e pelo meu bisavô. Meus pais moram no casarão da Avenida da Paz desde que se casaram. Dom Pablo tem um carinho especial por mim, eu amo aquele velho. Agora, depois dos 80 anos, apaixonou-se e se juntou com uma bela setentona, baiana, Tia Victória. Eu acho lindo o amor dos coroas, nasceram um para o outro. Ele teve muita importância em minha educação. Em breve, viremos morar no Edifício Santa Isabel.

Entraram novamente no carro, partiram rumo às praias do sul da cidade. Atravessaram o bairro de Jaraguá, o mais antigo, boêmio e histórico bairro da cidade. Finalmente, desembocaram na Avenida da Paz. Ao passar por sua casa, Sidney mostrou a janela de seu quarto. Ao passar diante do Clube Fênix Alagoana, ele gabou-se em ser atleta titular da equipe de voleibol. Logo, seguiram para a Praia do Trapiche da Barra. Ele mostrou a enorme fábrica de produtos químicos construída entre o mar e a lagoa, fez o seguinte comentário:

— Essa Fábrica, Salgema, instalada numa restinga de um dos bairros mais prósperos, foi o maior crime ambiental e urbano cometido em Maceió.

O carro estacionou no bairro do Pontal da Barra ao entardecer. Caminharam juntos apreciando a beleza daquele momento. O sol começava a cair por trás dos coqueirais, a lagoa tornara-se alaranjada, o pôr do sol mostrava um raro e magnífico espetáculo da natureza. Benedita tomou coragem, segurou a mão do filho, ele acompanhou, apertando sua mão com carinho. Instante esplêndido, mãe e filho, absortos, olhando a beleza do infinito no fim do mundo. Andaram em torno do bairro. Benedita parou em frente a um restaurante onde foi sua casa. Escurecia, não totalmente, porque a lua cheia surgiu iluminando a lagoa como um espelho prateado.

No Restaurante do Alípio, o mais famoso do Pontal da Barra, pela grande frequência de boêmios e políticos, escolheram uma mesa. O garçom trouxe o cardápio, Benedita perguntou ao filho o que sugeria, ele não pensou duas vezes: fritada de camarão era seu prato predileto. Brindaram batendo copos de cerveja geladíssima. Certo momento, Sidney foi ao telefone do bar, retornou.

— Minha mãe estava preocupada, falei que jantaria com a senhora. Aqui para nós, ela está com uma ponta de ciúme. É natural. Ela me adora.

— Raul me preveniu, esse ciúme era esperado. Tenho que dar tempo ao tempo. Agora me fale sobre você: o que gosta de fazer? O que pretende na vida? Seus sonhos?

— Responder a tudo isso não vai dar tempo esta noite. Minha recordação mais velha foi a mudança para morar na casa de meu bisavô. Toda noite, minha avó aproveitava, caminhava, entrava na casa de seu pai, Dom Pablo, sentava na cadeira de balanço, me botava no colo. Tenho essa lembrança viva, me sentia feliz depois do jantar esperando minha avó, Isabel. Outra terna memória foi a chegada de minha irmã Gabriela, uma festa, eu gostava de ver aquele bebê chorando e minha mãe amamentando. Depois vieram a Clarice e o Vladimir. Amo meus irmãos e eles me adoram. Ainda pequeno, me colocaram numa escola infantil para aprender as primeiras noções de alfabetização. Aos 9 ou 10 anos, fui matriculado no Colégio Marista, onde curso o último ano. Pretendo fazer vestibular de Medicina, quero ser médico, igual ao meu avô e minha tia Andreza.

— Desculpe te interromper, mas estou curiosa para saber um fato importante. Eu e você somos descendentes de negros, temos a pele escura em um país de predominância econômica de brancos. Você teve algum problema por ser descendente de negro?

— Sou negro e tenho orgulho, além de me destacar nos estudos, sou um dos melhores jogadores de voleibol de Alagoas, apesar da pouca idade. Assim que eu entrei no Colégio Diocesano, menino de 10 anos, um colega de classe, fazendo graça, me chamou de macaco, os outros ficaram às gargalhadas. Ao chegar à minha casa, estava chateado, calado. Depois do almoço, fui para meu quarto, deitei-me na cama olhando para o teto, pensando no acontecido com raiva no coração. Minha mãe percebeu meu péssimo humor. Foi ao meu quarto, perguntou a causa daquela chateação. Eu contei-lhe a história, ela ficou uma fera, indignou-se e contou ao meu pai. Marcaram para o dia seguinte a conversa com a diretoria do Colégio. Pouco mais tarde, eu estava estudando, mamãe entrou no quarto; perguntou-me se o menino que me chamou de macaco era maior ou menor, eu respondi que era um pouco maior. Ela sentou-se junto e disse com raiva:

"Nós não iremos ao Colégio conversar com o diretor, eu e seu pai decidimos que você tem de resolver esse problema. Ser negro não é vergonha para ninguém. Amanhã, assim que você entrar no Colégio, quando der de cara com esse menino, dê-lhe um murro, uma cacetada, seja qual for a consequência. Tem todo nosso apoio. Se precisar, telefone, que iremos ao Colégio. Você tem que resolver sozinho esse problema. Mesmo que apanhe depois, mostre sua fibra."

Eu gostei da força que mamãe me deu. Depois do jantar, passei por acaso pela cozinha e percebi no chão um pedaço de pau. No dia seguinte, meu pai me levou ao Colégio, eu, além da pasta, levei comigo o pedaço de pau, ninguém notou. Ao entrar no Colégio Diocesano, olhei no pátio, logo vi o colega que havia me insultado. Antes de iniciar a aula, me aproximei do menino e falei com raiva:

"Me chame de macaco de novo, seu filho de uma puta."

O menino, sem refletir, pensando em fazer graça para os outros, novamente me xingou, gritando:

"Negro. Macaco. Picolé de onça!"

Veio-me uma raiva incontida, levantei o pau e dei-lhe uma cacetada; abriu a cabeça do menino, seu rosto cobriu-se de sangue. Levaram-no para enfermaria e eu para diretoria, onde recebi descompostura do Irmão Diretor. Fiquei sério ouvindo o sermão, porém, eu estava feliz, me sentindo vitorioso. Quando meus pais chegaram, perguntaram detalhes da briga. Eu contei minha versão. Minha mãe ainda discutiu com o Irmão Diretor, dando-me razão. No carro, rumo à minha casa, senti que meus pais gostaram de eu ter brigado. Os pais do menino exigiram minha expulsão. Meu pai negociou minha punição, fui suspenso por uma semana. Quando eu retornei à sala de aula, meus colegas me trataram com um respeito inesperado, muitos me cumprimentaram pela cacetada, recebi apoio de vários colegas. Esse incidente me fez perceber que eu conviveria para o resto da vida com preconceitos por ser negro.

Minha mãe sempre me encheu de sonhos, reponsabilidades e me dá muito incentivo. Sou dedicado nos estudos e nos esportes, sem deixar de ter minhas folgas para ir à praia, ao cinema, à vaquejada e às noitadas. Tenho 1,78 metro de altura, vou crescer mais. Nas Olimpíadas do Marista, ganhei três medalhas de ouro no atletismo: corridas de 100 metros, 200 metros e salto em distância; medalha de prata no voleibol e mais três de bronze em atletismo e natação. Fui considerado o melhor atleta das Olimpíadas. Gosto de estudar e estou preparado para o vestibular na Faculdade de Medicina.

— Que noite maravilhosa, além dessa saborosa fritada de camarão, ouvi essa bela história de meu filho.

— Não pense que sou santo, bem-comportado, eu adoro cair na gandaia, tomar uísque, cerveja gelada. Eu e meus primos: Pablito e Tião, formamos um trio diabólico perseguindo a mulherada. Em alguns fins de semana nos embrenhamos pelo interior para correr vaquejada, é cada farra arretada! Pablito estuda Agronomia no Recife, é meu primo mais velho, 20 anos, e Tião da minha idade. Somos inseparáveis nas baladas de Maceió.

Ao deixar Benedita no hotel, ela perguntou a Sidney quando se encontrariam de novo, pois retornaria a São Paulo na segunda-feira. Ficaram de se telefonar no dia seguinte. Benedita, antes de dormir, chorou de alegria.

A INTRUSA

— Acorda, está na hora de correr — bateu Cecília na porta do quarto de Sidney.

Eram 8 horas da manhã daquele sábado ensolarado, nem parecia ser mês de julho. Seus pais, suas irmãs estavam prontos, roupas leves, descalços. Os cinco desceram à praia, iniciaram uma corrida leve na areia dura, molhada. As duas irmãs adolescentes ficaram para trás conversando enquanto os três corriam mais à frente em ritmo de longa distância. Gostavam de correr juntos. Cecília perguntou ao filho:

— Como foi o passeio e o jantar com a Dona Intrusa?

— Minha mãe, por favor, a Dona Benedita não é mais aquela jovem louca que me deixou num cesto na casa de meu pai. Se ela tivesse abortado, eu não existiria, se tivesse me levado para São Paulo, eu não teria o seu amor, minha mãe. Não acredito em destino, acredito na sorte. Analisando minha situação, eu tive muita sorte em ter uma mãe como você e um pai como o Gabriel. Por favor, desarme-se, ela é apenas a mãe biológica, jamais será substituta da Dra. Cecília, que algum dia me conduzirá ao altar quando eu encontrar o amor de minha vida daqui a muitos anos.

— A Intrusa retorna para São Paulo na segunda-feira?

— Sim. Por isso me pediu para aproveitar esses dias e conversar mais comigo. Ela ficou encantada com minha história de quando, ainda pivete, incentivado pela mamãe, dei uma cacetada no colega que me chamou de macaco. Contei algumas histórias, ficou encantada com a família.

— Não quero ser amiga da Intrusa. Eu aqui, ela lá. Se você prefere continuar vendo a mulher que te abandonou, não há problema, mas não me meta nesse assunto. O que você combinou com ela nesse fim de semana?

— Nada, quero decidir com a opinião de vocês. Estava pensando em jantar hoje no hotel e amanhã levá-la para a feijoada na casa de meu avô.

— Meu filho, como você é rápido no gatilho. Não se importaria de eu faltar à feijoada? Vou visitar meu pai, Gabriel me representa — disse francamente Cecília, mostrando ciúme e antipatia pela mãe biológica de seu filho.

Cecília e Sidney se exercitaram ao sol, mergulharam e retornaram para casa, onde tomaram um vigoroso café da manhã. Sidney, ao ser perguntado, fez um relato do encontro a Dom Pablo e Victória.

— Sidney, eu comprei quatro enormes carapebas e um camorim cheio de ovas. Que tal convidar a Benedita para almoçar hoje aqui em casa? — perguntou Victória.

Sidney olhou para sua mãe, que olhava para o céu, fingindo não escutar a ideia de Victória. Para ele, o silêncio da mãe era consentimento, pediu para aguardar. Dirigiu-se ao telefone. Retornou informando que ela se sentiu muito honrada com o convite.

Cecília passou pelo filho e cochichou:

— Eu não quero conversa com a Intrusa, por favor, não me deixe sozinha com ela.

E na outra direção sorriu debochando:

— Esse almoço é invenção exclusivamente sua, Dona Victória.

Era meio-dia quando um táxi estacionou em frente à casa de Dom Pablo. Benedita desceu, estava vestida de bermuda e blusa amarelas, que davam contraste à cor morena de sua pele; bem penteada, segurava uma bolsa pequena dourada e uma sacola. Em sua simples elegância, dirigiu-se à entrada. Os donos da casa esperavam na varanda. Ao subir quatro degraus da entrada, Sidney cumprimentou-a com beijinhos e a acompanhou até onde a família esperava a visitante. Benedita não disfarçava o nervosismo, aproximou-se e cumprimentou beijando a face de Cecília. Gabriel apresentou Dom Pablo e Victória a ela. Sentaram-se em cadeiras confortáveis, apreciando a beleza do mar que naquele dia de inverno alagoano resplandecia sua beleza de água verde com matizes azuis. Benedita, para se sentir mais segura, comentou:

— Nunca deixo de me empolgar quando olho o mar de Maceió, não existe no mundo cor igual.

— Foi a beleza desse mar que mais pesou na minha decisão de ficar em Maceió. Você gostaria de uma bebida? — perguntou Dom Pablo, bem amável, à Benedita.

— Tomo um uísque com gelo.

O colombiano encheu-se de simpatia por Benedita e puxou conversa, perguntou se era casada, quantos filhos, onde morava. Benedita, sentindo ter agradado ao casal,

Dom Pablo e Victória, não se fez de rogada, contou o que podia, resumiu sua vida. Impressionou a plateia, encheu Sidney de orgulho e aumentou o ciúme de Cecília. Gabriel entrou na conversa. A certa altura, Benedita puxou a sacola e comentou:

— Uma de minhas distrações é ler. Raul me incentivou a escrever, ele diz que todos deviam contar histórias da vida, são depoimentos dos costumes de uma época. Tive a coragem de rabiscar alguns contos, estavam guardados, resolvi mostrar ao meu marido. Ele pegou a pasta com os contos. De vez em quando eu perguntava se havia lido. Até que um dia, Raul trouxe um pacote, era o livro de contos editados. Eu amo esse tipo de surpresa de Raul. A revisora teve um imenso trabalho. Ele escolheu o título do livro, o conto que mais gostou: "Pontal da Barra". O lançamento foi num bar da turma de boêmios, além dos amigos mais próximos, convidou escritores da cidade, seus alunos e intelectuais. Trouxe alguns exemplares para vocês. Vou avisando, são contos com linguagem coloquial, sem pretensões literárias.

Benedita tirou alguns exemplares do livro e distribuiu. A capa, um desenho da lagoa com o título: "Pontal da Barra — contos". Dom Pablo devolveu o livro pedindo o autógrafo. Para Cecília, escreveu: "Cara Cecília, conhecê-la me encheu de alegria e felicidade. Que Deus a abençoe e lhe dê longa vida. Obrigada por tudo. Benedita."

Vindos da praia, entraram correndo pelo jardim Clarice, Gabriela e Vladimir, os jovens filhos de Gabriel e Cecília, tiraram o sal da água do mar com uma mangueira do jardim. Foram apresentados à Benedita e subiram para mudar a roupa. Dom Pablo estava encantado com aquela senhora, dizia para ele mesmo, "que moça encantadora a mãe biológica de meu bisneto".

Subitamente, ouviu-se uma batida de carro e uma buzina disparou continuamente. Ao olharem em direção ao choque, estava um carro trombado num poste e uma criança no chão, atropelada. Deixaram o uísque na varanda, correram tentando ajudar algum ferido. O menino estava estirado no chão ensanguentado. Benedita pediu a Gabriel um carro com urgência para levar o ferido ao Pronto Socorro. Pediu para se afastarem, identificou-se como enfermeira, virou a criança, devia ter entre 8 a 10 anos, percebeu que uma perna estava quebrada. O motorista do carro era jovem, estava embriagado, conseguiu sair do carro, sentou-se no meio-fio dizendo coisas incompreensíveis. Gabriel encostou seu carro, abriu a porta traseira, Benedita, ajudada por algumas pessoas, colocou a criança desfalecida no banco traseiro, entrou e trouxe a cabeça em seu colo. O acidentado gemia, em 10 minutos chegaram ao Pronto Socorro. Colocaram o menino na maca e o levaram para a emergência, onde dois médicos o atenderam. Benedita e Gabriel ficaram à espera de alguma comunicação. Meia hora depois, apareceu um médico perguntando se havia algum parente do acidentado, ele estava fora de perigo, a perna quebrada seria operada.

Gabriel e Benedita retornaram à casa de Dom Pablo, contaram como foi o socorro prestado. Contaram que levaram o jovem embriagado para uma delegacia de polícia. Benedita pediu a Sidney para levá-la ao hotel, precisava trocar de roupa. Cecília se aproximou, fez questão de emprestar uma de suas roupas, tinham o mesmo manequim. Pegou na mão de Benedita e arrastou-a para dentro de casa, subiram as escadas. Cecília abriu o guarda-roupa, mandou que ela escolhesse uma bermuda e blusa ou outra roupa qualquer. Mostrou onde ficava o banheiro e entregou uma sacola para colocar a roupa suja.

Benedita entrou no chuveiro, tomou uma boa ducha. Vestiu a bermuda de Cecília e guardou a roupa suja na sacola. Ao chegar à varanda, Victória serviu uma dose de uísque com gelo. Ela agradeceu. O assunto foi o atropelamento e o socorro prestado. Gabriel falou que os médicos disseram que se não fosse o socorro imediato o garoto poderia ter morrido, houve hemorragia interna. Eram quase 2 horas da tarde quando foi servido o almoço, cada qual preparou seu prato e comeram nas mesas da varanda. Benedita agradeceu à Cecília:

— Obrigada, sua roupa caiu bem em mim.

— Vestimos igual, manter esse manequim custa horas de exercícios na academia — disse Cecília.

— É verdade, eu malho três vezes por semana. Cecília, vê se dá para notar alguma marca na bunda — levantou-se e deu uma volta.

As duas ficaram às gargalhadas. Era o início de uma amizade improvável há pouco tempo.

Acabado o almoço, ofereceram cama à Benedita. Ela preferiu ficar na varanda com a animada conversa. Passaram o resto da tarde conversando, bebericando. Benedita se sentia a mulher mais feliz do mundo.

À noite, Sidney levou Benedita ao hotel, lembrando que dia seguinte haveria a tradicional feijoada na casa do Dr. Bernardo.

Eram 7 horas da manhã, quando Benedita acordou, abriu a janela, o céu azul indicava um belo domingo. Vestiu um maiô, sandália e desceu à praia. Caminhou pensando no encontro comovente com o filho. Estava feliz, porém nervosa, iria rever o local onde há dezoito anos havia deixado seu bebê: o jardim da casa de Dr. Bernardo, o verdadeiro pai daquela criança que se transformou em um lindo homem.

O táxi deixou Benedita um pouco mais cedo na casa do Dr. Bernardo. Ao abrir a portinhola e entrar no jardim, sua memória trouxe a imagem daquela jovem segurando uma cesta com o filho recém-nascido, que entrou sorrateiramente e arriou a cesta à sombra da árvore do jardim; virou-se e correu, correu sem destino, chorando, com uma dor imensa. Seu coração apertava, porém, tinha de ser forte, para o bem da criança, assim pensava.

Nesse momento, Dr. Bernardo apareceu, tirando-a do devaneio. Ele a recebeu com um largo sorriso e a convidou a sentar-se na varanda onde poderiam conversar à vontade.

— Estou sabendo de sua presença em Maceió, a reação de Sidney e todo restante da história. Gabriel me deixou a par de toda situação. Agradeço por tudo. Você cumpriu nosso acordo. Às vezes, a verdade pode destruir uma pessoa ou uma família. Não sei se fizemos certo ou errado. Eu levo esse pecado em minha consciência. Meu consolo é ver Sidney, uma figura humana notável, gentil, generoso. Terá um futuro brilhante. Todos amam seu filho.

— Quero agradecer pelo dinheiro que o senhor depositou em minha conta durante esses dezoito anos, sem faltar um mês, como acertamos. Esse dinheiro foi fundamental para minha subsistência e meus estudos. Depois que me casei, me formei, me estabeleci, continuei recebendo os valores. Fiz uma poupança, darei um bom presente para meu filho. De hoje em diante, peço para não mais enviar os valores. O que fizemos foi errado, não tenho dúvida, mas não me culpo, nem ao senhor. O resultado de nossa imprudência é um fruto maravilhoso. Estou encantada com Sidney.

Nesse momento, apareceu Andreza, sorrindo e cumprimentando.

— Você deve ser a Benedita, está famosíssima na família, já tenho sua ficha: enfermeira formada e curso de administração hospitalar. Trabalha em qual hospital em São Paulo?

— No Hospital das Clínicas de São Paulo. Amanhã retornarei. É muito trabalho naquele enorme hospital. Conhece?

— Sim, conheço o Hospital. Sou pediatra, atendo numa clínica com meu pai, embora ele seja clínico geral. O restante da família está na praia, tomando banho de mar, aproveitando esse belo domingo.

Naquele momento, Mário e Antônio entraram discutindo lances de futebol de praia. Tiraram o sal no chuveiro do jardim. Andreza apresentava Benedita a quem chegava. A feijoada rolou alegre como nos outros domingos. Certo momento, Benedita perguntou à Cecília se poderia deixar um presente para Sidney. Às 5 horas da tarde, Sidney levou-a ao hotel. Na despedida, ele prometeu visitá-la na primeira oportunidade. Benedita confirmou ter acertado com Raul uma viagem a Maceió no feriadão de Sete de Setembro. Sidney iria conhecer sua meia-irmã, Inês. Na segunda-feira, pela tarde, Benedita viajou para São Paulo.

No dia seguinte, o telefone tocou, para Sidney:

— Senhor Sidney? É da Volkswagen, gostaríamos que comparecesse aqui na concessionária para retirar um carro deixado pela senhora Benedita Jiménez. Traga seus documentos, CPF, endereço para a nota fiscal, temos várias cores para o senhor escolher.

***

Passaram-se alguns meses. Numa tarde de sexta-feira, início do feriadão da Independência, Sidney desceu ao estacionamento do prédio Santa Isabel, deu a partida no fusca branco rumo ao aeroporto para receber Benedita, o marido, Raul Jiménez, e sua meia-irmã, Inês. O avião pousou. Sidney ficou à espera na porta de saída. Benedita apareceu sorridente, apresentou seu filho ao marido e à meia-irmã. Sidney encantou-se pela irmã bonita de 11 anos, achou-a parecida com ele, comoveu-se, deu-lhe um abraço apertado, sussurrou enternecido em seu ouvido: “Minha irmã, minha irmã.” Desceram no fusca em direção ao Hotel Ponta Verde, onde se hospedariam durante os cinco dias do feriadão. Benedita perguntou se Sidney estava gostando da nova moradia.

— Para quem passa uma vida toda em uma casa enorme confortável, com jardim e quintal, precisa de tempo para se adaptar ao apartamento, embora seja amplo e confortável. Meus pais estão esperando vocês à noite para um café regional. Iremos traçar a programação do feriadão, muita coisa para mostrar ao Seu Raul, tenho certeza que ele gostará. Quanto à Inês, meus primos de sua idade estão ansiosos para conhecê-la e se divertirem.

No apartamento, Gabriel e Cecília deixaram os convidados bem à vontade, antes do café regional tomaram uísque e cerveja na varanda, de onde contemplaram uma vista deslumbrante da Praia da Jatiúca. Pablo e Victória ficaram íntimos do professor Raul, um bem-humorado contador de histórias. Gabriela e Clarice foram passear no calçadão da orla com Inês. Raul aprovou a programação sugerida. No sábado, houve um almoço no Sítio Manguaba com toda a família. Nos dias seguintes, Sidney foi incansável, levou-os para as cidades históricas de Marechal Deodoro e Penedo, para percorrerem as praias e para passearem de lancha pelas lagoas. Também foram ao bairro histórico de Jaraguá, ao Instituto Histórico e Geográfico e ao Museu de Folclore Théo Brandão. Benedita estava felicíssima ao perceber o carinho recíproco dos seus filhos, Sidney e Inês, de mãos dadas, conversando, não se largavam. No último dia do feriado, Sete de Setembro, partiram para a Praia de Paripueira, onde havia um delicioso camarão crocante numa barraca de um amigo de Gabriel. O proprietário juntou duas mesas, cadeiras e sombrinhas na extensa praia de areia dura. Os homens preferiram tomar uma cervejinha gelada com casquinha de siri enquanto as mulheres e a juventude mergulhavam naquele mar tranquilo que mais parecia uma piscina com pequenas marolas. Certo momento, Gabriel perguntou se Raul havia gostado do feriadão. Ele, sorrindo, afastou-se um pouco da sombrinha para pegar sol e respondeu com sua simpatia:

— Eu conheço quase todo Brasil, não conhecia Alagoas. A beleza das praias e a gentileza de vocês me encantaram. Sou professor na Universidade de São Paulo, pesquisador e estudioso de ecologia e meio ambiente. Constantemente convidado para seminários e congressos, até no exterior. Posso dizer que conheço o mundo, mas em nenhum lugar encontrei um conjunto de belezas geográficas como praias, lagoas, restingas, como aqui nas Alagoas.

— Estamos à sua disposição, quando viajar novamente, venha com calma, quero lhe mostrar a bela cultura popular, o folclore alagoano, sou um apaixonado — propôs Gabriel.

— Pretendo vir nas férias de final de ano, quero passar no mínimo uma semana naquele sítio, navegando de canoa, pescando, apreciando a exuberante natureza, cheia de ilhas e coqueirais. Sou apaixonado por folclore. Morei um ano em São Luís do Maranhão, uma bela cidade colonizada pelos franceses. Quando era mais jovem me apaixonei por uma morena que conheci no Maranhão. Tivemos um caso de amor, deixei meu emprego em São Paulo, fui parar em São Luís, moramos juntos mais de um ano. Consegui ensinar em um colégio para sobreviver. Acontece que eu era muito boêmio, meio errado. Certa vez, passei a noite na farra com uma colega professora. Ao chegar pela manhã no pequeno edifício onde morava, encontrei minhas roupas juntadas na portaria do prédio, a morena desapareceu, nem sequer deixou um bilhete. O jeito foi pegar as trouxas, agradecer no colégio que lecionava e retornar a São Paulo. Lá no Maranhão eu me empolguei com o folclore, ainda tenho os rabiscos de uma pesquisa.

Entraram n'água, sentaram em círculo, conversando com as mulheres, que não queriam sair daquele mar. Precisou o dono da barraca avisar que o camarão crocante estava servido. Pela manhã do dia seguinte, Sidney levou ao aeroporto Benedita, Raul e Inês, que já estava cheia de saudade. Adorou o irmão.

MAYARA

Gustavo foi um aventureiro. Em suas expedições solitárias procurando ouro nos garimpos em Roraima, conheceu a bela indígena ianomâmi Anary. Aproximou-se, houve uma paixão recíproca. Apesar de o Conselho da Aldeia não ter aprovado, ficaram morando num tapiri à beira de um igarapé. Numa bela manhã, Gustavo teve a sorte grande: peneirando em um riacho, encontrou uma enorme pepita de ouro. Abandonaram o garimpo e foram morar na pequena cidade de Boa Vista, onde abriram uma loja comercial. O casal teve duas filhas bonitas e unidas: Yamary e Mayara. A mais velha casou-se com o então tenente Mário, Comandante da 9ª Companhia de Fronteiras, e foram morar em Maceió. Mayara, a mais nova, ao terminar o curso científico em Manaus, foi encarar o vestibular de Medicina em Maceió. Hóspede da irmã, dedicou-se ao estudo sem quase sair de casa, passou no vestibular. Mudou-se para um apartamento na Praia de Jatiúca que o pai comprou para a família, ele e Anary estavam sempre viajando, visitando as filhas e os netos. Mayara estudava muito, mas deixava um tempo para a boemia e a política estudantil. Quando cursava o quarto ano, apaixonou-se por Franz Schmidt, gerente de banco, gaúcho, separado, descendente de alemães; louro de olhos azuis e boêmio. Enquanto os pais estavam em Roraima, o Alemão dormia em seu apartamento, passaram mais de um ano juntos. Mayara engravidou e, quando soube da gravidez, Franz imediatamente pensou no aborto. Mayara reagiu, queria o filho, tinha um imenso instinto maternal. Escreveu uma carta a seus pais contando a situação: ela tinha muito vigor e vontade para criar o filho, o problema era o pai da criança, casado no Rio Grande do Sul em vias do divórcio, assim que pudessem se casariam; a criança nasceria dentro de seis meses, ela estava feliz e pediu que eles não se preocupassem, em pouco tempo ganhariam mais um neto. No mês seguinte, Gustavo e Anary viajaram para dar apoio à Mayara. Conheceram e gostaram do tal Franz Schmidt. Com mais alguns meses, nasceu uma linda menina na Casa de Saúde Paulo Neto. Franz escolheu e pediu para colocar o nome de sua avó, Ulla, um nome alemão significativo. Uma semana depois do parto, Ulla Gomes Schmidt foi batizada na Igreja de São Pedro pelos padrinhos Mário e Yamary. Ulla cresceu e se tornou uma menina cativante, risonha, esperta e de uma beleza deslumbrante: pele morena, olhos agateados, cabelos louros e olhos cinzas iguais aos do pai. Uma mistura magnífica de descendência africana, indígena brasileira e alemã.

No último ano da faculdade, Mayara estudava muito, sempre com sua colega inseparável, Sara. Ulla tinha uma excelente babá e Franz ajudava muito, amava loucamente aquela filha. Muitas vezes, Mayara estudava e dormia na casa de Sara. Inesperadamente, Franz foi convocado a Porto Alegre, sede do Banco Sul Brasileiro. Na sede do banco, deram uma notícia que não o agradou: sua transferência para a agência de Londrina, interior do Paraná, deveria se apresentar dentro de um mês. O Alemão, chateado, antecipou o retorno a Maceió. O avião pousou no Aeroporto dos Palmares às 11 horas da noite, ele tomou um táxi. Ao entrar em casa, abriu a porta do quarto, acendeu a luz, teve um choque e a maior decepção de sua vida, ao ver Mayara e Sara nuas, deitadas, abraçadas, dormindo. Irado, gritou:

— Porra! O que é isso?

As duas amigas acordaram atordoadas, tinham bebido bastante àquela noite. Mayara tentou explicar o inexplicável.

— Não é isso que você está pensando.

O gaúcho partiu bufando de raiva, sentindo uma dor profunda por ser traído e trocado por uma mulher, não quis sequer conversar. Dirigiu-se a um hotel e nunca retornou àquele apartamento, apesar dos pedidos de perdão e dos choros de Mayara. Certa noite, tomou um avião e foi morar em Londrina em definitivo.

Mayara recebeu das mãos de Ulla, com quase 3 anos, o diploma de formatura de Medicina. Nos dois anos seguintes, fez a residência médica em gastroenterologia no Recife, ou seja, especialização em aparelho digestivo. Passava o fim de semana com a filha em Maceió, na segunda-feira deixava Ulla no apartamento de sua madrinha Yamary com a babá. Ao terminar a residência, Mayara mostrou competência, foi contratada para trabalhar em um hospital e abriu um consultório para atendimento particular especializado em doenças do aparelho digestivo e emagrecimento, numa sala cedida na clínica do Dr. Bernardo. Competente, apareceram muitos clientes obesos e senhoras em busca de perder peso. Nunca deixou a vida boêmia, a babá de Ulla ajudava muito. Sua amiga Sara foi fazer residência em São Paulo e por lá ficou.

Franz, embora não quisesse aproximação ou amizade com Mayara, reservava parte de suas férias para ficar com a linda filha Ulla, que o adorava. Nunca deixou de enviar a pensão alimentícia acertada.

Mayara, durante o curso de Medicina, engajou-se na política estudantil, fez parte do diretório na Faculdade de Medicina. Ao ser publicada a anistia política, já médica, assinou a ficha do novo partido PMDB. Estavam previstas eleições gerais, inclusive para governador em 1982. Não quis ser candidata a deputada, como lhe propuseram, preferiu ajudar a campanha de Ronaldo Lessa para deputado, que teve uma bonita vitória. Durante a campanha eleitoral, houve uma festa da democracia, era a primeira eleição geral com os anistiados participando. Eleições de grandes comícios e shows em trio elétrico. Mayara, depois do consultório, partia para dar uma ajuda no comitê de campanha. Depois dos comícios, encontravam-se nos bares e restaurantes da cidade e iniciavam intermináveis discussões ajudadas pelo uísque e cerveja consumidos. Mayara e sua amiga Marta, uma batalhadora advogada de Palmeira dos Índios, eram frequentadoras do Buraco da Zefa, onde a maioria dos amigos forrava o estômago antes de dormir. Certa sexta-feira, depois da gostosa macarronada e das discussões políticas inacabadas, resolveram amanhecer o dia numa barraca de praia, lugar mais apropriado. Ao chegar à Barraca Ponta Verde, pediram cerveja ao garçom, estavam a fim de um porre naquela noite. As duas amigas trocaram carícias e até beijos nas altas horas da noite, havia poucas mesas com boêmios retardatários.

Eram cinco e meia da manhã quando o telefone de Mário tocou na cabeceira da cama.

— Meu cunhado. Pelo amor de Deus, preciso de você. Eu e minha amiga Marta apanhamos de dois policiais. Eles deram murros violentos e fugiram num carro. Não sabemos o que fazer. Você pode vir até a Barraca Ponta Verde? Fica perto de seu apartamento — implorou Mayara ao telefone.

— Que aconteceu a essa hora da manhã? — perguntou Yamary, espreguiçando-se.

— Problema com sua irmã, espancaram Mayara e uma amiga. Fique dormindo, eu vou acudi-la.

— Também vou. É minha irmã!

Em poucos minutos, Mário e Yamary chegaram à Barraca Ponta Verde. Mayara e Marta, sentadas à mesa, tomavam água, as duas de olhos roxos, hematomas dos murros dos policiais.

— Foram murros violentos. Bote gelo nessas ronchas. Por que essa briga? — perguntou Yamary.

— Não houve briga, bateram simplesmente porque estávamos nos beijando. Marta é uma amiga mais que íntima, entende? Os policiais, quando nos viram de mãos dadas, mandaram que saíssemos da barraca. Não saímos, achamos absurdo, temos o direito de estar em qualquer lugar público. Quando nos beijamos, os dois policiais se aproximaram nos xingando de putas e sapatonas, cada um deu um murro tão violento que caímos no chão com as cadeiras. Ao ouvirem os gritos de indignação do povo da barraca, eles correram e desapareceram. Sem saber o que fazer, telefonei para Mário nos orientar. Não vamos deixar essa violência passar em branco, vamos processar esses dois covardes, que se dizem policiais.

Nessa altura, dois boêmios, bêbados, aproximaram-se, indignados, deram sua versão.

— Nós vimos tudo, dois caras com armas na cintura, sem motivo nenhum, elas estavam quietas, aproximaram-se das meninas, cada qual deu um murro nas coitadas. Foi coisa rápida, nós gritamos, eles correram e fugiram num carro branco. Se quiser, seremos testemunhas.

Mário agradeceu o apoio dos boêmios. Falou indignado:

— Não pode deixar impunes esses facínoras. São seis e meia da manhã, o governador acorda cedo, ele deve estar tomando café. Vamos ao apartamento de Vossa Excelência, é meu amigo.

O governador e a esposa ficaram revoltados com os hematomas nos olhos das duas. Ele conhecia Marta, advogada de uma família tradicional e política de Palmeira dos Índios que sempre o apoiava nas eleições. Imediatamente telefonou para o Secretário de Segurança, informando que Mário iria levar duas senhoras para resolver um problema, que apurasse os fatos com urgência.

O Secretário de Segurança orientou a levá-las à Delegacia de Plantão para fazer um B.O. e logo depois ao IML para realizar o exame de corpo de delito. Mário levou as duas vítimas na Delegacia, onde relataram o fato, assinaram o Boletim de Ocorrência como Mayara Gomes, médica, 32 anos, solteira, e Marta Lima, advogada, solteira, 29 anos. Dirigiram-se ao IML para o exame de corpo de delito. Na porta do IML, havia um jornalista em busca de notícia, aquele fato veio a calhar. Mário deu algumas informações superficiais.

Mais tarde, cada uma foi descansar em seu próprio apartamento. Marcaram uma reunião com Mário às oito da noite para redigir outra denúncia mais abalizada e dar entrada na Secretaria de Segurança e no Ministério Público no dia seguinte.

À noite, Yamary serviu um café antes de passarem à varanda.

— Vamos denunciar por escrito com todos os detalhes e relação de testemunhas, endereçada à Secretaria de Segurança e outra igual ao Ministério Público. Marta, você como advogada atuante, favor redigir a denúncia — pediu Mário, mostrando a mesinha com uma moderna máquina de escrever.

Marta bateu à máquina o documento, contando os pormenores das atrocidades cometidas pelos policiais e embaixo a relação das testemunhas. Ao terminar, Marta foi para sua casa e Mayara pediu para conversar com a irmã. Na varanda, Yamary ofereceu a rede à irmã e encostou uma confortável cadeira perto para conversarem à vontade.

— Minha querida irmã, desculpe-me incomodar de madrugada seu marido para me socorrer, quando eu levei o murro só pensei no Mário, o único que veio à minha cabeça. Eu e Marta participamos de um comício no Vergel do Lago muito empolgante. Ao terminar o comício, fomos comer uma macarronada no Buraco da Zefa, lotado de políticos e boêmios. O tosco restaurante tornou-se ponto de encontro depois dos comícios. Conversamos, discutimos com amigos dos dois lados. É um reduto da democracia alagoana, fomos das últimas a sair. Resolvemos tomar a saideira, ver o sol nascer, tomamos um táxi para a Barraca Ponta Verde. Havia pouca gente, eram 4 horas da manhã, pedimos cerveja, ficamos conversando alegres. De repente alisamos as mãos, ao nos beijarmos fomos surpreendidas por dois homens nos esmurrando forte no olho, caímos no chão. Até aí você conhece a história, eu quero agora me abrir para você, retroceder no tempo. Há muitos anos, desde o tempo de adolescente quando eu estudava interna no colégio de Manaus, eu comecei a sentir atração por minhas amigas. Certa noite, uma colega fez carinho em meus seios, eu fiquei excitadíssima. Discretamente, nos encontrávamos para nos abraçar, nos beijar, foi minha primeira experiência com mulher, embora gostasse de homens também, tive muitos namorados. Quando eu resolvi fazer vestibular de Medicina em Maceió, deixei um namorado em Boa Vista, éramos apaixonados. Pensávamos em casar. Contudo, o tempo e a distância acabam com qualquer paixão. Você é testemunha que estudei muito para passar no vestibular. Lutei bastante para ser uma boa médica. Tive meus namorados na faculdade e no Recife, quando fiz residência. Hoje sou boa médica, tenho grande clientela, sou independente. Quando fazia a faculdade, namorei o Franz, um homem que marcou minha vida e é o pai de minha querida filha Ulla. Moramos juntos no apartamento, ele sempre foi alucinado pela filha. Franz me flagrou dormindo com Sara, nuas, abraçadas. Separamo-nos. Foi uma loucura eu ter me envolvido com a colega Sara, lésbica desde que nasceu. Gosto de namorar seja homem ou mulher, quando eu for velhinha escolho um companheiro ou companheira para o resto da vida. Sou feliz assim.

Conheci Marta no comitê do PMDB, ela é política, idealista, empolgada com o retorno da democracia. Esses valores nos aproximaram e terminamos na cama, mas sem envolvimento amoroso. Nesse momento, eu preciso de seu apoio, mana, tenho certeza que o caso vai sair na imprensa, vou enfrentar muita discriminação e hostilidade, mas não posso deixar como se nada tivesse acontecido. Quero ver aqueles dois caras na cadeia. Preciso de seu amor para me dar forças, só tenho você, maninha.

— Minha querida irmã, nós sempre fomos unidas desde cunhatã em Roraima, você é a única irmãzinha que tenho e para mim não tem defeito. Até admiro sua coragem. Pode contar com meu apoio e também com o do Mário. Eu penso em Ulla, quando ela tiver a idade para compreender, você tem que explicar direitinho, criança tem facilidade para entender e digerir as coisas. Talvez o trabalho de uma psicóloga seja necessário. Eu conversarei com nossos pais sobre os acontecimentos, sei que é difícil eles entenderem, pode deixar, amanso os velhos.

— Você é linda, irmã querida, te amo! Serei muito discreta. Nunca gostei de ser estrela, de aparecer. Quando penso nesse processo, me dá uma dor no estômago. Quero apenas esses canalhas na cadeia. Obrigada e boa noite.

Pela manhã, logo cedo, o telefone tocou na casa de Mayara:

— Querida, aqui é Victória, queremos lhe prestar toda solidariedade, falo em nome de Dom Pablo e do restante da família. Encare esses animais com garra, é preciso dar um basta nessa violência, que as pessoas saibam respeitar a sexualidade de cada um. Estou à sua disposição para o que precisar. Peço para me telefonar dando informações sobre o caso. Dom Pablo está ao meu lado, dizendo que lhe é imensamente grato pela dedicação e competência durante as doenças de Isabel e Carolina. Não deixe de me comunicar. Força, querida. Vamos botar esses animais na cadeia.

— Obrigada, Victória, agradeço o apoio, dê um beijo em Dom Pablo. Você não imagina como foi importante esse telefonema.

Mais tarde, Mário, Mayara e Marta entraram na Secretaria de Segurança Pública. O Secretário os recebeu no gabinete. Mário mostrou a denúncia para protocolar. Depois de conversar com os três e alertar que haveria uma repercussão na imprensa, ele pediu para um auxiliar levá-los ao Departamento de Pessoal, onde havia fotografias de todos os policiais civis. As duas sentaram em frente a um birô, olhando as fichas dos policiais que eram exibidas. Em poucos instantes, identificaram os dois policiais. Reconheceram imediatamente os dois agressores. Foi instaurado o inquérito, tendo um major da Polícia Militar como responsável.

Os dois jornais da cidade publicaram matéria sobre a ocorrência na madrugada de domingo, dando ênfase ao atentado ao pudor pelas duas mulheres namorando, a médica Mayara Gomes e a advogada Marta Cavalcante, que se beijavam em público na barraca onde estavam bebendo. Foram advertidas pelos policiais, como continuaram aos beijos quase consumando o ato sexual, os dois militares interferiram com certa violência para acabar com aquela safadeza pública. Os jornais sequer colocaram o nome dos policiais, descarregaram a origem dos fatos nas mulheres, como se estivessem provocando as pessoas de bem que frequentavam o restaurante.

As duas vítimas receberam telefonemas anônimos com conteúdos de ameaça à integridade física se não retirassem a denúncia.

Durante o mês de duração do inquérito, elas foram convocadas para depoimentos várias vezes. Finalmente concluído o inquérito, os policiais foram punidos com dez dias de prisão no Quartel da Polícia Militar e dois meses de prestação de serviços comunitários nos bairros periféricos.

As agredidas não se conformaram com a pena branda para aquela agressão. Justificaram que não houve sequela permanente. De qualquer forma, enfrentaram com bravura o sistema policial e a sociedade preconceituosa. Foi um pouco frustrante quanto à punição branda dos policiais, mas valeu a pena a luta, o enfrentamento.

As valentes vítimas ainda sofreram preconceitos dos intolerantes. Alguns familiares e amigos de Marta evitaram a companhia da advogada, enquanto a Doutora

Mayara perdeu algumas clientes. As duas amigas nunca se arrependeram de enfrentar a violência às mulheres e o preconceito sexual. Em reconhecimento, as duas ganharam respeito de grande parte da sociedade. O mundo estava mudando.

BOLINHA E LULUZINHA

— Mário, você vai a Brasília na quarta-feira? É preciso esclarecer alguns detalhes técnicos do projeto no BNH e na Caixa Econômica para liberar a verba inicial das 200 casas — perguntou Antônio na mesa do Restaurante Fornace.

Os homens da família tinham um almoço sagrado em toda primeira sexta-feira do mês no Fornace. Tratavam de negócios, lazer e política.

— Telefonei para o deputado, ele está me aguardando — respondeu Mário ao sócio.

— Garçom! Por favor, desce uma garrafa de Black e um balde de gelo, por favor — pediu Dom Pablo.

— Meu sogro, o senhor parece que está disposto nessa tarde. Remoçou depois do casamento — brincou Dr. Bernardo.

Nesse momento, apareceu Gabriel sentando à mesa e fazendo comentários.

— Vim dirigindo e escutando no rádio um resultado de pesquisa no Rio de Janeiro. A disputa para governador está entre Brizola e Moreira Franco, logo a seguir o Miro Teixeira. Para senador, Saturnino Braga disparou; meu amigo Vladimir Palmeira é o quarto ou quinto. Essas eleições gerais no Brasil vão pegar fogo, os anistiados, ex-presos políticos, estão se candidatando e com muitas possibilidades. É a festa da democracia no Brasil.

Dr. Bernardo, em sua elegância natural, balançava um copo de uísque com gelo. Dom Pablo era o mais entusiasmado com aquela reunião, assegurou.

— Esse ano vai passar rápido. Teve Copa do Mundo, agora eleição em todo Brasil.

Mário pegou o palpite do avô.

— São muitos os candidatos da esquerda, presos políticos, exilados. No Rio de Janeiro, Brizola é candidato a governador com muita possibilidade de vitória; em Pernambuco, Miguel Arraes é candidato a Deputado Federal, será o mais votado, disparado. Em São Paulo, o guerrilheiro José Genoíno é candidato a deputado, Lula fundou o Partido dos Trabalhadores, é candidato a governador em São Paulo. Em outros estados, a esquerda está tentando várias cadeiras no Congresso.

Dom Pablo, com seus mais de 80 anos, tomou uma dose de uísque e comentou:

— O regime militar acabou-se com a anistia. A ditadura de Getúlio Vargas foi pior, prenderam gente como nosso amigo Graciliano Ramos. Ele ficou preso mais de um ano sem culpa formada. Getúlio botou o Brasil numa guerra civil, a Revolução de 1932. Os paulistas queriam uma nova Constituinte, Getúlio deturpou o movimento para não entregar o poder e inventou que era uma Revolução Separatista para São Paulo separar-se do Brasil. Foi uma guerra de irmãos contra irmãos. De Maceió, partiu o 20º BC para lutar contra São Paulo, vários amigos participaram dessa guerra fratricida. São Paulo perdeu, Getúlio continuou no poder. A Constituição de 1937, chamada de Polaca, era mais dura que o AI-5. Getúlio tinha uma simpatia pelo fascismo. Em 1964 foi diferente, os militares deram o golpe contra a implantação de um regime socialista que Jango estava sendo forçado a realizar. O mal foi passar tanto tempo. Bastavam cinco anos de Castello Branco.

— A democracia plena só teremos depois de uma nova constituinte que faça diminuir a desigualdade social, que todos tenham direito à educação, à saúde, à moradia e ao emprego. E que sejam eleitos alguns homens de bem no Congresso que pensem num Brasil grande — argumentou Antônio.

— O grande problema é que a maioria dos políticos são candidatos com interesses pessoais. Querem acomodar a família em empregos públicos. São gananciosos. Poucos pensam em um Brasil evoluído — comentou Mário, ao mesmo tempo que cumprimentava o amigo Eduardo Calheiros, proprietário do Restaurante Fornace, que se aproximou com um sorriso largo.

— A família que bebe e come unida jamais será vencida. Quero comunicar aos senhores que hoje pela manhã meu fornecedor trouxe-me ótimas lagostas, já mandei preparar um prato especial de lagosta na manteiga para essa seleta mesa.

Todos aprovaram. Continuaram a descontraída conversa, quando repentinamente apareceram as esposas. Encostaram-se à mesa, a despachada Andreza deu o brado.

— Os queridos maridos deixam as mulheres em casa e vêm se divertir nessa farrinha. Nossos filhos estão crescidos, não precisam de cuidados. Por isso, nós resolvemos também participar do famoso almoço da sexta-feira.

— Podem sentar à vontade. Sejam bem-vindas — disse Mário, sorrindo e puxando as cadeiras do lado.

— Quem disse que queremos ficar aqui nesse restaurante de velhos conversando sobre negócios? Vamos almoçar no Ipaneminha, local mais descolado, cheio de gente jovem e música ao vivo — falou sorrindo Cecília, puxando a mulherada para fora do restaurante.

Dr. Bernardo, às gargalhadas, dizia que aquela história do almoço só poderia ter sido invenção da Victória, a baiana revolucionária, namorada de Dom Pablo.

— A mulherada de hoje é independente e avançada, ou os maridos estão ficando frouxos — sorriu Dom Pablo.

No Restaurante Ipaneminha, o assunto era a viagem prometida às filhas de Yamary, as gêmeas Marimar e Marisol, e às filhas de Cecília, Clarice e Gabriela. Elas preferiam uma viagem em vez de festa de 15 anos. As jovens achavam cafona, fora de moda, dançar valsa à meia-noite. Alguém falou em Disneylândia, elas quase esganaram quem deu a ideia. Naquele almoço no Ipaneminha, decidiram que a viagem seria realizada por intermédio de uma agência de turismo, daria mais segurança às jovens se houvesse algum problema. E que elas próprias escolhessem o destino do passeio. Sem passar o orçamento. Victória tomou a palavra:

— Vou sugerir às minhas queridas amigas: a partir de agora será proibido conversas sobre filhos, casa ou marido. Estamos aqui para nos divertir, vamos falar de música, viagem, falar mal dos outros, ou comentar os homens lindos que entram no Ipaneminha! Vamos dar apoio, telefonar para Mayara, que está enfrentando o sistema policial de Alagoas. Lembram que ela foi esmurrada por dois policiais por estar beijando a amiga? Ninguém tem nada a ver com a sexualidade dos outros, que coisa mais antiga.

A sugestão foi aprovada por unanimidade pelo Clube da Luluzinha que foi criado naquele momento.

GUERRILHEIRA EM BRASÍLIA

Um dos principais fatores de aquecimento da economia brasileira é a construção civil. Havia o Banco Nacional de Habitação, BNH, voltado ao financiamento e à produção de empreendimentos imobiliários. A Construtora Manguaba tinha como estratégia a construção de edifícios de apartamentos com financiamento próprio e a construção de conjuntos habitacionais com financiamento do Banco Nacional de Habitação. Mário era o sócio encarregado de resolver detalhes do projeto, parcelas do cronograma físico-financeiro e outros problemas na sede do BNH, era preciso constantes viagens a Brasília para destravar a burocracia.

Numa dessas viagens, Mário dirigia-se ao gabinete de um deputado na Câmara quando ouviu uma voz feminina.

— Comandante! Comandante! Comandante!

Ao virar o rosto, reconheceu aquela mulher que foi marcante em sua vida.

— Virgínia!

Ela estava perto, abraçaram-se forte.

— O que você faz aqui, menina? Meu Deus! Há quanto tempo!

— Sou assessora parlamentar, dou uma ajuda aos deputados do PT na Câmara. E você já é major, coronel ou general?

— Deixei o Exército. Sou sócio de uma construtora. Sempre venho resolver problemas burocráticos e financeiros no BNH. Brasília é a terra da burocracia!

— Eu tenho uma reunião nesse momento. Gostaria tanto de conversar com você. Tem tempo hoje à noite? Vamos jantar?

— Tenho sim, estou no Hotel Saint Paul.

— Que tal às 20 horas no Restaurante Piantella?

— Marcado, 20 horas.

Deram um beijo na face, e cada qual foi para seu lado. O deputado estava esperando e dirigiram-se ao BNH. Havia uma dúvida técnica no projeto do Conjunto Senhora dos Prazeres, os técnicos tinham dúvidas com ruas de dez metros de rolamento. Mário levou o Código de Edificação de Maceió, que previa rolamento de dez metros naquela área. Ficou resolvido e aprovado, o funcionalismo gosta de uma burocracia. À tarde, deitado no hotel, ficou a lembrar da história de Virgínia.

Mário, tenente do Exército Brasileiro, há mais de dezoito anos comandava o 9º Pelotão de Fronteiras em Roraima. Certa noite, houve um jantar na casa do governador, onde ele conheceu seis novas professoras contratadas pelo governo. Elas ficariam morando nas casas de um conjunto habitacional. O Comandante gostou das jovens, eram inteligentes e cultas. Certamente iriam melhorar o nível de ensino. Houve uma atração recíproca entre ele e a professora Virgínia, que se transformou num caso tórrido de amor. Passaram quase um ano se amando. Mário aparecia à noite na casa de Virgínia de lambreta, jantava, bebia, depois caía em seus braços para um amor carinhoso, às vezes selvagem, os dois tinham 29 anos na época. Toda cidade sabia do namoro entre o Comandante e a professora. Certa noite, Virgínia ofereceu um jantar, como se fosse aniversário, convidou alguns amigos, beberam e comeram. Mário ficou até mais tarde, a professora parecia insaciável naquela noite de amor. Ele retornou para sua casa altas horas. Virgínia, pela manhã, partiu no avião da Cruzeiro do Sul. Fugiu, ninguém imaginou o motivo. Ela deixou uma carta para Mário, entregue por uma amiga, revelando ser uma guerrilheira, estava em Boa Vista para esconder-se por um tempo e naquele momento retornava à guerra urbana, era soldado da Revolução Popular, cumpria ordem do partido, PCdoB. Ele, prudentemente, queimou a carta. Quatro meses depois da fuga de Virgínia, o Comando do 9º Pelotão recebeu um Pedido de Busca solicitando informações sobre a Guerrilheira Olga, havia indícios que ela estava atuando na Amazônia. Em anexo, havia uma fotografia de Olga: era Virgínia, inconfundível. Mário imediatamente informou sobre seu relacionamento amoroso com a professora Virgínia (Olga). O Comandante foi advertido pelo Comando da Amazônia, não teve punição maior devido à sua ficha impecável como Oficial do Exército.

Após tantos anos daquela fuga, houve o surpreendente encontro com Virgínia nos corredores do Congresso. Mário deitado, em devaneio, recordava-se do tempo do amor. A conversa seria muito interessante àquela noite.

No Piantella, Mário sentou-se e pediu uísque, sabia que ali não havia bebidas falsificadas. Era o restaurante preferido de parlamentares e ministros, ponto de encontro de negociações políticas. Virgínia apareceu elegante, segurando uma bolsa, andando devagar, foi se achegando à mesa. Um vestido verde-claro, bem colado, fazia transparecer suas formas. O tempo não a maltratou. Mário levantou-se, puxou a cadeira, ela sentou-se, uma dama em seus mais de 40 anos bem rígidos.

— Não estou acreditando, nunca pensei rever a garota fujona. Virgínia, a guerrilheira que abraçou a luta armada. Hoje em Brasília, assessorando o Partido dos Trabalhadores. A democracia é bonita por ser tolerante.

— Meu querido Comandante, que alegria enorme. Desde cedo, estou com a cabeça fervilhando por encontrar o homem que marcou minha vida. Aprendi muito com você. Eu nasci e me criei sendo doutrinada por meu pai e outros marxistas amigos, ensinaram-me que os militares eram inimigos do povo, inimigos da revolução popular. Por um acaso te conheci. Um dia, me encantei e caí nos seus braços e abraços. Conheci um Comandante trabalhador, sensível com seus soldados e com a pobreza da região amazônica. Amei suas histórias e poesias nordestinas. Sua visão de honestidade quando comprou uma lambreta para não utilizar o jipe oficial do Comando. Esse pequeno detalhe parece insignificante, mas para mim foi importante, passei a ter um enorme respeito por você. Mostrou-me que o Exército Brasileiro não é execrável como me parecia. Obrigada por demonstrar que os infantes são também homens sensíveis, honestos e fiéis à pátria. Eu pensava tanto que estava dormindo com o inimigo, desejava que estivesse na Revolução do Povo.

Hoje eu sei que os melhores dias de minha vida foram os que passamos juntos — confessou a professora Virgínia, segurando a mão do Comandante com carinho.

Ele apertou-lhe a mão, sorriu feliz, por rever aquela que um dia foi o amor de sua vida.

— Minha querida Virgínia, você jamais será Olga para mim. Aquela época foi das mais felizes de minha vida. Ainda lembro de nossas acirradas discussões políticas e as noitadas maravilhosas na cama. Tivemos bons momentos de carinho e amor. Quando tomávamos aqueles porres em sua casa e cantávamos perturbando os vizinhos do conjunto habitacional.

— Você é uma criatura humana difícil de encontrar, seja no meio militar, seja entre os civis. Jamais sairá de minha mente. Eu, que sou considerada durona, digo isso.

— Agora a verdade está mais clara. Vocês não lutavam para acabar com a ditadura militar e sim substituí-la pela ditadura do proletariado num país em que o movimento do proletariado era incipiente. Não tiveram apoio popular na guerrilha urbana nem na guerrilha rural no Araguaia.

— Não quero discutir isso com você. Não quero retornar às nossas discussões acirradas. Por favor, outra dose de uísque. Vou contar para você a história que não contei a ninguém. Talvez eu escreva um livro. Vamos também pedir o jantar, hoje o Piantella está cheio.

Mário consultou o cardápio. Escolheram apenas um prato, dava para os dois. Encheram os copos de uísque e Virgínia começou sua longa história.

— Quando fugi de Boa Vista, numa madrugada, de avião, saltei em Belém do Pará e peguei outro avião para

São Paulo, onde procurei os dirigentes. O partido havia optado pela luta armada a partir do campo. Eu seria da Direção. A luta armada rural teria cunho popular; todos deveriam estar preparados para uma guerra prolongada que exigiria muitos recursos humanos e materiais; seria imprescindível formar o Exército Popular tentando o engajamento do povo na luta de tomada do poder. A guerrilha rural teria bases de apoio no campo. Para nós, aos brasileiros só restava a alternativa de tomar o poder com armas na mão e implantar uma República Socialista. O local escolhido para desencadear a revolução no campo foi a região do Rio Araguaia, habitada por agricultores em sua maioria vindos de outras regiões, principalmente do Nordeste. Eram homens atrás de terras para o cultivo, aventureiros, garimpeiros explorando pedras preciosas, caçadores em busca de peles de animais, migrantes procurando trabalho e riqueza que as florestas pudessem oferecer. Famílias inteiras, fugindo da seca nordestina, trabalhavam em pequenas fazendas. A maioria era analfabeta. Local ideal para o início de uma revolta popular. Povo pobre e autoridades municipais corruptas. Por tudo isso ficou escolhida a região do Araguaia.

Tive um intenso treinamento na selva, passei semanas com mais companheiros no meio da floresta em exercícios de sobrevivência. Eu havia anotado em um caderno algumas dicas que você, sem querer, passou para mim. Fizeram sucesso aquelas dicas. Fiquei fascinada pela selva e tudo que poderíamos tirar dela para sobreviver. Tivemos treinos de tiro, exercícios militares, escalada e fuga, com guerrilheiros treinados na China e em Cuba. Eram três sítios-acampamentos com mais de vinte guerrilheiros voluntários, nenhum da região. Os grupos eram abastecidos de armamento e muita munição. Ninguém poderia saber a proveniência daquelas armas, por segurança, se algum de nós fosse preso não poderia delatar a procedência. Tivemos contatos com a população nos povoados do Araguaia, eu senti que seria difícil o engajamento da população. Muitos deles estavam satisfeitos com a vida que levavam naquele fim de mundo. Pescando, caçando, plantando, tendo filhos. Havia sempre as bodegas onde vendiam gêneros de primeira necessidade: açúcar, sal, pão, cachaça. Nós fomos nos aproximando dos moradores aos poucos, para não dar na vista. Dizíamos ser fazendeiros tentando a vida naquele local. Pensávamos estar no caminho certo. Eles nos chamavam de paulistas. Nossa pele branca contrastava com a pele morena curtida pelo sol que não dava descanso durante o trabalho diário nas plantações dos nativos. Em certo momento, apareceu uma boa leva de guerrilheiros, tivemos que nos dividir em três grandes grupos, os destacamentos. Os companheiros foram bem instruídos e orientados, os instrutores fizeram treinamento na China e em Cuba, os caras eram bem capacitados e sabiam ensinar os nossos guerrilheiros. Nós, da direção do Comando Geral da Guerrilha, também dávamos palestras e incentivávamos os novos companheiros, preparando-os para a guerrilha. Se fossem presos, mesmo torturados, eram instruídos a nunca colaborar com a repressão. Nossos guerrilheiros tinham sempre uma munição em caso de captura, para cometer suicídio. Pela estratégia imaginada, o movimento guerrilheiro se estenderia para o Nordeste, uma região pobre e com facilidade de cooptação. Os camponeses engrossariam as tropas guerrilheiras dando continuidade à revolução popular. As primeiras vitórias sobre as Forças Armadas atrairiam os moradores, que se juntariam aos guerrilheiros. As Forças Armadas se enfraqueceriam e os militares cooptados comandariam o Exército Regular, juntando-se aos guerrilheiros. Era o planejamento estratégico do nosso Comando. Em dois ou três anos de Araguaia, os guerrilheiros aprenderam a se deslocar na selva, cruzar trechos de mais de vinte quilômetros sem se perder, tudo estava pronto, mas não houve o apoio popular esperado. O Exército Brasileiro percebeu as evidências logo no início de nosso trabalho. O Serviço de Inteligência foi buscando informações com o pessoal infiltrado nas comunidades. As Forças Armadas tinham mapeadas todas as nossas bases, estavam preparadas para dizimar a guerrilha no momento apropriado.

Certa manhã, um mateiro nos informou que uma tropa de soldados estava se aproximando de nossas bases. A ordem foi para nos escondermos na selva ou fugirmos. Uma tropa do Exército ocupou nossa casa no mesmo dia que fugimos. Ouvimos tiros ao longe em direção à mata. Eles perceberam que fugimos, porém não penetraram em busca. Éramos quatro companheiros fugindo juntos no meio da selva, três homens e eu. A área foi sobrevoada por helicópteros em voos rasantes atirando de metralhadora nas clareiras e em locais suspeitos. Precisávamos ter cuidado com os helicópteros. Para caminhar em uma só direção, escolhemos o azimute 45° na bússola e andamos nessa direção, nosso objetivo era chegarmos à estrada Transamazônica. Sabíamos que, àquela altura, as cidades e os povoados da região estavam ocupados por soldados. Passamos quatro dias percorrendo as profundezas da Floresta Amazônica, comendo o que a selva nos oferecia. No segundo dia, um companheiro conseguiu caçar uma capivara ou bicho parecido. Com cautela, preparamos fogo e assamos o animal. Fortalecidos, tivemos o cuidado de andar no meio do mato abrindo caminhos sem usar o facão, não poderíamos deixar pistas. Dormíamos juntos embaixo de uma árvore. No quinto dia, fui escalada para caçar ou arranjar o alimento. Eu procurava caça logo cedo quando ouvi vários tiros. Escondi-me em um buraco e camuflei-o com galhos e folhas. Passei toda manhã dentro do buraco com receio de me acharem. Abandonei o buraco cautelosamente, com muita fome. Retornei ao local dos companheiros pelas minhas marcações discretas de galhos quebrados. Ao chegar ao local, os companheiros tinham desaparecido. Sem poder gritar, sozinha na selva, pensei, "estou fodida". Sentei-me embaixo de uma árvore, trouxe a mochila para perto e fiz um balanço do que havia para sobreviver. Tinha duas caixas de munição para minha metralhadora INA, um revólver .38 com munição, um facão do mato, um pacote de caixas de fósforos, uma lanterna de mão, prato, colher, sal, açúcar e a bússola. Ao receber ordem de fuga, eu enfiei na mochila um vestido e peguei o que pude em dinheiro, além de duas identidades e passaportes falsos. Retomando o azimute 45°, caminhei pelos emaranhados. Antes de escurecer, encontrei um pequeno riacho, tomei água, comi algumas raízes, deitei-me junto a uma árvore, estava exausta. Acordei no outro dia, havia um nevoeiro na região. Precisava sair daquela floresta, eu tinha de ter calma, seguindo o azimute 45° estava em linha reta. Assim eu fiz, andava apenas duas horas pela manhã e duas horas pela tarde, quando procurava um local mais adequado para dormir. Já não tinha medo dos soldados perseguidores, há três dias não apareciam mais os helicópteros, desconhecia o que havia acontecido com meus companheiros. Minha comida era palmito, açaí e outras frutas, havia sempre água. Quando anoitecia, eu tinha medo de onça ou cobra. Procurava me abrigar para dormir.

O garçom interrompeu a narrativa com a comida em dois pratos. Virgínia e Mário se deliciaram e continuaram à mesa tomando cerveja gelada. Virgínia continuou:

— Eu tinha que ser forte, desesperar jamais, caminhando no rumo certo. Exausta, dormia numa clareira. No oitavo dia, acordei ouvindo um barulho de motor de carro. O rumo do barulho de motor coincidia com o do azimute 45°. Continuei caminhando, até que encontrei uma estrada de barro. Foi a maior alegria que senti em minha vida. Coloquei meu vestido, continuei de tênis, enterrei a metralhadora INA, a roupa cáqui de guerrilheiro que vestia e o facão do mato. Escondi na mochila o revólver .38 e o dinheiro. Caminhei pela estrada de barro, de repente passou por mim um jipe do Exército em disparada. Mais uma hora de caminhada, apareceu um velho ônibus, aos pedaços. Fiz sinal com a mão, o motorista parou e perguntou se eu ia para uma cidade que não lembro o nome. Respondi que sim, paguei, sentei-me num banco nos fundos. Cerca de duas horas de viagem e o ônibus chegou ao destino. Parou num posto de combustível que era também a rodoviária da cidade. Desci, dei uma olhada em volta; pregado nas paredes havia alguns folhetos com nomes e fotos de companheiros, não tinha minha foto. Numa lojinha, comprei escova de dente, pasta, sabonete e batom. Noutra loja, comprei uma calça jeans e uma camisa. Fui ao banheiro, tomei um banho de ducha fria, troquei de roupa. Pedi café com pão e queijo, delícia. Fui comprar passagem para outro local. Um senhor vendia dois lugares num caminhão pau de arara, uma romaria à Juazeiro do Norte do Padre Cícero, partiria no dia seguinte. Achei mais seguro aquele pau de arara, comprei a passagem de ida e volta. Dormi num pequeno hotel perto do posto. Às 7 horas da manhã do dia seguinte, subi no caminhão com algumas tábuas acolchoadas servindo de banco e enfrentei dois dias de viagem até Juazeiro do Norte. Fiquei hospedada junto com os romeiros em uma pousada. De Juazeiro, peguei um ônibus para Fortaleza, hospedei-me num bom hotel. Fiz um balanço dos meus recursos: tinha cerca de US$ 4.000,00; comprei uma passagem de ida e volta para Lisboa, marcando a data da volta para não dar pista. Fiz o voo Fortaleza-São Paulo-Lisboa. Só descansei quando o avião pousou em Lisboa. Peguei um trem até Bruxelas, onde tinha um amigo.

Fiquei num hotel, procurei o amigo. Naquela época já se falava em anistia. Trabalhei de garçonete, de camareira. Passei quase cinco anos na Bélgica. Viajei de trem por vários países da Europa. Eu soube administrar meu dinheiro. Aluguei um pequeno apartamento e tinha uma vida frugal, eu mesma cozinhava, não levava amigos para meu apartamento, questão de segurança. No segundo ano, comecei a escrever um livro que nunca terminei. Tive novos amigos, boêmios, namorei, mas só pensava na anistia, em voltar para o Brasil. Até que se deu em 1979. Fui uma das primeiras a chegar no Aeroporto do Rio, onde desembarquei com meu nome verdadeiro, constava na relação como desaparecida, provavelmente morta. Vida nova no Brasil. Hoje trabalho para o PT, sou assessora de deputado aqui no Congresso.

— Sua vida dá um grande romance. Um brinde à guerrilheira do Brasil. Eu dormia com a inimiga e não sabia. Embora continue não concordando com sua ideologia revolucionária, admiro seu amor à causa, você é uma mulher corajosa.

Os dois, quase embriagados, ainda conversaram detalhes da vida de cada um. Eram mais de 2 horas da manhã quando resolveram parar. Mário pagou a conta. Levantaram-se, pediram um táxi. Ao entrar no carro, ele perguntou onde ela morava, onde ela dormiria.

Virgínia segurou no queixo de Mário, meio bêbada, e sussurrou:

— Vou dormir no Hotel Saint Paul — e beijou a boca do Comandante como se fosse a primeira vez.

MOEMA

Dr. Bernardo mudou-se de seu velho consultório por insistência da filha. Transformou uma casa no bairro da Jatiúca numa clínica. Além da sala de recepção, dividiram o espaço da casa em quatro salas-consultórios, almoxarifado e uma sala especial para atendimentos de urgências. Sua filha, Dra. Andreza, outra colega pediatra, Dra. Gerusa, e a Dra. Mayara ocupavam as salas da clínica em horários estabelecidos. Dr. Bernardo reduziu seu ritmo de trabalho, atendia seus pacientes apenas na parte da tarde. Reservou as terças-feiras para consultas gratuitas. Precisava de mais tempo para ler, escrever, caminhar na praia.

Após a morte de sua esposa, Isabel, Bernardo continuou morando no mesmo bangalô da Avenida da Paz. Aos domingos, oferecia uma feijoada, que se tornou tradição de encontro da família, e recebia amigos para o tradicional carteado na parte da tarde. Seu sogro, Dom Pablo, era o mais hábil jogador de pôquer.

Passaram-se três anos da morte de Isabel, ele sentia falta da companheira de toda vida. Bernardo cuidava da saúde, gostava de bem vestir-se, elegante por natureza. Certo dia, uma amiga insinuou-se e ele não se fez de rogado, passou uma tarde agradável num motel, afinal o sexo é inerente ao ser humano e saudável. Repetiu algumas vezes os momentos agradáveis com a amiga. Acabou a aventura quando ela cobrou que ele assumisse o namoro, frequentassem restaurantes, cinemas. Dr. Bernardo não estava preparado para aceitar compromisso e não havia laço de afinidade com essa amiga, os encontros semanais eram apenas sexo e diversão.

Dr. Bernardo se recusava a morar nas praias da moda, Ponta Verde e Jatiúca, como aconteceu com o restante da família. Não se sentia solitário, trabalhava diariamente no consultório. Em casa, tinha sempre algo a fazer, gostava de ler, escrevia memórias políticas, assistia a alguns programas de televisão. Pela noite, ao menos duas vezes na semana, caminhava até o centro, assistia a bons filmes no Cine São Luiz.

Certa terça-feira, Dr. Bernardo atendeu uma senhora, pouco mais de 40 anos; a filha estava com um problema, foi medicada, mas não houve melhora. A senhora pedia para que o doutor socorresse a doente de 13 anos, estava delirando de febre deitada na cama em sua casa há três dias. De tão fraca, não pôde levar a filha ao consultório. Pedia pelo amor de Deus para que ele fosse à sua casa. Ao terminar as consultas, a senhora, nervosa, ansiosa, estava esperando Bernardo na calçada. Quando ele abriu seu carro, ela imediatamente pediu licença, abriu a porta e sentou-se ao lado do doutor. Nesse momento, informou que sua casa ficava na Lagoa de Jequiá, distante cerca de quarenta quilômetros de Maceió. Dr. Bernardo não gostou, achou um incômodo abusivo, mas por sua infinita paciência e bondade, ele se pôs a caminho, apenas reclamou que era longe. Enquanto o carro percorria a estrada,

Moema, para distrair, descontrair e sensibilizar o Doutor, contou pedaços de sua vida. Era pescadora e marisqueira. Vivia do comércio de peixe. Nasceu e cresceu à beira da Lagoa Jequiá, de onde tirava seu sustento. Casou-se aos 18 anos com um pescador. Tinha amor ao Zeca de Miúda, era poeta e tocador de viola. Ela gostava de suas brincadeiras, porém o Zeca tinha um defeito, era esquentado, brigava por tudo. Gostava de beber e frequentar os bares. Uma noite, houve uma briga em um bar perto de Coruripe, mataram o Zeca. Ela ficou viúva, sem filhos, mas tinha uma casinha à beira da lagoa onde morava até hoje. Chorou, sentiu muito a morte do marido, mas tinha de continuar a vida. Disse que gostava de brincar na sua comunidade, na época do Natal organizava o pastoril e outras festas. Dançar e cantar era com ela mesma. Certo dia, conheceu um caixeiro viajante num carro velho, vendia vestido, fazenda, sapato, perfume, artigos femininos em geral. O homem se enxeriu, ela topou, terminaram se juntando, ficaram morando na sua casa. Ele, toda segunda-feira, fazia compras em Maceió e saía mundo afora vendendo seus mangaios. No fim de semana, retornava a Jequiá. Foram três anos de amigação. Até que um dia ele saiu para trabalhar e desapareceu, ninguém mais soube dele. Deixou uma criança em sua barriga. Era essa filha que estava doente. Quando acabou de contar a história, o carro chegou à Lagoa de Jequiá.

Dr. Bernardo não conhecia a lagoa, ficou fascinado com o cenário, um espelho d'água refletindo o céu. Entraram pelo jardim até à casa branca de duas janelas e uma porta, verdes. O piso rústico de tijolo batido. No centro da sala, destacava-se uma mesa de madeira antiga com seis cadeiras pesadas, duas poltronas e um sofá completavam o ambiente. As paredes decoradas com motivos de pesca, uma tarrafa, um quadro da Lagoa de Jequiá, presente do artista Alex Barbosa, e uma folhinha marcando o dia do mês e seu santo. A casa tinha três quartos, um banheiro e uma cozinha. A parte do fundo era avarandada e havia um pequeno quintal à beira da lagoa.

— Doutor, a Jurema está nesse quarto — disse Moema, abrindo a porta.

Encontraram a jovem deitada coberta com dois lençóis, tremia de frio, febril e tossia muito. Bernardo perguntou sua idade.

— Amanhã faço 13 anos — respondeu Jurema com voz trêmula.

O doutor pediu que a menina se sentasse, era uma moçona. Fez alguns exames com o estetoscópio e as mãos experientes. Chegou à conclusão: diagnosticou pneumonia. Ferveu uma seringa na cozinha e aplicou na nádega um forte antibiótico, havia apenas uma ampola em sua maleta. Deu-lhe aspirina e mandou continuar em repouso. A menina estava com fastio, recomendou sopa de carne. Foi uma consulta rápida, a experiência do Dr. Bernardo valeu. Moema fez questão que ele tomasse um cafezinho; ele se desculpou, tinha pressa em retornar a Maceió, antes do escurecer. Marcou com Moema na tarde seguinte para lhe dar mais quatro ampolas do antibiótico, amostra grátis. Perguntou se havia alguém no povoado que aplicasse injeção. Moema aplicava, fez um curso de Enfermagem e quebrava o galho de todos que precisavam de sua ajuda no povoado. Dr. Bernardo retornou a Maceió, satisfeito com ele mesmo. Gostava de atender o povo carente.

Na tarde seguinte, Moema apareceu no consultório, feliz da vida, a filha havia melhorado bastante com a medicação. Bernardo lhe deu mais quatro ampolas de antibiótico e outros medicamentos que recebia como amostra grátis; ela agradeceu e retornou imediatamente à Lagoa de Jequiá em sua kombi velha que usava para fazer entregas.

Moema vendia peixe em Maceió duas ou três vezes por semana, tinha fregueses cativos, entregava nas casas, recebia no final do mês. Passou a aparecer no consultório, levava peixe, camarão, siri, embrulhados em folhas de bananeiras. Dr. Bernardo dividia entre as outras médicas e Anita, a recepcionista. As carapebas, ele levava para casa.

Passaram-se alguns meses, Moema nunca deixou de levar a carapeba do Doutor, sempre havia um momento para trocar algumas palavras. Certa tarde, ela foi ao consultório e pediu um particular por intermédio de Anita, a atendente. Depois do último paciente, Moema entrou, vestia uma saia vermelha e uma blusa branca simples, cabelos compridos, alegre, sorrindo, com um toque de sensualidade. Cumprimentou Bernardo, sentando-se na poltrona.

— Deixei com Anita duas enormes carapebas para fritar do jeito que o senhor gosta.

— Obrigado. Como está Jurema? A que devo a honra da visita?

Moema chegou mais perto do birô e, olhando para os olhos do Doutor, falou com naturalidade surpreendente.

— Dr. Bernardo, o senhor é a pessoa mais bondosa e mais gentil que conheci em minha vida. Sou grata por ter curado minha filha. Fiquei impressionada que acertou a doença só no olhar. Na semana seguinte, minha Jurema já estava frequentando a escola em Coruripe. Não foi apenas a cura da minha filha, sua maneira de tratar todos igualmente me impressionou. O senhor me cativou. Eu venho trazendo peixes de presente toda semana, mas nada paga o que o senhor fez por minha filha. O senhor acredita que em casa, pescando, cozinhando, ouvindo música, consertando rede, eu penso no senhor? Tenho 42 anos, não sou mais uma menina, o senhor quase 70, eu poderia ser sua filha. Eu sei o que quero. O que mais me faria feliz hoje seria cuidar do senhor. Estou sendo clara? Não se assuste com minha proposta, eu quero sair com o senhor. Quero lhe dar carinho, quero fazer o senhor um homem ainda mais feliz. O senhor é viúvo, eu solteira. Tenho certeza que serei uma boa companhia, discreta. Por que não podemos nos divertir juntos? Sem nenhum compromisso ou cobrança. Vamos experimentar?

Bernardo, entre surpreso e encabulado, olhou para aquela mulher despachada, decidida, que fizera uma proposta improvável, impensável e continuava olhando insistentemente, esperando uma resposta. Sem pensar nas inconveniências, atraído pela sensualidade de Moema, e empurrado pelo espírito de aventura, aceitou. Moema sorriu feliz, segurou suas mãos, disse apenas:

— Quero ser sua. O senhor não vai se arrepender, meu Doutor bonito.

Na esquina, Moema entrou no carro e partiram para um motel na Praia de Jacarecica. Dr. Bernardo adorou a deliciosa tarde de carinho, sexo e conversas divertidas. Moema era ótima, bem-humorada. A partir daquela tarde, toda terça-feira eles passavam por momentos de carinho e amor. Pela manhã, o Doutor Bernardo sentia-se feliz na expectativa da tarde de amor, divertia-se com as histórias e a simplicidade de Moema, seus valores de vida. Dr. Bernardo remoçou, vestia roupas da moda, usava perfume francês, aparentava ser mais jovem. Quando a filha, Andreza, viu-o na clínica, todo bonito e cheiroso, advertiu-o com uma risada:

— Meu pai! Você é um coroa bonito, e sua elegância e esse perfume me deixaram desconfiada. Tem alguma rapariga na jogada.

— Menina! Sempre gostei de me vestir bem. Um pouco de vaidade não faz mal a ninguém, o jornalista Josué Júnior escolhe os dez homens mais elegantes no final do ano, meu nome é certo na lista. Vá cuidar de sua vida e de seu marido.

As tardes das terças-feiras tornaram-se importantes na vida de Bernardo, não apenas pelo carinho e o sexo, ele começou a sentir necessidade da convivência de Moema, o apego cresceu entre os dois. Tinha vontade de vê-la para conversar, para se divertirem. A alegria espontânea de Moema fascinava o companheiro. Com o tempo, eles começaram a sair da toca dos motéis, jantavam em restaurantes, iam aos cinemas. Bernardo ficava contente ao se aproximar de Jequiá. Certo sábado, logo cedo, calçaram tênis e deram um passeio pelas margens da lagoa.

Caminharam pelas ruas estreitas entre casas de taipas de pescadores, todos conheciam Moema e sabiam do namoro com o velho. Bernardo interessou-se por um terreno à beira da lagoa com uma placa de venda, anotou o número do telefone pintado. Moema conhecia o proprietário, era um amigo, morava em São Paulo, estava vendendo por um bom preço. Foram para a casa de Moema, Bernardo tomou um banho de água fria, vestiu-se com outra muda de roupa, sentou-se em uma cadeira de palhinha no terraço, puxou conversa com a jovem Jurema, perguntando seus planos, seus sonhos, a carreira que seguiria.

— Quero ser médica igual ao senhor. Fiquei apaixonada pela Medicina. Pretendo estudar muito para enfrentar um vestibular. Tenho raça e coragem, igual à minha mãe, perseverante e forte.

— A Medicina é como um sacerdócio, tem que amar a profissão e dedicar sua vida estudando e pesquisando, as novidades médicas estão cada vez mais rápidas. O médico não pode ficar desatualizado. É um trabalho fascinante.

Moema apareceu equilibrando uma bandeja com caju, umbu e uma garrafa de cachaça, como Bernardo gostava, os dois beberam e saborearam a fruta. Depois de almoçar arabaiana ao molho de camarão, o Doutor dormiu na rede da varanda até mais tarde.

No domingo, enquanto esperava a família para a feijoada em sua casa, Bernardo lembrava do sábado tranquilo. Estava encantado com a vida simples daquela gente à beira da lagoa. Queria aproveitar o resto de sua existência sem muitos atropelos. Pensava em Moema, ela tornou sua vida melhor, mais alegre, mais leve. Só não entendia ela ter recusado uma kombi nova de presente, afinal estavam juntos há quase um ano. O maior presente, dizia, foi a cura de Jurema e ter sua companhia. Dr. Bernardo, em toda sua vida, conservou uma imagem de homem austero, sério, não chegado a gracejos ou intimidades, só quem o conhecia de perto conhecia seu lado bem-humorado. Ele gostava dessa reverência e admiração da sociedade, o que dificultava um convívio mais aberto com Moema. Imaginou uma estratégia para conversar com todos da família, gente que realmente importava a ele. Sabia que não teria a aceitação da filha, Andreza, mas sua felicidade com a companhia de Moema estava acima da opinião dos outros, que fossem às favas. Ele jamais largaria sua nova vida, estava disposto a brigar e mandar todos para o inferno. De qualquer modo, iria apresentar Moema a cada um da família no momento adequado. Moema não dava importância ao julgamento de ninguém, queria ficar com ele, era o que lhe interessava.

Logo chegaram o sogro Dom Pablo e Victória para a feijoada. Bernardo pediu um momento de atenção e contou ao casal sobre Moema, mulher que há alguns meses preenchia sua vida. Ao acabar a narrativa, Victória se manifestou:

— Estou louca para conhecê-la, Bernardo. Você é um homem que tem os pés no chão, aproveite o que a vida pode oferecer. Quando existe troca de afeição é o que interessa. Mande todo mundo à puta que o pariu e vá viver com sua Moema.

— Meu querido genro, fui testemunha do seu amor e dedicação à minha filha, Isabel. A morte os separou, essa é a vida. Fico feliz por você ter encontrado alguém que preenche sua vida. Sou um homem feliz porque surgiu essa companheira. Victória revirou minha vida. Existe um preconceito muito forte sobre o amor entre idosos, eu noto pessoas espantadas ao nos verem de mãos dadas, caminhando. O amor não tem idade. No seu caso, com uma mulher mais nova, o preconceito será maior. Não se acanhe; nada vale mais que o amor e a saúde — Dom Pablo deu sua opinião abalizada.

Victória queria conhecer Moema, convidou Bernardo para jantar em seu apartamento na quarta-feira, que levasse a namorada. Convidou também seus vizinhos de apartamento, Gabriel, Cecília e filhos, para o jantar. O casal foi recebido alegremente, Bernardo, contente, apresentou Moema, graciosa num vestido de renda amarelo-canário. Victória perguntou onde comprara aquele vestido. Ela respondeu com alegria: "Nas mulheres rendeiras de Marechal Deodoro." O jantar transcorreu alegre, Moema não se inibiu, deu suas opiniões espontâneas, comentários divertidos. Parecia ter conhecido Victória há dez mil anos. Cecília, Gabriel e os jovens foram cativados pela inteligência e bom humor daquela mulher simples. Moema ganhou amigos para o resto da vida. Marcou um almoço no sábado em sua casa. Foram os dois casais mais velhos. Ninguém conhecia a beleza da Lagoa de Jequiá. Moema preparou uma peixada de bijupirá, peixe delicioso só encontrado no fundo do mar. Saíram fascinados com aquela tarde simples e o encanto de Moema.

Dr. Bernardo enfim comprou o terreno em Jequiá. Certa manhã, convidou Mário, filho mais velho, engenheiro, para dar algumas sugestões, pretendia construir uma pequena casa. Partiram cedo de Maceió. Chamou também a nora Yamary para acompanhá-los. Durante o caminho, Bernardo fez a revelação.

— Meus filhos queridos, eu tenho uma revelação, preciso contar, não é coisa do outro mundo, mas sinto necessidade que vocês saibam. Há alguns meses, conheci uma senhora, tivemos simpatia mútua e nos encontramos várias vezes. Venho alimentando essa convivência porque me faz bem, quando passo uma tarde com ela, me sinto feliz. No início, era apenas uma tarde na semana, com o passar do tempo fui sentindo necessidade de nos encontrarmos mais frequentemente. Ela é uma pessoa agradável, alegre, e me dá momentos de prazer. Moema tem 42 anos. Eu ainda não estou acostumado e tenho receio de parecer ridículo, juntos eu não pareço tão velho. Ela tem uma beleza especial, traços indígenas, meio gordinha, bonita e inteligente.

— E onde ela mora, meu pai? — perguntou Mário.

— Numa casa à beira da Lagoa de Jequiá. Tem uma filha, Jurema, de 13 anos. A jovem estava com uma bruta pneumonia, eu vim atendê-la, passei alguns antibióticos, ficou curada. A amizade aconteceu a partir daquela tarde. Moema vive da venda de peixe, tem uma kombi, distribui o pescado a clientes em Maceió. Agradecida, me levava carapeba toda semana, eu me encantei com a alegre Moema. Ela me faz bem.

Um dia, notei que estava à venda um pequeno sítio de coqueiros à beira da Lagoa Jequiá. Comprei-o, quero construir uma casa com uma bela vista, para desfrutar o resto de vida. Preciso de sua opinião de engenheiro, meu filho.

— Há alguns dias eu havia notado seu bom humor, felicidade explícita, imaginei mulher na jogada, acertei. O senhor tem de aproveitar enquanto tem saúde. Sinto-me feliz por isso, meu pai.

Dr. Bernardo encostou o carro em frente à casa de Moema. Ela veio recebê-los, foram apresentados; convidou-os a entrar para um cafezinho. Ele tinha pressa, era só mostrar o terreno ao Mário e retornar. Os quatro caminharam por uma trilha entre os coqueiros, Moema puxou conversa com Yamary, o sangue indígena das duas aflorou uma instantânea empatia. Ao chegar à portinhola da cerca torta sem alinhamento, Bernardo abriu o cadeado, os quatro subiram o declive até os fundos, onde havia uma vista exuberante da lagoa. Mário fotografou o terreno de todos os ângulos, perguntou à Moema alguns detalhes, rabiscou desenhos numa página de caderno. Retornaram ao trabalho em Maceió, prometendo voltar qualquer dia. Yamary adorou Moema.

Na estrada, Mário comentou, com humor:

— Gostei de minha madrasta, uma simpatia, bonita, meu pai tem bom gosto. O terreno é lindo, a leve declividade vai embelezar o jardim à beira da lagoa. Sugiro a casa recuada, perto da cerca dos fundos. O estado de Alagoas é privilegiado, poucos conhecem um lugar paradisíaco como esse. Vou projetar uma casa avarandada, três quartos. O senhor vai amar.

— O que achou, minha nora? — perguntou Bernardo à Yamary.

— O senhor é um homem forte, bonito, trabalhador e culto, tem direito de viver do modo que escolher, amar é uma necessidade humana. Haverá preconceito por Moema ser mais nova? Talvez. Mas o importante é que ela gosta do senhor, senti pelo brilho de seus olhos. Nos demos bem, talvez por nosso sangue indígena. Ela é despachada, parabéns pela escolha. Quem não gostar, mande se catar. Estou feliz pelo senhor, meu sogro.

Dr. Bernardo ficou contente pelo apoio dos filhos. Mário sentiu firmeza ao perguntar onde o sol nasce e se põe. Moema respondeu segura como se fosse íntima do sol, da lua, do céu, daquele lugar.

Com o projeto aprovado, a construção foi iniciada com pedreiros e serventes da terra. Dr. Bernardo e Mário constantemente fiscalizavam e abasteciam a obra de material. Na semana em que os pedreiros cobriram o telhado, o Doutor organizou a Festa da Cumeeira num bar à beira da lagoa. Os trabalhadores e moradores do povoado divertiram-se, beberam, comeram e dançaram. Moema trouxe um conjunto de forró de Coruripe. A festa varou a noite daquele sábado.

Dr. Bernardo não quis retornar à noite, havia tomado algumas cachacinhas, meio bêbado, dormiu pela primeira vez na cama de Moema. Quando o dia amanheceu, fizeram amor. Moema preparou um café com muitas frutas: melancia, melão, mamão, suco de tangerina. Comprou pão quentinho na padaria perto de sua casa, fritou banana, queijo e carne do sol desfiada. Tomaram café os três, o casal e a filha de Moema. Jurema havia percebido que o Dr. Bernardo mudou a vida da mãe, ela andava mais alegre e disposta. Depois do café, sentaram-se nas cadeiras da varanda beirando a lagoa. Bernardo havia se encantado com um enorme casco de tartaruga bem tratado, limpo e brilhante, preso à parede da varanda. Durante o café, perguntou se Moema havia pescado aquela tartaruga no mar ou na lagoa. Ela, às gargalhadas, contou:

— Essa tartaruga é meu avô! Acredite se quiser, o povo de Jequiá não tem dúvida. Meu avô, Jurandir, ficou viúvo com dois filhos: Ubirajara, meu pai, e Moacir, que ainda jovem arribou de Jequiá e foi tentar vida melhor no Sul, nunca voltou, nem deu notícia. Meu avô era um habilidoso pescador, não havia outro igual, pescava na lagoa e no mar. Na época de tartaruga no mar, ele toda noite partia para catar e pescar tartarugas. Caçava as que apareciam na praia, só retornava no dia seguinte com as sacolas pesadas, cheias de tartarugas de todo tamanho. Certa noite, dois outros pescadores estavam na praia e perceberam quando meu avô mergulhou no mar; ficaram à espreita esperando que meu avô saísse do mar, ele não retornou. Os caras se aproximaram do local em que meu avô mergulhou, encontraram uma enorme tartaruga à beira-mar. Ao perceber os dois, a tartaruga andou apressada com suas patas arrastando-se na areia e mergulhou no mar. Os pescadores ficaram espantados, pensaram que aquela tartaruga fosse meu avô. No dia seguinte, eles contaram no botequim que Seu Jurandir virava tartaruga. Perceberam com os próprios olhos quando meu avô virou tartaruga e mergulhou mar adentro. No final da manhã, meu avô apareceu com a sacola cheia de tartaruga. O povo passou a acreditar que Seu Jurandir virava tartaruga durante a noite. A meninada tinha medo, dizia que ele virava tartaruga nas noites de lua cheia. De longe, os moleques gritavam: "Seu Jurandir Tartaruga!" Certa vez, meu avô não retornou da praia, desapareceu do povoado deixando os filhos crescidos na sua casa. Diz o povo que ele preferiu ser tartaruga que vive mais de cem anos. Tempos depois do sumiço de meu avô, um pescador encontrou uma enorme tartaruga subindo à praia, era pesada, imediatamente ele conseguiu virá-la, deixou-a de casco para baixo, enfiou a faca, tirou a melhor parte de comer e colocou no embornal. Outro pescador, quando viu a enorme tartaruga morta, só o casco, afirmou com certeza que aquela tartaruga era Seu Jurandir, todos acreditaram que o casco era meu avô. Deram o casco da tartaruga para meu pai. Quando ele resolveu morar na Marituba do Peixe, eu fiquei com essa casa e limpei, dei um brilho no lindo casco e pendurei meu avô nessa parede. O povo, quando passa de canoa, aponta para Seu Jurandir na parede de casa. Acredita nessa história?

— Muito interessante, virou lenda. E você acredita que seja seu avô?

— Meu pai me contou que meu avô, Jurandir, tinha uma paixão por uma linda mulher casada que morava na Praia de Jequiá, vivia com o marido numa casa de palha. No dia que ele desapareceu, a mulher também desapareceu. Meu pai tem certeza que os dois fugiram para viver seu grande amor em terras e mares distantes. O marido, inconformado, continuou morando sozinho na casa de palha na praia, morreu de tristeza. Existe um detalhe interessante nessa história: qualquer pescador, caçador de tartarugas, quando percebe a tartaruga saindo do mar e caminhando na areia, vira-a de casco para baixo, imobilizando-a; a tartaruga, por si só, não se vira. Ao terminar a pesca, o pescador recolhe as tartarugas, enche a sacola. Meu avô, quando tomava as biritas no bar, fanfarrão, se gabava: "Essa noite virei sete tartaruga". Os companheiros de cachaça confundiam "virar a tartaruga de casco para baixo", com "virar, transformar-se em tartaruga". Essa é a história que se tornou lenda, segundo meu pai, um sábio pescador que mora em Marituba do Peixe, o pantanal alagoano, perto do Rio São Francisco. Vive da natureza em uma casa simples, com uma cabocla nova. Qualquer dia quero levá-lo para conhecer meu pai, Seu Ubirajara, um amante da vida. Ele ainda vive da pesca e da caça igual aos indígenas caetés que moravam nessa região, nossos ancestrais. Tenho certeza que vocês vão se dar muito bem.

— Terei o imenso prazer. Gostei da história extraordinária do pescador Jurandir. Tentarei escrever um conto, se você me permitir.

— Tem toda permissão, já estou ansiosa para ler.

Ainda fascinado com a história, Bernardo retornou a Maceió, tinha dois compromissos no domingo: a feijoada e o pôquer.

A VELHA E ROMÂNTICA CARTAGENA

Por diversos motivos e conselho da sábia macróbia, Victória Clark, a viagem de presente de 15 anos das quatro primas foi protelada por quase dois anos. Aconteceu quando estavam mais maduras.

O saguão do Aeroporto dos Palmares de Maceió estava lotado, muita gente viajando naquela tarde de sábado. As primas-irmãs Marisol, Marimar, Gabriela e Clarice transbordavam alegria e felicidade; seria a primeira vez que viajavam sem os pais. Gabriel recomendou:

— Divirtam-se, e muito juízo.

— Assim não dá, meu pai. Ou me divirto ou tenho juízo — brincou Clarice.

Dr. Bernardo foi abraçar as quatro netas amadas, desejar boa viagem. Entregou um pacote de dólares para cada uma. Por volta das 14 horas, o avião decolou. As jovens, animadas, faziam planos de muitas diversões e poucas compras, enquanto curtiam o razoável almoço no voo. Perto das 17 horas, o avião pousou em São Paulo, desceram e ficaram esperando a conexão para Bogotá. O possante avião de voos internacionais decolou às 23 horas, durante o voo sereno, elas dormiram. Por volta das 6 horas da manhã, o comandante anunciou o pouso em Bogotá. No aeroporto, depois de passar pela alfândega, tomaram um ônibus especial para o Hotel Internacional no centro da cidade. No hotel, os apartamentos só estariam disponíveis ao meio-dia para o *check-in*. Aproveitaram a manhã para um *city tour* de ônibus. Conheceram os principais pontos turísticos e históricos da cidade. As jovens brasileiras estavam felizes por compreender o espanhol que a guia falava e se fizeram entender com seu arrastado espanhol com sotaque nordestino. Nas três últimas semanas, elas contrataram uma professora de espanhol para ministrar um curso intensivo. O curso valeu. As brasileiras se tornaram instantaneamente populares entre turistas de vários países, eram jovens, bonitas, charmosas, simpáticas. Ao meio-dia, entraram nos apartamentos, guardaram as malas, desceram e almoçaram num restaurante perto do hotel.

As gêmeas marcaram hora no salão de beleza. Desde que nasceram, elas usavam penteados e vestidos semelhantes, coisa de mãe coruja. Aproveitariam a viagem para mudar a aparência. Radicalizaram no salão. Saíram cada qual com um penteado moderno. Clarice e Gabriela surpreenderam-se com o visual das primas, pareciam mais velhas. Marisol e Marimar estavam contentíssimas com o primeiro ato de rebeldia.

— Vamos às compras, mudar essas roupas de adolescentes retardadas — falou sorrindo Gabriela.

Partiram num táxi às lojas. Passaram a tarde comprando belas roupas modernas, chiques e sensuais.

À noite, se agregaram a um grupo numa excursão à casa de dança La Candelaria. Boa música: merengue, salsa e rock animavam o salão cheio. As quatro sentaram à uma mesa longa, reservada para o grupo, tomaram vinho, dançaram ao som caribenho, rebolando como pedia a música. Os homens ficaram fascinados com as quatro jovens. Retornaram à mesa, jantaram, beberam e caíram no samba. O conjunto da noite tocou em homenagem aos brasileiros presentes. Elas sambaram que nem passistas das escolas de samba. Cada qual arranjou um paquera, não foi difícil. Eram 3 horas da manhã quando a guia convocou os turistas a retornarem ao hotel. A primeira noite em Bogotá foi divertidíssima. Adoraram.

No dia seguinte, desceram ao café da manhã. Animadas, comentaram sobre o sucesso da noite anterior. Avaliaram a programação para o dia. Marimar, a pintora da turma, tinha uma programação especial.

— Será maravilhosa a programação de hoje, acontece que eu pretendo curtir uma exposição de Botero. Vou passar o dia admirando os detalhes de suas grandiosas obras. Botero é um dos melhores pintores do mundo, também escultor. Esse genial artista colombiano tem pouco mais de 50 anos, suas obras são inconfundíveis pelas figuras gordas. Botero teve aprendizado na Academia de San Marco em Florença, na Itália. Pintou e morou em diversos lugares do mundo. Sou apaixonada por sua obra e hoje vou passar o dia me extasiando com suas pinturas e esculturas. Eu irei de táxi, já pedi informação na portaria, é perto. Às sete da noite, estarei pronta para enfrentarmos outra balada.

— Vamos ao artesanato, meninas, e deixar nossa artista amando Botero. Não se canse, a noite é menina — animou Clarice.

Marimar emocionou-se ao entrar na exposição. Deu uma circulada geral, aos poucos foi sentando-se de frente para cada quadro, estudando as formas, as cores e tentando sentir o significado social de cada pintura, só não podia tirar fotografias. Conheceu uma brasileira sentada a seu lado. Rosana devia ter quarenta e poucos anos, havia estudado na Escola de Pintura de São Paulo, a paulista comentou e esclareceu detalhes de vários quadros à Marimar. Almoçaram juntas, retornaram, e continuaram a admirar a magia das pinturas e esculturas até às 18 horas. A paulista conhecia Cartagena, próximo destino de Marimar com a irmã e as primas, e informou que não precisava levar telas, tintas, pincéis, material de pintura. Existia uma loja que vendia equipamentos. Pintar o exuberante pôr do sol na Muralha era obrigatório. Cartagena tinha prédios lindos e um povo bonito, encantador, musical. Muita beleza para se ver e pintar.

À noite, as quatro irmãs foram a um bar agradável, música caribenha animada, não deixava ninguém sentado, dava vontade de dançar. As meninas tomaram uma boa mesa e beberam "morritos", bebida preferida de Hemingway. Apareceram quatro brasileiros, encostaram, as meninas dançaram toda a noite no requebro. Às 3 horas da manhã, o bar fechou, os brasileiros convidaram as primas insistentemente ao hotel onde eles estavam hospedados, queriam continuar uma farrinha particular, estavam obstinados. As irmãzinhas com os hormônios à flor da pele, com vontade de prolongar a noitada, resistiram, tomaram um táxi, retornaram ao hotel.

No dia seguinte pela manhã, partiram para o Morro de Monserrate, um dos pontos mais altos de Bogotá, com 3.152 metros de altitude. Contemplaram a vista de tirar o fôlego da capital colombiana. O local é ponto de peregrinação à Basílica Santuário do Senhor Caído de Monserrate. A surpresa foi a subida por meio de teleférico, um trenzinho escalonado. A altura dava um medo de arrepiar a espinha.

À noite, as primas pegaram leve em um barzinho frequentado pela juventude perto do hotel. No dia seguinte, o avião decolava para Cartagena às 9 horas da manhã, os passageiros deveriam estar no aeroporto duas horas antes da hora marcada.

O voo durou uma hora e vinte minutos. As quatro jovens brasileiras estavam felizes ao pisar no solo onde nasceu o bisavô, Dom Pablo Márquez. Hospedaram-se numa pousada, um casarão antigo com mais de trezentos anos, no interior da Cidade Amuralhada, local histórico da bela cidade. Resolveram caminhar, conhecer os locais nas imediações. As jovens, dispostas, andaram pelas ruas estreitas apreciando os lindos sobrados de dois andares com bougainvilles subindo pelas paredes. Estavam radiantes falando o espanhol que aprenderam e fascinadas com tanta beleza antiga. Ao passar por uma papelaria, Marimar comprou o material de pintura necessário, inclusive um pequeno cavalete. Naquela tarde, ela começaria a pintar. Almoçaram num restaurante típico, pediram dois pratos para as quatro: posta *cartaginesa* e camarão com abacate, acompanhado com bom vinho colombiano.

Às quatro da tarde, as primas sentaram-se a uma mesa ao ar livre no Café del Mar, em cima da Muralha, com uma vista para o mar caribenho de encher os olhos, de onde poderiam contemplar o inigualável pôr do sol da região. Desenhistas e pintores frequentemente armavam seus equipamentos no local. Marimar tentava montar o cavalete e a tela. Um senhor ao lado ajudou-a a colocar o cavalete em posição firme, sem balanço. Ela agradeceu a gentileza. As jovens pediram cerveja e curtiram a paisagem, adorando o movimento naquele famoso café. Às 5 horas da tarde, não havia uma mesa vazia, todos aguardando ansiosamente o pôr do sol, um espetáculo diário da natureza. Quando o sol foi se chegando lá para o fim do mundo, o céu azul e as nuvens brancas começaram a tomar a cor rosa com matiz laranja-ouro, um deslumbre de cores no céu de Cartagena, o espetáculo exuberante perdurou por algum tempo, até o sol desaparecer no horizonte. Nesse momento, o povo espontaneamente aplaudiu o show da natureza.

Marimar teve dificuldade de desarmar o cavalete, o senhor ao lado socorreu, desmontou em segundos e ajudou-a a levar o equipamento ao táxi. Apresentou-se às quatro jovens, Cássio Uchôa, pintor amador, mineiro, passando uns dias em Cartagena. Chegando à pousada, pediram informações para noitada de jovens. Indicaram o bairro Getsemani. As quatro passearam pelas ruas efervescentes, lotadas de turistas, muitos bares bem frequentados, balada em quase toda esquina. Sentaram-se em um bar com música, dançaram toda a noite até o sol raiar, gastando o espanhol com os paqueras que apareciam.

Dia seguinte, foram à pousada onde a tia Vera morou. Uma grata surpresa para a proprietária, que, embora recebesse cartas da amiga esporadicamente, queria saber notícias mais recentes de Vera. Conversando, caminharam depois até a casa onde morou Dom Pablo e onde nasceu Isabel, a avó das meninas. Os parentes, animados com a agradável e inesperada visita, marcaram um almoço no domingo no bangalô.

Marimar acertou com as companheiras, ela pretendia todas as tardes pintar no Café del Mar, sua mente ainda estava encantada com a profusão de cores do pôr do sol; liberava as primas e a irmã para outras programações. Ela planejava rascunhar várias telas, diversos retalhos do pôr do sol, para concluir em casa. Nessa noite, ela descansaria. As baladas estavam intensas e a vida não ia acabar se não fosse um dia. Gabriela zombou da artista, alegando que descansar só depois da morte.

Às 4 horas da tarde, Marimar tomou uma mesa, sozinha, no mesmo local da tarde anterior, e armou o cavalete. Em pouco tempo, as mesas lotaram. Quando o senhor gentil, do dia anterior, apareceu procurando um local para sentar e armar seu equipamento de pintura, não havia mesa vaga. Marimar percebeu, acenou com a mão e ofereceu-lhe um lugar à mesa, ela estava ocupando uma mesa de quatro lugares. Cássio aceitou e logo armou seu cavalete. Os dois, entretidos nos desenhos e nas cores do pôr do sol, quase não se falaram durante o espetáculo da natureza. Ao escurecer, Marimar abaixou-se para dobrar o cavalete, Cássio percebeu que ela estava se retirando, convidou-a para um lanche, um café. Marimar aceitou o convite e só nesse momento percebeu o quanto era bonito aquele homem. Não era tão velho como pareceu, ela teve uma súbita empatia por ele e se surpreendeu por mentir sua idade, ao contar que estava viajando com uma irmã gêmea e duas primas comemorando os 18 anos das quatro. Cássio, mineiro, tinha uma fazenda de gado perto de Juiz de Fora, separado, com uma filha de 4 anos. Estava viajando para pintar, a arte acalmava-o. Passaria um mês em Cartagena, era fascinado pela beleza e a história da cidade. Toda tarde, tentava captar as cores do pôr do sol. Estava também rascunhando desenhos de prédios belíssimos da cidade. Aconselhou Marimar a fazer o mesmo, se quisesse, ele poderia ajudar, mostraria os belos e antigos casarões, tinha todo tempo disponível.

Marimar e Cássio conversaram até mais tarde. Ela adorou seu bom humor e gentileza. Ele fez questão de levá-la em seu carro até a pousada, onde se despediram. Marcaram encontro no dia seguinte, às 13 horas, para almoçar na Praça de Santo Domingo, pediu que ela escolhesse o restaurante; o convite era extensivo às outras brasileiras. Acertaram também que depois do almoço ele iria mostrar alguns lindos prédios de Cartagena. Sugeriu que ela preparasse a máquina para fotografar a beleza arquitetônica dos prédios históricos, antigos, quando retornasse ao Brasil, tendo as fotos como modelo, ela pintaria quantos quadros quisesse. Cássio sensibilizou Marimar, ela sentiu juventude no sorriso e no olhar daquele homem meigo. Ao despedir-se, ela apertou o braço másculo de Cássio, deu-lhe um arrepio, um frio na espinha. Uma química sensual gerou-se entre os dois. Se ele tivesse tentado beijá-la, ela teria aberto a boca, pensou Marimar. Cássio esperou que a pintora entrasse na pousada e deu partida no carro rumo ao hotel.

Durante o café da manhã, as meninas se empanturraram de comidas típicas saborosas. Marimar escancarava um sorriso de felicidade cantando: "Coisas que só o coração pode entender... Fundamental é mesmo o amor... É impossível ser feliz sozinho."

— Ontem deve ter sido bom demais! Conta pra gente. Encontrou-se com o coroa gato! Devem ter acontecido coisas boas — brincou Gabriela, às gargalhadas.

— Vocês são maldosas. Para começar, o Cássio não é tão coroa, tem apenas 29 anos. Minhas queridas, por favor, eu disse que nós estávamos comemorando nossos 18 anos, não vão me desmentir, pelo amor de Deus.

— Conta pra gente um pouquinho do que rolou. Sua alegria explícita é um forte indício de uma boa noitada. Conta para suas irmãzinhas o que aconteceu — Clarice estava ansiosa por saber da noite da prima.

— Durante o pôr do sol, as mesas do bar estavam lotadas, eu acanhada por estar ocupando uma mesa sozinha, vejo o Cássio procurando um local para armar seu cavalete; eu o convidei, ofereci um lugar à mesa. Ele me agradeceu e armou sua tela. Ficamos em silêncio pintando até quando terminou o lindo panorama. Tem uma conversa formidável, sua prosa prende a gente, é divertido e inteligente. Convidou-nos para um almoço, hoje na Praça de Santo Domingo, às 13 horas.

— Oba! Viva! Vamos almoçar por conta do namorado da Marimar. Comemorar a primeira conquista das primas em Cartagena — galhofou Clarice.

Às dez da manhã, as quatro primas caminhavam pelas ruas. Deram uma volta pelo Parque Bolívar, o ponto central da cidade, no entorno encontra-se o sinistro Museu da Inquisição. Marimar fotografava em todos os ângulos possíveis. Continuaram a caminhar, elas se encantaram com o comércio de esmeraldas, uma das riquezas da terra. Foram à Torre do Relógio, entrada principal de Cartagena. Mirassol comprou em uma livraria "Relato de um Náufrago", de Gabriel García Márquez, a história de um marinheiro sobrevivente de um naufrágio em 1955 no mar do Caribe.

Na Praça de Santo Domingo, escolheram um agradável restaurante, pegaram uma mesa bem em frente à praça, pediram cerveja gelada e pratos de tapas. As brasileiras estavam radiantes. Gabriela mostrou o anel de esmeralda baratíssimo que havia comprado. Enquanto bebiam cerveja, os ambulantes passavam oferecendo todos os tipos de mercadoria e serviços.

Às 13 horas, caminhando devagar, apareceu o "coroa" bem-vestido, elegante. As meninas levantaram-se para cumprimentá-lo, beijinhos na face. Sentaram-se, a conversa foi descontraída como se já se conhecessem há algum tempo. O calor humano, a beleza e a juventude davam o tom de alegria àquela mesa. O garçom dirigiu-se a Cássio e sugeriu alguns pratos. O tempo passou depressa. Eram três e meia da tarde quando Cássio perguntou a Marimar se ela iria naquela tarde ver o pôr do sol. Ela confirmou, só não daria tempo para o passeio aos prédios da cidade. Levantaram-se os dois, as outras continuaram no restaurante.

Cássio e Marimar armaram os cavaletes em ótima mesa no Café del Mar. Quando o céu se alaranjou e o sol começou a se esconder, Cássio, num impulso, segurou forte a mão de Marimar, chegou-se perto, olhou-a nos olhos, aproximaram as bocas num beijo prolongado. Ela segurou a mão do mineiro e ponderou com um sorriso malicioso.

— Não estamos nos precipitando?

— Temos pouco tempo. Você viaja em poucos dias. Quero aproveitar todos os momentos. Você perturbou um coração sossegado. Não vou largá-la mais aqui em Cartagena.

Iniciaram a pintar, absortos, captando as cores nos traços. Em certo momento, ele discretamente tocou em suas pernas, ela desconcentrou-se. O coração de Marimar batia apressado, o pensamento descontrolado. Ao fim do exuberante pôr do sol, eles tomaram mais cerveja, levantaram-se, dobraram os equipamentos, guardaram na mala do carro; partiram em direção à Praia de Bocagrande. Ele encostou o carro em frente à praia, iniciaram beijos e carícias. A certo momento, fez o convite à Marimar:

— Escute! Eu não sou mais menino, você também não é mais adolescente. Vamos ao meu apartamento no hotel? Sem forçar a barra, claro que só iremos se você quiser.

Marimar pensou antes de decidir. Pensou estar pronta para a primeira vez. Afinal, Cássio era um homem gentil, bonito, agradável, embora desconhecido. Em sua cabeça, não haveria problemas, nem choro em perder a virgindade, um preconceito do século passado, afinal estavam em 1984, quase no século XXI. De repente, ela abriu a porta do carro, pisou firme no asfalto, olhou Cássio e falou decidida:

— Vamos.

Ao entrar no apartamento, abraçaram-se, beijaram-se. Cássio levou-a nos braços para a cama, deitados, retiraram as roupas. Ele beijou-a no pescoço, nos ombros, nos seios e desceu a língua com carinho até o ventre. Quando tentou a penetração, Cássio sentiu dificuldade, forçou devagar, um líquido escorreu em suas virilhas. Marimar, num instinto, apertou a vagina, ele sentiu um prazer como nunca teve em sua existência; ela prosseguiu as contrações intermitentes, ele, ao gozar, quase desmaiou. Ela ficou radiante ao ter a sonhada "primeira vez" tão magnífica como desejava. Continuaram abraçados, abstraídos, relaxados. Ainda atordoado pelo êxtase alucinante, Cássio percebeu que havia tirado a virgindade da jovem, confirmado pelas marcas de sangue no lençol. Marimar, sorrindo, nua, foi ao banheiro e tomou uma demorada ducha, estava feliz, era o que importava. Ninguém seria tão gentil e carinhoso como aquele mineiro, sensível, artista, fascinado pelo pôr do sol de Cartagena. Cássio abriu o banheiro, entrou na ducha; ficaram abraçados. Enrolados na toalha, deitaram-se na cama, Marimar retomou a conversa:

— Eu tinha certeza que você não sabia que eu era virgem. Sempre sonhei em ter uma primeira vez encantadora com alguém carinhoso, gentil, que me tratasse como uma rainha. Tive a sorte de te encontrar, essa noite ficará gravada em minha mente e coração. Obrigada, Cássio, foi como desejei acontecer, sem planejar, de repente e com alguém especial.

— Embora seja quase adolescente, nunca encontrei mulher igual. Você me deixou meio desmaiado, provou que fazer amor não se aprende na escola; cada qual tem sua maneira especial. E seu jeito de amar é peculiar, é sublime, de nascença. Jamais imaginei que fosse virgem. Obrigado por ter me presenteado com essa primeira noite de amor.

Abraçaram-se, amaram-se novamente com muito carinho, relaxaram. Marimar pediu para levá-la embora. Ao chegar à pousada, ela desceu do carro, Cássio entregou-lhe os equipamentos e, olhando em seus olhos, confessou sorrindo:

— Acho que estou me apaixonando por você.

— E eu por você.

Marimar entrou no quarto, as irmãs ainda estavam na balada. Vestiu uma camisola curta, dormiu feliz da vida.

No café da manhã, quando as brasileiras foram sentar-se à mesa, a chefe da portaria aproximou-se informando que havia alguns buquês para senhorita Marimar e outros ramalhetes de flores chegando a todo o momento. As quatro foram à recepção, havia flores distribuídas em todos os lugares, até no chão. Marimar estava surpresa e seduzida, naquele momento uma camionete havia deixado trinta e dois buquês de rosas vermelhas, amarelas, brancas, laranjas; flores variadas, margaridas brancas e amarelas, girassóis, gérberas, lírios, antúrios. A cada momento, a portaria ficava mais abarrotada de flores. Marimar, adorando aquela loucura de amor, não sabia o que fazer, os hóspedes estavam encantados. As primas maravilhadas como se fosse também para elas, tiravam fotografias sem parar.

Eram onze e meia quando Marimar atendeu ao telefone.

— Alô! Que loucura maravilhosa, você é um adorável maluco!

— Pena que em Cartagena tenha poucas floristas — brincou Cássio.

— Que coisa linda! Deixou-me encabulada. Fiquei famosa, os hóspedes tiraram fotografias comigo junto às flores! Adorei! Estou feliz, felicíssima!

— Não esqueci a noite de ontem. Ainda sinto seu perfume, suas pernas, sinto ainda seus seios, suas contrações me levaram ao céu. Quero vê-la, quero ficar com você o tempo todo que lhe resta em Cartagena. Não quero perder um minuto. Convide suas irmãs para o almoço, a tarde será nossa. Eu passo na pousada às 13 horas.

Num amplo e bem decorado restaurante na Praia de Bocagrande, as brasileiras acomodaram-se em uma mesa com vista para o mar. O garçom veio ao encontro das jovens, Cássio perguntou o que elas queriam beber e beliscar. Pediram cerveja e tapas. As primas, ainda empolgadas com as flores, fizeram um inquérito e Cássio respondeu com satisfação: era fazendeiro em Minas Gerais, estudou advocacia, mas não exercia a profissão. Seu trabalho era administrar a fazenda em cima de um cavalo, junto ao pai. Fabricava queijo e uma cachaça especial. Descobriu algum talento na pintura, seu maior prazer, esquece tudo quando está pintando. Separado, tem uma filha. Pela terceira vez visitava Cartagena. A conversa passou para as flores e outros altos papos. Convidaram Cássio para conhecer Maceió. Ele agradeceu, já conhecia suas lindas praias e pretendia visitar muitas vezes aquela bela cidade. O garçom serviu paella e lagosta na manteiga. Comida divina e conversa divertida até às três da tarde. Cássio deixou as brasileiras na pousada, Marimar apanhou seus equipamentos de pintura. Marcaram às 8 horas da noite, ele as levaria para dançar num local divertido.

Marimar e Cássio naquela tarde não assistiriam ao pôr do sol. Rumaram ao hotel onde passaram uma tarde de amor, do selvagem ao carinhoso. Ainda houve marca de sangue. Marimar fez diversas carícias no amado. Desde beijos na orelha às contrações vaginais, era seu instinto sexual que comandava o corpo com naturalidade, deixando Cássio louco nos momentos de amor. Nunca pensou existir uma mulher como Marimar. Cochichou em seu ouvido: "Não posso mais viver sem você."

O casal chegou às oito da noite em ponto na pousada, as meninas estavam esperando, Marimar guardou seus equipamentos e retornou com um vestido branco e um sorriso de felicidade.

Cássio estacionou o carro no Parque Bolívar, em frente ao monumento de Simón Bolívar. O general que liderou a luta pela independência da Venezuela, da Colômbia, da Bolívia, do Peru, do Equador e do Panamá, acabando com o domínio espanhol.

O Parque Bolívar fervilhava de gente. Pouco tempo depois de chegarem, começou uma apresentação de um grupo de dançarinos bailando *la cumbia.*

As irmãzinhas ficaram encantadas com a performance dos jovens bailarinos. Eles movimentavam o corpo eletricamente, em pares ou grupo. As roupas das dançarinas eram coloridas, usavam saias rodadas de tecido parecido com chita. Os rapazes se apresentam sem camisa e não perdiam o pique. Os dançarinos passaram o chapéu para garantir a gorjeta com os turistas. Entrou outro grupo dançando, as mulheres com saias rodadas davam voltas que mostravam as pernas bonitas e sensuais. As brasileiras não deixaram por menos dançando em torno da mesa, três jovens mexicanos entraram na roda, dançaram. Sentaram-se quando cansaram e os mexicanos puxaram assunto, conversando animados com Marisol, Gabriela e Clarice. Marimar partiu, foi dar uma volta com Cássio. Os três pares ficaram até acabar a festa no parque. Os mexicanos trouxeram um grupo mariachi e cantaram:

Ay, ay, ay-ay... Canta y no llores... Porque cantando se alegran, cielito lindo... Los corazones... De la Sierra Morena... Vienen bajando... Un par de ojitos negros, cielito lindo... De contrabando...

A festa no parque terminou às três da madrugada. Os rapazes mexicanos acompanharam as brasileiras caminhando pelas ruas estreitas de Cartagena. Seis jovens alegres abraçavam-se, beijavam-se, sorriam, cantavam às gargalhadas, um guarda noturno repreendeu-os pelo barulho. Continuaram a caminhada até a pousada. Cansadas, foram dormir.

Cássio deixou Marimar na pousada às oito e meia da manhã. Ela abriu a porta do quarto com cuidado, trocou a roupa e meteu-se embaixo dos lençóis. Feliz, dormiu até mais tarde.

As jovens acordaram tarde, perderam o café da pousada. Lembraram do almoço na casa dos parentes naquele domingo. Convidaram Cássio por telefone; ele chegou à pousada pouco depois do meio-dia. Partiram para o bangalô de paredes floridas de seus bisavós Rosa e Dom Pablo. Foram recebidas com música e casa cheia, todos os parentes queriam conhecer as bisnetas do famoso Pablo Márquez, lendário na cidade de Cartagena há mais de cinquenta anos. A história de amor entre Rosa e Pablo foi contada em livros e folhetos. A fértil imaginação popular fez de Pablo um herói, os parentes orgulhavam-se.

No quintal havia uma extensa mesa de madeira e muitas cadeiras. Ao sentarem, foram servindo bebidas e comidas; os primos se conhecendo. Os jovens encantados com a beleza das primas. As brasileiras paqueraram treinando o espanhol nordestino.

Não existe festa sem música na Colômbia, a música para eles é uma forma de entender o sentimento, a cultura e a história do povo. Um conjunto caribenho tocava ritmos latinos como cúmbia e merengue. O vocalista começou a cantar: "Besame... Besame mucho...", os jovens acompanharam cantando. Certo momento, em homenagem aos convidados, a banda tocou músicas brasileiras. Reconhecendo os acordes da música, Cássio tomou o microfone e soltou a voz:

Eu tenho tanto pra lhe falar... Mas com palavras não sei dizer... Como é grande o meu amor por você... E não há nada pra comparar... Para poder lhe explicar... Como é grande o meu amor por você...

Afinado, boa voz, aproximou-se de Marimar cantando para ela. Ao terminar, eles se abraçaram, foi uma gritaria e ovação geral. Ela estava fascinada com o "coroa" apaixonado.

Cássio e Marimar saíram à francesa e rumaram para o hotel, estavam em lua de mel. A festa do almoço terminou por volta das dez da noite; as primas paquerando os primos *cartagineses*. Como as jovens brasileiras viajariam terça-feira à noite, marcaram outro almoço de despedida no dia da viagem.

No dia seguinte, alguns primos mataram o dia de trabalho e em duas charretes acompanharam as primas num passeio conhecendo outros pontos interessantes da cidade. Elas, eufóricas, como se já fosse a despedida, passearam, conheceram lugares lindos, históricos e almoçaram em um restaurante onde havia a melhor comida *cartaginesa*. Descendo e subindo as charretes, os primos divertiram-se, deram-se as mãos, beijaram-se até o anoitecer. Os priminhos ficaram desapontados, nenhuma quis maiores intimidades com os respectivos paqueras, ficaram apenas nos beijos. Estavam cansadíssimas, desculparam-se.

Enquanto isso, Cássio e Marimar almoçaram no apartamento do hotel, depois de uma manhã de amor. Às quatro da tarde, foram ao pôr do sol. Depois dos rabiscos e rascunhos, retornaram ao hotel, afinal, era a última noite. Após o momento do êxtase, Cássio segurou as mãos da jovem amada e disse, sério:

— Marimar. Não sei mais viver sem você. Quero me casar com você!

Marimar levava aquele caso como uma aventura casual. Respondeu:

— Meu querido, chegou a hora da verdade. Depois dessa inesquecível viagem em que me tornei adulta, amanhã retorno para minha casa. Quando te conheci, nem pensei em paquerar, tínhamos em comum apenas o amor à pintura. O pôr do sol desabrochou um feitiço e descobri que você não era tão velho. Revelei ter 18 anos para te conquistar, para não parecer uma adolescente boba. Contudo, ainda vou completar dezessete. Quando eu segurei seu braço musculoso, senti um calafrio na barriga, uma sensação gostosa no meu corpo. Sua maneira de ser foi determinante para que eu decidisse o momento da minha primeira vez. Tudo pensado, não me arrependi, foram os melhores dias de minha vida, sempre serão lembrados. Vou embora amanhã. Você mora em Minas Gerais, eu sou muito nova, quero viver bastante minha juventude. Jamais te esquecerei, você tornou-se importante em minha vida, porém não quero me prender a ninguém. Tenho de ser forte para alcançar meus sonhos de liberdade — esclareceu Marimar, olhando para o teto do quarto.

— Tenho 29 anos, quase o dobro de sua idade, vivi bem a vida, um bom boêmio cheio de festas e mulheres, fui casado, tenho uma filha. Nunca pensei que encontraria uma mulher como você, suas carícias, seus abraços, as contrações me deixam louco, com você tive momentos supremos de prazer. Você tem uma magia interior capaz de adivinhar o que quero só por um olhar. Nós combinamos no jeito de ser, de ver e sentir a vida. A diferença de idade não é problema, você é uma mulher madura e eu sou um menino passarinho com vontade de voar. Minha proposta de casamento não é brincadeira, eu não quero deixá-la, quero viver junto a você, fomos feitos um para o outro — asseverou o apaixonado mineiro.

— Cássio, você foi um presente do destino. Jamais esquecerei esses dias de Cartagena, sua gentileza, seus abraços, sua sensibilidade. Porém, casar não está na programação de minha vida, sou muito independente, talvez quando eu tiver 30 anos eu comece a pensar num companheiro. Em minha família, as mulheres, minha bisavó, minhas avós, minha mãe, casaram-se muito cedo; hoje é inconcebível na nova geração. A revolução das mulheres nos anos sessenta foi a mais importante da humanidade.

Os dois, deitados, olhavam para o teto mudos, em devaneio, adormeceram. Acordaram durante a noite, amaram-se, dormiram novamente. O dia amanheceu. Marimar acordou. Ela beijou o pescoço, a orelha, o peito cabeludo e musculoso de Cássio; ele abriu os olhos, preguiçoso e feliz. Fizeram amor pela última vez em Cartagena. Marimar pediu para levá-la à pousada, pretendia tomar café com as irmãs naquela manhã.

Por volta do meio-dia, na antiga casa de Dom Pablo, o almoço foi servido embaixo da frondosa árvore, estavam os primos mais próximos. Um conjunto mariachi, tipicamente mexicano, tocava para animar o ambiente. Cada brasileira com seu primo, paquera, sentados, divertiram-se com as histórias, as aventuras da semana maravilhosa em Cartagena. O avião estava marcado para decolar às 20 horas.

Durante o alegre almoço, Gabriela pediu a palavra.

— Queremos agradecer a esses primos queridos de Cartagena pelo maravilhoso acolhimento de festa e alegria. Nossos pais relutaram um pouco em autorizar essa viagem, porém conseguimos convencê-los. Desde os primeiros dias de passeios, vimos muita coisa bonita e a história de nossa América. Essa cidade foi o porto de entrada e saída da riqueza colombiana. Temos sangue *cartaginês* de nossos bisavós, Pablo e Rosa, a mulher mais bonita da Colômbia. Ainda temos a felicidade de conviver com Dom Pablo Márquez, nosso bisavô, oitentão, cheio de saúde e bonito, casou-se recentemente com uma linda mulher, Victória Clark, uma mulher charmosa, sábia e amiga. Cartagena é inesquecível, vamos levar saudade. Aproveitando o momento, quero anunciar a exposição dos quadros de Marimar, Cartagena será o tema, ela leva as telas rabiscadas. Convidamos todos os primos, será no final de dezembro, aproveitando o verão. A hospedagem será por nossa conta. O homenageado da exposição será Dom Pablo, que há muitos anos habitou essa casa amando sua Rosa, nossa bisavó, a mulher mais bonita da Colômbia. Obrigada por tudo, queridos primos, beijos para todos.

Muitas palmas e emoção.

Às 17 horas, despediram-se e no carro de Cássio partiram para o aeroporto. Despacharam a bagagem. Cássio e Marimar abraçaram-se, beijaram-se, ficaram em declaração mútua: "Eu te amo". Foi preciso puxar a irmã na hora de passar pela alfândega e esperar a partida do avião no portão de embarque.

A EXPOSIÇÃO

As quatro primas surpreenderam ao desembarcarem no Aeroporto dos Palmares, houve uma radical transformação em pouco tempo. Não pareciam as adolescentes que embarcaram, aparentavam estar mais velhas e mais bonitas. Lindas mulheres. Durante o jantar na casa de Dom Pablo, Marimar comunicou seu projeto: realizar uma exposição de seus quadros no átrio do Teatro Deodoro em homenagem ao seu bisavô, o tema da exposição seria a cidade de Cartagena das Índias. Marimar teria pela frente pouco mais de dois meses de trabalho ininterruptos: de segunda a sexta, durante as folgas das aulas, e aos sábados e domingos, durante o dia. Ela tinha rabiscado algumas telas e trouxe muitas fotografias. Para que isso acontecesse, precisava de um ateliê, ou seja, um local calmo, onde ela ficasse sozinha, concentrada na pintura. A mais empolgada com a exposição era Victória, que prometeu orientá-la para realizar uma exposição belíssima, confiava no talento de Marimar.

Mário lembrou-se de um apartamento recebido em uma negociação, estava desocupado, sem móveis, não ficava longe, no segundo andar de um prédio sem elevador. No dia seguinte, Marimar e Victória fizeram vistoria no apartamento. Subiram as escadas do velho edifício cor-de-rosa. O apartamento 203 tinha dois quartos mais um quarto de empregada, sala, cozinha e banheiro, bem pintado, limpo, exposto à venda. As mulheres aprovaram o local tranquilo.

Marimar montou o ateliê, escolheu o quarto com melhor iluminação. Seu pai, altamente metódico, ajudou a planejar o trabalho nos dois meses. Listou com Marimar e Victória os quadros que tinham mais possibilidades de aprontar até o dia da exposição, fez uma pasta com as fotografias, os desenhos e os rabiscos já prontos: igreja, vendedora ambulante, pôr do sol, rua estreita, bangalô arborizado e outras ideias da artista. Organizou um cronograma de três a quatro dias para terminar cada quadro. Marimar teria de ter disciplina e concentração, arte não é apenas inspiração.

Victória, professora de pintura, ajudou muito, corrigindo e sugerindo cores e dimensões. Em mais de dois meses ininterruptos, Marimar foi de uma dedicação visceral, não havia balada noturna de fim de semana que a tirasse do ateliê. Pintava com muito capricho e talento, tentando ser fiel às cores das paisagens, as fotografias ajudaram. Procurava ser disciplinada para ficar dentro do cronograma traçado. De vez em quando vinham lembranças da semana maravilhosa, sua entrega voluptuosa a Cássio, não se arrependia do que acontecera. Cartagena já fazia parte de sua vida, lembranças felizes. Era uma jovem de apenas 17 anos, muitos sonhos pela frente. Geralmente no início da tarde, Victória aparecia. Seu bom humor, observações e sugestões animavam Marimar, aprendeu muito com a tia querida.

Os pais visitavam constantemente o ateliê. Mário, embora tivesse paixão por cultura e arte, amava também a matemática, seus estudos desenvolveram o raciocínio cartesiano, prático, pragmático, um planejador. Fez vários questionamentos à filha: como seria a exposição, a disposição dos quadros nas paredes? Quem venderia? E quanto à divulgação? Foi quando pensou em contratar um profissional, uma pessoa que entendesse de exposição, um curador. À Marimar, a artista, caberia apenas pintar. Mário lembrou de um pintor baiano que aportou em Maceió há alguns anos e ficou para sempre. Era um bonito jovem, parecia um galã de cinema. Ficou conhecido nos clubes, bares e restaurantes, gostava de pagar rodadas de cerveja. Morava no Hotel Atlântico, pintava bem, seus quadros agradavam, tinha talento. Sua primeira exposição foi muito concorrida, cheia de mulheres alucinadas pela beleza daquele artista baiano, cheio de charme. O mulherio deu em cima do baiano, especulavam ser noivo ou casado na Bahia.

Certa manhã, um amigo procurou-o no hotel, dirigiu-se a seu quarto privativo, empurrou a porta e foi surpreendido ao ver Sérgio Alves, o belo baiano, nu, de quatro pés e por cima o estafeta do hotel. Foi um escândalo. Na mesma tarde, na Rua do Comércio, nos bares, nas sorveterias, nas lanchonetes, o assunto era o jovem e belíssimo pintor baiano apanhado em flagrante amoroso com um rapaz. Sérgio continuou morando em Maceió, assumiu a homossexualidade sem problemas, muito querido por sua simpatia, o povo se acostumou. Mário recordou essa passagem do amigo, fazia um bom tempo que não o via, telefonou para ele. Sérgio ficou agradecido por ter sido lembrado. À noite, encontraram-se no ateliê. Sérgio, mais velho, gordo, abraçou Mário, cumprimentou em beijinhos as mulheres. Sentaram-se em bancos e cadeiras improvisadas.

— Sérgio, vamos à nossa parte profissional, por favor, explique o trabalho do curador e o custo do serviço.

— Curador vem do latim *curator*, a pessoa que cuida, que administra uma exposição, um evento. O curador de arte seleciona, organiza e exibe as obras. Ele administra, identifica e registra. No entanto, muito mais do que selecionar e exibir, ele deve saber interpretar a proposta da exposição, conciliando o espaço, o artista e o público. Atua na montagem da mostra, elencando suas peças. Além disso, gerencia a apresentação e a divulgação da exposição. Ainda negocia preços; mantém os catálogos atualizados e registrados. Ou seja, é o faz-tudo da exposição. Entenderam?

— E quanto você cobra para ser o curador da exposição da Marimar no final de dezembro?

— Quero olhar o trabalho da artista, vou relacionar os itens e valores para em seguida dar o preço de meu trabalho, que começa agora. Quantos quadros estão prontos?

— Sete quadros. Estão no outro quarto, venha olhar — convidou Marimar.

Sérgio admirou calmamente cada quadro em todos os detalhes. Ao terminar a verificação, opinou:

— Você é uma moça talentosa, tem o dom da pintura. Precisa aprender muito, arte não é só o talento, é suor e lágrimas. Gostei de seus quadros. Para uma primeira exposição estão ótimos, têm harmonia de cores e uma alegria muito forte, você deve ser uma moça feliz. Convido vocês para uma visita amanhã ao Teatro Deodoro. Preciso resolver muita coisa, não quero uma exposição arranjada, vamos realizar um trabalho profissional. Ainda bem que a família é conhecida e querida, tenho certeza que a abertura será um acontecimento marcante na cidade. Eu sou meio chato, exigente. Falta pouco tempo, temos que correr.

Sérgio, empolgado com o serviço de curador, já havia organizado algumas exposições ao longo da vida, mas nenhuma de importância igual àquela, pela amizade antiga de Mário. Todos os dias visitava o ateliê, conversava com Marimar, em pouco tempo tornou-se amigo íntimo de Victória. Havia conseguido entrevistas com Marimar nos jornais e na televisão. Ele estava feliz, almoçava muitas vezes no apartamento de Mário.

Marimar sentiu que não daria conta de vinte quadros, no máximo finalizaria dezesseis peças. Sérgio dava chilique, teria de fotografar os quadros e entregar à gráfica para imprimir os folhetos a tempo da abertura.

Afinal chegou a grande noite da exposição, a partir das sete e meia da noite os convidados foram entrando no Teatro Deodoro. Às 20 horas, houve o corte da fita simbólica, o saguão estava lotado, os convidados apreciando os quadros muito bem expostos e iluminados. Na entrada, Dom Pablo e Victória cumprimentaram Marimar e Sérgio, o curador comentou:

— O senhor é um homem feliz, Dom Pablo, sua mulher é extraordinária, sensível, culta e bonita. Estou gamado nela.

— Você, meu querido Sérgio, continua solteiro? Não arranjou um casamento?

— Quem dera! Não sou mais aquele jovem bonito que fazia furor. Estou velho, barrigudo, arranjar um namorado está difícil. Consigo uns bofes de vez em quando. Nem imagina como é solitária a minha vida. Sem companheiro, sem filhos, sem netos, ainda bem que a pintura toma conta de minha vida. Adorei ser curador da exposição de sua bisneta, a menina tem talento.

O casal deu um giro apreciando os quadros, ao mesmo tempo em que cumprimentava os amigos. Por fim, Dom Pablo negociou com Sérgio quatro quadros e assinou o cheque. O curador substituiu a tarja com o preço fixada no quadro por outra tarja escrita: "Vendido". Os quadros comprados por Dom Pablo traziam-lhe recordações da terra onde nasceu: o pôr do sol, a Catedral de Santa Catalina de Alejandría, o bangalô onde ele morou e uma ruela estreita com casas de paredes floridas.

De repente, o curador bateu palmas, pediu atenção aos convidados que enchiam o saguão do Teatro e disse algumas palavras exaltando o talento da pintora, que teria um grande futuro com a arte. Marimar também pronunciou algumas palavras agradecendo aos pais, à família, ao Sérgio e à Victória. Iniciou o show com a Orquestra de Ivanildo Rafael e as bebidas e comidinhas continuaram rolando. Marimar estava radiante junto às amigas, aos primos e aos pais. De vez em quando, Sérgio comunicava a compra ou reserva de mais quadros. A festa estava no auge, muita animação. Marimar, radiante, comemorando o sucesso, tomava uísque com os amigos, quando de repente Sérgio aproximou-se afobado, quase sem voz, gaguejando, até que conseguiu falar:

— Um *guapo muchacho* ficou fascinado com os quadros, comprou o restante. Um tipão de homem, bonito, elegante; fiquei gamado à primeira vista. Tem um problema: ele quer levar os quatro quadros hoje, o cheque é de Minas Gerais!

Ao ler a assinatura, Marimar emocionou-se entre a surpresa e a alegria: Cássio Albuquerque Uchôa. Olhou na direção da portaria, percebeu ao longe seu amado aventureiro de Cartagena. Marimar dirigiu-se ao amigo amante e caiu em seus braços num abraço apertado, Cássio a rodou no ar.

— Que loucura é essa?

— Eu te amo e sempre vou te amar, Marimar.

Ela não quis prolongar conversa, puxou Cássio.

— As meninas vão ficar felizes. Quero lhe apresentar meus pais, minha família. Você é um louco!

As primas, quando viram o amigo, fizeram festa. Marimar apresentou Cássio aos pais e a seu primo Pablito, corredor de vaquejada e hortelão. Foi rodando, apresentando-o também aos amigos, inclusive a seus avós de Roraima. O mineiro sentiu-se feliz e bem-acolhido.

Cássio acertou a entrega com Sérgio: assim que a exposição terminasse no final de janeiro, ele embalaria e enviaria os quadros comprados para Minas, por avião. Fim de festa. Exposição vazia, restaram Sérgio, Cássio e Marimar.

— Sei que você está cansada, eu também. Deixei a mala no Hotel Jatiúca e vim para a exposição. Gostaria de jantar e conversar com você.

— Vou avisar em casa. Podemos jantar no restaurante do Hotel Jatiúca.

Ao sentar à mesa, à beira da piscina, pediram um prato de filé à Chateaubriand e dois uísques.

— Menina, você é arrojada, pintar esses quadros todos em dois meses é um trabalho de louco, você conseguiu, foi uma linda festa, muito bem organizada. Gostei do curador, ele entende de pintura, fez comentários de cada quadro, é um excelente vendedor. Mas a festa foi sua, senti o maior orgulho, adorei rever as meninas.

— Obrigada por ter vindo. Nesses dois meses de trabalho pintando Cartagena, lembrava-me de você constantemente. Foram dias felizes, inesquecíveis. Quando eu for velhinha, terei o que contar a meus netos.

Nesse momento, Marimar levantou-se, aproximou-se, segurou Cássio pela cabeça e abriu a boca em sua boca, beijaram-se cheios de paixão. Levantaram-se em direção ao apartamento. Ao entrar, abraçaram-se, entraram nus no chuveiro, beijando um ao outro, saíram com toalhas amarradas na cintura. Deitados, Cássio beijou todo seu corpo. Num rompante, beijaram-se na boca, ao sentir ser penetrada, ela apertou em contrações, Cássio quase desfaleceu de gozo em seus braços. Instantes de relaxamento.

— Quanta saudade de seus braços e abraços, dessa inimaginável contração me apertando e eu quase desfalecendo. Pensei tanto em nossos momentos mágicos. Acontece que você me dá fome, o garçom deve estar preocupado com nosso desaparecimento, a essa altura deve ter dado o filé aos cachorros.

Retornaram à mesa, prontamente o garçom, com um sorriso malicioso, serviu o filé. Eram 4 horas da madrugada quando Cássio, em um táxi, deixou Marimar no Edifício Rosa de Cartagena. Ela dormiu feliz com o sucesso da festa, a venda de seus quadros e a noite romântica e sensual.

Marimar acordou por volta das 11 horas, em casa todos comentavam a glória e a alegria da festa. Comentaram sobre o bonito namorado. Ela informou à família:

— Tenho que dar uma atenção ao mineiro, viajou de Juiz de Fora só para me ver. Marquei de dar uma volta no sítio, mostrar Marechal e pegar um pouco de sol na Praia do Francês. Vamos almoçar no Bar do Dom Pero, prestigiar a Madalena. Cássio ficou de me apanhar; está na hora.

— Cuidado, não esqueça a camisinha — disse Yamary, sorrindo maliciosamente. No íntimo, preocupada.

Marimar desceu. Seguiram rumo ao litoral sul. Transpuseram a ponte sobre a Lagoa Mundaú, em pouco tempo estavam no sítio. Foram recebidos por Conceição e Sebastião. Cássio encantou-se com a lagoa, suas ilhas, os coqueirais, a horta de Pablito e os quatro cavalos bem cuidados na estrebaria. Deram uma volta por Marechal Deodoro, ruas estreitas de casas em estilo colonial, passaram pelo convento de mais de três séculos e outras belas igrejas. De Marechal à Praia do Francês foi um pulo.

Madalena ficou feliz quando Marimar entrou acompanhada no Bar Dom Pero. Ela os levou à mesa na praia, o garçom serviu cerveja e arabaiana frita. Cássio, deslumbrado com a beleza daquele lugar, correu pela areia e mergulhou, brincou feito um menino dentro d'água, enquanto Marimar mirava ao longe. Ao retornar, ele comentou:

— Não conheço praia mais linda, a faixa de pedras no fundo acompanhando a linha beira-mar, a limpidez, a transparência da água, não existe em nenhum outro mar do mundo. Mineiro fica louco ao ver praia.

Cássio estirou a toalha junto à Marimar, deitou-se deixando o sol queimar. Os dois sentiam os raios solares, pensando na vida, no presente e no futuro. Ao sentir arder a pele branca, Cássio convidou Marimar a um mergulho. Dentro d'água, juntaram-se num abraço, pernas entrelaçadas. Excitados, beijaram-se, foram mais ao fundo e, com um jeitinho que só amantes sabem dar, conseguiram se amar dentro d'água.

Madalena sentou à mesa na hora do almoço: carapeba frita e sururu de capote. Madalena contou um pouco de sua história ao casal enquanto almoçavam.

— Por acaso, descobri algum talento de atriz, substituindo uma amiga que faltou a um ensaio no Teatro Deodoro. Fui tentar a vida de atriz no Rio de Janeiro, bem difícil. A maioria dos produtores queria me comer, o teste do sofá. Minha mãe pediu, e o Dr. Bernardo, homem bem articulado, arranjou com um amigo um emprego, tornei-me funcionária do Instituto do Açúcar e do Álcool. Trabalhei em várias peças, novelas de televisão e rádio, até cinema, mas sempre com pequenos papéis, nunca cheguei a ser estrela famosa. Voltei a Alagoas há pouco tempo, quando minha mãe morreu, ela me deixou um sobrado em Marechal Deodoro, onde moro, e mais um bom dinheiro. Abri o Bar Dom Pero, em homenagem ao bispo Dom Pero Fernandes Sardinha, que, durante o Brasil Colônia, naufragou nessa região e foi banqueteado pelos indígenas caetés, habitantes antropófagos do litoral alagoano. Inaugurei uma escola de arte no povoado, onde ensino teatro aos jovens, juntamente com o ator Chico de Assis, sócio e companheiro de trabalho, de mesa e às vezes de cama. Os alunos amam as oficinas de teatro. O bar tem sido sucesso e quando algum ator amigo vem a Maceió, eu o trago para um almoço. Nas paredes tem fotos de famosos. Nunca casei e nunca faltou boa companhia na cama. Assim vou continuar – deu uma gargalhada.

Depois do pôr do sol, o casal retornou ao Hotel Jatiúca, dormiram até mais tarde. Às 10 horas da noite, Cássio acordou sua amada com um beijo, perguntando:

— O que se faz de bom num sábado à noite em sua terra?

Entraram na Boate Middô, dançaram, beberam, beijaram-se, sentaram à mesa dos primos e dos amigos até cinco da manhã. Retornaram ao hotel caminhando pela praia, molhando os pés, segurando os sapatos pelo dedo. O céu alaranjou-se, o dia amanhecia, o sol brilhou forte profetizando uma luminosa manhã de domingo. O casal caminhava entre bêbado e feliz.

Eram 13 horas quando Cássio preparou a mala, seu voo decolava às 17 horas. Durante o almoço no hotel, conversaram sobre o futuro e o presente.

— Mais que nunca, tenho certeza, quero me casar com você, viajei com esse propósito, diga sim que perco o avião, fico mais dias, compro as alianças e peço sua mão a seus pais, como se faz nas mais tradicionais famílias mineiras e nordestinas. Vamos ter cinco filhos.

— A tentação é muito forte, nesse fim de semana pensei em meu futuro enquanto desfrutava o presente. Você é um homem bonito, jovem aos 29 anos, gentil, generoso, o sonho de qualquer mulher. Jamais esquecerei suas loucuras de amor: as flores de Cartagena e a inesperada presença em minha exposição. Acontece que me acho bastante nova para casar, tenho sonhos de cursar a Escola de Belas Artes, me dedicar à pintura, ser independente e livre. Um casamento prematuro irá estragar todos meus sonhos, toda vida que pretendo ter. Você foi o primeiro homem, nos entendemos maravilhosamente. Mas não me vejo dona de casa, cuidando de filhos. Jamais te esquecerei, vamos ficar por aqui, tudo foi extraordinariamente belo. Porém, casamento não está nas minhas pretensões tão cedo, preciso aprender a viver e ser só em minha caminhada.

Deliciaram uma sobremesa de cocada com sorvete de coco. Dirigiram-se à portaria, cada qual pegou um táxi. Cássio em direção ao aeroporto e Marimar em direção ao seu apartamento. Serena, feliz com ela mesma, tinha muito futuro pela frente. Porém, naquele momento, sentiu uma pontada de dor de saudade do fazendeiro. O primeiro, quando é bom, ninguém esquece.

NEW JERSEY

Encantada com alguns folhetos de uma agência de intercâmbio para estudantes que recebeu na escola, Clarice candidatou-se a morar um ano nos Estados Unidos numa casa de família e estudar em escola que corresponderia ao último ano do ensino médio. Ao retornar, depois de um ano, poderia fazer o vestibular no Brasil em qualquer faculdade. Seus pais receberam o resultado com muita alegria, houve uma seleção criteriosa. Clarice, uma das escolhidas, sentiu-se eufórica, cheia de contentamento. No mínimo, seria uma aventura maravilhosa viver em outro país, aprender a língua inglesa. Houve uma festa em sua despedida. Afinal, viajou para o Recife e de lá voou direto para Nova York. Ao descer do avião, os organizadores levaram-na ao hotel, onde estavam hospedados mais de duzentos jovens do convênio de vários países. No hotel, houve noitada de confraternização em várias línguas, uma Torre de Babel. Improvisaram um pequeno show entre os jovens participantes. Os brasileiros e africanos se destacaram, eles têm a música e a dança no sangue. Foi um festão e muitas paqueras acontecendo, entendendo a língua universal do amor, eram jovens de mais de quarenta países do mundo reunidos naquele hotel. Noite cansativa, logo Clarice foi dormir, tinha como companheira de quarto uma argentina.

No dia seguinte, após o café, os estudantes conveniados, moças e rapazes, na faixa dos 17 anos, desceram para o saguão com as malas prontas à espera dos "pais americanos" que os conheceriam e levariam às casas, onde permaneceriam como "filhos" durante um ano. O saguão estava superlotado, de um lado os jovens, do outro lado, as famílias que vieram buscá-los. Clarice sentiu grande emoção quando chamaram seu nome pelo microfone. Levantou o braço e logo percebeu um casal de braços levantados andando em sua direção. Ela presumiu serem os pais americanos. Deram abraços e beijinhos, as duas filhas do casal acompanhavam. Um funcionário do convênio entregou Clarice oficialmente aos pais americanos.

Ao sair do hotel, Dad (assim chamaria seu "pai" americano) e Mom (a "mãe" americana) colocaram as malas dentro do carro e partiram para a pequena cidade de *Springfield*, no estado de *New Jersey*, a 31 quilômetros de *New York*. Em pouco mais de 40 minutos chegaram. Clarice teve ótima impressão da casa situada numa rua larga, bom capeamento e bem sinalizada. Não havia muro entre os vizinhos, a grama bem cuidada nos jardins, calçadas largas e arborizadas. Sua casa com dois andares, bem construída, bem limpa. Na entrada, um belo gramado. No primeiro andar havia duas salas conjugadas, uma para refeição e outra para lazer (televisão), um banheiro e cozinha moderna. Na parte de cima, tinha quatro quartos-suítes. Ao abrir a porta de seu quarto, ela adorou. Bem arrumado, uma cama larga de solteiro, guarda-roupa embutido e um ótimo banheiro; a única janela tinha visão da vizinhança. Deixaram a jovem à vontade para que guardasse e arrumasse as roupas e, se quisesse, tomaria banho, pois o almoço seria servido ao meio-dia e meia.

Ao ficar sozinha, bateu saudade dos pais e uma ponta de medo. Lembrou-se de seus irmãos, de sua praia, chorou um pouco, tinha de ser forte. Às 12 horas, Clarice desceu, estavam todos na sala. Era uma família de gente loura, judeus, descendentes de poloneses, fugitivos da Segunda Guerra Mundial. Os pais, primos em segundo grau, tinham o mesmo sobrenome. Dad chamava-se Jan Jaroszkowski, 40 anos, advogado de uma empresa; Mom chamava-se Karol Jaroszkowski, 38 anos, professora de inglês. As duas filhas: Esther, 14 anos, e Jessica, 12 anos. Clarice, além de ser mais velha, era bem mais alta que as duas novas irmãs. Surpreenderam-se com a altura de Clarice: um metro e setenta e dois centímetros e possibilidade de crescimento, com apenas 17 anos.

Clarice gostou da comida preparada pela Mom. Eles não tinham empregados domésticos, como todas as famílias da classe média americana. Esther era a escalada do dia, foi lavar os pratos depois do almoço, cumprir sua obrigação na cozinha. Clarice descansou um pouco em sua larga cama. Às 16 horas, a família passeou de carro pela pequena cidade, percorrendo os pontos interessantes. Clarice adorou a cidade limpa. Passaram pela *Jonathan Dayton High School*, escola das meninas, na qual Clarice também iria estudar.

À noite, depois do lanche, as "irmãs" ficaram brincando de professora ensinando inglês, as palavras mais usuais: mão, dedos, pé, sapato. Clarice estava interessadíssima em aprender.

A agência, que não tinha fins lucrativos, fundada em 1915 por um professor, tinha muita credibilidade. Com sede em Nova York e uma nobre finalidade: ajudar a construir um mundo solidário por meio de intercâmbio cultural entre os povos. Escolhiam com muito critério as famílias voluntárias em hospedar os jovens de outros países.

Dad conversou bastante com Clarice, ofereceram cinco opções de jovens para escolherem. Deram preferência à Clarice por ela jogar voleibol. Jan é apaixonado por esportes, foi jogador de voleibol na faculdade, ainda jogava com amigos toda quarta-feira à noite. Ele acompanhava o campeonato americano e os mundiais.

Nas informações constava Clarice como católica, eles a levaram à missa no domingo e a apresentaram ao padre da paróquia. Ele tomou nota do nome, da idade e do número do telefone da casa.

Ainda no domingo, houve um churrasco na casa, uma apresentação informal de Clarice aos amigos da família. Época de calor, pleno verão, Clarice vestiu um short discreto e blusa leve e clara, o que realçou sua cor morena e as pernas longas bem torneadas. Alguns rapazes convidados se prestaram a ensinar inglês, gentis, paquerando abertamente a hóspede. Clarice arrasou pela simpatia e beleza.

Jan, durante a semana, pela manhã, dirigia seu carro até o escritório onde trabalhava em Nova York e retornava às 18 horas. À noite, ele fazia questão de ensinar um pouco de inglês à hóspede, aula prática de inglês. Karol, professora, em férias escolares de verão, quase toda tarde passeava com as três filhas. Na semana seguinte, Dad matriculou Clarice na *Jonathan Dayton High School.* E começou a cursar a classe correspondente ao terceiro ano do segundo grau no Brasil. Escolheu as matérias optativas do currículo. Algumas matérias básicas eram obrigatórias e outras opcionais. O início das aulas estava marcado para segunda-feira, término das férias escolares de verão.

No primeiro dia de aula, houve curiosidade em torno da nova aluna brasileira, alta e bonita. Os colegas, rapazes e moças, apresentaram-se. Gentis, ofereceram-se para ajudar em que preciso fosse. Durante as aulas da primeira semana, Clarice sentiu muita dificuldade por seu inglês incipiente. Encerrando a semana na sexta-feira, ela compareceu ao esporte optativo, voleibol. O professor de Educação Física, Timothy Duncan, comandou alguns exercícios de aquecimento e dividiu as alunas em duas equipes de seis jogadoras. Ao iniciar a partida, a bola veio alta e Clarice bateu na bola com uma cortada lateral que fez as adversárias sequer notarem aonde a bola passou. Durante o resto do treino, a nova aluna não perdeu um lance. As cortadas enviesadas eram mortais, foi quem mais pontuou. A diferença técnica entre Clarice e as outras jogadoras era notória. Timothy, surpreso e alegre com o estilo de jogo rápido e eficiente da nova aluna, ao terminar o jogo, parabenizou-a perguntando onde havia aprendido a jogar com tanta técnica. Ela respondeu que aprendeu a jogar num clube de sua cidade e teve uma professora desde criança, sua mãe, ótima jogadora.

Nos dias subsequentes, Clarice foi entendendo melhor o inglês, as aulas ficaram mais compreensíveis. Durante a Educação Física, ela arrasava no voleibol. Encantou-se com a escola pública em tempo integral. O ônibus passava por sua casa às 7 horas da manhã, as aulas transcorriam pontualmente das 8 horas até o meio-dia. Os alunos almoçavam no bandejão e descansavam no pátio. Às 13 horas, reiniciavam com bancas de estudo, sempre com professores à disposição tirando dúvidas. No último horário da tarde, entre 15 e 16 horas, havia Educação Física três vezes na semana e a prática do esporte opcional. Na segunda semana, Clarice foi selecionada para treinar separadamente na equipe de voleibol da escola. No primeiro treino da equipe da escola, Clarice surpreendeu. Certamente a equipe havia ganhado um reforço para as competições entre as escolas de Nova Jersey.

Clarice, além de jogar bem, era dedicada, após o treino de voleibol ficava adestrando suas habilidades individuais até às 18 horas no ginásio. Ao terminar, colocava a mochila com livros nas costas e como treinamento corria cerca de 30 minutos até sua casa. À noite, conversava com os pais e as irmãs treinando seu inglês e antes de dormir passava uma vista nas matérias estudadas durante o dia. Tinha dificuldade em química e física pelos termos técnicos. Comprou um bom dicionário que ajudou bastante. Era essa sua rotina. Estava feliz. Escrevia para a família.

Timothy, companheiro de Jan no voleibol das quartas-feiras, elogiou o nível técnico e a dedicação de Clarice, tinha certeza que a equipe de voleibol da escola faria um bom campeonato entre as escolas de Nova Jersey, convidou-o a assistir a um treino da equipe. Quem sabe se classificariam para os jogos em Nova York, como aconteceu há alguns anos? Jan, na primeira oportunidade, assistiu a um treino, ficou encantado com o jogo de Clarice, em casa parabenizou sua hóspede-filha.

Até nos sábados pela manhã, Clarice corria até a escola, treinava por duas horas, retornava para casa correndo prazerosamente pelas calçadas arborizadas. No domingo, também não relaxava, corria por duas horas pelas redondezas. Mas não era apenas de estudo e voleibol que vivia Clarice. Paquerada na escola, flertava com vários colegas, saía para dançar, sem se comprometer. Foi diversas vezes a Nova York se divertir com amigos, dançava, beijava, mas, na hora de transar, ela tentava explicar que sua virgindade seria dada a alguém especial, numa ocasião especial. Aos domingos, normalmente havia churrasco nos jardins de sua casa. Clarice bebia cerveja *Budweiser* e algumas doses de uísque.

Com pouco mais de um mês, houve o primeiro jogo do campeonato de voleibol entre as escolas do estado de *New Jersey*. Os jogadores das equipes de voleibol masculinas e femininas viajaram de ônibus para enfrentar as equipes das *Hackensack Public Schools* na cidade de *Hackensack*. Partiram pela manhã de um sábado, em uma hora de viagem o ônibus estacionou em frente à escola.

As equipes femininas iniciaram os jogos no ginásio da *Hackensack High School*. No primeiro set, as meninas de *Springfield* entraram nervosas, perderam de 15 x 9. Antes do segundo set, Timothy deu novas orientações aproveitando mais o potencial de Clarice. Foi um set duro, ganharam por 15 x 12, com uma atuação soberba da brasileira no ataque, cortando com força, bloqueando bem. Partiram para o terceiro e último set, Clarice entrou com raça, com técnica, entusiasmo contagiante, a cada ponto um abraço da equipe, venceram por 15 x 10. Houve uma vibração no ginásio entre as jogadoras. No jogo masculino, o time de *Springfield* perdeu. Retornaram a tempo de comemorar em uma churrascaria.

Na edição de domingo, o *The Jersey Journal* deu uma notícia na seção esportiva sobre o início dos jogos entre as escolas e os resultados dos primeiros jogos, comentando o jogo feminino com a vitória da equipe de *Springfield*, que teve como destaque a jogadora brasileira Clarice, de 17 anos.

Ela tornou-se ídolo na escola. Quando havia jogo do campeonato em Springfield, o ginásio lotava. As vitórias vieram e a torcida gritava pelo nome "Clarice". Durante o campeonato, houve apenas uma derrota, mas a equipe feminina foi a campeã do ano, com muitas comemorações.

A fama da garota brasileira foi se alastrando e muitos olheiros de bons times de voleibol e até de universidades assistiram a alguns jogos, ficaram deslumbrados com a jogadora Clarice.

Ela escrevia para casa e para os amigos, mandava recortes dos jornais. Sua família estava feliz por ela estar aproveitando essa oportunidade. Não poderia viajar no Natal e no Ano Novo para sua casa, havia uma cláusula proibitiva do convênio. Quando ela completou 18 anos, a família americana fez uma festa surpresa em casa convidando colegas de classe e jogadores do time. Na noite de aniversário, saiu para comprar um presente com os pais num shopping, as irmãs ficaram. Ao retornar, quando entrou em casa a surpresa: os amigos cantando "*Happy birthday to you*" e uma mesa com um bolo redondo com decoração de bola de voleibol. Ela apagou a velinha, abraçou a todos, comeram, beberam, dançaram e cantaram até tarde da noite.

O convênio terminava depois da graduação na escola, prevista para o final do mês de junho. Quando faltavam três meses para terminar o convênio, Clarice recebeu várias propostas de equipes de voleibol e de universidades. Ela ficou interessada na proposta da *Columbia University* de Nova York. A Universidade daria uma bolsa de estudo para qualquer curso, incluindo hospedagem. Em contrapartida, ela deveria jogar voleibol pelo time da Universidade e treinar dentro do planejamento estipulado no início do curso.

Certo dia, Clarice teve vontade de ir conhecer a *Columbia University* em Nova York, preferiu viajar sozinha, queria conhecer os pormenores da Universidade, qualquer companhia iria atrapalhar. Pegou um ônibus no início da manhã de um sábado, retornaria no mesmo dia. Ao chegar à imensa rodoviária, pegou um táxi para a *Columbia University*, corrida cara. Ao saltar do carro, ficou deslumbrada com os prédios antigos e a conservação dos jardins. Não teve dificuldade em visitar a Universidade. Seria um sonho cursar Direito, pela proposta ela teria de submeter-se a um exame. Clarice conseguiu um mapa dos prédios da Universidade e caminhou visitando, entrando nos prédios. Perto das 11 horas, sentou-se em um banco de um jardim, apreciando os alunos caminhando de um lado para outro. De repente, sentou-se a seu lado um homem bem-vestido, bonito, barba curta e bem aparada, lábios carnudos, olhos claros, cabelos escuros. Cumprimentou-a com um bom dia. Ela respondeu. Era um aluno, ele apresentou-se. Concluinte do curso de Direito Internacional, fazia o último ano. E ela? Clarice contou ser brasileira, retornaria ao Brasil em pouco tempo, recebeu uma proposta de bolsa de estudo da *Columbia University*, jogava bem voleibol. Estava conhecendo a Universidade para avaliar a proposta. O rapaz empolgou-se e se prestou a acompanhá-la, conhecia detalhadamente toda a Universidade. Zain Al-Rashid era seu nome, veio da Arábia Saudita, apreciava o Brasil pelo seu futebol e as belezas das praias, há alguns anos visitou o Rio de Janeiro.

Os dois caminharam conversando, ele interessado na vida de Clarice. Para receber uma proposta da *Columbia University*, ela deveria jogar muito bem. Os dois se entenderam, eram jovens bem-humorados. Às 16 horas, tinham percorrido os prédios principais da Universidade.

Clarice agradeceu a gentil companhia, as informações, mas estava na hora de dirigir-se à rodoviária com destino a *Springfield*, em Nova Jersey, sua casa.

Ele a olhou nos olhos, eram da mesma altura, fez um pedido inesperado:

— Por favor, hoje completo 27 anos, fugi de uma festa que alguns colegas estavam preparando, pensava em orar durante à noite. Eu preferi ficar, me entregar às meditações. Então você apareceu em meu caminho, foi Alá que mandou. Agora, deu-me vontade de sair na noite de Nova York celebrando meu aniversário em sua companhia, só nós dois.

— Seria uma honra, mas estou vestida muito simples para uma noitada em Nova York e avisei a meus "pais" que retornaria hoje.

— Por favor, Clarice, telefone para casa, diga que só volta amanhã. Invente uma mentira. Quanto à sua roupa, você está linda, aliás, você é linda. Vamos comemorar meu aniversário, passear no *Central Park*, percorrer Nova York de carruagem, assistir à peça *The Cats*, jantar num belo restaurante. Você me animou, vamos festejar a vida, meus 27 anos.

Clarice achou a programação irresistível, ficaria cansada, ela estava na estrada desde 7 horas da manhã. Mas acabou aceitando o convite, seria uma experiência e tanto. Clarice telefonou e conversou com Mom, disse que ela não se preocupasse, estava com uma turma boa que havia conhecido na Universidade.

Caminharam pelo *Central Park*, tomaram sorvete, sentaram-se na grama. Zain, gentil, bem-humorado, contou histórias de reis e rainhas de sua terra. Ao escutarem ao longe uma música linda, aproximaram-se: era um concerto ao ar livre da Orquestra Filarmônica de Nova York. Eles ainda ouviram a última música do concerto, "*Rhapsody in Blue*", emocionante, muitos aplausos.

Clarice entrou em um banheiro público, tomou banho, trocou a roupa que trazia na mochila. Ela apareceu de calça jeans, blusa de manga comprida branca e por cima um pulôver bordô. Os cabelos molhados realçavam sua sensualidade. O aniversariante amou o visual casual da brasileira. Zain alugou uma carruagem em frente ao Plaza Hotel. Os dois se acomodaram no banco bem acolchoado. O cocheiro deu uma volta pelos pontos interessantes no centro de *Manhattan*, Clarice adorou conhecer Nova York à noite. Ao passar por uma loja de roupas, Zain pediu para o cocheiro parar, desceu, entrou na loja e retornou com dois casacos de couro, mandou Clarice escolher um e o outro ele vestiu, a temperatura havia baixado. Por volta das 21 horas, o cocheiro parou a carruagem em frente ao *Four Seasons*, um dos restaurantes mais chiques de Nova York. Zain agradeceu ao cocheiro com uma boa gorjeta. Esperaram vagar uma mesa bebendo uísque, conversando, se divertindo, eram inteligentes e jovens. Clarice pensou em tomar um táxi e procurar um hotel barato após o jantar. Os dois sentaram-se frente a frente. Clarice se sentia leve, segura e feliz na companhia de um estranho da longínqua Arábia Saudita. Zain segurou sua mão por cima da mesa e revelou:

— Quero agradecer sua companhia magnífica e inesperada, não pensei que me divertiria tanto em meu aniversário com uma brasileira extraordinária, bonita e inteligente. Você me deu um dia delicioso e inesquecível. Agora vamos celebrar. Quero beber um copo de felicidade. Viajo na próxima semana para meu país, lá não posso beber em público, tenho de me conter.

O garçom abriu e serviu uma garrafa de champanhe. Brindaram ao aniversariante, beberam e, para acompanhar, comeram caviar iraniano. Às gargalhadas, contaram histórias com risos fáceis de quem bebe. A certa altura, Zain levantou-se. Aproximou-se de Clarice, abaixou o rosto e beijou-lhe os lábios. Ao sentar, o saudita declarou:

— Clarice, nunca uma mulher fez tão bem à minha alma. Acho que estou me apaixonando por você.

— Zain, eu estou nos Estados Unidos há quase um ano, tive momentos de alegria e glória jogando voleibol, porém hoje foi o dia mais feliz nessa terra maravilhosa. Sua companhia me fez bem.

Depois do jantar, saíram abraçados do restaurante. No táxi, ele perguntou pelo hotel em que ela estava hospedada. Clarice disse-lhe que ainda iria procurar um hotel.

— Você vai para o hotel em que minha família sempre se hospeda — disse Zain, pedindo para o taxista tomar a direção do Waldorf Astoria.

Durante o caminho, Clarice decidiu que havia chegado a hora de sua primeira vez. Estava disposta e com vontade de se entregar ao aniversariante; gostou do saudita. Ficaram aos beijos no banco traseiro do táxi. Ao saltar, Clarice deslumbrou-se com o luxo do hotel. Zain pegou a chave na portaria, entraram abraçados no elevador. Ao abrir o apartamento, beijaram-se, tiraram as roupas, entraram no banheiro. Abraçados, sob a forte ducha, sorriam felizes. Zain a levou para cama nos braços. Fizeram amor com carinho e cuidado. Zain percebeu que Clarice era virgem. Dormiram cansados, relaxados.

Ao acordar, Clarice ficou deslumbrada com o suntuoso lustre do quarto. Estava feliz por ter acontecido a primeira vez com Zain, um homem carinhoso e gentil. O saudita viajaria em breve para voltar a morar em seu país, aquela era a primeira e última vez que passariam juntos. Virou-se para o lado, Zain dormia tranquilo, juntou seu corpo ao dele, fez carinho no cabelo. Beijou seus lábios;

ele acordou, abraçaram-se, fizeram amor. Clarice ainda sentiu dor, um pouco de sangue escorreu, o clímax estonteante deixou-os abraçados. Zain delicadamente afastou os cabelos dos olhos de Clarice.

— Sabe que te amo?

— Eu o amei à primeira vista, Zain.

— Em minha terra, o homem que desvirgina uma mulher é obrigado a casar com ela.

— No Brasil, a lei é só para as menores. Pretendo ficar com você até a hora do ônibus partir na rodoviária.

— Por mim ficaria todo o domingo fazendo amor nesse apartamento.

— Desde que almocemos no *Central Park*, adoro aquele local. Telefonarei para minha mãe em Springfield, para sossegá-la prometerei tomar o ônibus das oito. Temos o dia inteiro para nos amarmos.

Segunda-feira pela manhã, Clarice conversava com colegas na escola, encantada com a *Columbia University*, talvez continuasse nos Estados Unidos estudando e jogando, dependia de ser aprovada nos exames.

— Você, com esse voleibol, a Universidade vai facilitar o possível, será titular do time da *Columbia*, um dos melhores entre as universidades dos Estados Unidos — comentou Suzy, colega de classe e do voleibol.

À noite, depois do jantar na varanda, contou aos pais e às irmãs:

— Adorei a *Columbia University*, conheci alguns alunos de outros países que moravam na Universidade. Saímos por Nova York, no *Central Park*, andamos de carruagem, à noite tomamos cerveja e comemos num bistrô.

Dormi num hotel barato. Encontramo-nos no domingo no Central Park, foi um fim de semana maravilhoso. Paquerei um aluno do último ano de Direito, lindo, gentil, prometeu viajar ao Brasil para me visitar, ele é da Arábia Saudita. Estudou por sete anos nos Estados Unidos. Terminou o curso e está retornando de vez para sua terra.

— Você está namorando um saudita, Clarice? — perguntou "Dad", irritado.

— Ele vem me ver no próximo fim de semana, antes de embarcar de vez para sua terra.

— Vou pedir para você nunca mais ver esse namorado. A Arábia Saudita é inimiga mortal dos judeus. Se pudessem, os sauditas arrasavam Israel com uma bomba. Eles nos odeiam e nós os odiamos. Não é preconceito, é ódio mesmo. Vou ser bem sincero, fiquei com uma tristeza imensa. Não quero esse saudita perto de minha casa.

Clarice abaixou a cabeça, chocada com o que ouviu. Jamais imaginou que existisse esse tipo de ódio no mundo; perplexa, pensava em que decisão deveria tomar naquele momento. Tinha raciocínio rápido, olhou para os pais e prometeu:

— Não tenho o telefone dele em Nova York, porém acertamos que no próximo sábado nos encontraremos na praça para almoçar. Ele ficou de retornar domingo para Nova York, durante a semana haverá a graduação de sua turma. Seus parentes virão e ele imediatamente retornará à Arábia Saudita. Ele foi muito simpático, cavalheiro. Será difícil eu cortar esse início de amizade dizendo simplesmente que não quero mais vê-lo porque meus pais são judeus e seus inimigos. Acho até que procedendo assim fomento o ódio, eu sou pacifista de corpo e alma. Prometo que depois dele viajar nunca mais o verei.

Assim ficou acertado com os "pais americanos", que pediram simplesmente para não se encontrarem com o saudita. Clarice ficou chocada com a atitude dos pais judeus.

No sábado, Clarice encontrou-se com Zain na praça. Os dois partiram direto para um motel à beira da estrada, onde passaram a manhã fazendo amor. Almoçaram numa churrascaria e retornaram ao motel. O saudita, apaixonado, insistia no casamento. Clarice enterrou essa ideia. Retornou para casa antes do jantar, seus pais americanos estavam contrariadíssimos. Ela comentou com ambos:

— Não teve problemas, passeamos bastante, demos uma volta por *Springfield*. Ele quis conhecer vocês, eu menti, dizendo que estavam num churrasco. A novidade é que ele quer se casar comigo, eu cortei essa ideia pela raiz. Ele é muito rico, primo do rei da Arábia Saudita. Fiquei de almoçar com ele amanhã, depois ele retornará a Nova York e não nos veremos mais.

— Por mim você não se encontraria com ele mais — disse a mãe americana com cara de pesar.

— Minha querida Mom, eu prometo que depois do almoço de amanhã, não o verei mais.

— Se estiver disposta a se casar, prepare-se para os costumes da Arábia Saudita, vou citar apenas algumas restrições legais que as mulheres sauditas enfrentam:

- Obrigatório vestir *baya*, uma túnica larga e solta cobrindo o corpo e o rosto com um véu, deixando apenas um buraco para os olhos;
- Não pode viajar sem permissão do marido;

- Não pode dirigir;
- Não pode falar com outro homem na ausência do marido;
- Não pode disputar competição esportiva;
- Consultar médico só com a presença do marido;
- O marido pode ter outras mulheres, se puder sustentá-las.

— Minha mãe querida, eu não penso em casamento, sou muito nova. Quero um futuro meu, o saudita não está nos meus planos.

Naquele domingo, Clarice passou o dia com Zain num motel à beira da estrada, ela estava adorando, que tudo mais explodisse.

Zain viajou para sua terra, ficou na lembrança de Clarice. Em casa, nunca mais tocaram no assunto do saudita. Clarice começou a estudar para os exames da *Columbia University*. Metódica, distribuía o tempo entre a escola, os treinos e os jogos de voleibol. Assim passou os três últimos meses em *Springfield*. Afinal, aconteceu a cerimônia de graduação. Ela recebeu o diploma do pai americano, emocionou-se durante a cerimônia lembrando fatos acontecidos naquele ano, passou rápido. Convidou um amigo da cidade para acompanhá-la no baile de formatura. Uma semana após a formatura foi finalizado o convênio.

Clarice retornou ao Brasil. Foi recebida no Aeroporto dos Palmares com faixas e a Banda de Pífano "Esquenta Muié" do maestro Zé Cícero. Na primeira semana, Clarice matou a saudade dos pais, dos irmãos.

Muitas festas, passeios na lagoa, Praia do Francês. A partir da segunda semana, praticamente trancou-se em seu quarto estudando para o exame da *Columbia University*. Três meses depois, retornou a Nova York e prestou exames na Universidade, visitou a família americana, retornou ao Brasil. Em pouco tempo, recebeu uma correspondência da Universidade concedendo a bolsa de estudos para o curso de Direito, junto duas cópias do contrato repleto de deveres do bolsista. O futuro de Clarice passaria pelos Estados Unidos nos próximos anos.

OS TRÊS MOSQUETEIROS

O bisneto mais velho de Dom Pablo, Pablito, se sustentava de uma horta de verduras, legumes e frutas, além de criação de galinhas de capoeira e patos que nadavam na lagoa no Sítio Manguaba do seu bisavô. Com 23 anos, estava terminando o curso de Agronomia no Recife. Tinha uma boa clientela com a venda dos produtos hortigranjeiros sem aditivos químicos. O avô Sebastião e a avó Conceição, moradores do sítio desde que foi construído, ajudavam o neto na adubagem da horta e na comercialização. Alguns fregueses cativos compravam os produtos saudáveis no próprio sítio.

O segundo bisneto de Dom Pablo, Tião, irmão de Pablito, era o mais alegre, mais simpático e talvez o mais bonito dos descendentes do bisavô. Engraçado, sempre foi cheio de presepadas desde criança. Todos amavam Tião, com seu jeito prestativo, carinhoso, atencioso. A unanimidade da família cresceu perto dos primos na Praia da Avenida da Paz. Bom de matemática e física, aos 21 anos cursava a Faculdade de Engenharia em Maceió. Seus pais, Antônio e Andreza, moravam numa cobertura no Edifício Rosa de Cartagena em frente à Praia de Ponta Verde.

O terceiro bisneto, Sidney, primos dos dois, era forte, bonito de chamar atenção, quando rapaz pegou uma boa altura, pernas longas, competia em atletismo nos jogos universitários, tinha uma coleção de medalhas na parede de seu quarto. Espadaúdo, cabelo *black power*, olhos grandes, inteligência rápida. Jogava voleibol pela equipe do Clube Fênix Alagoana. Com 21 anos, cursava a Faculdade de Medicina em Maceió. Sonhava em ser um bom cirurgião pediatra, estudava muito, mas não dispensava suas aventuras noturnas na cidade, era chegado a uma boa boemia. Sidney morou toda a vida com seus pais, Gabriel e Cecília, no casarão da Avenida da Paz de seu bisavô. Depois mudaram-se para o Edifício Santa Isabel, na Praia de Jatiúca.

Os três jovens, muito unidos, intitularam-se "Os Três Mosqueteiros".

Pablito, Tião e Sidney tinham vida noturna agitada. Em 1985, Maceió dava os primeiros passos para consolidar-se como uma cidade turística. Hotéis surgiram em pouco tempo dando infraestrutura turística à cidade. As belezas naturais ficaram conhecidas nacionalmente. O empresário Eduardo Calheiros, com sua visão futurística, havia inaugurado o Restaurante Fornace ainda em meados dos anos 1970. Depois, ousadamente construiu o complexo gastronômico com os restaurantes Fornace e Gstaad, junto à boate Middô, que se tornou o templo da juventude e do turismo.

Os três mosqueteiros tinham programação variada na cidade. Porém, amavam uma corrida de vaquejada no interior nordestino puxando bois pelo rabo para derrubá-los. Tião, sempre um campeão, tinha agilidade, força e esperteza. Sabia intuitivamente o momento de segurar o rabo do boi para derrubá-lo na pista. Várias taças estavam expostas em seu quarto. Os Três Mosqueteiros eram convidados para inúmeras vaquejadas no sertão do Nordeste, depois entravam na farra; as bonitas sertanejas eram as maiores fãs dos vaqueiros. De vez em quando eles organizavam festinhas no Sítio Manguaba. Convidavam algumas jovens para passear na lagoa e desfrutar do lindo local. Dormiam nos quartos da casa, com a cumplicidade dos avós, Sebastião e Conceição, ela preparava peixada para os netos e convidadas. Porém, os Três Mosqueteiros também não perdiam uma programação noturna em Maceió, fosse nos bares da moda, nas barracas de praia ou nas boates. Eles se sentiam donos da noite.

Tião, bonito, olhos castanhos claros, sobrancelha carregada, boca de lábios grossos, atraentes. Gostava de mulheres e as mulheres gostavam dele, muito sedutor e bem-humorado, sabia divertir uma mulher. Seu tio Mário gosta de brincar: "Tião quer ficar com todas as mulheres do mundo", lembrando-se de seu tempo quando era tenente do Exército. Tião respondia: "Puxei ao senhor, conheço suas histórias".

Maceió entrou de vez no mercado do turismo internacional, tornou-se uma festa, voos fretados constantes. O Brasil tinha descoberto as praias mais bonitas do país. Para a juventude nativa era o céu. Foram surgindo bares e restaurantes: Divina Gula, London-London, Bye Bar Brasil. Além das praias, as noites eram maravilhosas, com muitas opções de lazer e boemia.

TIÃO

Pablito cursava o último ano da Faculdade de Agronomia em Pernambuco. Certa manhã, ele foi abordado por três jovens paraibanas estudantes de arquitetura que vendiam ingressos de uma festa para arrecadar fundos para a formatura da turma do quinto ano do curso. Ele comprou três ingressos de olho na mais baixinha, Catarina, a mais bonitinha, cabelos castanhos, olhar profundo, alegre e boca carnuda. Estava acompanhada de Maria das Graças e Luzia, cursavam o terceiro ano, estavam ajudando as colegas que iriam se formar. Pablito comprou os ingressos na condição de que elas ficassem com o primo e o irmão que ele traria de Maceió na sexta-feira para o fim de semana no Recife. Proposta aceita. À noite, Pablito telefonou para o irmão.

— Cara, comprei três ingressos para uma festa no sábado no Clube Internacional, vai dar mulher pelas canelas. Três gatas do terceiro ano de Arquitetura me venderam os ingressos. Marquei com elas um encontro entre nós no Bar Veleiro, na Boa Viagem, às sete da noite da sexta-feira. Meus companheiros de apartamento viajam a Maceió nessa semana, tem lugar para você e o Sidney, avise a ele. Espero a chegada de vocês.

Eram duas e meia da tarde quando Sidney deu partida no seu fusca branco, ao lado o primo Tião. Estavam satisfeitos em passar um fim de semana no Recife com as gatas esperando, Pablito só dava dica boa. Às 18 horas entraram no terrível trânsito, tomaram a direção da Praia de Boa Viagem. Estacionaram o carro perto do Bar e Restaurante Veleiro. Sentaram à mesa do lado da orla, pediram chope gelado. Em minutos chegou Pablito. Mal tinha sentado, disse alegre: "Olha elas!"

Entrando no bar, as três jovens sorriam, avistaram ao longe Pablito em pé, acenando com a mão. Eram seis jovens alegrando a mesa, conversando e sorrindo. Pediram mais chope, proseando, tagarelando sobre tudo. Divertiam-se com as tiradas e histórias interessantes contadas, eram jovens inteligentes, a empatia tomou conta da mesa. Porém, ninguém percebeu a forte atração entre Tião e Catarina, uma força estranha, mágica, ligou os dois como se conhecessem-se há dez mil anos, como diria Raul Seixas. Sentados juntos à mesa, bebericando, comendo e conversando, em certo momento Tião cochichou no ouvido de Catarina:

— Eu sabia que hoje conheceria a mulher de minha vida.

— Homem, tu não sabes nada de mim, sou um perigo ambulante.

— Eu amo enfrentar o perigo. Já ganhei muitas batalhas arriscadas.

A conversa estava animadíssima, eram 22 horas quando Catarina lembrou:

— Minha gente, a conversa está maravilhosa, porém amanhã pela manhã teremos reunião com as colegas da organização da festa, prestação de contas, infelizmente, meus queridos, temos que partir, moramos longe.

— Puxa vida, a conversa estava tão boa, íamos convidá-las para dançar — reclamou Sidney.

— Vamos ter muito tempo para dançar na festa. Ao terminar a reunião amanhã iremos à Praia de Boa Viagem pegar um bronze. Se quiserem, estaremos no Posto Dois — convidou Catarina olhando Tião.

— Oxente! Vamos à praia. Vocês estão de carro? — perguntou Sidney.

— Não.

— Onde moram?

— Na Imbiribeira.

— Nós estamos em dois carros, esperem, pagamos a conta e levamos vocês.

Pablito abriu a porta do carro, Maria das Graças foi sua companhia. No carro de Sidney, Luzia acomodou-se no banco dianteiro, Tião e Catarina no banco traseiro. Tião brincava tocando a mão da jovem, ela sorria e retirava a mão de leve. Bom sinal, ele pensou.

Na volta, Pablito confessou que estava de olho na Catarina, mas ela se engraçou com Tião. Ele abriria mão para o irmão.

Dia seguinte, às onze da manhã, os Mosqueteiros estacionaram os fuscas em frente ao Posto Dois. Os três de calção de banho, sem camisa, sandália, desceram à praia procurando as moças. Logo avistaram as três amigas, deitadas de bruços sobre uma toalha, tomando sol. Ao vê-los, elas se levantaram. Cumprimentaram-se com beijinhos. Tião ficou com as veias fervendo ao ver o corpo de Catarina dentro de um biquíni branco, deu-lhe um desejo intenso de abraçar aquele corpo perfeito. Pediram cerveja ao garçom.

Ficaram na praia com muita conversa e animação, mergulharam, paqueraram. Os casais estavam formados. Ao cair da tarde, levaram as amigas ao apartamento da Imbiribeira. Marcaram de buscá-las às nove da noite. Satisfeitos, os Três Mosqueteiros tinham expectativa de boa noitada com as paraibanas. Descansando no apartamento, Tião pensava em Catarina, a moça o impressionou pela beleza e espontaneidade. Mal sabia que, ao longe, Catarina pensava nele, havia adorado a figura charmosa de Tião e sua verve bem-humorada e inteligente.

As jovens estavam lindas em seus vestidos decotados. Partiram para a festa no Clube Internacional. Acomodaram-se numa mesa de pista das organizadoras. Estavam bem servidos de bebida e tira-gostos. Os seis jovens se divertiam com muita conversa fiada, sorvendo o doce sabor da juventude. Quando a orquestra tocou "Smoke gets in your eyes", Tião pegou Catarina pelo braço e arrastou-a ao salão. Abraçaram-se dançando, olharam-se nos olhos, juntaram os rostos, sentindo o corpo um do outro. A orquestra continuou com a suave e linda música "Smile". Tião olhou nos olhos de Catarina, cantando: "Sorria, embora seu coração esteja doendo... Sorria, mesmo que esteja quebrado... Quando há nuvens no céu...". Cochichou em seu ouvido: "Estou fascinado pelo seu sorriso" e beijou-lhe a boca. Catarina respondeu colocando a língua dentro da boca de Tião, era o primeiro beijo, naquele momento o amor desabrochou. Ele delicadamente levou-a à mesa, onde os outros dois casais se entendiam. No meio da noite, entrou a segunda orquestra, tocando forró e samba. Os jovens dançaram em torno da mesa. A festa transformou-se em carnaval, o bom frevo pernambucano animou a moçada até o sol raiar.

Três casais cantando, abraçados, meio embriagados, acharam um restaurante ainda aberto com boêmios retardatários. Tião insistia em dormir num motel com Catarina, a companheira recusou: "Você não me conhece querido, é muito cedo, não me tente. Por favor, eu sou capaz de ir". Os cavalheiros levaram as damas intactas ao apartamento da Imbiribeira. Elas agradeceram a divertida noitada, marcaram encontro para o dia seguinte.

No domingo comeram pizza, combinaram com as jovens de passar o fim de semana próximo em Maceió. Teria feriadão na segunda-feira. Despediram-se na pizzaria, Tião agarrou-se num beijo prolongado cheio de lascívia com Catarina, prometendo telefonar e esperá-la em Maceió. Sidney e Tião partiram no fusca branco, Pablito acompanhou as moças e foi descansar, tinha prova na segunda-feira.

Toda noite durante a semana, Tião telefonou para Catarina, o jovem estava fascinado, cheio de desejo, uma paixão avassaladora. A paraibana, comedida nas conversas, alertou que precisavam se conhecer, tentando arrefecer os arroubos românticos de Tião. Na sexta-feira, as três amigas pegaram carona com Pablito. Em Maceió hospedaram-se na Pousada da Praia na Jatiúca, melhor local impossível. Mais tarde, os seis jovens partiram para balada noturna. Tião sentiu um distanciamento de Catarina que o deixou intranquilo. Tomaram uma mesa no Bye Bar Brasil, pediram macaxeira frita com carne do sol desfiada e manteiga derretida. Comeram e beberam animados. Em certo momento, Tião perguntou baixo à Catarina:

— O que aconteceu? Estou sentindo você retraída, indiferente.

— Tião, eu quero contar algumas passagens de minha vida, preciso conversar com você, vamos até a orla?

Levantaram-se. No calçadão da orla, sentaram-se em um banco olhando a lua que iluminava a praia e o mar. Tião comprou duas cervejas em lata, abriram, brindaram. Catarina iniciou:

— Preciso te contar um pedaço de minha vida antes que exploda essa paixão que já escuto os sinais. Na verdade, fiquei fascinada por sua gentileza, sua alegria é contagiante. Além de tudo é inteligente, espirituoso, atraente. Não acreditava em amor à primeira vista, pensava ser coisa de romântico babaca. Quando vi você, me apaixonei. Essa é a verdade. Porém, eu quero que você conheça alguns fatos de minha vida, antes de começarmos qualquer ligação mais intensa entre nós dois.

— Catarina, quero ouvir tudo. Mas, antes de você iniciar, preciso confessar que desde que a vi aproximando-se de nossa mesa no Veleiro, senti uma sensação estranha, uma sensação de que estava para acontecer uma coisa boa. Fiquei feliz quando conversamos e não paramos de conversar, uma alegria tomou conta de mim. O desejo de beijar, de ter você em meus braços foi enorme, tão grande quanto a alegria de estar junto a você. Acho que estou te amando, Catarina — Tião falou segurando sua mão.

— Antes de segurar minha mão, me escute, por favor, preste atenção em minha história. Nasci e me criei em João Pessoa, tenho 20 anos, curso o terceiro ano de Arquitetura no Recife com muito sacrifício; certeza que vencerei, serei boa arquiteta. Tive alguns namoradinhos, ainda não havia completado 16 anos, quando pensei que estava pronta e transei com o namorado, um colega da escola. A menstruação não chegou, fiquei desesperada, fui a uma médica, fiz exames e constatei que estava grávida, quase enlouqueci. Quando eu avisei ao namorado, ele gelou, ficou amarelo, branco, tremendo, numa covardia chocante, pediu pelo amor de Deus que fizesse o aborto, eu concordei. Procurei saber como e quem faria. Disse ao namorado que ele também era responsável e que arranjasse o dinheiro do aborto, eu não tinha, não queria pedir a meus pais, eles são extremamente religiosos e não aceitariam o aborto. O namorado prometeu conseguir o dinheiro. Na véspera do aborto procurei-o, telefonei, fui à sua casa. A mãe me atendeu informando que ele havia viajado para São Paulo, me olhou atravessado, como se dissesse, "essa vadia que quer pegar meu filho". Passaram-se duas semanas, eu soube que o sacana não voltaria. Tive de ter coragem para conversar com meus pais. Contei toda a verdade, inclusive a do aborto que não havia concretizado por falta de dinheiro e pedia a eles que me dessem a quantia para realizar o aborto. Eles ficaram perplexos, indignados, me olhando como se eu fosse uma criminosa, meu pai gritou irritado: "Aborto nunca!" Nessa noite, não dormi de tanto chorar. Na tarde seguinte, depois que meu irmão foi para o colégio, houve uma conversa com meus pais. Mais calmos, eles me disseram que conversaram com o padre, chegaram à conclusão que a criança iria nascer, nada de aborto, quando a barriga despontasse eu viajaria para a casa de uma tia, a criança iria nascer na cidade de Natal. Assim foi feito e Fátima, minha querida e linda filha que tem quase 4 anos, nasceu no Rio Grande do Norte. Meus pais assistiram o parto, trouxeram a menina para João Pessoa. Anunciaram entre os amigos e vizinhos que alguém deixou uma menina na porta de nossa casa. Eles adotariam, como bons cristãos. Uma semana depois, cheguei de Natal. Tudo hipocrisia, a menina é minha cara, os vizinhos todos sabem, eu mesmo ajudei contando a verdade a amigos. Dava o peito para mamar à Fatinha escondido de meu irmão e da empregada. Resolvi mudar por completo minha vida, estudei bastante, consegui concluir o colégio. Passar no vestibular no Recife foi a maior glória de minha vida. Com minhas amigas que também passaram no vestibular, Graça e Luzia, alugamos aquele apartamento barato, embora longe da faculdade. Acordo cedo, pego um ônibus, estudo muito, daqui a dois anos me formo. Serei uma excelente arquiteta, tenho certeza. Para ajudar minha manutenção, dou aulas de matemática no bairro, tenho uma pequena turma de alunos que vivem precisando de reforço.

— E a sua filha? Mora com seus pais?

— Sim. João Pessoa é pertinho do Recife. Às vezes, quando estou com saudades, perco aula e pego um ônibus pela manhã, retorno no outro dia. Somos muito unidas, minha mãe ensinou-a a me chamar de tia, eu não admiti. Eu procuro não dar despesas para meus pais, ele é bancário aposentado, ela professora municipal também aposentada. Ainda bem que moram em casa própria. Eles adoram a netinha. Meu irmão também, isso ajuda muito.

— E o namorado? O pai da menina?

— Eu entrei na Justiça, ele paga uma pensão de paternidade, são os pais deles que transferem o dinheiro todo mês.

— Você, uma moça alegre, irradiando bondade no coração, nem parece ter esse problema.

— Para mim não é mais problema. Tenho um futuro pela frente, aproveito a juventude, gosto de sair. Não vou mentir, arranjei uns namorados nesses anos que, para mim, nada significaram. Agora apareceu um Tião que me enlouqueceu. Pronto, contei minha vida, quero um favor, pegue um carro, um táxi, seja o que for, e me leve para um motel ou hotel. Estou louca para te cobrir de beijos e carícias.

Tião levantou-se. Correu em direção ao Bye Bar Brasil, prontamente surgiu com o carro de Sidney. Partiram rumo ao VIP'S Motel, na Praia de Jacarecica, testemunha do início de um louco amor, de uma paixão fulminante, de um magnetismo de peles e hormônios, o encontro de duas almas gêmeas aventureiras, guerreiras, sem medo de enfrentarem o mundo. Catarina e Tião não se largavam mais depois da primeira noite. Nos fins de semana, algumas vezes no Recife, outras em João Pessoa ou Marechal Deodoro. O lugar preferido do casal era o Sítio Manguaba, quando Catarina deixava a filha Fatinha com a 'Vovó Conceição' e se dedicava a amar Tião. Ela acompanhou os Três Mosqueteiros nas vaquejadas do sertão nordestino. Tião sabia puxar o rabo de um boi. Catarina torcia nas arquibancadas e os dois comemoravam as taças dos prêmios com porres homéricos e declarações de amor, usando versos de pé-quebrado inventados pelo poeta Tião.

Catarina vivia para Tião e ele para Catarina. Os amigos ficaram encantados com o amor daqueles dois, parecia que existiam apenas eles dois quando estavam juntos. Certo domingo, Antônio e Andreza conheceram Catarina, como apenas mais uma namorada do filho, sem saberem que aquele era o maior amor do mundo. Telefonavam-se todos os dias. Estavam no terceiro mês do maior amor do mundo, quando aconteceu o aniversário de Catarina, 21 anos, uma sexta-feira. Tião telefonou logo cedo para a amada, milhões de beijos, desejou a maior felicidade do mundo, perguntou a programação do aniversário. Ela respondeu: quatro aulas pela manhã, almoçar no bandejão, à tarde mais aulas e à noite comeria uma pizza com as meninas. No final da semana comemoraria só com ele. Naquela sexta, Tião não assistiu às aulas da faculdade. Às 9 horas apanhou o violinista e um cantor, seus amigos, comprou rosas na florista e partiu para o Recife. Perto das duas da tarde estava entrando com um buquê de vinte e uma rosas vermelhas na Faculdade de Arquitetura em direção à sala do terceiro ano, o violino afinado tocando, o tenor cantando alto:

Se você quer ser minha namorada
Ah, que linda namorada
Você poderia ser
Se quiser ser somente minha
E exatamente esta coisinha
Esta coisa toda minha
Que ninguém mais pode ser
Você tem que me fazer um juramento
De só ter um pensamento

Ser só minha até morrer
E também de não perder esse jeitinho
De falar devagarinho
Essas histórias de você...

Em toda a faculdade ouvia-se a música. Os alunos procuraram saber para quem era aquela declaração de amor, alguns acompanharam cantando. Tião, com as rosas na mão, apareceu na porta da sala do terceiro ano, Catarina havia escutado a música ao longe, quando apareceu seu amado; uma onda de emoção veio-lhe forte, ela correu abraçando Tião: "Eu te amo; eu te amo, meu querido maluco". Os alunos cantavam na sala. Tião e Catarina abraçados, ela chorava de alegria com aquela loucura de amor. Os alunos aplaudiram.

Tião pagou e despachou os artistas de volta a Maceió. À noite houve comemoração num restaurante com as colegas, finalizaram com uma noitada de amor num hotel. Passaram o fim de semana em João Pessoa, ele hospedado em um hotel na Praia de Tambaú, almoçou na casa dos pais da namorada, comemorando seu aniversário. Catarina mimava a filha, era a mulher mais feliz do mundo.

Todos os fins de semana, arranjavam uma maneira de passarem juntos se amando, preocupavam-se com o presente. Queriam apenas estar juntos. Passaram-se mais de cinco meses desde o dia que se conheceram no Veleiro e o amor entre os dois crescia cada vez mais. Os amigos de Tião às vezes reclamavam da presença de Catarina, mas ele só pensava nos carinhos, nos beijos, no amor, na companhia de sua amada Catarina. As férias chegaram e eles passaram juntos todos os dias. Comemoraram o Natal em João Pessoa e o Ano Novo em Maceió. O mês de janeiro e parte de fevereiro foi em lua de mel no Sítio Manguaba, entregavam a menina Fátima à Dona Conceição e caíam no seu mundo de amor. Navegavam de canoa na lagoa, atracavam em ilhas desertas para fazer amor. Na piscina do sítio se agarravam e transavam. Pela manhã, Tião selava dois cavalos e galopava pelas trilhas de coqueiros em caminhos à beira da lagoa. Na volta, os dois cavalos se juntavam em passos lentos e Tião cantava alto, olhando para Catarina, os versos de seu amigo Xico Bizerra:

Se tu quiser. Eu invento um vento pra ventar o amor
Uma chuva bem chovida pra chover pé de fulô
Pra tu ficar cheirosa e vir dançar mais eu
Se tu quiser. Poemo um poema bem cheio de rima
Acendo a estrela mais bonita lá de cima
Faço tudo que puder pra tu ficar mais eu
Se tu quiser. Eu crio um sentimento pra gente se amar
Descubro um jeito novo de te abraçar
Te beijo com um beijo que ninguém nunca beijou
Se tu quiser. Basta me dizer que eu irei correndo
É só me avisar que tu tá me querendo
E o mundo vai saber o que é um grande amor

Dona Conceição comentava com Sebastião e as amigas que nunca viu nem ouviu falar num amor tão bonito como o do neto e a namorada. Parecia história de amor de romances clássicos. Sentia a felicidade nos olhos dos dois quando estavam juntos.

Em qualquer lugar, onde tivessem vontade, Tião e Catarina arranjavam um jeito de fazer amor. Muita juventude, muito hormônio e muito amor. Certo dia no sítio, na cama e em outros lugares, fizeram amor oito vezes; não se cansavam. Tião ensinou Catarina a surfar na Praia do Francês, ela tinha jeito, adorava pegar ondas. Saíram poucas vezes do sítio. Tião participou de várias vaquejadas com os primos no sertão nordestino, levando a amada Catarina, ganhando troféus e tomando porres nas comemorações noturnas. Durante o carnaval, dançaram e brincaram nas ruas da Barra de São Miguel. Às noites, dormiam bêbados na casa dos tios. As férias maravilhosas um dia terminaram e retornaram às aulas. Tião, com saudade de Catarina, pensou em transferir-se para a Faculdade de Engenharia no Recife.

Depois da Semana Santa, numa sexta-feira chuvosa, Catarina viajou de ônibus para Maceió. Tião, plantado na rodoviária, esperava-a, assim que ela chegou foram direto para o sítio. Passaram o resto do dia passeando na lagoa e fazendo amor. Almoçaram na casa dos avós, Sebastião e Conceição. Passaram a noite cantando acompanhados de Seu Sebastião ao violão. Dormiram bêbados e cansados. Acordaram sábado. Tomaram um ótimo café da manhã preparado pela Vovó Conceição. Tião convidou Catarina para surfar na Praia do Francês. Ela preferiu ficar no sítio, deu-lhe uma tristeza repentina.

— É saudade da Fatinha — brincou Tião, desistindo de surfar.

— Às vezes sinto essa tristeza dentro de mim e acontece alguma coisa ruim, é uma premonição, me sinto horrível.

Ano passado veio essa mesma tristeza, uma dor no peito. À noite, Tia Sônia, irmã de minha mãe, morreu de infarto.

Almoçaram, descansaram. Ao entardecer, partiram para Maceió, hospedaram-se na Pousada da Praia. Mais tarde, encontraram os primos, estavam loucos para cair na gandaia. Passaram a noite se divertindo, bebendo e dançando na Boate Middô. Era perto das quatro da manhã quando os primos e amigos partiram para a Barraca Jatiúca para ver o sol nascer. Juntaram três mesas perto da praia, escolheram algumas fitas com boas músicas no som da barraca. Cantavam e sorriam na noitada alegre, dançaram no calçadão. Tião, contente, alegrava a namorada com muitos beijos, carinhos e brincadeiras. Bastava estar junto à Catarina para ficar feliz e mais ainda com os primos e amigos queridos na noitada de Maceió. Cantava a música da barraca, dançavam, os namorados se beijavam e se abraçavam.

O dia estava quase amanhecendo quando Adelmo Bocão, embriagado, estacionou seu carro em frente à barraca e ligou o som no volume máximo, atrapalhando a música e a conversa de quem estava na barraca. A turma reclamou e pediu para ele desligar o som. Adelmo não baixou, saiu do carro e sentou-se a uma mesa ouvindo sua música estridente e de mau-gosto. Tião o reconheceu, era um ex-colega de colégio, aproximou-se, notou que Adelmo estava bêbado, pediu que ele desligasse o som do carro, estava perturbando, ninguém podia conversar. Adelmo gritou com voz de bêbado que a rua era pública. Tião deu-lhe um empurrão e retornou à sua turma. Adelmo caminhou em direção ao carro, todos pensavam que ele iria baixar ou desligar o som. Foi um choque quando Bocão saiu do carro com um revólver na mão já atirando em Tião. Quatro tiros atingiram as costas, ele caiu no chão. Os boêmios, garçons e frequentadores da barraca gritavam desesperadamente. Adelmo deu partida em seu carro e desapareceu. Sidney e Pablito imediatamente colocaram Tião no carro e tocaram para o pronto-socorro, os primos e amigos acompanharam. Tião chegou morto ao hospital. Choro por todos os lados, ninguém se entendia, nem sabia o que fazer. Pablito telefonou para o pai, os amigos chorando no corredor. Antônio e Andreza chegaram desesperados, queriam ver o filho. Entraram na sala de atendimento urgente, onde em cima de uma maca estava o corpo estendido e coberto. Andreza e Antônio abraçavam Tião inerte, sem vida, ensanguentado, a maior dor do mundo é ver um filho morto. Os pais choravam com os abraços dos outros filhos, dos amigos. Não havia consolo para a dor de perder um filho amado gerado em seu ventre. Proibiram a entrada na sala de atendimento. Os amigos e parentes foram chegando aos poucos, encheram o corredor do hospital, sem acreditar no que havia ocorrido. Alguns gritavam, urravam de dor profunda, sem entender o assassinato daquela doce criatura. Catarina, aos prantos, juntou-se aos amigos. Lembrou de sua premonição, abraçada aos primos, sem saber o que fazer. Seu vestido estava sujo de sangue, quando viu Tião cair foi a primeira a abraçá-lo, tentando levantá-lo, ele ainda sorriu e desmaiou ou morreu.

De madrugada, a notícia se espalhou pela cidade. A polícia foi à procura de Adelmo, ele não se encontrava em casa, ninguém sabia por onde andava, certamente havia fugido.

Andreza e Antônio não deixaram o corpo um minuto. Gabriel e Mário providenciaram o funeral do sobrinho no Parque das Flores, como os jornais já estavam em circulação, divulgaram o convite do enterro às 17 horas nas rádios e televisões.

Quando os funcionários da funerária foram lavar o corpo de Tião, Andreza não deixou que eles limpassem-no. Ela, somente ela, limpou o corpo ensanguentado, conversando com Tião, como se estivesse vivo. Vestiu-o com um terno escuro, arrumou a gravata, repetia: "Meu filho, tão bonito". Colocaram o corpo dentro do caixão e levaram-no para o cemitério. Andreza acompanhou o traslado do filho, sentada na boleia do carro fúnebre em direção ao Parque das Flores. Antônio acompanhou o féretro ao lado do filho Pablito e do sobrinho Sidney. Andreza e Antônio, abraçados, assistiram ao caixão do filho ser colocado em uma das salas de velório. Não saíram mais de junto do filho até a hora do enterro.

Às 10 horas da manhã, o cemitério estava repleto. Tião, estirado no caixão, parecia sorrir, enquanto os amigos, ao vê-lo, choravam e abraçavam Antônio e Andreza com palavras de consolo. Certo momento, entrou uma senhora aparentando 60 anos, com um terço na mão, abraçou os pais com palavras de consolo: "São os desígnios de Deus". Andreza, cheia de dor, ao ouvir a frase conformista, enfureceu-se, explodiu gritando alto, todos ouviram seu desabafo:

— Desígnios de Deus é a puta que pariu! Que Deus é esse que deixa matar meu filho? Desígnios de Deus é a puta que pariu! Estão ouvindo?

Houve silêncio total na sala de velório. A senhora, com vergonha, saiu discretamente da sala e do cemitério. Catarina, ao ouvir os gritos de Andreza, lembrava de sua premonição, uma dor dilacerava seu peito, caiu em prantos, com um lenço enxugava as lágrimas. Gabriela e Marisol abraçaram Catarina, levaram-na para um banco embaixo dos eucaliptos, deixaram-na chorar bastante. Ela repetia: "Foram seis meses de muito amor, jamais haverá outro amor igual ao nosso."

Antônio, junto à esposa, pensava em vingança, um dia mataria quem matou o filho amado. Victória tentou levar Andreza para trocar de roupa, ela pediu para escolher uma em seu apartamento, trocaria no banheiro do cemitério, não queria arredar-se da presença do filho. Sebastião, o avô, abraçado ao filho Antônio, prometeu: "Tenho a obrigação de matar esse filho da puta. Vou pegá-lo onde estiver."

O Parque das Flores estava abarrotado de amigos, parentes, curiosos, repórteres, televisões entrando e saindo. O assassinato de Tião havia abalado a cidade. Por volta das 17 horas, depois da missa de corpo presente, o caixão foi colocado no carrinho e empurrado por irmãos e primos, uma multidão acompanhava em direção ao toldo encimando a sepultura. Antes de baixar o caixão, Dr. Bernardo pronunciou chorando belas palavras cheias de recordações: "Meu querido neto, Tião, quando você nasceu encheu a família de alegria..." Dom Pablo, de mãos dadas com Victória, aproximou-se de Andreza, prometendo que não sossegaria enquanto não matasse o tal de Adelmo Bocão. Sidney falou em nome dos primos.

Enquanto os pedreiros lajeavam o caixão, um vaqueiro, vestido a caráter, amigo de vaquejada, improvisou um canto de aboio. Andreza e Antônio abraçados, chorando, ouviram um aboio que Tião tanto gostava de cantar:

... No sonho ele disse assim... Não tenha medo de mim... Minha carne levou fim... Que a morte é uma só vez... Estou aqui com vocês... De quem grande amigo sou... E quem me assassinou... Um dia paga o que fez...

Para Andreza sair do cemitério precisou Bernardo injetar uma medicação. Em casa, desorientada, ela perguntava repetitivamente: "Acharam o bandido?" Antônio se fazia de forte, porém entrava no banheiro e chorava aos prantos. Certa hora da noite, Dr. Bernardo obrigou o casal a tomar um medicamento, eles enfim dormiram.

Catarina, sozinha na pousada, não conseguia dormir, lembrando de Tião durante a noite, adormeceu por poucas horas. Pela manhã, tomou um ônibus para o Recife. Tinha de ser forte. Tinha aulas na faculdade.

No dia seguinte, o pesadelo continuava na mente e no coração, nada reconfortava a imensa dor da perda de um filho. Depois do café da manhã, Andreza e Antônio rumaram ao cemitério. Ela conversou com Tião por duas horas. Antônio percebeu a necessidade de ser mais forte, além do profundo sofrimento pela morte do filho, tinha de cuidar de sua amada esposa desorientada. Andreza chegou perto do desatino. Pensava no filho incessantemente, arrumava o quarto como se Tião estivesse viajando, nas horas mais lúcidas alimentava-se de ódio pelo assassino. Tornou-se uma rotina, diariamente pela manhã ela dirigia o carro ao cemitério, conversava com o filho, contava as novidades, ao sair prometia matar seu assassino. Passaram-se dois meses para ela conseguir retornar ao consultório, por estímulo do sobrinho Sidney. Estudante de Medicina, substituiu-a precariamente na clínica, conseguiu que ela voltasse com o argumento de que sua capacidade e experiência salvavam vidas de crianças, que ela era necessária ao mundo.

Três dias depois da morte de Tião, Dom Pablo Márquez reuniu os mais velhos da família em seu apartamento.

— Nossos corações estão de luto, nada no mundo nos conforta, foi-se uma parte de nossa família, um pedaço de cada um de nós. Choremos hoje, amanhã, um, dois, três anos, choremos sempre por nosso querido Tião. Ele será inesquecível em nossas mentes e corações. Estamos reunidos para exigir ou fazer Justiça. Eu, Sebastião, Bernardo, Mário e Gabriel, fomos procurar saber quem é esse filho de uma puta. A polícia informou que está investigando o caso. O nome do assassino é Adelmo Borges, conhecido como Adelmo Bocão, 24 anos. Trabalha numa das lojas do pai, tem três irmãos, sua família é importante no sertão, conheço alguns familiares, inclusive um juiz. Conversamos com o Secretário de Segurança, é provável que o assassino tenha fugido. A polícia não tem pista do paradeiro. Mostraram o pedido de busca enviado às delegacias do interior e às secretarias de segurança de todo o Brasil. No pedido de busca da polícia não havia fotografia do assassino; reclamamos, prometeram que iriam procurar uma foto e no próximo documento incluiriam a fotografia. Prontamente mostrei e entreguei recortes de jornais com a foto. Saímos desolados, sabendo apenas que o assassino fugiu. Tenho certeza que houve cobertura da família e de autoridades. Não podemos ficar de braços cruzados, temos três opções a seguir e queremos aqui nessa reunião escolher uma das opções para trabalhar em cima. A opção será escolhida em votação por nós neste momento. Primeira opção: deixar a polícia investigar e esperar que prenda o assassino. Segunda opção: nós contratarmos policiais aposentados ou detetives para investigar e descobrir onde o sacana está escondido, prendê-lo e entregar à polícia para ser julgado. Terceira opção: contratar um detetive para descobrir onde está escondido e contratar um matador para apagar o filho de uma puta sem deixar rastro. Se alguém tiver outra opção, pode sugerir. Faço questão de ser o primeiro a votar. Voto na terceira opção.

Antônio: — Terceira opção.

Andreza: — Matá-lo.

Dr. Bernardo: — Prendê-lo de qualquer maneira, ser julgado na Justiça e quem sabe na cadeia tenha uma morte merecida.

Sebastião: — Eu quero matá-lo. Eu mesmo.

Conceição: — Voto igual ao Dr. Bernardo.

Mário: — Terceira opção.

Yamary: — Terceira opção.

Gabriel: — Terceira opção. E já tenho o matador. Com um habeas corpus soltei um criminoso que estava apodrecendo na cadeia. Ele ficou eternamente grato. Ontem me procurou se oferecendo para matar o assassino.

Cecília: — Igual ao Dr. Bernardo.

Victória: — Acompanho o Dr. Bernardo.

— A terceira opção teve mais votos. Peço às mulheres para organizarem a missa de sétimo dia na catedral, uma homenagem ao nosso querido Tião. É bom receber apoio e respeito dos amigos, nesse momento de dor — finalizou Dom Pablo.

Às 19 horas da sexta-feira, o bispo de Maceió rezou a missa de sétimo dia com a Catedral Metropolitana lotada. A família e os amigos usavam camisa branca com foto de Tião e abaixo a palavra SAUDADE. Missa emocionante, cantada por um coral. Ao terminar a missa, o povo se organizou em imensa fila a fim de cumprimentar os familiares. Perceberam os cabelos de Andreza embranquecidos em uma semana. Ao terminar o último cumprimento, Antônio e Andreza retornaram ao seu apartamento, avisaram à família que gostariam de ficar apenas com os filhos.

Eram nove e meia da noite quando Pablito atendeu o interfone, desceu à portaria do edifício. Em poucos momentos, ele subiu e falou para a mãe:

— Está na portaria do prédio Catarina, namorada de Tião, minha amiga, é gente fina; veio do Recife para a missa e quer falar com a senhora, um assunto particular. Tem condições de recebê-la?

Andreza, surpresa, sentiu um desconforto com aquela inesperada visita. Porém, tudo sobre Tião lhe interessava, pediu a Pablito para buscar a jovem. Ao entrar no apartamento, Catarina, com firmeza e elegância, dirigiu-se à Andreza:

— Preciso de um particular com a senhora.

Andreza a reconheceu. Era mais uma namorada de Tião, pensou. Convidou-a para sentar na varanda.

— O que tem para contar? — perguntou Andreza com impaciência.

— Dra. Andreza, eu me chamo Catarina Gusmão, estudo Arquitetura no Recife. Conheci Tião há cerca de seis meses em uma festa no Recife. Nos demos bem, começamos a namorar a partir daquele dia. Houve uma paixão louca entre nós dois, não perdíamos um fim de semana juntos, em Maceió ou perambulando pelo sertão nas vaquejadas. Foi uma paixão forte, amávamos ficar juntos. Ele me telefonava todas as noites antes de dormir. Tião me deu os melhores dias de minha vida. Nós nos amávamos incondicionalmente.

— Meu filho tinha uma felicidade intrínseca, não conheço no mundo alguém que fosse tão feliz. Mas vamos ao assunto que interessa.

Catarina olhou nos olhos de Andreza, fez a confissão inesperada:

— De fato, não vim aqui para falar de nosso namoro, vim comunicar outra situação. Há três semanas eu descobri que estou grávida, não contei a Tião porque havia resolvido fazer aborto, um filho atrapalharia nossa vida. Eu sei o que é um filho para cuidar, tenho uma filha de 4 anos, criada na casa de meu pai. Eu havia me preparado para abortar nessa semana no Recife, Tião não saberia. Algum dia eu contaria para ele, não me achava em condições de criar mais um filho, eu pensava. Foi quando aconteceu a tragédia, o assassinato. Então, resolvi não mais abortar, tenho um pedaço de Tião dentro de mim, é o que mais me importa. A criança nascerá dentro de seis a sete meses. É o que vim comunicar à senhora e à família.

Surpresa maior não poderia acontecer. Andreza ficou muda, com o coração pulando, emocionada. Quando se recuperou, perguntou como ela iria criar o filho. Catarina revelou:

— Meus pais me ajudarão, João Pessoa fica perto, quase um bairro do Recife. Dentro de dois anos serei arquiteta, tenho força e garra, vou vencer na vida com meus conhecimentos, estudo muito, serei uma boa arquiteta. Meus filhos se orgulharão de mim.

Andreza interrompeu, perguntando:

— Você tem certeza que o filho é de Tião?

Catarina levantou-se, avermelhou-se e irada como um animal ferido, indignada, descarregou:

— Nunca fui tão ofendida em minha vida. A senhora é uma grossa, nem parece mãe de meu Tião. Não vim aqui pedir alguma coisa, vim apenas revelar que um filho de Tião irá nascer. Pensei em alegrar o coração da senhora. Favor não me procurar jamais.

Catarina virou-se, dirigiu-se à porta com toda raiva, desceu no elevador e na rua, em prantos, tomou um táxi para a rodoviária, pegaria o corujão da meia-noite. Andreza, confusa, arrependeu-se de ter magoado a jovem com a ofensiva pergunta. Contou o ocorrido ao marido e aos filhos. A possibilidade de um filho de Tião seria um conforto e alegria, queria pedir desculpas à moça. Pablito sentiu a mãe confusa, sabia que Catarina retornaria no corujão, sugeriu à mãe tentar encontrá-la na rodoviária, conhecia bem Catarina, era uma mulher forte, irredutível. Antônio concordou, desceram rumo à rodoviária. Catarina estava sentada em um banco, mochila ao lado, cabeça baixa. Andreza parou em frente à jovem, ajoelhou-se, segurou suas mãos e suplicou:

— Perdoe-me, Catarina, perdoe uma mãe desesperada, não sei o que digo. Ofendi profundamente quem trouxe uma luz de alegria, o filho de meu filho gerado em sua barriga. Peço por tudo para não abortar. Essa criança será a mais viva lembrança de Tião.

Catarina levantou-se, abraçou Andreza. Sentaram-se juntas, abraçadas, caladas, assim ficaram até a chegada do ônibus. Andreza despediu-se beijando a barriga de Catarina.

Na Igreja Nossa Senhora do Carmo, foi celebrada a missa do trigésimo dia da morte de Tião, à beira do Riacho Salgadinho. Compareceram os familiares e amigos mais íntimos, inclusive Catarina. Andreza, com os cabelos totalmente brancos, tentou ser forte, mas caiu aos prantos quando sua sobrinha Marisol leu a crônica publicada na Gazeta de Alagoas naquele dia:

> Meu querido Tião.
>
> Hoje está fazendo um mês de tua partida, ainda não conseguimos nos conformar com a maneira que foste retirado de nosso convívio: "Morte Matada". É duro aceitar uma morte brutal de alguém que amava tanto a vida. Teu assassinato chocou a sociedade alagoana, o telefone não para de tocar, os telegramas

chegam aos montes, estamos recebendo pêsames de toda comunidade, desde o mais humilde vaqueiro ao Governador do Estado. Em sua memória, foram rezadas várias missas: choravam todos que assistiram a sua missa na Catedral. Haverá outra Missa do Vaqueiro, dos que conviveram a seu lado derrubando os bois nas vaquejadas, vão lhe prestar homenagens, assistirei montada em seu cavalo Trovão. Como eras amado, meu primo! As moças apaixonadas choram e telefonam pedindo fotografias. As mãos assassinas que tiraram tua vida, também tiraram a vida de teus pais e de toda família. Estamos juntos com o coração sangrando, continuamos a chorar tua ausência, não aceitamos esse brutal assassinato. O teu quarto, Tião, continua arrumado como se estivesse te esperando. E como dói saber que não voltarás jamais. Os menores da família não conseguem entender como podem acabar com uma vida por motivo tão fútil. Recebemos ainda cartas, bilhetinhos e flores que tua mãe leva diariamente à tua sepultura. Que a terra quente e macia te abrace como gostavas de ser abraçado por tuas namoradas. Estamos numa tristeza profunda, porém atentos, querendo Justiça, e que seu assassinato não fique impune. Vamos tocar o barco para frente, jamais desistiremos enquanto não se fizer justiça, disso podes crer meu primo, meu irmão querido. Um beijo, de tua Marisol.

Marisol S. Márquez Peixoto é prima de Sebastião Márquez Peixoto, assassinado por Adelmo Borges.

Depois dos cumprimentos na missa, Victória levou os parentes para um café em seu apartamento. Alguns estavam surpresos com os cabelos brancos de Andreza em 30 dias. Cecília sugeriu discretamente à cunhada pintar o cabelo da cor original, seria bom para sua autoestima. Andreza respondeu com rancor:

— Só vou tingir meu cabelo quando matarem aquele filho de uma puta que assassinou meu filho.

CATARINA

Depois do café da manhã, Andreza impreterivelmente continuou visitando o túmulo do filho pelo resto da vida; conversava como se ele estivesse vivo, contava as notícias da família. Quando soube do neto, contou a Tião que sua namorada estava grávida, ele ia ser pai e ela avó. Segundo a psicóloga que passou a atendê-la, esse neto foi o que melhor poderia ter acontecido para o retorno do equilíbrio de Andreza.

Ela telefonava algumas vezes por semana para conversar com a nora, como ela passou a chamar Catarina. Viajou ao Recife pela necessidade de sentir o neto na barriga. Passados três meses do crime, Andreza desejou conhecer a família de Catarina. Num sábado pela manhã, Antônio e Andreza partiram para João Pessoa. Hospedaram-se no Hotel Tambaú. Pela tarde, foram visitar os pais de Catarina. Casa simples, ajardinada e um quintal com duas enormes mangueiras. Os pais, João Gusmão e Adelaide, e Catarina receberam o casal. Andreza ficou feliz quando notou a barriga avolumada, sentaram na varanda espaçosa conversando sobre amenidades. Antônio se deu bem com João Gusmão, descobriram que ambos foram presos poucos dias durante 1964. João foi da Diretoria do Sindicato dos Bancários.

Ofereceu uma cervejinha e uma deliciosa fritada de camarão. Andreza, na hora apropriada, puxou a conversa sobre a criança que nasceria em breve, prontificou-se a ajudar como pediatra. Dona Adelaide estava segura, Catarina se formaria em breve, era esforçada, iria vencer na vida. Quanto à criança que nasceria dentro de dois ou três meses, não haveria problema, já estava criando Fátima, a outra filha de Catarina, que era a alegria da casa com seus 5 anos. Andreza ficou feliz em conhecer aquela gente simples e gentil. Teve uma ponta de ciúme ao pensar em seu neto sendo criado pelos outros avós, enquanto Catarina se estabilizava na vida. No domingo pela manhã, retornaram a Maceió.

Andreza continuou a telefonar para Catarina quase todas as noites; nunca comentaram sobre a torcida pelo sexo da criança, ela sempre recomendava:

— Ao primeiro sinal, me avise, eu viajarei rapidamente, me diga apenas o endereço da maternidade. Quero pegar essa criança ao nascer.

Certa manhã, Catarina terminava uma prova quando sentiu as primeiras dores. Levantou-se e entregou a prova inacabada ao professor.

— Não vai dar tempo de terminar, estou sentindo dores, a criança vai nascer, vou pegar um táxi, agora.

O professor pediu que um funcionário a levasse ao ponto de táxi. Catarina entregou o cartão da maternidade ao taxista. Ao dar entrada, foi atendida rapidamente, levaram-na a uma médica para exames, o parto seria a qualquer momento. Trouxeram uma cadeira de rodas.

Catarina, do telefone da maternidade, avisou à mãe e

à Andreza, deu o endereço. Andreza, nervosa, telefonou para Antônio. Ele deixou o trabalho e imediatamente rumaram para o Recife. Ela pedia mais velocidade. Antônio dirigia no limite, quatro horas depois estava escurecendo quando chegaram à maternidade. Estacionaram o carro. Andreza correu à recepção. Informaram que ela estava no apartamento 306. Subiram pelo elevador, Andreza, emocionada, abriu a porta, encontrou Catarina deitada. Seus pais, sentados ao lado da cama, sorriram. A mãe, orgulhosa, desembrulhou a criança e levantou o belo menino se esperneando com a pinta preta. A miniatura de Tião veio na lembrança de Andreza, era igualzinho ao Tião quando nasceu. Andreza tomou a criança no colo, beijou, chorou. Perguntou o nome do menino.

— Sebastião Gusmão Márquez Peixoto, simplesmente Tião ou Tiãozinho — confirmou Catarina sorrindo.

Os avós ficaram no apartamento enquanto a enfermeira levou a criança para o berçário. Catarina informou que havia comprado um berço, estava em seu quarto no apartamento da Imbiribeira, havia um problema, três provas importantes durante a semana. Perguntou à sua mãe se poderia ajudar. Andreza também se propôs a ajudar, ficaria hospedada num hotel. Opinou como médica:

— A criança ao nascer precisa do leite materno, não existe alimento mais saudável. Eu me disponho a levar Tiãozinho para mamar na Catarina na faculdade.

Andreza queria estar com Tiãozinho, deixou Antônio na rodoviária, ele pegaria o corujão para Maceió. Andreza dormiu em um hotel, foi a primeira a chegar à maternidade. Passou alguns dias ajudando a Catarina, não largava o Tiãozinho, o amor àquela criança era imensurável. Cinco dias depois, precisou Jesuíno viajar ao Recife e trazê-la para Maceió. No dia seguinte, foi visitar o túmulo de seu filho, passou a manhã conversando, contando as novidades e que a pinta do Tiãozinho era enorme, exatamente como a do papai.

Catarina se dividiu, passava um fim de semana em João Pessoa, outro em Maceió. Sempre estudando muito. Andreza arrumou o quarto de Tião para o neto. Nova pintura com animais alegres na parede, um berço confortável, outra cama espaçosa para a mãe, uma bela vista para a Praia de Ponta Verde. Catarina gostou do conforto do quarto.

A ARQUITETA

Tiãozinho, bela criança, miniatura do pai, era mimado pelos avós. Catarina, com dois filhos de pais diferentes e muita força de vontade, formou-se em arquitetura. Onde deixava Tiãozinho, ele revolucionava. Catarina em Maceió se hospedava no quarto com Tiãozinho e o levava para ver Vovó Conceição e Vovô Sebastião no sítio. Os primos e amigos de Tião davam apoio, convidavam Catarina para sair. Ela amava cair na noitada com Pablito, Sidney e as primas. Andreza tomava conta de Tiãozinho.

Durante a formatura em Arquitetura, Catarina se emocionou ao receber o certificado dos filhos: Fátima e Tiãozinho. Seus pais, João e Adelaide, vieram de João Pessoa. Antônio, Andreza e Pablito também foram prestigiar a formatura de Catarina. No dia seguinte, houve uma festa com a Orquestra de Severino Araújo no Clube Náutico Capibaribe, os jovens se divertiram. Os avós de Maceió ficaram com o neto Tiãozinho no hotel.

Durante a semana, Catarina reuniu-se com as colegas para viabilizar um escritório e começar vida nova profissional. Estavam negociando o aluguel de uma sala num edifício velho no centro do Recife. Enquanto o escritório estava em planejamento, Catarina foi comemorar sua vitória em Maceió. Pediu o sítio emprestado a Dom Pablo e organizou um almoço, convidou os primos e amigos da cidade. Pablito ajudou-a na organização e a presenteou com a bebida. Dona Conceição preparou a comida e ficou com Fátima e Tiãozinho contando histórias e brincando. Mário contratou um conjunto de Marechal Deodoro, a juventude se divertiu até o entardecer. Alguns casais que dormiram no sítio acordaram para um bom café na casa de Conceição. Victória agradeceu a ela pelo saboroso e inigualável café e depois convidou Catarina, pegando-a pelo braço, para um passeio ao sol da manhã à beira da lagoa. Tiveram uma conversa muito divertida, os comentários da festa foram vários. Em certo momento, Victória perguntou a Catarina quais eram seus planos agora que estava formada. Ela contou que estava abrindo um escritório de arquitetura com mais duas colegas no Recife e que iria batalhar por uma clientela, as três eram dispostas e competentes, dentro de um ano deveriam estar estabelecidas. O domingo foi de tranquilidade, os meninos passearam de canoa, andaram a cavalo. Restaram poucos convidados, Dona Conceição preparou fritada de peixe e sururu. Ao entardecer, retornaram a Maceió. Mário aproximou-se de Catarina e perguntou se ela poderia conversar com ele no escritório no dia seguinte, segunda-feira, entre nove e dez horas. Catarina perguntou se podia adiantar o assunto. Mário respondeu que era do interesse de ambos. Deixou-a curiosíssima.

Catarina entrou na sede da Construtora Manguaba no dia seguinte na hora marcada, a atendente informou que Mário a estava esperando, podia entrar na Diretoria Administrativa. Ele a recebeu com alegria, explicou o assunto de conveniência mútua:

— Catarina, essa construtora começou com a ousadia e muito trabalho de Antônio, teve o apoio e visão comercial de Dom Pablo. Na época, eu era tenente do Exército em Roraima. Ao me formar em Engenharia, deixei a carreira militar e tornei-me sócio. A Construtora Manguaba cresceu, contratamos mais engenheiros e técnicos em edificação. Nossas obras têm se avolumado e conseguimos o selo de ótima qualidade de construção, que preservamos com muito esforço. A Construtora está em boa situação econômica graças à nossa organização e ao nosso planejamento, somos rigorosos com a gestão e sempre preocupados com nossos funcionários, cumprimos todas as obrigações sociais em dia e pagamos mais algumas gratificações de produtividade. Atualmente, temos algumas obras em andamento, e acabamos de comprar dois terrenos para dois empreendimentos: no Tabuleiro, vamos construir 300 casas populares, e na Jatiúca, um edifício de oito andares, quatro apartamentos de luxo por andar, área nobre. Estamos precisando aprimorar o Departamento de Projetos e Fiscalização de obras, estive conversando com Antônio, ele concordou, deixou que eu resolvesse essa carência. Estou precisando contratar um engenheiro ou arquiteto para essa área. Ontem, ao te ver, pensei se lhe interessaria trabalhar na Construtora. O trabalho é intenso, dedicação exclusiva na prancheta planejando e fiscalizando no campo, de vez em quando tem que viajar a Brasília para esclarecer detalhes de projetos, ações importantes para a liberação de parcelas financeiras. Tenho uma proposta básica, você fique bem à vontade, vou lhe dar uma semana para pensar. Como vivemos numa inflação galopante, o salário de engenheiro equivale a 20 salários mínimos e uma cota de gasolina para visitar obras. Espero uma semana por sua resposta, pense direitinho, converse com seus pais, seus amigos, pense bastante. Outra coisa, como você é do Recife, poderemos estudar a possibilidade de você morar, provisoriamente, em um dos apartamentos da Construtora recebidos em negócio. Quero ser bem claro, estou lhe fazendo uma proposta meramente profissional, estamos precisando urgentemente de um engenheiro ou arquiteto. Ontem, ao te ver, tive a ideia de convidá-la para preencher essa carência. Repito que o trabalho é integral e muito puxado.

Catarina saiu da Construtora sem saber o que realmente queria, a proposta mudaria todo seu plano de vida. Passou na casa de Andreza, pegou Tiãozinho e foi para a rodoviária. No Recife, conversou com as amigas, que a liberaram para aceitar o emprego. Em João Pessoa, seu querido pai, desconfiado, afirmou que era a melhor maneira de Tiãozinho morar em Maceió. Ela não arranjaria melhor proposta como iniciante na carreira em nenhum lugar do Brasil. Uma boa oportunidade para mostrar trabalho e competência.

Antônio aprovou o convite do sócio e imediatamente telefonou para Andreza, que ficou feliz com a possibilidade de o neto morar em Maceió. Pablito ficou felicíssimo.

Na segunda-feira, Catarina pegou o primeiro ônibus do Recife para Maceió. Às 11 horas, sentou-se em frente a seu novo patrão, informando que aceitava o desafio e que ele não iria se arrepender de tê-la convidado.

Acertaram a morada provisória num apartamento de três quartos no Conjunto Castello Branco, sem elevador. Ela pediu o endereço e a chave para conhecer, podia ser simples, ela não era afeita a luxos.

Mário avisou a Antônio, que telefonou para Andreza, Dom Pablo e Gabriel, todos estavam na expectativa de Tiãozinho morar em Maceió.

Catarina entrou no apartamento, simples, primeiro andar, apenas um lance de escada, amou, estava feliz. Lembrou-se de Tião, que certamente naquele momento deitaria com ela no chão, fazendo amor. No dia seguinte, Catarina, acompanhada por um engenheiro, passou o dia percorrendo, conhecendo as obras. Passou a trabalhar no projeto do conjunto de 300 casas populares. Durante a semana, comprou móveis para o apartamento e um fusca velho em 36 prestações, o avalista foi o amigo Sidney. Na semana seguinte, trouxe os filhos Fátima, de 7 anos, e Tiãozinho, 2 anos, e contratou uma empregada, que muito a ajudou.

Ao saber que Catarina tinha sido contratada, Andreza telefonou para o irmão:

— Mário, obrigada, meu irmão, você sem alarde planejou tudo, fez um teatrinho, a construtora não está precisando de arquiteto, tudo invenção sua, só para Tiãozinho morar em Maceió e alegrar meu coração. Você é uma das figuras mais bonitas que tenho em minha vida, essa sua bondade é do tamanho de sua gentileza. Obrigada, meu querido irmão. Eu te amo, muito — chorou.

— Fiz apenas a negociação com Catarina, confesso, pensando em você e no Tiãozinho. Porém, a ideia genial foi da inteligência de nossa querida Victória, ela me perguntou sobre a possibilidade, eu abracei a causa e executei o plano. A Construtora está mesmo precisando de um engenheiro, pergunte a Antônio. Tudo encaixou.

Catarina se empenhou, lutou, deu ideias, não tinha hora de trabalho, fiscalizava detalhes, tornou-se respeitada. Certa vez, precisou viajar a Brasília e resolveu da melhor maneira a pendência. Em alguns fins de semana viajava com os filhos para João Pessoa, também passava no Recife para visitar o escritório das amigas. Constantemente passava o fim de semana no sítio, os filhos adoravam ficar na casa da Vovó Conceição. Andreza sempre a acompanhava para ver Tiãozinho correndo na grama, ela amava aquela pequena criatura, seu neto. Acertou com Andreza e preparou uma festa de segundo aniversário para Tiãozinho no salão de festas do edifício, onde havia muitas crianças. O aniversário foi animadíssimo e Tiãozinho adorou a quantidade de presentes. Catarina aproveitava para deixar os filhos com as avós para sair à noite com os primos e amigos. Gostava de beber e dançar. Nunca teve vontade de paquerar alguém desde a morte de Tião. Tinha Pablito sempre junto a ela.

Nessa noite de aniversário de Tiãozinho, acompanhada de Gabriela, Marisol, Pablito, Sidney e amigos, foram comemorar no Bar Cantinho do Galo. Lá para mais tarde, no meio da noite, apareceu uma paquera de Pablito que o puxou para o canto, ficaram se beijando por trás de um carro. Quando Catarina viu aquela cena, veio-lhe uma onda de ciúme e tudo ficou claro para ela. Levantou-se, aproximou-se do casal, afastou a jovem com um empurrão. Olhou para um Pablito surpreso e confessou:

— Pablito, por favor, você é meu, somente meu! Eu te amo.

Abraçou-o e beijou-o na boca demoradamente. De onde estavam, acenaram com a mão para os primos, entraram no carro, partiram para um motel, onde dormiram. A partir daquela noite nunca mais se deixaram.

Sidney, que desconfiava desse amor há tempos, e os primos ficaram felizes pelo casal. Certa noite, durante o jantar, Pablito comunicou aos pais que tinha casamento à vista em João Pessoa no próximo mês e que dentro de seis ou sete meses mais um neto nasceria para Andreza e Dona Conceição estragarem.

ADELMO BOCÃO

Como de costume, sábado pela manhã, Dr. Bernardo partiu para o Sítio Jequiá. Estacionou o carro na garagem, entrou na casa, abriu as janelas para correr o ar. Sentou-se em sua cadeira de balanço na varanda, iniciou a leitura dos jornais, quando apareceu sua amada Moema, ela deu-lhe um abraço por trás e um beijo no pescoço. Brincou:

— Bermuda e camisa novas, cheiroso, sempre chique, meu amor.

— Você que é toda linda, Moema. Daqui a pouco vamos pescar, a lagoa está límpida, deve ter muito peixe nessa manhã ensolarada.

— Deixei a canoa pronta, anzol e isca à vontade. Porém, tenho um assunto sério, ouça primeiro, depois vamos nos divertir. A Jurema está preparando sururu de capote para nosso almoço. É afrodisíaco.

Bernardo ficou atento na expectativa do assunto tão importante.

— Não sei se é bom ou ruim para você trazer o assunto. Meu primo, Audálio, é policial aposentado e trabalha como detetive particular. Sabe de tantas coisas, porém é discreto. Sempre vem com a família visitar o povoado de Jequiá, onde nasceu e tem muitos amigos. Ontem, ele e minha comadre Avelina almoçaram lá em casa. Depois de tomar algumas cachacinhas e cervejas, Audálio me confessou, em maior segredo, que sabia onde estava morando o assassino de seu neto. O cara está morando em Cuiabá, negociando madeiras. Essa turma vive ligada. Ele se ofereceu para trazer mais detalhes, fotografias de onde ele mora, Adelmo Borges, é o nome dele. Confere? Não sei se interessa à sua família tentar prendê-lo ou passar nas armas. Meu primo é confiável e se propôs a fazer o serviço de localizar o cara. Apagar o assassino ele não faz.

Bernardo, surpreso com a notícia, agradeceu à Moema pela informação. Só resolveria com a família. Desceram à beira da lagoa e tomaram a canoa. Moema, trabalhando no remo, atracou a embarcação em um bom local de pesca. Colocaram o anzol na água e por sorte pescaram dois peixes grandes, os pequenos eles devolviam à lagoa como fazem os pescadores do povoado. Dr. Bernardo passou o dia com aquela informação na cabeça. Almoçou sururu de capote com pirão, acompanhado por uma cerveja bem gelada na casa da amada Moema. Deitou-se em uma rede na varanda, não conseguiu uma soneca, preocupado com a notícia. Retornou mais cedo a Maceió. Telefonou para Sebastião, Conceição, Dom Pablo e Victória, os mais velhos da família, marcando uma reunião à noite em sua casa na Avenida da Paz. Em torno da mesa da sala, Bernardo deu ciência sobre o paradeiro do assassino, contou sobre o detetive Audálio, primo de Moema. Dom Pablo foi o primeiro a opinar.

— Passaram-se cerca de três anos da desgraça que enlutou a família. O assassinato de Tião ainda dói nos nossos corações. Exigir justiça ou vingança é nossa obrigação, embora a vingança valida a violência. Vamos pensar num plano e executá-lo, apenas nós, mais velhos, devemos assumir essa responsabilidade. O que for combinado hoje, nessa reunião, será segredo, ninguém pode saber por enquanto para não atrapalhar o que vamos decidir. Nem mesmo Antônio e Andreza. Vamos planejar racionalmente, sem emoções.

Conversaram, discutiram durante mais de duas horas, a primeira ação seria uma conversa com o detetive. Dr. Bernardo conseguiu marcar por intermédio de Moema uma reunião com o detetive Audálio às oito da manhã em seu escritório no Edifício Breda.

Na segunda-feira, na hora marcada, os cinco familiares da reunião estavam sentados em torno de um velho birô conversando com o detetive em seu escritório, à porta fechada. Acertaram que Audálio viajaria para Cuiabá e faria as investigações possíveis sobre Adelmo Borges, o assassino. Assinaram um contrato padrão, adiantaram uma quantia para despesas de passagem, hospedagem, alimentação e mais 40% do valor de seu trabalho.

Duas semanas depois na mesma sala do Edifício Breda, reuniram-se mais uma vez. Audálio entregou um envelope pardo. Continha um relatório-diário de todas as atividades do assassino e fotografias. Narrava como encontrou Adelmo Borges e seu local de trabalho. Um roteiro diário, desde 8 horas da manhã, quando ele saía de sua casa em um pequeno sítio, caminhando. Parava na padaria para tomar café, mais adiante entrava no prédio da madeireira, junto havia um enorme pátio onde se arrumava montes de madeira. O suspeito almoçava em um restaurante perto e retornava para o expediente da tarde, parecendo seu trabalho ser burocrático. Às 18 horas acabava o expediente. Adelmo encontrava-se diariamente com alguns amigos num bilhar, ficavam bebendo e jogando. Em duas noites, ele levou rapariga para dormir em sua casa. O detetive desenhou um mapa à mão sinalizando as ruas, a madeireira, a casa onde morava, a padaria e o bar da sinuca. Audálio afirmou que seria fácil prendê-lo e trazê-lo para Maceió num carro, ou apagá-lo e enterrar o corpo no meio da estrada. Os contratantes pagaram o restante e outras despesas não previstas.

Reuniram-se à noite para analisar o relatório e as fotografias. Depois de muita opinião, resolveram que a melhor solução seria prender, sequestrar o assassino e entregá-lo à polícia e à Justiça para ser julgado. Sebastião se voluntariou para realizar o sequestro, pediu um carro bom que aguentasse a estrada, com Jesuíno dirigindo, e queria levar Paulão, um cara forte, disposto, o sequestrador da Gabriela, ex-prisioneiro, com experiência, que se tornou amigo cativo de Gabriel e se oferecia para ajudar a prender ou apagar o assassino.

Vinte e dois dias após o encontro no Edifício Breda. Dom Pablo convocou Antônio, Andreza, Mário, Yamary, Gabriel, Cecília, Seu Sebastião, Dona Conceição e Victória para uma reunião na casa do Dr. Bernardo, na Avenida da Paz, às 20 horas. A empregada serviu o café, foi dispensada. Surpresos e curiosos, os familiares sentaram em volta da enorme mesa da sala, deliciavam-se com biscoitos de manteiga e café forte, quando Dom Pablo iniciou:

— Convidei a família, aqui na casa de meu querido genro, para informar sobre o bandido, o assassino de

Tião. Eu, Victória, Sebastião, Conceição e Bernardo, os mais velhos da família, recebemos a informação de que o assassino estava morando em Cuiabá. Achamos por bem tomar providências e assumirmos qualquer culpa do que seria planejado e executado. Desculpem não termos convidado vocês para aquela reunião, principalmente Antônio e Andreza. Achamos que nós mais velhos temos obrigação de nos responsabilizar por qualquer ato fora da lei, livrando os mais moços da família de uma possível criminalização. Peço a Bernardo para contar a primeira parte dos acontecimentos realizados.

— Não gostei. Deviam ter convocado a mim e a Antônio para essa reunião dos velhinhos. Nós somos os pais de Tião — reclamou Andreza aborrecida, com seus cabelos brancos.

Dr. Bernardo pigarreou e iniciou a narrativa:

— Um primo da Moema, Audálio, aposentado da polícia e detetive particular, ficou sabendo, por amigos, que o assassino estava morando em Cuiabá. Marcamos uma reunião com o detetive Audálio em seu escritório no Edifício Breda. Depois de ouvi-lo, contratamos o detetive para viajar a Cuiabá e verificar a veracidade dos fatos. Ele viajou de avião, retornou uma semana depois nos trazendo todas as informações possíveis, inclusive mapas feitos por ele e diversas fotografias do filho de uma puta. Nós, velhinhos, nos reunimos novamente e depois de muita discussão, concluímos que o melhor procedimento seria sequestrar o assassino, trazê-lo a Maceió e entregá-lo à Justiça. Peço a Sebastião, voluntário a realizar o sequestro do bandido, que conte o restante da história, por favor.

Sebastião olhou para o filho Antônio e Andreza, como se pedisse desculpas, e contou os pormenores de sua aventura.

— Eu me ofereci para o trabalho de sequestrar o filho de uma puta. Mostrei meu plano aos velhinhos e, aprovado, iniciei e comandei a operação. Partimos numa madrugada, Jesuíno dirigindo o carro seminovo e Paulão, o bandido amigo de Gabriel, no banco traseiro. Foram quase três dias de viagem, ao escurecer dormíamos em algum motel à beira da estrada. Entramos na cidade de Cuiabá, era noite, nos hospedamos num hotel simples. Não pediram identidade, achei ótimo. No dia seguinte, seguimos um roteiro dos mapas elaborados pelo detetive. Em pouco tempo, achamos a madeireira onde o sacana trabalhava, paramos o carro por perto e caminhamos pela calçada. Ao olhar para dentro do estabelecimento, reconheci o tal do Adelmo Bocão, vestia calça jeans, camisa aberta ao peito, deu vontade de entrar e dar-lhe um tiro na boca e retornar para casa, mas isso não foi o combinado. Ficamos dois dias estudando como executar o serviço sem deixar rastro. Escolhemos os melhores caminhos da estrada para o retorno. Na noite do sequestro, ao terminar o expediente da madeireira, ele caminhou em direção ao bar, jogou sinuca, bebeu com amigos. Perto da meia-noite, retornou a sua casa; parecia meio bêbado. Jesuíno encostou o carro perto do sítio, o que facilitou. Caminhava na noite, meio trôpego. Ao passar por nós, chamei-o pelo nome, "Adelmo". Quando se virou, Jesuíno e Paulão atacaram o homem, segurando o corpo por trás, e o empurraram até o banco traseiro. Imediatamente, Paulão o algemou e gritou: "Fique quieto senão vai levar porrada!"

Eu dei a partida no carro enquanto os companheiros amarraram as pernas e amordaçaram o sacana, que esperneava e grunhia, estava bêbado. Dirigi cerca de meia hora na estrada dentro do roteiro de volta programado. Parei o carro, pedi para Jesuíno continuar dirigindo e falei para o cabra:

"Vou tirar a mordaça, comporte-se ou dou-lhe um tiro nos cornos."

Ao tirar a mordaça, ele perguntou:

"Quem são vocês? O que querem de mim?"

"Olhe bem para mim, seu merda! Me conhece?"

"Não, nunca vi o senhor em minha vida."

"Meu nome é Sebastião, você matou meu neto Tião. Lembra agora? Seu filho de uma puta!"

"Não me matem não, pelo amor de Deus! Não façam isso comigo. Naquela noite eu estava embriagado, não me lembro de nada! Me perdoem!"

Colocou-se em defesa. Amordacei-o novamente, o carro continuou nas mãos de Jesuíno. Às vezes, eu olhava para o filho da puta e sentia que ele estava apavorado. Adormeci. Quando acordei, eram 4 horas da manhã. Paulão, com a cabeça num travesseiro, dormia, o cara cochilava. Pedi a Jesuíno para parar o carro à beira da estrada, onde havia uma bifurcação à direita, uma estrada de barro, escura e deserta, Jesuíno parou o carro. Descemos e caminhamos um pouco até surgir uma clareira, era noite de lua, eu disse para o filho da puta: "Encoste-se àquela árvore, é aqui que você vai morrer." O cara, sem poder falar, amordaçado, ajoelhou-se no chão e, chorando, abraçou meus pés. Chutei-o, mandei cavar uma cova. Enquanto Jesuíno e Paulão, com as pás, abriam um buraco no chão, o cara chorava, notei a calça toda mijada. Resolvi acabar a encenação, tirei-lhe a mordaça, ele suplicava: "Não me mate, minha família é rica, dou o que o senhor quiser, mas não me mate", o medo transparecia em seu rosto. Mandei parar a cavação, entramos no carro com Jesuíno dirigindo novamente. Ao seguir na estrada, sentimos um fedor enorme, o cara estava todo cagado. Paramos o carro, mandei-o sair e limpar-se. Continuamos a viagem, o fedor não foi embora. O dia estava amanhecendo quando apareceu, ao longe, um enorme posto de combustível, com muitos caminhões, ônibus e carros estacionados. Havia ao lado um restaurante aberto onde era servido café da manhã. Mandei encostar o carro perto dos banheiros. Dei as ordens:

"Vamos parar nesse posto só para você tomar um banho, seu cagão. Você entra no banheiro acompanhado de Jesuíno e Paulão, os dois estão armados segurando o revólver no bolso, se você gritar ou tentar fugir será crivado de bala. Tome banho, limpe esse corpo imundo, bote uma calça e camisa do Jesuíno e voltem para o carro. Jesuíno, dê-lhe uma calça e camisa. Eu ficarei perto com minha pistola no gatilho, qualquer movimento suspeito você leva um tiro, entendeu? Se tentar fugir será melhor, a gente termina logo o serviço."

O bandido tomou banho, jogou suas roupas fedorentas no lixo, vestiu as de Jesuíno. Ainda tomamos café quente com sanduíche no posto, apesar de estarmos bem abastecidos de comida no isopor.

O sol estava alto quando o sacana pediu para cagar no mato. Paramos num local adequado. Paulão tirou as cordas dos pés e se meteu com ele mato adentro. Ficamos esperando, de repente ouvimos dois disparos e o grito do Paulão, fomos correndo. O Paulão estava com a arma na mão e o cara, que tentou fugir, caído mais adiante. Cheguei perto, nem quis saber se estava vivo, disparei minha pistola. Imediatamente colocamos o morto dentro da mala do carro e tocamos na direção de Maceió. Esperamos escurecer, entramos numa estrada de barro, achamos um local escondido, cavamos um buraco, colocamos o morto, joguei toda gasolina do galão, taquei fogo. Depois de meia hora, cobrimos os ossos com a terra da cavação. Voltamos à estrada. Ao passar pela ponte do São Francisco, joguei minha pistola e o revólver do Paulão. Será difícil identificar o Adelmo Bocão.

— Muito obrigado, meu sogro, o senhor é nosso vingador — disse Andreza.

— Essa história é segredo, não precisa ninguém jurar. Os fatos não poderão ser contados, por enquanto, nem a filhos, nem a netos, nem a amigos. Esqueçam o que ouviram. A família do miserável em algum tempo vai sentir sua falta. Certamente irão nos acusar. Ninguém responde a alguma insinuação, sem antes conversarmos — falou Dom Pablo.

Sebastião, que prestava atenção às palavras do chefe e amigo, tomou a palavra:

— Não acredito que a polícia ache o corpo ou os revólveres que foram jogados nas profundezas de um rio. Mas, se por acaso acontecer, alguém descobrir que o assassino foi morto, assumirei. Mas isso não acontecerá, jamais encontrarão e nem identificarão o corpo, foi serviço bem-feito. Meu neto está vingado como prometi em sua sepultura.

Saíram da reunião pensando nas últimas palavras de Sebastião. Não se sentiram contentes, todos tiveram em algum momento vontade de matar o assassino de Tião. Mas a morte, mesmo como vingança, bate muito forte na sensibilidade humana.

No dia seguinte, Andreza foi ao salão de beleza, pintou e ajeitou o cabelo em sua cor original. Saiu tão bonita que Antônio ficou encantado ao ver a mulher amada linda como há muito tempo não a via. Subiram ao cemitério. Antônio fez uma reverência ao filho e sentou-se num banco embaixo de eucaliptos pacientemente esperando. Andreza conversou com Tião por quase duas horas.

— Meu filho querido, eu tenho boas notícias, o Adelmo Bocão que te assassinou foi morto. Você está vingado, foi Seu Sebastião quem fez o serviço. Vocês dois não se encontrarão nessa outra vida. Tenho certeza que você está no céu e o filho de uma puta foi mandado para as profundezas do inferno.

NADA ACABA, TUDO SE TRANSFORMA. CADA QUAL COM SEU DESTINO

A história da família começou quando Pablo Márquez fugiu de Cartagena das Índias no distante ano de 1921, perseguido pela polícia colombiana por ter matado cinco assassinos de sua amada Rosa. Apareceu em Belém do Pará com a filha Isabel, de 2 anos. Embarcou no navio com destino ao Rio de Janeiro, onde pretendia se estabelecer. O navio atracou na cidade de Maceió para apanhar mais passageiros. Pablo desembarcou com Isabel para conhecer os arredores da cidade, caminhou com a filha pelo bairro antigo de Jaraguá, de repente descortinou a Avenida da Paz. Isabel ficou fascinada com a praia, correu na areia branca, mergulhou no mar tranquilo azul-esverdeado. A felicidade estampada em sua fisionomia fez Pablo retornar ao navio e avisar ao comandante que não continuaria a viagem. Desceu de vez com as malas e morou na cidade de Maceió pelo resto da vida. Constituiu uma família. A filha Isabel casou-se com o médico Dr. Bernardo. O casal lhe deu três netos e doze bisnetos durante mais de três gerações. A história da família de Dom Pablo é uma história comum, semelhante a muitas famílias brasileiras. Cada membro da família é protagonista de sua própria narrativa, que se confunde com a da família e às vezes com a história da terra. As diferentes gerações adaptaram-se aos costumes modernos de cada época dentro da evolução da sociedade no mundo. Este epílogo não apresenta o fim da história da família de Dom Pablo Márquez, pelo contrário, revela o destino de cada personagem, dando continuidade à família, reproduzindo novos descendentes. Afinal, o show da vida prossegue. Nada acaba. Tudo continua.

DOUTOR BERNARDO

Bernardo casou-se com a bela filha de Dom Pablo em 1937. Tiveram três filhos, Isabel morreu aos 60 anos. Bernardo continuou morando em seu bangalô na Avenida da Paz. Tempos depois, o viúvo enamorou-se de uma senhora mais nova, moradora na Lagoa do Jequiá. Moema tornou-se companheira de sua vida, os dois se completam. O Doutor construiu uma casa à beira da Lagoa do Jequiá, onde ele desfruta sua plenitude de vida, em paz com a natureza, praticando seus esportes prediletos: pescar e caminhar. Moema, sua companheira, também é sua vizinha. Ela é líder comunitária, vive da comercialização de pescados e mariscos. Os dois se entendem, têm afeição mútua e às vezes sexo. No início do convívio, o casal tinha receio de aparecer junto devido ao preconceito com casal de idades muito diferentes. A família aceitou essa convivência, com exceção da filha

Andreza. Eles vivem dentro de seu mundo em harmonia. Dr. Bernardo, clínico geral, atende sua clientela cativa pela tarde em seu consultório, uma sala na "Clínica Infantil São Sebastião". O Doutor continua bem articulado, políticos sempre o convidaram a disputar cargo nas eleições, nunca aceitou. Ele gaba-se: durante sua vida, ajudou mais o povo necessitado do que a maioria dos políticos aproveitadores. Dr. Bernardo deixou de se preocupar em amar uma mulher mais jovem, mandou todos às favas, aparece de braços dados com Moema (nunca se casaram) em todos os locais, sempre é reverenciado e respeitado. Jurema, filha de Moema, tem um quarto à disposição na casa da Avenida da Paz para facilitar seus estudos na Faculdade de Medicina. Bernardo preserva seu pequeno vício que o deixa feliz: o carteado aos domingos em sua casa com velhos amigos jogando pôquer; são momentos de felicidade que nenhum dinheiro pode comprar. Moema oferece um delicioso café aos amigos do companheiro nas tardes dos domingos. Moema nunca deixou de ser pescadora e marisqueira. Adaptou um frigorífico de isopor numa kombi e distribui os peixes a seus clientes e alguns restaurantes de Maceió. Vive desse trabalho.

Três meses depois dos acontecimentos de Cuiabá, Dr. Bernardo recebeu um telefonema.

— Dr. Bernardo?

— Sim, sou eu. Quem fala?

— Aqui é o irmão do Adelmo Borges, que vocês mataram. Queremos que o assassino de meu irmão se entregue para ser julgado, senão haverá mais morte na família.

— Que história é essa? Não estou sabendo de coisa alguma. O Adelmo que matou meu neto Tião foi morto? Em que lugar?

O irmão do Adelmo desligou o telefone. No mesmo momento, Dr. Bernardo telefonou para o governador contando a ameaça recebida. O governador convidou-o para almoçar no dia seguinte com a presença do Secretário de Segurança. Dr. Bernardo avisou que levaria Dom Pablo. No dia seguinte, em uma mesa na sacada do Palácio do Governo, com os quatro sentados, o governador pediu para o Secretário de Segurança contar o que foi apurado.

— A família do Adelmo, sem receber notícias em quatro meses, resolveu enviar um irmão a Cuiabá, onde ele morava. Esse irmão constatou que Adelmo desapareceu, ninguém sabe o que aconteceu. Abriram a casa que ele morava, estavam suas roupas, um revólver e uma caminhonete velha no quintal. Um desaparecimento misterioso, ninguém tem uma pista. Não se sabe se está vivo ou morto.

— Senhor Secretário, diante da ameaça, sem fundamento, à nossa família, quero afirmar que não temos medo, nossa família é grande, mas é de paz. Não queremos uma matança de um lado e de outro por vingança. Por favor, converse com a família para evitar esse grande mal-entendido, converse também com o juiz tio do rapaz, parece ser um homem prudente — falou firme Doutor Bernardo.

O almoço foi prolongado com uma boa conversa e uma deliciosa sobremesa. Nunca mais a família do assassino de Tião acusou ou ameaçou a família do Dr. Bernardo. O desaparecimento de Adelmo nunca foi esclarecido.

MÁRIO

Mário e o cunhado Antônio administram com pulso firme a Construtora Manguaba. Bem organizada, a empresa estabeleceu alta confiabilidade no mercado imobiliário. Constrói várias obras populares e algumas de luxo. Emprega cerca de duzentos trabalhadores fixos, bem assistidos, além do exigido pelas leis sociais. A construtora é um exemplo de solidez econômica.

Mário, engenheiro dedicado e competente, um líder no setor da construção civil e na grande família, teve sua vida pessoal abalada desde que, depois de alguns anos, contou à esposa sobre o encontro inesperado em Brasília com a professora Virgínia, da Secretaria de Educação de Roraima, nos corredores do Congresso. Ele reconheceu Virgínia depois de tanto tempo. Conversaram e terminaram jantando no Piantella.

Yamary, ao ouvir a história, foi tomada por uma raiva dentro da alma, sentindo-se traída. Como seu marido foi capaz de jantar com a mulher que ela odiava? Maior desaforo! Yamary detestava a professora paulista que desapareceu de Roraima para voltar à clandestinidade. Era terrorista, assaltante de bancos. Namorou Mário, o comandante, prejudicando sua carreira militar. Agora vinha Mário jantar com a terrorista. "Inaceitável", disse Yamary enquanto chorava, trancando-se cheia de rancor no coração. A partir daquele momento simplesmente deixou de falar com o marido.

Apesar de dormirem juntos, era um sacrifício doloroso. Mário, ao acordar, olhava a esposa apenas de calcinha, o desejo batia, a libido subia-lhe à cabeça. Tentou várias vezes algum carinho, mas era rechaçado. Yamary levantava-se e entrava no banheiro, às vezes chorava, também com vontade, mas não dava o braço a torcer. Castigo maior Mário não suportaria. Os filhos, sabendo da situação, brincavam sutilmente esperando a mãe conversar com o pai. Ela, irredutível. Os dois frequentavam festas, reuniões; os amigos não percebiam. Esse foi o único percalço amoroso entre o casal desde os tempos em que Yamary era professora de alfabetização de soldados e ele o comandante no 9º Pelotão de Fronteiras. Mário sofria bastante com o castigo imposto por sua amada, apenas porque jantou com a ex-namorada guerrilheira. Depois de meses, Mário perguntou se ela continuaria a não falar com ele pelo resto da vida. Ela continuou calada.

YAMARY

Filha de indígena e negro, sua beleza resistiu ao tempo. Virou fera ferida quando o marido contou que jantou em Brasília com a professora Virgínia, a pessoa que mais detestou em sua vida, se pudesse a estrangularia. Castigou o marido, sem falar com ele. Foi difícil dar esse castigo a Mário, às vezes tinha vontade de abraçá-lo, de beijá-lo, de fazer amor por todos os poros, mas quando vinha a imagem do marido sorridente jantando com a guerrilheira, subia a chama de ciúme e rancor. Ao ser inaugurado o Shopping Iguatemi em Maceió, sua filha Simone sugeriu alugar um espaço e abrir uma loja de moda feminina. Yamary ficou empolgada com a ideia, alugaram. Toda noite, as duas se reuniam para planejar o sonho da loja, Mário sequer pôde dar opinião. Antes da inauguração, as duas resolveram viajar a Roraima, Yamary conhecia as belas peças artesanais produzidas pelas mulheres indígenas da região. Ela visitou amigos e trouxe várias peças de adereços femininos. Viajaram a São Paulo, onde compraram um bom estoque de moda feminina. A inauguração da loja Dama Bonita foi sucesso graças ao bom gosto e ineditismo dos artigos femininos. A filha Simone, sua sócia, sempre teve paixão por moda, desde criança. Dedicava-se totalmente ao seu trabalho, a loja prosperou. Yamary trabalhava muito, conseguia suplantar dessa forma o castigo que atingia também a ela. Nada venceu o ódio à professora guerrilheira.

MARIMAR

Uma das filhas gêmeas de Mário e Yamary, artista nata. Seu talento revelou-se em uma exposição no Teatro Deodoro, tendo a cidade de Cartagena como tema. Durante a viagem à cidade natal do bisavô, namorou Cássio, belo homem, mais velho, a quem entregou seu corpo, sua virgindade. Ele, fazendeiro em Minas Gerais, apareceu de surpresa na exposição, comprou quadros, mostrou-se apaixonado, dormiram juntos, Cássio queria casar, ela não. Marimar tinha seu objetivo de viver para a pintura e a sua liberdade, nunca se imaginou como esposa vivendo numa fazenda criando os filhos. Argumentou para Cássio que se achava muito nova, não pretendia casar tão cedo, seu objetivo era estudar na Escola de Belas Artes e dedicar sua vida à pintura, não era compatível com a vida de casada. Cássio se conformou, retornou para sua fazenda, onde hoje quatro quadros de Cartagena enfeitam as paredes. Marimar, dois meses após a exposição, descobriu que estava grávida. Foi um choque, teve controle, conversou com uma médica, fez o aborto, o segredo ficou entre as duas. Incentivada por Victória, passou no vestibular da Escola de Belas Artes em Salvador. Aprimorou seus conhecimentos, seus traços de pintura e seu talento. Continuou morando em Salvador, onde abriu, com um amigo desenhista de bico de pena, a Galeria Soteropolitana de Artes Plásticas. Em anexo, funciona o Bar da Galeria, onde intelectuais e artistas costumam amanhecer bebendo e consertando o mundo. Os boêmios adoram esse bar. Marimar vive maritalmente com o sócio há alguns anos, Kleber Mascarenhas, quinze anos mais velho. Eles têm dois filhos: Rosa e Ângelo. Moram numa casa no bairro de Brotas. Marimar viaja constantemente a Maceió para rever sua querida família e sua terra. Dom Pablo ficou encantado com a beleza de sua trisneta, diz ser parecida com sua primeira esposa, Rosa, a mulher mais bonita da Colômbia. Quando passam alguns dias em Maceió, hospedam-se na casa da Lagoa Jequiá do avô de Marimar. Kleber e as crianças adoram, além da casa confortável, ele gosta de pescar tendo Dr. Bernardo como companheiro, eles esquecem o mundo dentro de uma canoa, enquanto Marimar pinta seus quadros e as crianças brincam no gramado e na lagoa. Durante o almoço, Kleber bebe na varanda da casa de Moema, contando histórias e cantando canções. Marimar acompanha o marido feliz, gosta da boemia.

MARISOL

Marisol, a outra filha gêmea de Mário e Yamary, casou-se com Élio Torres, seu primeiro namorado desde que era cadete do Exército. Ao terminar o curso da Academia Militar das Agulhas Negras, Torres conseguiu servir no 59º Batalhão de Infantaria Motorizado, em Maceió. Casaram-se. Ao ser promovido, ele foi transferido para o 19º Batalhão de Caçadores, em Salvador, no bairro do Cabula. Marisol mora na mesma cidade que a irmã gêmea, tem duas filhas, Vânia e Vanda. Gosta de ser dona de casa, a carreira militar do marido dificulta ela ter algum emprego. Adora ler e escrever. Guarda com carinho a "Carta a Tião" escrita por ela quando assassinaram seu primo, que foi publicada na Gazeta de Alagoas. Marisol escreve contos, tem uma imaginação fértil. Organiza os contos por ordem cronológica, estão copiados em três cadernos volumosos, o marido incentiva, gosta de seus escritos. Escreve há dois anos um romance cujas personagens foram inspiradas em sua família. Algum dia pretende publicá-lo. Em Salvador, as irmãs se veem frequentemente. Quando Victória viaja à Bahia com Dom Pablo, não deixam de passear e jantar com as meninas e suas famílias.

SIMONE

A terceira filha de Mário e Yamary, ainda criança, gostava de brincar de desfile de moda com suas amigas, amava folhear uma revista, sempre teve paixão por vestidos e roupas. Sua mãe abriu a loja do Shopping Iguatemi por sua sugestão. Tornou-se o braço direito de Yamary nas compras, nas vendas, nos desfiles. Costuma dizer que moda é uma arte. Frequenta cursos de moda seja onde for. Simone, com seus vinte e poucos anos, já era a alma da loja. Viajando, procura pequenas fábricas, tem um olhar intuitivo para compra de produtos vendáveis na loja. Quando viaja com a mãe, à noite, mesmo cansadas, gostam de conversar no quarto do hotel. Certa noite, em São Paulo, Simone meteu-se na briga da mãe com o pai:

— Minha mãe, eu não entendo essa implicância com meu pai. Há meses você não fala com ele, só porque ele jantou em Brasília com uma ex-namorada. Que pirraça! Não está na hora de acabar com isso? Meu pai te ama, te adora, ele está sofrendo. Cuidado que ele arranja outra.

— Vou contar uma história para você entender. Quando Mário foi comandar o 9º Pelotão de Fronteiras em Roraima, eu era professora da Escola Regimental do quartel, alfabetizava os soldados. Ao assumir o Comando, Mário se inteirou dos trabalhos, quando o conheci tive uma pontada no meu coração. Ele sempre foi um entusiasta da educação e da cultura, gostou do trabalho da Escola Regimental. Nós nos demos bem, ficamos amigos. Fizemos projetos, estendemos cursos profissionalizantes para soldados, toda quarta-feira pela manhã havia palestra para oficiais e sargentos sobre a história e a cultura da Amazônia. Ele teve a ideia de organizarmos uma biblioteca, Mário arranjava e comprava livros quando viajava, em pouco tempo as estantes da biblioteca em uma sala do quartel estavam cheias de livros de romance, de poesia e infantis. A biblioteca era aberta aos sábados pela manhã para a meninada, filhos dos militares e civis. Havia contação de história, brincadeiras, maior sucesso, tornou-se uma diversão para a comunidade. Certo dia, Mário conheceu meu pai e tornaram-se amigos. Ele almoçava em minha casa, mamãe preparava pato no tucupi, o prato que ele adora. As mulheres da cidade davam em cima do Comandante, inclusive eu. Ele namorou bastante, até uma contrabandista, mas nada queria comigo, apesar das insinuações. Eu ficava no maior ciúme, mas fazer o quê? Certa vez, o Governo do Território Federal de Roraima contratou seis professoras. Mário ficou íntimo, à noite bebia em suas casas, discutiam política e tomavam uísque. Eu sabia de tudo por uma amiga, vizinha das professoras. Mário tornou-se amante da professora Virgínia, a que eu achava mais chata, queria mandar em todo mundo. Certa vez, a professora Virgínia conseguiu cinquenta livros na Secretaria de Educação e doou para nossa biblioteca no quartel. Ela, ao entregar os livros, falou: "Daqui a pouco vai precisar contratar uma bibliotecária." Eu fiquei com tanta raiva dessa mulher, porque eu organizei a biblioteca, ordenei os livros por segmentos, eu era também a bibliotecária. Mário, todo serelepe, agradeceu à professora e depois saíram juntos. Nesse momento, descobri que detestava a professora Virgínia e que amava o Comandante.

Ele continuou o namoro, estava durando, eu tinha ciúme e vontade de estrangular a paulista. Eu adorava quando Mário almoçava em minha casa e ficava com meu pai cantando à beira do rio até anoitecer. O Comandante tornou-se assíduo frequentador de minha casa. Minha mãe e minha irmã gostavam de Mário. Eu, cada vez mais apaixonada. Certa manhã, eu tive a maior alegria ao saber que a professora Virgínia tinha partido de Roraima. Depois das aulas, Mário me convocou ao seu gabinete de comando, mostrou-me a carta que Virgínia havia deixado. Eu sentei-me no sofá e li devagar o que a branquela escreveu. Ela confessava ser guerrilheira, do Partido Comunista, esteve em Roraima por algum tempo, agora retornaria à clandestinidade. Teria outras missões mais difíceis. A Revolução do Povo precisava de mais recursos, desapropriar dinheiro da burguesia para implantar um regime comunista. Jamais voltaria a vê-lo. Mas ele era inesquecível, foi o único homem que conseguiu amar em sua vida, apesar de estar do outro lado ideológico. Agradecia os bons momentos em que ficaram juntos. Ao terminar de ler a carta, minhas pernas tremiam, era um caso muito sério, temi pelo Mário. Aumentou meu ódio àquela mulher. Ainda bem que jamais a veria novamente. Aconselhei Mário a queimar a carta, poderia trazer-lhe problemas sérios. A branquela era uma terrorista, assaltante de banco. De fato, pouco tempo depois, o Comando Militar da Amazônia foi informado e abriu inquérito sobre a terrorista "Olga", Virgínia era outro nome que usava. Mário conseguiu se safar. Quem imaginaria que aquela professora era uma terrorista? A partir da fuga da branquela, eu me aproximei mais de Mário. Certa tarde, fomos à casa do comando onde ele morava. Lá eu o provoquei, me insinuei. Ele, inteligente e gentil, confessou:

"Yamary, nosso bem querer é o maior presente que ganhei nessa terra. Desde que assumi o comando nos demos bem. Sua família é maravilhosa, quero um bem louco a eles. Você é a mulher mais apaixonante que encontrei na vida. Também sinto atração. Você não imagina a força que faço para não a abraçar e beijar. O empecilho grave é que faltam seis meses para eu deixar o comando, serei transferido para qualquer lugar do Brasil. A distância e o tempo são inimigos do amor. Se nós tivermos um caso, depois de eu viajar, em pouco tempo irá esfriar. Eu não pretendo voltar a Roraima. Quando eu for embora, sua família vai ficar machucada comigo, vão pensar que eu me aproveitei da filha. Eu prefiro deixar as coisas como estão, ótimos amigos, você é como irmã. Nunca te esquecerei, será uma boa lembrança."

Fui para casa chateada, pensando, me sentindo desprezada e tendo de acabar com um sonho de amor que eu alimentava. Chorei no travesseiro. Contei a história para minha mãe. Ela, sábia, apenas comentou:

"Pois eu preferia cinco meses de amor que me fizessem lembrar disso pelo resto da vida. A saudade dói, depois ela se transforma em boa lembrança. O presente é o que conta. Passado e futuro são ilusões."

A teoria de minha mãe me deixou pensativa, quase não dormi. No dia seguinte, fui à casa do Comandante, era aniversário dele. Mário estava lendo deitado numa rede, sozinho em casa. Aproximei-me devagar, sentei-me a seu lado, linda, irresistível. Cochichei em seu ouvido: "Quero te dar seu presente, eu mesma. Arrisco ter cinco meses de amor que serão eternos em minhas lembranças." Ele olhou nos meus olhos, não resistiu, fiz amor pela primeira vez numa rede, entreguei-me ao homem que amava. Foram cinco meses em lua de mel pelas beiras dos igarapés, eu montava em sua lambreta e saíamos pelo mundo fazendo piqueniques e nos amando, viajamos a Manaus, a Georgetown. Cinco meses e meio de amor. Como eu poderia viver sem aquele homem? Perto da viagem, me deu uma angústia. Eu chorava toda noite na minha cama. Até que foi marcada a despedida do Comandante na véspera de Natal, um jantar em minha casa. Ele transmitiria o cargo de Comandante nos primeiros dias de janeiro e embarcaria com destino a Maceió, onde foi classificado no 20º BC. Na noite de despedida, véspera de Natal, depois da missa, compareceram muitos amigos e amigas convidadas. Minha alma estava triste, eu não deixei transparecer. Muita bebida e comida à vontade, minha mãe preparou pato no tucupi, peru, porco. Sentamos a uma extensa mesa, uma alegre despedida do Comandante. Eu tinha uma flecha atravessada no coração e sorria, fingindo para todos. Certo momento do jantar, Mário pediu licença batendo uma faca num copo. Todos calados, esperando o discurso de despedida. Nessa hora, aconteceu a grande surpresa da noite, o improvável. Mário tirou uma caixa do bolso, virou-se para mim e perguntou se eu queria ser sua esposa, sua companheira pelo resto da vida. Eu tive um choque tão grande, só sabia dizer sim, sim, sim. Beijamo-nos. Aplauso e vivas. Meus pais e minha irmã, contentes, choravam, eles amavam Mário. Ao recuperar-me da emoção, eu pedi a palavra, todos em silêncio, esperando, quando informei, sorrindo: "Estou grávida." Foi uma revolução, todos aplaudiam, davam vivas, me abraçavam. Nós temos uma bela história de amor.

— Então, minha mãe, lembranças lindas, faça as pazes com o Comandante.

— Ele sabe muito bem de meu ódio àquela branquela. Por que jantou com a paulista, terrorista, assassina? Ele sabe que eu a odeio. Só me contou sobre o jantar em Brasília anos depois. Não consigo conter a raiva quando imagino os dois bebendo e jantando, tenho vontade de esganar a branquela. Ainda bem que há muito tempo Mário não viaja. Quem resolve os problemas da Construtora em Brasília é a Catarina.

— E se ele confessasse que dormiu com a guerrilheira em Brasília?

— Eu cortava a bimba dele.

Simone ficou às gargalhadas e dormiu feliz ao ouvir a história de amor de seus pais.

GUSTAVINHO

O caçula do casal Mário e Yamary, Gustavinho, estudante relaxado, gosta mesmo de jogar futebol. O único da família que torce pelo CSA. Mário sempre o leva ao Estádio Rei Pelé. Não perde um CRB x CSA, cada qual veste a camisa de seu time. Seu avô Gustavo, pai de sua mãe, abriu uma loja de ferragens em Maceió, para ficar mais tempo com as filhas e netos. Gustavinho é sua paixão. Um homem durão, com uma vida aventureira no passado, é fascinado pelo neto, faz o que ele quer. Gustavinho gosta de ouvir suas histórias, diz que será escritor quando crescer.

GUSTAVO E ANARY

Ele, nascido no sertão de Juazeiro da Bahia, aventureiro, andou por todo o Brasil, sobrevivendo. Resolveu explorar o garimpo no Monte Roraima. Perto das terras ianomâmis, procurando igarapés para garimpar, conheceu Anary, indígena de uma aldeia próxima. Apaixonaram-se, o Conselho da Aldeia não aprovou, mas Anary se juntou ao aventureiro, foram morar numa cabana. Certa manhã, Gustavo teve a sorte grande, encontrou uma enorme pepita de ouro, valendo um bom dinheiro. Deixou o garimpo e estabeleceu-se em Boa Vista, abriu uma loja de materiais diversos. Nasceram duas filhas, Yamary e Mayara. A primeira casou-se com o então Comandante do 9º Pelotão de Fronteiras, o tenente Mário do Exército Brasileiro. A segunda filha, Mayara, fez vestibular e cursou a Faculdade de Medicina em Maceió. Gustavo resolveu abrir uma loja de ferragem na cidade. O casal viaja constantemente entre Boa Vista e Maceió, para ficarem junto às filhas e aos netos. Os dois tornaram-se amigos do casal Sebastião e Conceição, moradores e caseiros do Sítio Manguaba. Gustavo comprou um apartamento de três quartos na Praia da Jatiúca, onde vive a filha Mayara e a neta Ulla. Porém, gosta mesmo do sítio, hospeda-se na casa de Sebastião. Os dois se entendem, tocam violão, cantam e tomam uma cachacinha. Às vezes dão uma fugida a Maceió para uma farrinha.

MAYARA

Partiu de Boa Vista para tentar o vestibular de Medicina em Maceió. Estudou bastante, passou, cursou os seis anos e fez a residência no Recife, especializou-se em gastroenterologia. Amante de boemia, poesia e política, Mayara perambulava pelas noites. Teve um caso com Franz Schmidt, filho de alemão, gerente de banco que a engravidou. Nasceu uma linda filha, Ulla, morena dos cabelos louros e olhos azuis, uma beleza exótica, rara. Mayara, uma liberal, teve problemas quando ousou assumir sua bissexualidade. Houve preconceito por parte de amigos que terminaram aceitando quando sentiram ser Mayara decidida e desassombrada. Com forte personalidade, sem se preocupar com a opinião da sociedade, Mayara frequenta todos os lugares. Cria e educa Ulla em bom colégio e a ajuda de uma psicóloga. Médica competente, com excelente clientela de obesos e mulheres ansiando por emagrecer. Solteira por convicção, diz que mais velha arrumará um companheiro ou companheira para a senectude. Gosta de política, ajuda nas campanhas eleitorais dos amigos, atendendo pacientes e distribuindo remédios.

GABRIEL

Assumiu a direção dos armazéns de seu avô, Dom Pablo, juntamente com a esposa Cecília, executiva competente. O casal morou muitos anos na casa do avô, não o deixou, são vizinhos de apartamento no Edifício Santa Isabel, na Praia da Jatiúca. Dom Pablo, por força do costume, visita os armazéns no mínimo duas vezes por semana e pergunta sobre as novidades, embora tenha se afastado da direção para aproveitar melhor a vida com a amada Victória. Certo ano, por insistência de amigos políticos, Gabriel candidatou-se a deputado estadual. A família fez restrições, porém o argumento de melhorar o nível de ética, moral e até intelectual da Assembleia Legislativa venceu. Gabriel, além de ser conhecido e estimado na capital e no interior, onde tem negócios, tem credibilidade, é um homem honesto. Foi eleito basicamente com os votos da capital. Passou apenas quatro anos como deputado. Vieram decepções constantes, difícil lutar contra um sistema forte de favorecimentos. Gabriel denunciou algumas transações, teve desentendimentos com correligionários. Percebeu que havia três ou quatros deputados que realmente se importavam com o Estado, com o bem-estar coletivo, com a educação e saúde do povo, o resto dos deputados estava ali para tirar vantagem, proveitos próprios, empregar família. Teve uma boa atuação com projetos de incentivo ao turismo, acreditava ser a grande vocação do Estado. Cecília tinha receio de tentarem matar Gabriel por não aprovar projetos em benefício dos próprios deputados e o aumento de cargos comissionados, penduricalhos de protegidos como garantia de votos. No final do quarto ano estava cansado, decepcionado, ao tentar combater o sistema que se implantou dentro do Legislativo. Não se candidatou à reeleição, retornou ao trabalho particular, para alívio da Cecília e família.

CECÍLIA

Houve uma tragédia em seu primeiro casamento, o marido morreu junto com sua filha em um desastre de carro em Belo Horizonte. Ela jogava voleibol profissionalmente no Minas Tênis Clube. Depois da tragédia, retornou a Maceió. Certo dia, encontrou-se com Gabriel, namoraram, casaram, tiveram dois filhos: Clarice e Vladimir. Gabriel teve mais dois filhos com outras mulheres, Sidney e Gabriela, que foram criados pelo casal. Cecília ama seus quatro filhos, não faz diferença entre eles.

Na prática, ela comanda a empresa de Dom Pablo, seu marido ajuda. Tem ótimo tino comercial, resolve problemas com raciocínio rápido e confiança. Quando o marido passou os quatro anos como deputado, ela levou a empresa sozinha. Recebe Dom Pablo duas vezes por semana no escritório. Mãe preocupada, carinhosa, dedicada e zelosa. Quando Clarice foi aprovada no teste para a *Columbia University*, viajou com a filha a Nova York, dando apoio. Visitou as acomodações, ficou feliz em conhecer uma das melhores universidades do mundo, onde sua filha cursaria Direito, graças a uma bolsa conseguida pelo voleibol técnico aprimorado que Clarice jogava. Visitaram os "pais" americanos em New Jersey, onde houve um jogo de voleibol entre os veteranos em homenagem à Clarice, mãe e filha jogaram. Gosta de seu trabalho, porém seu prazer é a casa de praia na Barra de São Miguel, onde descansa e recarrega suas energias.

SIDNEY

O filho negro de Gabriel e Cecília conheceu Benedita, sua mãe biológica, aos 18 anos. Sidney é atleta nato, alto, espadaúdo. Cursou Medicina em Maceió e fez residência em São Paulo, é cirurgião pediatra, trabalha com a tia Andreza. Durante a residência de dois anos em São Paulo, morou no apartamento de Benedita. A convivência teceu laços de amor eterno com sua meia-irmã, Inês. O marido, Raul Jiménez, intelectual e boêmio, fez uma bela amizade com o enteado, gostava de sair à noite apresentando-o aos amigos de São Paulo. Sidney terminou o curso de especialização de cirurgia infantil, retornou a Maceió com muitas ideias e entusiasmo. Propôs à tia Andreza ampliar a clínica. Com o aval do Dr. Bernardo, ampliaram a clínica com o nome "Clínica Infantil São Sebastião — Urgência 24 horas", na prática um pequeno hospital. Andreza revigorou sua vontade de trabalhar. Sidney convidou Benedita, enfermeira graduada com curso de administração hospitalar, para trabalhar com eles, administrando a clínica e chefiando a Enfermagem. Benedita conversou com Raul, ele gostou da ideia, era homem ousado e inovador, aposentado, não pensou duas vezes. Benedita deixou emprego e amizades de São Paulo para trabalhar com o filho. Sidney nunca esqueceu o primo, colocou uma fotografia de Tião na entrada da Clínica. Gosta da boemia e da noitada de Maceió, sua amada cidade. Joga voleibol pelo Clube Fênix, onde se tornou ídolo. É um estudioso da República dos Palmares, episódio histórico da rebelião dos escravos brasileiros. Vive pesquisando no Instituto Histórico e Geográfico de Alagoas. Lê muito sobre a história e a cultura da população negra em diversos países. Recebe convites para palestras e debates em todo o Brasil. Diz que casamento só depois dos trinta. Certo dia, recebeu uma carta de Budapeste, dentro do envelope a fotografia de uma mulher segurando uma criança linda no colo e mais três fotos da mesma menina. A carta escrita em inglês surpreendeu, emocionou, aturdiu Sidney quando a leu:

Budapeste, 21 de julho de 1989

Caro Sidney,

Sou Zsófia Gábor, húngara, 32 anos, solteira, professora de inglês na Escola Ferenc Puskás. Há pouco mais de dois anos viajei numa excursão ao Nordeste do Brasil. Foram quinze dias entre Salvador, Maceió e Recife. Lembra-se de mim? Amei sua cidade, a cor do mar me enfeitiçou. Porém, o maior deslumbre foram os passeios nas lagoas e o sítio a que você me levou. O momento mais fantástico foi olhar do quarto a lua enquanto fazíamos amor. Aqueles momentos ficaram gravados em minha mente e coração. Um dia voltarei, espero encontrá-lo. Contudo, o assunto principal desta curta carta é inteirá-lo de uma situação, um imprevisto, uma surpresa para você. Alguns dias após o retorno a Budapeste, eu constatei que estava grávida. Francamente, não tinha ideia de quem era o pai, fiz amor com mais de seis homens durante a viagem. Sem saber quem era o pai, resolvi ser mãe solteira. A menina nasceu linda, morena dos cabelos cacheados, rostinho redondo, lindos olhos azuis claros e um sorriso cativante mostrando seus lábios grossos (veja fotos). Pensando em quem poderia ser o pai, lembrei-me de você. Petra tem muito de seus traços, sou boa fisionomista. Com quase 2 anos, tenho a certeza de que ela é sua filha. Estou lhe escrevendo para apenas comunicá-lo, não quero pensão, nem obrigações paternas, eu educarei minha filha sozinha. Perto de minha casa existe boa creche, onde a deixo, para trabalhar. Nós vivemos lindamente do amor entre mãe e filha. Seguem algumas fotografias. Se algum dia vier à Hungria, visite sua filha, ela terá imenso prazer em conhecer o pai. É extremamente terna, cativa a todos com seu sorriso. Pronto, terminei a missão, eu estava em dúvida sobre revelar que você é pai de uma linda menina na Hungria. O nome de sua filha é Petra Gábor.

Um abraço e a seu dispor,
Zsófia Gábor

P.S.: Tenho um pressentimento de que ela foi concebida naquele quarto com a janela aberta em noite de lua.

A carta emocionou Sidney que, sentindo-se agraciado pelos Deuses, mostrou-a a quem passasse perto. Dois meses depois, Sidney, Cecília e Benedita desembarcaram no Aeroporto Ferenc Liszt de Budapeste. Conheceram a bela Petra Gábor, encantaram-se com a neta, passearam e se divertiram na mais linda cidade do mundo. Sidney fez exames de paternidade. Ao receber o resultado positivo, ficou felicíssimo, abraçou Zsófia no laboratório. Enquanto as avós passeavam com a neta, eles aproveitaram o momento de alegria e fizeram amor no pequeno apartamento. Todos os anos, Petra, a linda menina húngara, viaja ao Brasil, onde é paparicada pelo pai, pelas avós e pelos primos. Ela ama o sítio e as lagoas. Fala húngaro, inglês e português.

CLARICE

Estudou nos Estados Unidos por um ano. Mostrou seu excelente voleibol na equipe de sua escola. Quando terminou o convênio, recebeu propostas de várias equipes americanas e duas universidades em forma de bolsa de estudo. Escolheu a Columbia University de Nova York, foi aprovada no teste e cursou Direito Financeiro em uma das melhores faculdades do mundo. Estudando e jogando voleibol pela equipe da universidade, era uma estrela do time, quando podia retornava ao Brasil. Ao terminar o curso, teve um convite irrecusável de trabalho no Banco Mundial. Depois de um ano nos Estados Unidos, foi gerenciar a agência do

Banco Mundial em Santiago. Casou-se com Diego, um empresário chileno, e tem um filho, Dieguito. Adora receber parentes e amigos em Santiago.

GABRIELA

Cursou Direito, trabalhava com os pais quando apareceu um concurso para Promotor de Justiça. Gabriela deixou emprego, boemia, diversões e iniciou os estudos para os exames. Ela e uma colega passaram seis meses no Sítio Jequiá estudando para o concurso. Moema deu grande ajuda, quando podia, no café da manhã e no almoço. A companhia do avô Bernardo não as perturbava. Finalmente o concurso, as duas foram aprovadas e imediatamente mandaram-nas para municípios no interior onde havia carência. Ao chegar ao município designado, Gabriela conheceu o local de trabalho. Fez uma visita de cortesia ao prefeito, ele informou que a prefeitura, por tradição, pagaria o aluguel da casa, o almoço num restaurante determinado e havia um carro ou gasolina à disposição para viagem à capital. Gabriela educadamente agradeceu ao prefeito, mas já recebia seu salário para pagar essas despesas. O prefeito se ofendeu, ela soube, mas não ligou. Ficou hospedada em um hotel e fazia refeições nos restaurantes diversos da cidade. Ela se entendeu com Júlia, a juíza da comarca, que a convidou para repartir o aluguel da casa onde morava e uma cozinheira, diminuindo bastante as despesas. As duas eram novas, bonitas e duronas, não havia jeitinho com elas. Certa vez, uma professora denunciou que uma escola estava sem merenda há uma semana. No dia seguinte, a juíza e a promotora visitaram a escola, não havia um grão na despensa. Imediatamente, Gabriela fez um ofício ao prefeito dando o prazo de 48 horas para abastecer a escola com a merenda escolar. Prazo cumprido imediatamente. A família do prefeito estava no poder há mais de setenta anos, o candidato naquele ano era seu sobrinho, tinha como opositor um médico da região. Um candidato a vereador fez algumas denúncias à promotora Gabriela, que tomou as providências. Das 36 urnas do município, oito urnas ficavam na fazenda da família do prefeito. Comunicado o fato ao TRE, essas urnas foram transferidas para uma escola perto da região. Faltando uma semana para a eleição, a promotora Gabriela e a juíza Júlia realizaram uma reunião com todos os candidatos e presidentes de partidos. Foi lida a legislação eleitoral, proibindo qualquer candidato de oferecer transporte, alimentação e dinheiro e proibindo a propaganda de boca de urna, ocorrências corriqueiras nas eleições anteriores. No dia da eleição, a fiscalização foi severa, com a participação da tropa de Exército, que garantiu a eleição no município. Três dias de apuração com a votação empatada, diferença pequena. Resultado final: o médico, candidato da oposição, venceu por 212 votos. Houve festa na cidade. A promotora e a juíza acabaram com mais de setenta anos de roubalheira eleitoral de uma família se mantendo no poder. Por conta dessa eleição, a promotora Gabriela é uma das mais respeitadas e admiradas do Ministério Público, onde conheceu o colega promotor Luciano Tenório. Apaixonaram-se e casaram-se, têm um filho, Geraldo.

VLADIMIR

Levou os estudos aos trancos e barrancos mesmo com a cobrança dos pais. Por três vezes não conseguiu passar no vestibular da Faculdade de Direito. Gosta mesmo de surfar nas ondas da Praia do Francês. Cecília descobriu um esconderijo de maconha em seu quarto. Ela não admitiu, Vladimir passou um tempo morando no apartamento de um amigo, depois retornou ao lar. Os pais tinham preocupação com o futuro do filho. Victória, que tinha um xodó especial com aquele "bisneto", pediu para se intrometer. Numa tarde, tiveram uma longa conversa e Victória fez uma proposta concreta a Vladimir: abrir uma loja de material de surfe na Praia do Francês. Ela seria sócia, com um capital inicial. O jovem pediu uma semana para dar a resposta. Conversou com Magali, a namorada, surfista e moradora do povoado do Francês, que achou ótima a ideia. Inclusive, ela poderia ajudar durante a implantação da loja. Procuraram e encontraram uma pequena casa para alugar com um bom quintal, prestava para se colocar algum tipo de comércio. Vladimir conversou com Victória, alugaram a casa. Ele foi ao Recife, comprou material de surfe de boa qualidade, todos tamanhos de pranchas, até camisas no estilo havaiano. Catarina, a arquiteta, deu uma mãozinha melhorando o visual. Com grande estardalhaço, houve a inauguração da loja SURF FRANCÊS. A família, os amigos e os surfistas fizeram uma festa. Vladimir aprendeu a gostar do comércio, vendeu bastante. Toda noite, ele faz a contabilidade do apurado e do lucro junto à Magali. Passaram a morar juntos na casa onde funciona a loja.

A pequena empresa cresceu, Vladimir contratou dois empregados, comprou uma camionete. Está juntando dinheiro para comprar a casa. Sua vida se transformou. Porém, o surfe continua sendo a grande paixão. Geralmente, acorda às cinco da manhã para pegar altas ondas no paraíso dos surfistas, o mar da Praia do Francês.

PAULÃO

Paulão pegou três anos de cadeia por tentativa de sequestro. Como havia mais dois anos a cumprir por tráfico no Espírito Santo, totalizaram cinco anos a cumprir na Penitenciária Baldomero Cavalcanti de Maceió.

Depois de um ano de prisão, graças a um *habeas corpus* impetrado por Gabriel, Paulão conseguiu uma soltura condicional. Ficou agradecido a Gabriel pelo resto da vida.

Resolveu montar um negócio com bolas de futebol que os presos confeccionavam no Espírito Santo. Comprou uma casa simples com um bom quintal na Avenida Amélia Rosa, abriu a "Loja do Esporte", vendendo material esportivo e pranchas de surfe. Deu lucro, foi um bom investimento. Começou a patrocinar campeonatos de surfe na Praia da Jatiúca. Houve procura cada vez maior na loja. Paulão construiu um puxado no quintal, onde instalou uma oficina de conserto de pranchas. Comprava, via Correios, bolas de futebol direto na prisão do Espírito Santo. Dentro de um ano, a loja progrediu. Paulão tinha talento para negócios, sua loja vivia cheia. Montou uma lanchonete de sanduíches naturais, junto à oficina. Ele morava em um quarto na loja. Nos finais de semana, abria a loja à noite, tornou-se um ponto agradável para uma conversa com cervejinha. Os filhos e sobrinhos de Gabriel eram seus clientes, frequentadores da "Loja do Esporte". Os Três Mosqueteiros deixavam suas pranchas na loja, por comodidade. Atencioso e agradecido, Paulão telefonava para Gabriel contando as novidades e deixava na portaria do seu prédio algumas camisas floridas. Quando aconteceu o assassinato de Tião, ele sentiu bastante, chorou muito no enterro. Passava na casa de Gabriel e se ofereceu várias vezes para "apagar" o assassino. Cerca de três anos mais tarde, Gabriel conversou com ele para viajar junto com Sebastião e trazer o assassino preso. Ele topou na hora. Deixou um empregado tomando conta da loja. Durante o percurso, teve que atirar no assassino, que tentou fugir. O cara morreu, eles o enterraram, Paulão não tem um pingo de dor na consciência com o fato. A vida continuou para ele como se nada tivesse acontecido.

SEU SEBASTIÃO

Quando Dom Pablo construía a casa do Sítio Manguaba no longínquo ano de 1933, apareceu um jovem (ex-cangaceiro do bando de Lampião) trazido pelo pároco de Marechal Deodoro, Padre Humberto, pedindo trabalho de servente na obra. Sebastião trabalhou até terminar a casa. Dom Pablo gostou do jovem, que ficou como morador tomando conta do sítio. Sebastião casou-se com a jovem Conceição, apaixonou-se ao vê-la dançar no pastoril em Taperaguá, o bairro mais antigo da cidade de Marechal Deodoro.

O casal teve apenas um filho, Antônio, amigo dos netos de Dom Pablo. O menino percorria por todo canto correndo com Andreza, viviam brincando juntos. Ao tornarem-se adultos, descobriram que não poderiam viver um sem o outro, casaram-se e tiveram quatro filhos: Pablito, Tião, Isabelita e Henrique. Pablito, primeiro neto, cresceu junto à natureza, amando as plantas e a água; seu maior prazer era enfiar a mão na terra ajudando a avó na horta no sítio. O assassinato de Tião deixou Sebastião em estado de choque, amava aquele neto com seu nome. Ele prometeu no túmulo do neto que um dia o vingaria. Quando informaram o paradeiro do assassino, ele foi voluntário para pegá-lo e o fez de uma maneira magistral. Depois da morte e do desaparecimento do corpo do assassino, ele sentiu sua alma lavada, como se tivesse tirado um peso de seu espírito. Sempre foi o maior amigo de Dom Pablo.

DONA CONCEIÇÃO

Conceição, quando se casou, foi morar no Sítio Manguaba. Casa pequena, confortável. Estar com os seus netos e os dos outros é sua maior alegria. Quando a criançada chega ao sítio, correm para a casa de Vovó Conceição, onde ela brinca e propõe atividades infantis. É excelente contadora de histórias e ensina danças do folclore. Ela confeccionou fantasias de guerreiro, reisado, chegança, pastoril e, tocando violão ou pandeiro, ensina os meninos a dançarem. Muitas crianças, hoje adultos, aprenderam cultura popular pelas mãos da Vovó Conceição. Ela teve uma preferência entre os netos, o arteiro, levado, fascinante Tião, que foi barbaramente assassinado. Pelo resto da vida, sentiu falta daquele menino. Deu todo apoio ao marido, Sebastião, quando este viajou para prender o assassino, durante uma semana ficou à espera silenciosamente, até que seu companheiro retornou. Ela sabia que o marido precisava resolver essa obrigação para viver em paz novamente. No sítio, continua a divertir as crianças que aparecem. Brinca com o bisneto Tiãozinho. Rega e cuida da horta e da criação de galinhas e patos, sua distração quando não há criança para brincar. De vez em quando, enxerga um vulto parecido com Tião correndo no gramado e chutando uma bola, como costumava fazer. Sem consultar Dom Pablo ou o marido, visitou o artista plástico Ovídio Gurgel, em Marechal Deodoro, e encomendou duas grandes placas com pedaços de azulejos coloridos, com o escrito: "Sítio do Tião". Ao ficarem prontas, substituiu as placas das entradas do "Sítio Manguaba" pelas novas placas, "Sítio do Tião". Dom Pablo e toda família gostaram, agradeceram à Conceição, a partir daquele dia o sítio passou a ter o nome de seu neto, "Sítio do Tião".

ANTÔNIO

A dor da perda de um filho é eterna. E a dor em Antônio é agravada pela preocupação com Andreza, ela parece sair do ar de vez em quando. Ele se mostra forte, mas chora escondido. Seu melhor escape é conversar com a mãe, Dona Conceição. Com ternura, ela acalenta-o, consola-o, sem transparecer sua dor, a saudade de seu neto. Antônio tem adoração e respeito pelo pai, Sebastião, orgulha-se de sua história de coragem. Para Antônio, o trabalho é como uma terapia, é incansável no que faz. A Construtora cresceu com muito trabalho e dedicação. Antônio costuma dizer que a melhor maneira de ganhar dinheiro é trabalhar com honestidade e eficiência. Na juventude, lutou por suas convicções de um mundo mais igualitário, mais justo. Participou de movimentos políticos, foi preso. Ainda tem um pensamento nobre de igualdade e fraternidade, porém constatou que a teoria aplicada na prática é outra história. Valoriza o empreendedor como o motor de propulsão da economia de um país. Antônio considera o Estado péssimo administrador e as empresas estatais como cabides de emprego para os apaniguados dos políticos. Ainda luta para que o trabalhador tenha os direitos básicos do cidadão: moradia, educação e saúde para toda a família e um salário digno. Todos querem ser trabalhadores e vestir o macacão da sua construtora, porque os proprietários têm consciência de uma sociedade mais justa. O lucro é importante, a razão de ser da empresa, mas o trabalhador tem que receber um justo salário. Antônio é dedicado à sua empresa e tem um amor inabalável à sua querida Andreza.

ANDREZA

A única filha de Dr. Bernardo e Dona Isabel, desde criança mostrou personalidade forte, casou-se com o amigo inseparável na infância e adolescência. Antônio, filho do caseiro, é o amor da vida inteira de Andreza. Tiveram quatro filhos e a maior tragédia da família, a morte do segundo filho, Tião. Andreza visita toda manhã o túmulo do filho. Às vezes, conversa mais de uma hora, como se ele estivesse vivo. Em seguida, dirige-se ao trabalho na clínica, onde atende os pequenos pacientes. Quando seu sobrinho, Sidney, retornou da residência em São Paulo, ampliaram e modernizaram a clínica e deram o nome de "Clínica Infantil São Sebastião — 24 horas". Andreza vive no seu mundo, o neto Tiãozinho minimizou seu sofrimento. Ela e Antônio romperam o acordo do segredo da morte do assassino, decidiram contar aos filhos com detalhes o que ocorreu. Era importante que ela mesma contasse tudo aos filhos, Antônio poderia ajudar em algum detalhe esquecido. Reuniram-se com Pablito, Isabelita e Henrique. Catarina também foi convidada. Andreza, calmamente, contou todos os fatos desde que souberam onde estava morando o assassino de Tião. Os filhos ouviram calados a narrativa, ao terminar, nada perguntaram. Um a um, abraçaram e beijaram aquela mãe sofrida. Catarina, ao abraçá-la, disse em seu ouvido: "Eu te amo e te admiro, minha sogra".

PABLITO

O filho mais velho de Antônio e Andreza, Pablito, há anos cultiva no sítio do bisavô Dom Pablo uma horta bem sortida de verduras e legumes. Comprou um terreno ao lado e ampliou a criação de galinhas e patos. A comercialização dos produtos hortigranjeiros sem agrotóxicos é a subsistência do agrônomo, Pablito tornou-se um perito hortelão. As mercadorias agrárias têm excelente aceitação das donas de casa, são vendidas na feira de Marechal e em duas feiras de Maceió. Alguns clientes compram no próprio sítio com a vantagem de escolher as verduras no pé. A horta emprega quatro roceiros qualificados e dispõe de uma caminhonete para distribuição. Pablito trabalha constantemente, embora ele goste quando o sítio se enche de gente.

O assassinato de seu irmão Tião desmoronou Pablito, ele tenta ser forte, sente-se na obrigação de amparar os pais e irmãos. Ao saber da gravidez de Catarina, Pablito ficou feliz, gostava da cunhada. Nasceu Tiãozinho. Para alegria da família, a criança passava alguns fins de semana em Maceió com Catarina. Andreza preparou, decorou o quarto de Tião para Tiãozinho, amava aquele neto desesperadamente, ele deu algum conforto ao coração de uma mãe enlutada. Dona Conceição também conheceu a última namorada do neto, havia gostado de sua maneira simples de ser. Catarina, quando viajava a Maceió, fazia questão de levar Tiãozinho para Dona Conceição contar histórias a ele e mimá-lo. A convivência e amizade entre Catarina e Pablito ficaram cada vez mais fortes. Havia passado mais de dois anos da morte de Tião quando Pablito e Catarina descobriram que se amavam. Uma cena de ciúme da cunhada explodiu o amor secreto que ambos guardavam; desabrochou a atração e o desejo entre os dois. Dormiram juntos pela primeira vez e nunca mais se deixaram. Casaram-se numa cerimônia simples, tiveram uma filha, deram-lhe o nome de Victória, a tia amada. Compraram um apartamento no segundo andar do Edifício Rosa de Cartagena, moram com os três filhos: Fátima, Tiãozinho e Victória. A família adora o "Sítio do Tião", onde a meninada se solta, correndo, pescando, brincando à vontade e ouvindo histórias de Vovó Conceição, antes de dormir.

CATARINA

Depois do assassinato de seu grande e louco amor, Catarina foi acolhida na família de Tião. Quando nasceu, Tiãozinho, que estava em seu ventre quando Tião morreu, aproximou mais a família. Pablito, seu amigo e irmão de Tião, foi testemunha do louco e bonito amor entre os dois. Foi muito difícil aquela época para Catarina, que teve um apoio incondicional e quase cotidiano de Pablito. Convidada a trabalhar na construtora de Antônio, ela deu conta do recado, além da expectativa. Trabalhava dez horas por dia, dedicou-se de corpo e alma a essa oportunidade. Dentro de dois anos, a arquiteta Catarina era uma peça imprescindível na engrenagem da construtora. Inclusive, o projeto do Edifício São Sebastião, uma homenagem a Tião, a ser construído na Praia da Jatiúca, foi elaborado por Catarina com muito amor e carinho, levava-o para casa para trabalhar nele, pensando em seu Tião. Gostava das noitadas de Maceió com as primas e estava sempre acompanhada do amigo Pablito. Os amigos e desconhecidos davam em cima daquela jovem bonita, ela nunca quis alguém, não paquerou, nem beijou um rapaz desde a morte de Tião, as amigas e primas incentivavam-na a arranjar no mínimo um paquera, mas Catarina tinha perdido a apetência para namoro. Gostava mesmo de tomar bons uísques, dançar, conversar, sorrir nos bares da cidade. Numa noite, uma jovem bonita paquerou e arrastou Pablito para fora de um bar, onde ficaram se beijando. Nesse momento, explodiu o ciúme do coração de Catarina, ela percebeu que amava Pablito. Tempestivamente, levantou-se e caminhou em direção aos dois, afastou a moça que o beijava e fez a declaração de amor mais curta e inesperada: "Pablito, você é meu." Dessa noite em diante não se largaram mais. Meses depois se casaram. Vivem um amor mais maduro com os três filhos de pais diferentes: Fátima, Tiãozinho e Victória. Gostam de receber os amigos no "Sítio do Tião". O casal continuou as noitadas, bebendo, dançando e sorrindo nos bares com os primos. Catarina sabe que ama Pablito, contudo nunca esqueceu, nem esquecerá, os seis meses de louco amor, do maior amor do mundo, dos dias mais felizes de sua vida com Tião, o irmão querido de Pablito. Ela pensa que é a própria "Catarina e seus dois maridos", quando às vezes sente o apalpar de Pablito em sua bunda, igualzinho como fazia o seu Tião quando queria vadiar.

ISABELITA

Desde criança, passava fins de semana e férias no sítio da família, onde moram seus queridos avós Sebastião e Conceição. Aos 10 anos, dominava o remo de uma canoa navegando entre as ilhas da lagoa. Conhece todo tipo de peixe, molusco e quelônios encontrados na lagoa e no mar. Ficou fascinada quando conheceu a Lagoa Jequiá, no dia em que visitou a casa de seu outro avô, Dr. Bernardo, pela primeira vez. Fez uma amizade duradoura com Jurema, filha de Moema, a namorada de seu avô. As duas jovens passavam o dia pescando na lagoa. Jurema cursou a Faculdade de Medicina enquanto Isabel cursou Biologia na Universidade Federal de Alagoas. Ela teve como professor o cientista e poeta José Geraldo Marques, que se tornou seu guru. O professor, além de ensinar as matérias do curso de Biologia, destacava a importância da cidadania, incutia nos alunos o sentimento de pertencimento e os levava para as manifestações ambientalistas. Isabel participou de várias, como uma enorme manifestação contra a fábrica de produtos químicos Salgema, implantada no bairro do Trapiche da Barra, entre o mar e a Lagoa Mundaú. Também participou da manifestação contra a estrada construída no litoral sul atravessando a área de proteção ambiental da Várzea da Marituba, conhecida como Pantanal Alagoano, com jacarés, garças, muitos peixes, um paraíso ainda não descoberto pelos turistas. Isabelita, ao formar-se em Biologia, foi convidada a ensinar em dois colégios. Mas seu sonho é a piscicultura. Atualmente, está construindo um criatório de peixes na Lagoa de Jequiá, tendo como sócios: o aposentado ambientalista Raul Jiménez e Moema, a namorada de seu avô. Em seu coração pulsa também o amor à arte e à boemia. Adora as baladas noturnas, junto com sua amiga inseparável, Jurema, percorre a noite de Maceió.

HENRIQUE

Ele entrava na puberdade quando aconteceu o trágico assassinato do irmão, seu ídolo. O choque foi tamanho que Henrique chorou e depois ficou mudo por mais de um mês, precisou de ajuda de uma psicóloga para retornar ao normal. Ele tinha verdadeira adoração por Tião, adorava ouvir as histórias de vaquejadas e de namoradas do irmão. Henrique é muito apegado ao pai, cursa a Faculdade de Engenharia, faz estágio na Construtora Manguaba, a empresa familiar. Aprendeu com Pablito e Sidney a puxar um rabo de boi, participa de vaquejadas no interior. Metido a poeta, gosta de rimar numa peleja de glosa e mote com cantadores de viola nordestinos. Ama as noitadas. Mulherengo, sedutor, diz que não há mulher que resista quando ele recita no pé do ouvido o poema, a música:

> *"Que bom... poder tá contigo de novo... roçando o teu corpo e beijando você... Pra mim tu és a estrela mais linda... Seus olhos me prendem, fascinam... A paz que eu gosto de ter".*

Embora tenham poucos traços fisionômicos em comum, há quem diga que Henrique é o Tião II.

VERA

A melhor amiga de Andreza, quase irmã. Mora e exerce a medicina em Roma. Contudo, nunca deixou de passar férias em Maceió, cidade pela qual seus filhos e o marido têm paixão. Como o verão na Europa é no meio do ano, ela não tem dificuldades de entrar em férias em janeiro ou fevereiro. O marido Dante, aposentado da universidade, viaja antecipadamente a Maceió e hospeda-se no Sítio Jequiá do Dr. Bernardo, local mais sossegado não existe para escrever seu romance. Vera se considera uma mulher feliz, apesar do que sofreu na vida. Ama o marido, um gentil intelectual, que lhe deu mais dois filhos, uma nova vida e uma nova família na cidade de Surriento. Seus sogros a têm como filha.

DANTE

O italiano adora a casa do Dr. Bernardo na Lagoa de Jequiá. Ao chegar da Itália, instala-se no sítio e se dedica a escrever o novo romance. Em Roma, pesquisa e escreve um livro sobre sua família Surrentini. Porém, ele gosta da ficção, da criatividade, e um local tranquilo inspira o escritor, aguça a imaginação. Nas horas vagas, conversa com o pessoal do povoado, almoça num pequeno restaurante ou na casa de Moema e Jurema. Dante escreveu seu primeiro romance, inspirado na vida da esposa, com o título "A Guerrilheira". Lançou em Roma, foi sucesso editorial. Em Maceió, lançou a edição em português com festa no Restaurante Massarella, prestigiando a colônia italiana. Dante gosta da alegria dos brasileiros, ama e admira sua mulher, considera-se cunhado de Andreza.

ALFREDINHO

O filho mais velho de Vera, ainda jovem, foi morar na Itália. Pelo seu primoroso futebol, foi convidado a treinar na equipe juvenil do Roma, onde foi contratado. Chegou a jogar algumas vezes pela equipe principal; é bom jogador, não um craque. Fez vestibular e cursa a Escola Superior de Educação Física, seu objetivo é ser técnico de futebol. Adora retornar à sua terra, se juntar com amigos, seus "irmãos" Pablito e Sidney, rolar pela noitada, cair na gandaia de Maceió. O sonho de Alfredinho é treinar alguma grande equipe de futebol, quem sabe no Brasil?

BERNARDINHO

Sua mãe, Vera, deu-lhe esse nome em homenagem ao Dr. Bernardo, seu padrinho; o homem que soube retirá-la do Brasil em momento angustiante, numa época conturbada em que, por amor a um colega médico, participou da Guerrilha do Araguaia, sem convicção. Bernardinho quer seguir o pai, ser historiador, pesquisador e professor de universidade. Acompanha Dante aonde puder. Torce pelo Roma como o irmão, mas é ruim de bola. Bernardinho tem pose de intelectual, estudioso, pesquisa e gosta de discutir sobre todos os assuntos polêmicos.

ANTONELLA

Desde menina gostou de cantar, aprendeu com facilidade as músicas italianas, canções napolitanas. Curiosa, mexia nos discos de Vera, ouviu muita música brasileira, seu canto é bem afinado. Quando soube que havia um coral na Igreja de Surriento, com 10 anos, ela se apresentou para um teste. Em pouco tempo, era a melhor voz do coral. Os pais perceberam o talento da filha, estimularam matriculando-a numa escola de canto. Os professores ficaram encantados com a voz de contralto da Antonella. Para ser cantora de ópera terá muito estudo e sacrifício. Ela ama quando é convidada a cantar em aniversários da família italiana. Em Maceió, nas férias de verão, ela arrasa e comove cantando músicas populares e natalinas. A voz da adolescente emociona, impressiona.

JESUÍNO

O motorista e pau-para-toda-obra de Dom Pablo continua bígamo de duas irmãs, a casa encheu-se de filhos, às vezes ele confunde qual é a mãe. Por mais alguns verões, fez amor alucinante com a coroa norueguesa, que lhe trazia sempre uma mala de presentes. De repente, ela parou as viagens a Maceió, nunca mais retornou. Jesuíno nem imagina o motivo, sente falta dos presentes e das tardes de amor, ele aprendeu muito com aquela mulher livre e bonita. Dom Pablo lhe deu uma casa antiga no bairro do Poço. Ele vendeu e reformou a casa da Praça Treze de

Maio. Da sobra, comprou um fusca velho que ele trata como um filho e passeia com a família aos domingos.

MADALENA

Depois de passar anos no Rio de Janeiro como atriz de rádio, teatro e televisão, Madalena retornou às Alagoas quando a mãe, Carolina, morreu. Ficou surpresa ao receber uma boa herança: uma poupança de toda vida feita pela mãe, dois pequenos apartamentos e a casa antiga, estilo colonial, na cidade histórica de Marechal Deodoro. Madalena conseguiu se aposentar. Solteira, livre, com dinheiro no bolso, abriu um charmoso bar-restaurante na Praia do Francês, Bar Dom Pero, em homenagem ao bispo Dom Pero Fernandes Sardinha, que, ao naufragar naquelas praias, foi comido em banquete antropofágico juntamente com a tripulação do navio pelos indígenas caetés, moradores e possessores do litoral alagoano. O bar fez sucesso desde a inauguração, na casa reformada em frente à praia havia um painel bem-humorado do banquete em cacos de azulejos coloridos, obra do artista plástico Ovídio Gurgel. As paredes internas foram se avolumando de fotografias de artistas famosos, seus amigos, que visitam a praia e se deliciam com a excelente comida do restaurante. Tornou-se ponto de surfistas, gente descolada e artistas. Acusaram de rolar no lugar uma maconha, até cocaína. Se acontecia, era discreto. Madalena mora num bangalô da cidade de Marechal. Criou uma escola de teatro, junto com o ator

Chico de Assis, onde ensinam jovens a interpretar. É sua contribuição para a arte, diz Madalena. O Bar Dom Pero é ponto obrigatório dos surfistas. Madalena nunca foi tão feliz em toda sua vida.

BENEDITA E RAUL

Sidney cursou a residência médica durante dois anos, especializando-se em cirurgia pediátrica, ficou hospedado no apartamento de Benedita. Aconteceu uma admiração profunda de seu filho pelo professor Raul Jiménez, seu marido, e os dois se tornaram amigos. Ambos gostavam de perambular pelas noites de São Paulo, onde Sidney conheceu seus amigos intelectuais. Foi um tempo de aprendizagem profissional e intelectual, esses dois anos. Ao se estabelecer em Maceió, entrou como sócio da tia Andreza na nova Clínica Infantil São Sebastião, onde havia equipamentos médicos para pequenas cirurgias. O movimento cresceu, ele teve a ideia de convidar Benedita para trabalhar na nova clínica como administradora geral e chefe de Enfermagem. Benedita estudou com Raul e Inês a possibilidade e resolveram mudar de vida, fazer uma experiência, deixar a "Pauliceia Desvairada" pela tranquila e bonita Maceió. Se não desse certo, retornariam. Raul havia se aposentado, tinha planos de escrever, pesquisar e aceitar convites de palestras e consultorias no Brasil e no mundo. Benedita pediu licença, sem remuneração, de um ano do Hospital das Clínicas. Quanto à Inês, ficou entusiasmada, amava Maceió. Dr. Bernardo conseguiu a transferência da Faculdade de Medicina em São Paulo, onde fazia o segundo ano, para a Escola de Ciências Médicas. Benedita modernizou a administração da Clínica, ficava orgulhosa em ver o filho tão solicitado às intervenções cirúrgicas. Raul, quando não estava na praia, metia-se no Instituto Histórico para pesquisar ou passava dias no Sítio Jequiá, onde conversava com pescadores e amigos que fez no povoado. Dr. Bernardo tinha maior satisfação em tê-lo como hóspede. E Inês dedicava sua juventude ao estudo e às diversões noturnas. Amava sair com o irmão Sidney, seus primos e amigos.

DOM PABLO E VICTÓRIA

Pablo e Victória se conheceram em Salvador já idosos. Formaram um belo casal desde aquele encontro e ficaram juntos pelo resto da vida. Ela trouxe nova vida ao companheiro, revigorou o sexo aos oitenta e poucos anos. O perfume natural do corpo de Victória causou uma mágica ressurreição na libido do namorado. A vontade de viver mudou o comportamento dos dois, a afetividade melhorou a saúde, o bem-estar, a inteligência e o bom humor. O casal de idosos apaixonados teve mudanças radicais de vida, aproveitavam juntos todos os momentos. Aprenderam que relação sexual entre idosos acontece, com trocas de beijos, carinhos, carícias e até com a sensação de estarem abraçados. Eles zombavam, brincavam apelidando de sexo meio mole meio duro e caiam às gargalhadas.

A companhia constante, o bem-querer, o companheirismo, o viver de um para o outro, é o que mais importava. Com o passar do tempo, o apetite sexual foi diminuindo, a força física foi reduzindo. Porém, a chama da admiração, do amor, continuou acesa. Toda noite eles conversavam contando histórias de suas vidas. O passado aberto fazia com que se conhecessem e se amassem mais ainda. Victória, com sua sabedoria e carisma, era admirada pela família de Pablo. Amada pela juventude.

Dom Pablo acompanhou pela televisão a Copa do Mundo de 1990 da varanda de seu apartamento enfeitado de verde e amarelo. Quando a Argentina eliminou o Brasil por 1 x 0, ele, fulo de raiva, não assistiu ao restante da Copa. Afigurava um velho forte, mas nada é eterno, o tempo é inexorável. Nessa época, Victória reclamou de dores na barriga. Mayara pediu alguns exames e constatou um câncer no estômago. Dom Pablo, Victória e Mayara viajaram imediatamente a São Paulo, onde havia equipamento mais moderno de quimioterapia, ela fez tratamento e retornou. Lutou bravamente durante cerca de dois anos contra o câncer. Apesar de todos os cuidados e a dedicação da Dra. Mayara, veio-lhe a metástase. Hospitalizaram Victória. Dom Pablo visitava sua amada todos os dias, sentia sua ausência na cama ao dormir. Perto do final de ano, ela pediu para passar o Natal em casa. Conseguiram instalar uma cama hospitalar equipada ao lado da cama de casal em seu quarto. Quando a levavam em cadeira de rodas à varanda do apartamento, Victória ficava feliz. Conversava com seu amor e contemplava o azul do mar da Praia da Jatiúca.

A família marcou as festas de Natal e Ano Novo no apartamento de Gabriel, por ser vizinho de Dom Pablo. Na noite de véspera de Natal, os parentes e amigos foram se achegando, abraçavam Dom Pablo e Victória, sentados na varanda. Dr. Bernardo entrou com Moema e Jurema; Francisco, filho de Victória, e esposa vieram de Salvador; Dante, Vera e os filhos passavam férias na cidade, puderam vir também; Raul, Benedita e Inês já moravam em Maceió. Sebastião e Conceição chegaram junto com Gustavo e Anary. Todos os netos, bisnetos e trinetos encheram o apartamento em uma animação ruidosa. Na espaçosa sala, havia uma árvore de Natal encostada ao canto, a seu redor um monte de pacotes, presentes a serem distribuídos, todos estavam contemplados. A ceia de Natal foi servida: peru, porco, e muita bebida; a alegria tomava conta.

Os dois velhinhos divertiam-se da varanda. Dom Pablo contemplava os descendentes de todas as gerações, estava feliz. Sentiu-se o iniciador daquela família, que continuaria procriando ao longo dos tempos. Em certo momento, discretamente, Mayara se achegou e aplicou uma injeção de morfina aliviando a dor de Victória. Antes de a juventude tomar rumo à noitada, Gabriela apareceu na sala de violino na mão, tirou alguns acordes e Antonella iniciou a cantar com sua belíssima voz a "Ave Maria" de Gounod em italiano e "Noite Feliz", todos acompanharam. A agradável surpresa fascinou os presentes, que aplaudiram a dupla: Gabriela e a menina Antonella, filha de Vera. Pouco mais da meia-noite, os adultos se recolheram às suas casas, a garotada continuava brincando com os presentes. Tiãozinho não conseguia dormir, excitado com tantos presentes, dirigia um pequeno jipe trombando nas paredes. Andreza e Antônio esperaram os netos adormecerem. Catarina, Pablito, Sidney, Marisol, Marimar, Gabriela, Inês, Simone, Jurema, Ulla e amigos seguiram para a boate Middô, dançaram até o dia amanhecer.

A semana entre Natal e Ano Novo tornou-se feriado, havia um sábado e domingo no meio. Os jovens da família aproveitaram, farrearam no sítio, nas boates, nas praias. O casal de idosos estava feliz, juntos, longe de hospital. Victória, na cadeira de rodas, toda noite conversava na varanda com seu amado. Quando a dor era intensa, a enfermeira aplicava morfina. Victória sentia que estava chegando seu final, mas não deixava transparecer. Lembrou a Dom Pablo:

— Precisamos comemorar os doze anos que nos conhecemos na escuna, navegando na Bahia de Todos os Santos. Você me deu felicidade, todo esse tempo juntos, aprendi a te amar, meu querido velho. Somos parceiros, amigos, amantes na dor e na alegria — cantarolou: "Eu sei que eu vou te amar, por toda minha vida..."

— Tirei a sorte grande em te conhecer, você transformou minha vida em boa hora, quando eu havia entrado numa vida medíocre, sem graça, conformismo de velho. Sua alegria e seu modo de vida me deram alento, minha boa companheira.

Conversavam, lembravam os acontecimentos, os fatos, as viagens, as alegrias, os nascimentos. Sorriram ao lembrar do sexo meio mole meio duro, o cheiro do corpo de Victória, a vida feliz que levaram junto àquela família.

Afinal o Ano Novo, nova festa no apartamento de Gabriel, a família entrava com abraços e beijos. Clarice, Diego e Dieguito vieram de Santiago. Dom Pablo e Victória, acomodados em suas cadeiras na varanda, conversavam e tiravam pilhéria, estavam felizes. Às 22 horas, o apartamento estava lotado, toda a família na alegria. Victória sentiu a dor, dessa vez foi Sidney que discretamente aplicou uma injeção de morfina. As mesas cheias de bebidas e comidas. Muitas conversas, promessas e sonhos de Ano Novo. Novamente, Gabriela ao violino, junto com a cantora maravilhosa Antonella, anunciou uma homenagem ao casal Dom Pablo e Victória, a música dos dois amados. Antonella puxou do fundo do coração e da alma "Eu sei que vou te amar", em italiano:

Io so che ti amerò... Per tutta la mia vita ti amerò
E in ogni lontananza ti amerò... E senza una speranza
io so che ti amerò... Ed ogni mio pensiero è
per dirti che... io so che ti amerò
per tutta la mia vita... Io so che piangerò
ad ogni nuova assenza piangerò...
ma il tuo ritorno mi ripagherà
del male che l'assenza ha fatto a me...
Io so che soffrirò
la pena senza fine che mi dà...
il desiderio di essere con te
per tutta la mia vita

Ao terminarem, muitas palmas, bisaram. Foi o sucesso da noite. Victória e Dom Pablo se emocionaram, sentados de mãos dadas. Poucos instantes depois, foi iniciada a contagem regressiva da passagem de ano. Ao bater da meia-noite, os fogos de artifícios arrebentaram em fortes estrondos, abrindo-se no céu uma chuva de prata com bolas coloridas. Os champanhes foram abertos e os abraços se estenderam, a alegria coletiva fazia todos felizes.

Alguns jovens partiram para dançar em seus *réveillons* particulares, outros desceram à praia para oferecer flores à Iemanjá. Ficaram sentados na areia, bebericando, esperando nascer o primeiro dia do ano.

Quase 2 horas da manhã, a enfermeira levou Victória ao quarto empurrando a cadeira, deitou-a com cuidado na cama hospitalar junto à cama de casal. Em seguida, ajudou Dom Pablo a caminhar devagar também até seu quarto, ele colocou um pijama e deitou-se. Olhou de lado e notou que Victória dormia. Dom Pablo fechou os olhos e dormiu. Sonhou com Rosa, sua jovem mulher amada inesquecível, jovem, ela segurava a mão da filha Isabel, corria pelo jardim de sua casa em Cartagena, as duas sorriam para ele, elas acenavam com a mão, felizes. De repente, deu-se um escuro, acabou o sonho.

No dia seguinte, por volta das 7 horas da manhã, Victória apertou a campainha. A enfermeira abriu a porta, encontrou-a deitada se contorcendo de dor. Ao lado, na outra cama, Dom Pablo dormia. A enfermeira aplicou a injeção de morfina, ela teve alívio. Victória, ao olhar para Pablo, percebeu-o deitado em posição estranha, pediu para a enfermeira ajeitá-lo, estava meio torcido na cama.

A enfermeira aproximou-se, desvirou Dom Pablo, tomou o pulso e deu a notícia sem constrangimento:

— Ele está morto, Dona Victória.

Foi um impacto inesperado, os olhos se encheram de lágrimas, ela soltou um grito com suas poucas forças. Mexeu-se, desprendendo-se das agulhas e dos soros, e se virou para cair na cama ao lado de Dom Pablo. Abraçou-o chorando.

— Pablo, meu amor, não vá embora. Não me deixe, meu amado. Meu querido. Quero ir com você.

A enfermeira havia saído do quarto, acordou o Dr. Sidney, chegado há pouco tempo do réveillon. Ainda sob o efeito do uísque, ele entrou no quarto do avô, emocionou-se com a cena de Victória abraçada a Dom Pablo. Nesse momento, entraram Gabriel e Cecília. Foi difícil tirar Victória agarrada a Dom Pablo. Precisaram aplicar uma injeção, ela adormeceu.

Em pouco tempo, a família estava reunida na sala, chorando, decidindo e tomando as providências do funeral. Cecília lembrou que o desejo do avô, dito e repetido várias vezes, era ser cremado e que suas cinzas fossem espalhadas na lagoa em frente ao sítio. O problema era Maceió não possuir serviço de cremação, teria que alguém viajar com o corpo para cremar no Recife e retornar com as cinzas em uma urna. A família marcaria o dia de espalhar as cinzas nas águas da Lagoa Manguaba.

Mário acompanharia o corpo no voo da manhã do dia seguinte, marcaram por telefone a cremação às 11 horas. Nesse momento, apareceram três funcionários da funerária, levaram o corpo em um saco apropriado e as roupas. Prepararam o caixão e o levaram ao Parque das Flores. O velório seria a partir das 10 horas. Os netos, Mário, Gabriel e Antônio, colocaram anúncio na televisão informando o falecimento de Dom Pablo Márquez, ao mesmo tempo convidando a população para o velório no Parque das Flores.

Outros netos e bisnetos se revezaram telefonando e recebendo telefonemas, Victória dormia quando levaram o corpo. Momentos depois, a enfermeira aproximou-se discretamente de Andreza, que conversava com Clarice e Diego, informando que Victória a chamava no quarto.

Ao abrir a porta, encontrou Victória deitada, fazendo-se de forte. Falou com dificuldade:

— Quero conversar com você, minha neta, em particular.

Andreza sentou-se junto à Victória, que foi direto ao assunto com voz fraca, pausada, mas bem audível:

— Querida Andreza, você é uma das pessoas mais sinceras que conheço. É uma das que mais me cativou na família, sofri muito pela perda de seu filho. Hoje, agora, nesse momento, perdi o amor de minha vida. Seu avô foi um presente de Deus que ganhei aos 70 anos. Fui uma mulher que viveu intensamente, você conhece minhas histórias, que tanto contei a todos da família. A época mais feliz de toda minha existência foram esses anos juntos a Pablo, um homem que admirei desde o dia em que o vi. Se existe amor à primeira vista, aconteceu comigo, me apaixonei por seu avô assim que o conheci, um homem gentil, inteligente, sensível e corajoso. Ele morreu, eu estou morta também. Esse câncer não vai me deixar viver um mês, ou uma semana, ou um dia. Tenho sofrido terrivelmente com essa dor torturante, incurável, já tive vontade de morrer várias vezes, mas pensava em Pablo. Agora não tenho mais motivo de viver sofrendo com essa dor dilacerante. Eu quero ir com Pablo. Imploro a você, minha querida neta, que faça acontecer agora, abrevie minha dor, quero partir com meu amado. Ele pedia para ser cremado e suas cinzas jogadas na lagoa. Quero que misturem minhas cinzas com as dele. Faça essa caridade para essa velha amiga que te ama, injete qualquer coisa nesse soro que me deixe dormindo para sempre. A dor está voltando, cada vez em menores espaços de tempo, eu não aguento mais tanto sofrimento. Andreza, não me deixe sofrer desse jeito.

Victória fez careta com a dor retornando, o efeito da morfina era cada vez mais breve. Andreza injetou no soro mais morfina e remédio para dormir. Deu um beijo na testa de Victória.

Andreza chegou à Clínica Infantil São Sebastião, havia uma enfermeira de plantão. Aproveitou para visitar uma criança doente internada, acompanhada da mãe. Dirigiu-se ao almoxarifado da farmácia, pegou uma ampola. Retornou ao apartamento, alguns parentes na sala e na varanda conversavam. Ela entrou no quarto de Victória, que ainda estava dormindo. Andreza preparou a seringa e injetou o líquido no soro. Chorando, deu um beijo na face de Victória. Ao sair do quarto, jogou no lixo a seringa e a ampola embrulhadas. Misturou-se na varanda com parentes, conversando, serviam bolo. Dr. Bernardo havia voltado da funerária, assistiu a injetarem formol para o corpo aguentar a viagem do dia seguinte ao Recife. Na televisão, de quinze em quinze minutos, entrava o anúncio da família convidando para o velório de Dom Pablo.

Em dado momento, apareceu a enfermeira aperreada, dando a notícia mais improvável:

— Parece que Dona Victória morreu. Dr. Sidney, Dra. Andreza, venham confirmar, por favor.

Sidney correu ao quarto, segurou no pulso de Victória, constatou a morte balançando a cabeça. Houve um alvoroço, mais emoção, mais choro, os parentes não sabiam o que fazer. Telefonaram para o resto da família. Gabriel havia seguido ao Parque das Flores acompanhando o corpo de Dom Pablo. A família reunida resolvendo se o corpo de Victória iria a Salvador. Foi quando Andreza tomou a palavra:

— Victória me pediu no hospital que, quando ela morresse, fosse cremada e suas cinzas espalhadas na lagoa, esperando o vovô chegar um dia. Os dois se encontrariam por lá, quando vovô morresse. É bom comunicar esse desejo de Victória aos seus filhos.

— Vamos telefonar para Francisco em Salvador, antes de tomar qualquer decisão sobre o corpo de Victória — falou Dr. Bernardo.

Ele ligou. Contou a Francisco sobre as duas mortes, com diferença de poucas horas. Ele estava esperando a notícia da morte da mãe a qualquer momento, acertou de conversar com sua irmã e daria uma resposta rápido. Em pouco tempo, Francisco telefonou. Os filhos atenderiam o desejo de sua mãe e informou que chegaria a Maceió com a irmã ainda naquela tarde.

Os dois corpos ficaram na mesma sala mortuária no Parque das Flores, muita gente foi prestar a última homenagem ao casal de idosos. O cemitério lotou no primeiro dia do ano. Muitos parentes e amigos apareceram no velório, comparsas lamentando a morte do colombiano Dom Pablo, lembrando histórias e lendas de sua vida.

No dia seguinte, às 6 horas da manhã, os corpos seguiram para o Recife num voo comercial. Mário e Francisco acompanharam os corpos. No Recife, conseguiram realizar a cremação antes do meio-dia. Os dois retornaram com as cinzas nas urnas. A família marcou de espalhar as cinzas do casal no sábado, quatro de janeiro, às 5 horas da tarde na lagoa em frente ao "Sítio do Tião".

Os jornais da cidade deram em manchete: "Morre Dom Pablo Márquez, grande empresário alagoano, e sua esposa Victória Clark." Um tabloide sensacionalista abriu a manchete romântica: "Casal de idosos morre como Romeu e Julieta, acredita-se no suicídio da esposa depois da morte do marido."

Os netos e bisnetos prepararam a cerimônia do espalhamento das cinzas. Parentes e amigos, ao chegarem ao Sítio do Tião, postavam-se à beira da lagoa. Antes da cerimônia, sem estar previsto, embarcações foram se achegando, navegando na lagoa lentamente. Canoas de amigos pescadores, moradores, tiradores de coco, vindos de todas as regiões: Bica da Pedra, Broma, Santa Rita, Riacho Velho, Marechal Deodoro. Dezenas de canoas foram homenagear Dom Pablo Márquez e Dona Victória, amigos simples queridos, moradores da vizinhança. As embarcações ancoravam na lagoa em forma de círculo. Às 17 horas duas canoas navegaram juntas desde o cais ao centro da lagoa: na primeira, com Jesuíno no remo, Francisco levava as cinzas de Victória; na outra, remada por Sebastião, Marimar ajudava a trineta Rosa a levar as cinzas de Dom Pablo. Entardecia. As nuvens se alaranjaram e o céu azul foi tomado por matizes de rosa. O sol iniciou a esconder-se por trás dos coqueiros. O cenário da natureza emocionou aos que assistiam à beira da lagoa.

Nesse momento, à beira do pequeno cais, Gabriela encostou o violino no microfone, tirando um som que se alastrou por toda a região. A família e os amigos emudeceram. Remanso e quietude em toda a lagoa. Ao lançar e espalhar das primeiras cinzas na água, Antonella iniciou a cantar, afinadíssima, a música dos dois amantes. Muitos acompanharam:

Eu sei que vou te amar
Por toda a minha vida, eu vou te amar
Em cada despedida, eu vou te amar
Desesperadamente, eu sei que vou te amar
E cada verso meu será pra te dizer
Que eu sei que vou te amar por toda minha vida
Eu sei que vou chorar
A cada ausência tua, eu vou chorar
Mas cada volta tua há de apagar
O que essa ausência tua me causou
Eu sei que vou sofrer a eterna desventura de viver
A espera de viver ao lado teu por toda a minha vida.

As cinzas de Dom Pablo e Victória misturavam-se, caindo lentamente sedimentando-se no fundo da lagoa. Ao findar da música, aplausos e choro. Em seguida, tudo emudeceu, ouvia-se apenas o farfalhar dos remos na água, o ronco dos motores das lanchas retornando, algumas aves piando. O céu havia escurecido, milhões de estrelas brilhavam no firmamento. Se alguém olhasse com atenção em direção à Estrela Dalva, duas estrelas juntas brilhavam mais do que as outras.

Yamary aproximou-se de Mário, segurou sua mão, olharam-se. Ela, chorando, falou baixinho:

— Desculpe pelo castigo. É que te amo tanto!

Ao mesmo tempo, ela alisou a palma da mão de Mário com o dedo indicador. Era um código entre eles, desde que eram namorados em Roraima, quando desejavam fazer amor. Mário deu um cheiro na cabeça de Yamary.

A família reuniu-se na casa do Sítio do Tião. Conceição preparou um lanche, conversaram recordando histórias do velho Dom Pablo e sua amada Victória. Antônio abriu uma garrafa de uísque, Sebastião trouxe mais bebidas. Andreza abraçou Moema. Yamary de mãos dadas com Mário. Dr. Bernardo contemplava os filhos e netos conversando, com saudades de Dom Pablo. Os menores brincavam correndo no gramado.

Uma nova geração despontando e a vida prosseguindo, aberta a novos sonhos. O futuro sempre carrega a esperança de um mundo melhor. A Terra permanecerá circulando em torno do Sol todos os dias, dando abrigo, alimento e sombra aos homens e amor aos amantes por todos os séculos. É o caminho inexorável da humanidade.

CARLITO LIMA é um contador de histórias. E ele parece escolher no bosque de sua prodigiosa memória aquelas mais saborosas, extravagantes e sedutoras. Carlito sempre tem um caso sobre mangas suculentas colhidas nos quintais de Maceió, sobre mergulhos nas águas cor de esmeralda do absurdo mar de sua terra natal ou sobre noites mornas à beira dos muitos rios e lagos que fazem das Alagoas uma das mais belas geografias do mundo.

Mas as histórias de Carlito Lima falam também da crueza da vida, da rotina insossa, outras vezes impiedosa, tal como algumas vezes presenciou em suas carreiras militar e política. Mas de repente o capitão faz um passo de dança e inventa uma coreografia capaz de *turning points* espetaculares. Pronto! Ressurgem os causos bem-humorados, as mulheres bonitas e a paisagem dourada das areias quentes de Maceió.

Carlito Lima nasceu no dia 27 de fevereiro de 1940 em Maceió, Alagoas. É engenheiro civil e capitão do Exército Brasileiro. Foi prefeito do município de Barra de São Miguel (AL) e Secretário Municipal de Cultura da histórica Marechal Deodoro (AL). É casado com a advogada Vânia e tem três filhos e três netos. Hoje se dedica integralmente à família, às letras, às festas literárias que promove nos bairros periféricos de Maceió e ao seu bloco de carnaval "Nega fulô".

carlitolima@gmail.com
facebook.com/carlitolima